"十二五"国家重点图书出版规划项目

俄罗斯汉学文库

主 编：

李明滨　孙玉华

编委会（以姓氏笔画为序）：

于　萍　宁　琦　任雪梅　刘　宏

安　然　孙玉华　李　凡　李明滨

李　哲　张　冰　查晓燕　彭文钊

俄罗斯汉学文库
БИБЛИОТЕКА РУССКОГО КИТАЕВЕДЕНИЯ

中国古典诗词论
——谢列布里亚科夫汉学论集

〔俄罗斯〕E.A.谢列布里亚科夫 著
李明滨 张冰 编选

图书在版编目(CIP)数据

中国古典诗词论：谢列布里亚科夫汉学论集/(俄罗斯)E.A.谢列布里亚科夫著；李明滨，张冰编选.—北京：北京大学出版社，2018.4
（俄罗斯汉学文库）
ISBN 978-7-301-28414-8

Ⅰ.①中… Ⅱ.①E… ②李… ③张… Ⅲ.①古典诗歌–诗歌研究–中国–文集 Ⅳ.①I207.22-53

中国版本图书馆CIP数据核字（2017）第132684号

本著作为大连外国语大学"一带一路"人文交流机制协同创新中心科研成果，得到大连外国语大学科研出版基金资助

书　　名	中国古典诗词论——谢列布里亚科夫汉学论集 ZHONGGUO GUDIAN SHICI LUN
著作责任者	〔俄罗斯〕E.A.谢列布里亚科夫　著　李明滨　张冰　编选
责任编辑	李哲
标准书号	ISBN 978-7-301-28414-8
出版发行	北京大学出版社
地　　址	北京市海淀区成府路205号　100871
网　　址	http://www.pup.cn　新浪微博:@北京大学出版社
电子信箱	pup_russian@163.com
电　　话	邮购部 62752015　发行部 62750672　编辑部 62759634
印　刷　者	北京溢漾印刷有限公司
经　销　者	新华书店
	650毫米×980毫米　16开本　16印张　240千字 2018年4月第1版　2018年4月第1次印刷
定　　价	48.00元

未经许可，不得以任何方式复制或抄袭本书之部分或全部内容。
版权所有，侵权必究
举报电话：010-62752024　电子信箱：fd@pup.pku.edu.cn
图书如有印装质量问题，请与出版部联系，电话：010-62756370

Е.А.谢列布里亚科夫(Евгений Александрович Серебряков,1928—2013),俄罗斯圣彼得堡大学东方系教授、著名汉学家。1928年生于苏联列宁格勒(现俄罗斯圣彼得堡),1950年毕业于列宁格勒大学东方系,1950年后在列宁格勒大学东方系任教,1961—1998年担任中文教研室主任,1993—2013年担任圣彼得堡汉语中心主任。1954年获语文学副博士学位,论文为《八世纪伟大的中国诗人杜甫的爱国主义与民族性》,1973年获语文学博士学位,论文为《陆游生平与创作》。2003年获得"圣彼得堡国立大学荣誉教授"称号;2007年9月获得中国作协颁发的荣誉证书,表彰其在翻译、研究和传播中国文学方面所作出的突出贡献。三次获得国家勋章:"荣誉勋章"(1976)、"劳动红旗勋章"(1986)、"友谊勋章"(1999)。他在中国古典文学研究,特别是在中国古典诗词翻译研究方面,在对中俄文学关系、中国古代文学经典复杂的语言思想关系进行科学地阐释诸方面有极高造诣,著述丰硕,统计成果130余项以上,包括《杜甫评传》(1958)、《陆游的生平与创作》(1973)、《中国10—11世纪的诗歌·诗和词》(1979)等专著,以及陆游的《入蜀记》(1968)、茅盾的《动摇》(1956)等译作。他培养了数代俄罗斯汉学家,与中国的俄苏文学翻译界,特别是与著名翻译家曹靖华有长久的交往和深厚的友谊。

总　序
俄罗斯汉学成就与汉学文库的编纂

李明滨

一、18—19世纪汉学的酝酿形成

俄罗斯汉学在18世纪初萌芽(从1715年东正教使团来京常驻起),初期发展缓慢,大体经过一百年左右才日臻成熟。从19世纪上半叶到20世纪初在俄国汉学史上先后出现三位划时代的人物:比丘林、瓦西里耶夫和阿列克谢耶夫。前两位分别代表19世纪上半叶和19世纪下半叶两个时期。后一位代表20世纪上半叶,开启苏联汉学时期,并促进下半叶的进一步发展。

比丘林以编辞书、译古籍和办学培养人才的工作而成为俄罗斯汉学奠基人,于1828年当选俄国科学院通讯院士。瓦西里耶夫以儒、释、道三方面的研究成绩,和写出世界第一部中国文学史书(《中国文学史纲要》,1880年)而成为俄国汉学领域首位科学院院士(1886年)。

此段学科史料我国国内稀缺,有许多译作和论著仅存于俄国档案馆而未及公开出版。幸有苏联汉学家 П. Е. 斯卡奇科夫著成《俄国汉学史纲要(迄于1917年)》一书,经过后学 В. С. 米亚斯尼科夫订定,于1977年出版。它以丰富翔实的史料和严谨科学的论述而成为其后继者的指导,也成为缺乏原始资料的中国学者了解和研究的依据。目前,该书已有中译本出版,书名为《俄罗斯汉学史》①,令我国学界方便。

二、20世纪上半叶汉学全面发展

(一) 出现代表人物阿列克谢耶夫

曾被郭沫若先生尊称为"阿翰林"和"苏联首屈一指的汉学家"的瓦·阿列克谢耶夫(1881—1951),于1929年当选为苏联科学院院士。同年,他接到北京图书馆的前身北平图书馆副馆长袁同礼(馆长为蔡元培)签署的公函,正式特聘为北京图书馆"通讯员"(这是给外籍学者英、德、法、俄、美、日各一名的荣誉职衔,阿氏为该馆同期聘任的六位外籍学者之一)。这表明,阿氏的成就同时得到俄中两国的承认。如今北京国家图书馆还珍藏有阿氏的成名作——1916年出版的专著《中国论诗人的长诗·司空图〈诗品〉》,已属中国国内唯一的该书俄文原著初版本。

1. 中西比较诗学研究的先驱

阿氏潜心研究唐诗十年,尤其是古代诗学。他完成的巨著(大开本790页)《中国论诗人的长诗·司空图〈诗品〉》,不但用花品、茶品、鱼品、书品、画品来对照,借以阐明《诗品》的成就和价值,还确定了它在中国文学上的地位,而且从诗学的高度来与欧洲的诗论作对比,包括古罗马诗人贺拉斯、法国诗人布瓦洛等,从而确认"司空图的长诗在世界文学史上应当占有一个极其荣耀的地位",进而反对"东方就是东方,西方就是西方",二者无可对比的观点,开了中西比较诗学的先河。

2. 拥有古典文学、文化和文学研究多方面成果

阿氏编选和翻译古典诗歌,并写成注释与论析,译介《聊斋志异》,搜集和研究民间年画,就中国古典文学、现代文学以及俄文译作写了一系列文章,在生前和身后陆续发表。先后成文集的有:《聊斋志异》(译作,1937)、《中国文学》(1978)、《中国民间年画——民间绘画中所反映的旧中国的精神生活》(1966)和《东方学》(1982),几部文集反映了他在汉学各个领域的拓展:语文学、民族学、史学、诗学、民间文学、美文学以及翻译理论

---

① 斯卡奇科夫:《俄罗斯汉学史》,柳若梅译,北京:社会科学文献出版社,2011年。

和实践。

3. 毕生从事汉学教学

阿列克谢耶夫一生从事教育工作。1908年起即在中东铁路学院工作,1910—1951年在圣彼得堡大学(列宁格勒大学)任教达40年,先后在地理学院和俄国艺术史学院(1919—1924)、东西方语言和文学比较学院(1924—1927)、列宁格勒东方学院(1928—1938)、列宁格勒历史语言研究所(后更名为列宁格勒文史哲研究所,1930—1938)、莫斯科东方学院(1937—1941)任教。其间,1933—1951年还担任亚洲博物馆(后为苏联科学院东方学研究所)中国部主任。除在中东铁路学院教授俄语外,在其他各院所均从事汉学教学。在40多年的教学生涯中,他提出和推行一系列全新的汉语教学法,造就了一大批汉学家。

4. 造就俄国汉学学派

阿列克谢耶夫对俄国汉学的特殊贡献,在于对汉学学科提出了系统的理论,孜孜不倦地建设汉学学科和认真严格地培养汉学人才,形成了"阿列克谢耶夫学派"。

在阿列克谢耶夫身后,齐赫文斯基院士(1918—2018)成了这个学派的主导人物,据他的界定,该学派的主要成员有:研究哲学的休茨基、阿·彼得罗夫,研究文学的鲍·瓦西里耶夫(王希礼)、什图金、费德林、艾德林、费什曼、齐别罗维奇、克立夫佐夫、瓦·彼得罗夫、孟列夫、谢列布里亚科夫,研究语言的龙果夫、鄂山荫、施普林钦、雅洪托夫,研究汉字的鲁多夫,中、日兼研的聂历山、康拉德、孟泽勒,研究图书资料的费卢格、布纳科夫,研究艺术的卡津、拉祖莫夫斯基,研究经济的施泰因,研究历史文化的杜曼、齐赫文斯基、维尔古斯、李福清。①

这份名单实际上还应该包括推动20世纪下半叶汉学走向繁荣的一批骨干,他们已不是阿列克谢耶夫的嫡传,而是再传弟子了。例如,曾是齐赫文斯基的学生,目前任职科学院东方学研究所的史学家米亚斯尼科夫院士(1934—),和远东所所长的季塔连科院士(1934—2016)。

---

① 齐赫文斯基:《瓦西里·米哈依洛维奇·阿列克谢耶夫》,"序:科研和教学活动简介",莫斯科:科学出版社,1991年;中译文见李明滨:《俄国汉学史提纲》,载阎纯德主编《汉学研究》第四集,北京:中华书局,2000年,第63页。

(二) 汉学多方面的开拓

在苏俄立国的初期,有两代学者参与新汉学的创建工作。老一代的汉学家以瓦·米·阿列克谢耶夫、谢·费·鄂登堡(1863—1934)、尼·瓦·屈纳(1877—1955)以及曾任海参崴东方学院第二任院长的德·马·波兹涅耶夫(1865—1942)为代表。

新一代的汉学家彼时也异军突起,在创建苏联新汉学中显示了异常的活力。早期有以着重研究中国人民的革命斗争,宣传中国民族民主解放运动的意义著称的康·安·哈尔恩斯基(1884—1943)、阿·伊文(笔名①,1885—1942)、弗·维连斯基-西比里雅科夫和阿·叶·霍多罗夫(1886—1949)等。像霍多罗夫就以在中国工作的亲身经历,加深了对中国的研究,在20世纪20年代发表一系列论述世界无产阶级革命时代的中国解放斗争的文章,如《世界帝国主义与中国》(1922)、《同世界帝国主义斗争的中国与摩洛哥》(1925)、《中国革命的初期阶段》(1927)、《中国的民族资本与外国资本》(1927)。同样,伊文则写出《中国解放斗争的第一阶段》(1926)、《红缨枪(中国农民运动)》(1927)、《1927—1930年中国游击队活动概况》(1930)、《苏维埃中国》(1931)等著作。

新一代的汉学家不但以马克思主义的观点阐述中国革命,而且有不少人亲身经历了中国的革命斗争:或参加我国的北伐战争,担任来华的苏联军事顾问团的翻译,或担任孙中山领导的国民政府的顾问,或在苏俄政府派来驻华的外交机构工作,或当共产国际驻中国的代表。他们在协助孙中山执行联俄联共扶助农工三大政策、改组国民党以及北伐战争中都发挥了重要作用。像当年闻名中国的巴·亚·米夫(1901—1939)曾于1927年到达广州、上海、武汉等地,并列席中共第五次全国代表大会,1928年在莫斯科参加中共第六次代表大会的筹备工作。米夫虽然曾在1930年到达上海支持过王明错误路线,但在长期担任(莫斯科)中国劳动者共产主义大学副、正校长(1926—1929)、中国学研究所所长(1929年起)、共产国际东方部书记处副书记(1928—1935)的工作中对于宣传和支持中国革命斗争、培训中国革命人才无疑起过很好的作用,他本人也以研究中国新民主主义革命史而闻名于世,先后发表过著作五十余种。

---

① 原名为阿历克谢·阿历克谢耶维奇·伊万诺夫,主要研究中国近代史,曾于1917—1927年在北京大学任教,有著作一百余种。

这些从事过与中国革命直接相关工作的人物,后来在汉学研究中都比较有成就。像担任过共产国际执委会远东部主任的格·纳·沃伊京斯基(1893—1953),曾在革命时期被派到驻中国的外交机构(1926—1928)接着又担任共产国际东方部书记处副主任(1929—1934)的柳·伊·马季亚尔(旧译马扎尔或马加尔,1891—1940),都成了研究中国革命运动和封建社会问题的学者。

在这个时期,中国古典文学和书籍的翻译工作也大有进展。曾于后来完成《诗经》全本俄译工作的阿·阿·什图金(1904—1964)就是在这时开始崭露头角的。其他著名文学翻译家还有尤·康·休茨基(1897—1941)和王希礼等。同时,还出现了一批语文学家,如研究甲骨文的尤·弗·布纳科夫(1908—1942),研究西夏文的尼·亚·涅夫斯基(涅历山,1892—1945)和卢多夫。早已闻名我国的汉学家龙果夫(亚·亚·德拉古诺夫,1900—1955)则开辟了研究现代汉语语法的新领域,并同亚·格·施普林钦(1907—1974)等苏联汉学家一起探索汉字拉丁化的问题。在他们之前已有叶·德·波利瓦诺夫(1891—1938)进行了汉语语音语法研究的实践。符·谢·科洛科洛夫(1896—1979)编成了新的《汉俄辞典》(1927,1935)。而康·康·弗卢格(1893—1942)甚至已开始从事中国图书版本学的研究,写出中国印刷史。彼·叶·斯卡奇科夫(1892—1964)别出心裁,花了大量劳动编成《中国书目》(1932)一书,把1730年至1930年俄国(苏联)所搜集到的有关中国的书籍、论文及资料(已发表的)尽数编列出来,为研究汉学史提供了线索。当然,有多方面成效的还是阿列克谢耶夫,他对汉字、汉语语音和词汇,中国的文学、美学、民间文学和戏剧等都有进一步的研究,其成果是苏联汉学新发展的标志。

据不完全统计,在1917年到1949年短短的三十多年里,苏联出版的汉学成果就有约一百部书,大大超过19世纪(俄国)的汉学成果。① 在下个阶段,情况还要好得多。

概括苏联汉学成果,可分为以下三类。

其一,对当代中国的国情研究占有日益显著的地位。研究新中国经济问题的有曾任莫斯科国际关系学院副院长,1957—1958年来北京国际关系学院任教的维·亚·马斯连尼科夫(1894—1968),他发表《中国政治经济概况》(1946)、《中华人民共和国的社会主义改造》(1956)、《中华人民

---

① 据彼·斯卡奇科夫《中国书目》1960年版统计。

共和国的经济制度》(1958)等著作100多种。还有多次来华,1945—1948年长时间在中国东北工作,曾任苏联驻华商务代表的米·约·斯拉德科夫斯基(1906—1985),他发表《中国对外经济关系发展概论》(1953)、《苏中经济关系概述》(1957)、《苏中经济合作》(1959)等著述60余种。还有1951—1954年曾在苏联驻华使馆工作过的叶·亚·科诺瓦洛夫(1928—　)则侧重研究中国现代经济,主要的文著有《中国的农业合作化问题》(1956)、《中华人民共和国人口问题的社会经济方面》(1970)、《现代中国的社会经济问题》(1974)。

以研究中国社会政治问题知名的有维·格·格利布拉斯(1930—　)和利·沙·屈沙强(1932—　)。前者着重注意中国的国民收入、劳动和工资等问题,著有《中华人民共和国的社会政治结构(50—60年代)》(1980)等。后者曾任《真理报》驻华记者(1962—1965),著有《中华人民共和国的思想运动(1949—1966)》(1970)等。而曾任苏联外交部副部长的贾丕才(又译米·斯·卡皮察,1921—1995)则侧重对外政策,著有《苏中关系》等书。此外,还有奥·鲍利索夫的著作。

有一批学者继续研讨中国革命和中国共产党的历史,如米·符·尤里耶夫(1918—1990)、弗·伊·格卢宁(1924—　)、列·彼·杰柳辛(1923—　)、叶·符·卡瓦廖夫和尼·帕·维诺格拉多夫(1923—1967)。他们有的曾任苏联报刊的驻华记者,有的来华进修过,都分别写出数量可观的历史著作。有的学者则在帝国主义侵华史的问题上下功夫,如根·瓦·阿斯塔菲耶夫(1908—1991)和鲍·格·萨波斯尼科夫(1907—1986)。

其二,史学领域的成绩更为突出。中国悠久的历史、丰富的史料以及纷繁复杂的历史现象、亟待解决的学术问题吸引了大批苏联汉学家的兴趣,他们在这个方面下的功夫最多。在史学领域的汉学家,研究的范围相当广泛,既有通史,也有断代史(古代、中古、近现代),还有类别史(社会史、思想史、文化史,甚至史学史)。如阿·瓦·梅利克谢托夫(1930—2006)和格·德·苏哈尔丘克(1927—　)主要研究中国近代史和现代史。米·瓦·克留科夫(1932—　),卢·费·伊茨(1928—1990)、拉·伊·杜曼(1907—1979)、列·谢·佩列洛莫夫(1928—　)、列·谢·瓦西里耶夫(1930—　)重点研究中国古代史,包括中国文明、种族和民族的起源,民族社会和阶级社会的产生与发展等。研究中世纪史的尼·伊·康拉德(1891—1970)、埃·巴·斯图仁娜(1931—1974)、格·雅·斯莫林

(1930—)和拉·瓦·西蒙诺夫斯卡娅(1902—1972)也做出很大的成绩。特别突出的是康拉德院士,其涉猎范围已不限于史学,而是扩大到语文学以及东方学的其他领域,主要论文汇集成《康拉德选集·历史》(1974)和《康拉德选集·中国学》(1977),一向为苏联的汉学家们所推崇。而出生于哈尔滨的西蒙诺夫斯卡娅则对中国的农民起义有着深刻的研究,她的《中国伟大的农民战争(1628—1645)》(1958)和《17世纪中国农民的反封建斗争》(1966)颇有影响。此外还有研究中国古代外交史的维·莫·施泰因(1890—1964)、研究西夏史的叶·伊·克恰诺夫(1932—)和研究女真族历史的米·瓦·沃罗比约夫(1922—1995)。

在近现代史方面也有几个著名的学者,如格·瓦·叶非莫夫(1906—1980)发表过《中国近现代史纲要》(出过不止一版)等著作100余种。还有瓦·巴·伊柳舍奇金(1915—1996)和罗·米·布罗茨基(1907—1992)等。出生于中国浙江省农民家庭的郭绍棠(阿·加·克雷莫夫,1905—1988)成就突出,他多次会见瞿秋白,有生动的回忆资料。齐赫文(谢·列·齐赫文斯基)院士尤为著名。他1935年就读于列宁格勒大学,1941年毕业于莫斯科东方学院,曾于1939—1940、1946—1949、1949—1950年数次来华,先后担任驻乌鲁木齐副领事、驻北京总领事和驻华使馆参赞,著有《孙中山——苏联人民的朋友》(1966)、《19世纪末中国的维新运动》(1953)等作品约200种。齐赫文于1964年起任东方学研究所所长,1968年当选科学院通讯院士,后为院士,苏中友协副主席。

尼·策·蒙库耶夫(1922—1985)在翻译中国历史文献、考证和发现历史资料上有突出的贡献。他翻译的《蒙鞑备录》(1975)、《13世纪蒙古历史的若干重要的中国文献资料》(1962),以及《耶律楚材墓志铭》(1965)都为苏联汉学界所重视。

此外,研究中国哲学史的有出生于浙江宁波的杨兴顺(1904—1989)和尼·格·谢宁(1936—)。研究中国社会思想史的有郭绍棠等。从事史料学工作的有阿·阿·别辽兹内(1915—)、弗·尼·尼基福罗夫(1920—1990)和彼·叶·斯卡奇科夫(1892—1964)。

其三,语文学是汉学家最集中的领域之一,成果显著。从龙果夫开始就注意对汉语的研究,他发表《方块字文献和古代官话》(1930)、《汉语词类》(1937)、《古藏语音系特点》(1939)、《现代汉语语法研究·词类》(1952)、《现代汉语口语语法体系》(1962)等约50种。汉学界还进一步以汉语材料为依据论述普通语言学问题。瓦·米·宋采夫(1928—2000)、尼·尼·科罗特科夫(1908—1993)、尤·弗·罗日杰斯特文斯基(1926—1999)、谢·叶·雅洪托夫(1926—)对汉语结构问题很有研究。雅洪托夫研究汉语史的成果得到我国汉语学家的好评①。米·库·鲁缅采夫(1922—)，弗·伊·戈列洛夫(1911—1994)、尼·瓦·索恩采娃(1926—)、塔·芭·扎多延科(1924—)、安·费·科托娃(1927—)、纳·伊·佳普金娜(1928—)、叶·伊·舒托娃(1927—)、西·苞·杨基苇尔(1925—)等对汉语语音学、词法学和句法学很有研究。米·维·索罗诺夫(1929—)、伊·季·佐格拉芙(1931—)和伊·谢·古列维奇等则探讨中世纪的汉语结构，包括西夏语的研究等。索弗罗诺夫和佐格拉芙就分别写出分析《水浒》和《京本通俗小说》的语言现象的论著。1962年毕业于北京大学的刘克甫(米·瓦·克留科夫，1932—)则在殷文的研究上取得进展，有许多论析殷代铭文和殷代文明的文著(1960、1962、1964、1967、1970、1973、1974 等)。尤·弗·诺夫戈罗茨基(1928—1977)和索科洛夫在汉语方言研究上颇为突出。亚·格·施普林钦在汉语的社会语言学，雅洪托夫在古汉语语法，阿·阿·兹沃诺夫和弗·伊·热列宾在汉字的机器翻译问题上大有进展。同时在工具书方面，鄂山荫(伊·米·奥山宁，1900—1982)主编的《华俄辞典》从1952年问世以来，曾一版再版，颇具权威性。鲍·斯·伊萨延科(1914—1965)的《汉俄发音词典(试编)》(1957)也很有影响。总之，苏联语言学家在中国语法、语音学、音韵学、社会语言学、语言地理学，包括古代和现代汉语等方面的研究都有成就。此外，他们在汉学的某些特殊的领域如敦煌变文方面也有研究，出现了知名的敦煌学专家孟列夫(又译缅希科夫)和1960年毕业于北大中文系、现已知名的佛教经典"宝卷"的专家吉·谢·斯图洛娃(1934—1993)。后者翻译的《普明宝卷》已于1979年出版。

在文学领域工作的汉学家为数更多，须要辟专文加以介绍。岂止文学，即使艺术也有不少人涉猎。如专门研究历史的埃·巴·斯图任娜也兼及中国的民族艺术。而曾于60年代来北大进修，从宗白华先生治中国书画史，后来一直从事中国古典艺术研究的哲学博士叶·符·查瓦茨卡娅(1930—2002)已写出《米芾》《齐白石》等论著8部，其主要论著《中国古

---

① 雅洪托夫：《汉语史论集》，唐作藩、胡双宝选编，北京：北京大学出版社，1986，第1—7页。

代绘画美学问题》也已出了中译本①。

(三) 为 20 世纪后半世纪培养了一代文学名家

在这个时期中费德林(1912—2002)、艾德林(1909—1985)、索罗金(1927—)、波兹涅耶娃(1908—1974)发表了文学史著作,康拉德(1891—1970)在比较研究,费什曼(1919—1986)、谢曼诺夫(1933—2010)、沃斯克列辛斯基(1926—)在古典小说,艾德林、谢列布里亚科夫(1928—2013)在古典诗歌,李福清(1932—2012)、斯别施涅夫(1931—2011)在民间文学和俗文学,李谢维奇(1932—2000)、戈雷金娜(1935—2009)在古代文艺思想和文论,孟列夫(1926—2005)、索罗金(1927—2014)在古典戏剧,切尔卡斯基(1925—1998)、彼得罗夫(1929—1986)、施奈德(1921—1981)、苏霍鲁科夫(1929—)、热洛霍夫采夫(1933—)、谢曼诺夫在现代文学,盖达(1926—)、谢罗娃(1933—)在戏剧领域都有研究成果。帕纳秀克(1924—1990)、罗加乔夫(1900—1981)、科洛科洛夫(1896—1979)、什图金(1904—1964)等则在翻译文学名著方面有突出成绩。在这三十多年里,俄国有大批的中国古典文学和现代文学译作出版。

三、20 世纪下半叶汉学趋向繁荣

50 年代以来苏联汉学大发展,20 世纪后期研究机构数量剧增,以科学院系统的三大研究所——莫斯科的远东研究所(ИДВ РАН)、东方学研究所(СИВ РАН)和圣彼得堡的东方文献研究所(СПб ИВР РАН),以及莫斯科大学亚非学院(ИСАА МГУ)、圣彼得堡大学东方系(ВФ СПб ГУ)"五强"为主,新增乌拉尔、新西伯利亚和海参崴的远东大学(ДВГУ)等高校,也已各自建成汉学中心。

其中以海参崴远东大学东方学院汉学系为中心,聚合海参崴工大东方学院、经济大学东方学院、哈巴罗夫斯克(伯力)师大东方系、布拉戈维申斯克(海兰泡)师院东语系,以及科学院远东分院东方历史民族学研究所的相关人员,形成了远东的一大汉学重镇。

---

① 查瓦茨卡娅:《中国古代绘画美学问题》,陈训明译,长沙:湖南美术出版社,1987。

汉学队伍改变了20世纪前期仅有一位院士阿翰林为整个汉学界领袖的局面,阿氏的门生、后辈已有四人当选为院士,分别成为汉学各分支学科的奠基人,即文、史、哲学科的领军人物。史学为齐赫文和米亚斯尼科夫,哲学为季塔连科,文学为李福清。

还有几位通讯院士和大批具有博士、副博士以上高级学衔的汉学家。其数量据统计,至2008年已有612人,比90年代初的505人,增加了一百多位。至于中级学衔以下和大批刚毕业的汉学专业学生,那是更大的一个数字了。

其中,50年代以后出生的一批汉学家开始崭露头角,如著有《中国古典哲学方法论》的科勃泽夫,《孔子传》的作者马良文,《高僧传》的译者叶尔马科夫,研究佛教文化的托尔琴诺夫,《中国文化史》的作者克拉芙佐娃,写成专著《王维创作中的禅佛思想》的达革丹诺夫,研究冯友兰《中国哲学史》的罗曼诺夫,东方文献所所长波波娃,以及莫斯科大学的卡尔波夫、刘华夏,圣彼得堡大学的罗季奥诺夫,远东大学的列别捷娃副教授、赤塔的科罗文娜副教授,以及汉学书籍出版家阿里莫夫等,均已在80、90年代成名。他们给俄国汉学带来了新成果,新气象。

80年初,中苏恢复了停止20年的交往之后,引起汉学家们重新勃发的热情,他们经历了50年代高昂的交流热潮,60—70年代的相对沉寂之后,竭力要找回逝去的20年代时光。这一时期顺着50年代的潮流,以更大的热情推进,竟致80—90年代兴起了"中国传统文化热",直到21世纪初。

(一) 产生文史哲研究四杰

哲学家季塔连科(1934—2016)

汉学家们尤其重视考察传统文化思想在当代中国的运用。他们在80年代跟踪探索中国的改革开放的成就、困难和问题,着眼于中国经验能否为俄国的改革提供借鉴。

季塔连科的成就特别引人瞩目,他自从1985年接掌远东所,便主动开展国际文化交流活动,几乎每年都应邀来华参加学术会议或讲学。他是北大教授冯友兰先生唯一的外国弟子,非常重视两国之间的情谊,充当了中俄文化交流的桥梁,知名度高,广受中国学界欢迎。

季塔连科1957年在莫斯科大学毕业,随即来华进修,于1957—1959年和1959—1961年先后在北京大学和复旦大学学习。他在北大期间受业于冯友兰教授,不但学哲学史,而且有跟随冯师深入农村经历与农民同吃同住同劳动的生活实践,对中国社会与农民有了更为深切的了解。他在清华大学纪念冯友兰100周年诞辰会议的报告中提到,那段经历使他终生难忘、永久受益,从此更深刻了解冯友兰的哲学思想。他早期以论文《古代中国的墨家及其学说》获副博士学位,又于1979年晋升博士。该文于1985年以《古代中国哲学家墨子及其学派与学说》出书后,曾被译成日文在东京出版。此后,他主编《中国哲学史》(1989)、《中国哲学百科辞典》,均有较大的影响。

近年来,季氏在中国政治和现实问题上陆续推出几部著作:《中国:文明与改革》《中国的现代化与改革》(1999)和《中国社会政治与政治文化的传统》(1994,与佩列洛莫夫合著)。同时,他在研究俄国与亚太国家包括中国的关系上,则有下列著作:《亚太和远东地区的和平、安全与合作问题》(1989)、《俄罗斯和东亚:国际与文明之间的关系问题》(1994)、《俄罗斯面向亚洲》(1998)、《俄罗斯:通过合作求安全·东亚的向量》(2003)以及主编论文集《中国在现代化和改革的征途上(1949—1999)》。他主编的六卷本大型的《中国精神文化大典》自2006年起至2010年陆续出版。

季塔连科正是由于在学术研究上广泛涉及哲学、现实政治和俄中及亚太国家关系,广有建树,同时在对外交流的实践上成效卓著,影响广泛,颇孚众望,而于1997年当选俄国科学院通讯院士,2003年晋升为院士,并被推选担任俄中友协主席等多项重要职务。

史学家齐赫文斯基(1918—2018)

谢尔盖·列昂尼德维奇·齐赫文斯基,中文名齐赫文,史学博士(1953)、教授(1959)、通讯院士(1968)和院士(1981)。曾任苏联科学院中国学研究所所长,现为俄罗斯科学院主席团顾问,长期在外交部任职,领特命全权大使衔(1966年起)。

他主要研究中国近、现代史并以此成名。当他在40—50年代先后以副博士论文《孙中山的民族主义原则及其对外政策》(1945)和博士论文《19世纪末中国的维新运动》(1953)走进学术界时,立刻在苏联史学界显得卓尔不群,也引起中国的史学同行之注意,尤其在两文修订成专著出版之后(《19世纪末中国维新运动与康有为》(1959)①和《孙中山的外交政策观点与实践》(1964))。

它们与后来发表的专著《周恩来与中国的独立和统一》②构成齐赫文中国近现代史研究成果的"三部曲"。同时,他还围绕着康有为、孙中山、周恩来这三位重要历史人物编辑出版了一系列历史资料和人物传记资料,包括专著,极为珍贵。如《孙中山选集》《1898—1949年中国的统一与独立之路(据周恩来生平资料)》(1996)。

齐赫文对中国社会有亲身的体验,有亲自参与或见证重大事变的经历,见证了新中国诞生这样的历史大事。在参加开国大典之后,他立即将周恩来总理兼外长的公函快速传递莫斯科,促成了苏联政府在次日,即10月2日发表声明公开承认并与中华人民共和国建交。他随即被任命为大使馆临时代办,成为首任驻新中国的使节。他的名字已经和两国关系史联系在一起了,这是他外交生涯中最为荣耀的经历。更为详细的,还有齐赫文本人描述他在中国的经历和友谊的两本著作:《我的一生与中国(20世纪30—90年代)》(1992)③和《回到天安门》(2002)④。

我国《人民日报》(海外版)2001年9月7日头版以"世界著名汉学家聚会在北京研讨汉学"为题的报导特别指出:"从马可·波罗、利玛窦、雷慕沙、费正清、李约瑟,到齐赫文斯基等,这一连串名字,连接成'西学东渐'和'东学西渐'的桥梁",给予齐赫文院士极高的评价。

史学家米亚斯尼科夫(1931—)

米亚斯尼科夫主要研究中国近代史和中俄关系史,1955年毕业于外交部莫斯科国际关系学院,1964年曾来人民大学进修,1964和1978年先后获副博士和博士学位,1990年即当选为科学院通讯院士,1997年晋升院士。他长期在远东所任职,曾任副所长,至2003年调东方学研究所,为科学院顾问。现为俄国汉学家协会主席。

---

① Движение за реформы в Китае в конце XIX века и Кан Ю-вэй. М. 1959. 419с.
《19世纪末中国维新运动与康有为》,莫斯科,1959年,第419页。
② 见中译本,北京:中央文献出版社,2000年,第604页。
③ Китай в моей жизни (30—90 годы). М. 1992. 159с.
《我的一生与中国》(1930—1990年代),莫斯科,1992年,第159页。
④ Возвращение к Воротам Небесного Спокойствия. М. 2002. 387с.
《回到天安门》,莫斯科,2002年,共387页。

米氏长期致力于历史档案的挖掘与整理,主持编辑组连续出版了以《17—20世纪俄中关系(文献与资料)》为题的文集,计已出有17世纪两卷,18世纪两卷,19世纪两卷,20世纪五卷(其中有些卷册系与齐赫文院士或立多夫斯基联合主编的),还有关于两国人员来往、边界问题等类文件汇编。此项工作为进行研究提供很好的基础。

同时,米氏发表了研究清代两国关系的力作《17世纪的清帝国和俄国》(1980)。此外,他还整理完成了斯卡奇科夫编著的《俄国汉学史纲要》(所叙史事迄于1917年),实现了俄国汉学同人的夙愿。

文学家李福清(1932—2012)

2008年5月29日晋升院士的李福清,早在2003年12月22日便接受了我国政府教育部授予的"中国语言文化友谊奖"。这是我国授予国外最为杰出的汉语教育工作者和汉语语言文化研究者的专门奖项。李福清是俄罗斯第一位获此殊荣的人。

李福清从民间文学开始,逐步扩展研究领域至俗文学、古典文学,进而中国传统文化。他发表过一系列文著,其中主要的著作《万里长城的传说与中国民间文学的体裁问题》《中国的讲史演义与民间文学传统——论三国故事的口头和书面异体》《从神话到章回小说》,也已全译或部分译成中文。还有直接出版的中文著作《中国神话故事论集》《李福清论中国古典小说》《关公传说与三国演义》。

在专著以外,当然还有数量巨大的文章。近期出版的中文本《古典小说与传说(李福清汉学论集)》(中华书局,2003年)则是从他的文章和著作选编出来的篇目并经作者亲自审定,可说是他的著作代表。

李福清主要的贡献可以概括为四个方面:

其一,研究涉及中国文学的各个领域,从古典文学到现当代文学,乃至整个中国文学的研究,都广有建树。

其二,中国民间文学和俗文学,始终是他研究的一个重点,为不断探索和阐明的对象,其成就尤显突出。

其三,对台湾原住民文化的研究,把它同大陆各族文化作比较分析。

其四,中国民间艺术研究。其所编《苏联藏中国民间年画珍品集》[①]

[①] 李福清、王树村、刘玉山编选:《苏联藏中国民间年画珍品集》,北京:人民美术出版社,1990年。

汇集了从5000多幅旧年画中挑选出来的200幅在我国已失传的珍品,最能说明他在年画研究上的功力。

(二) 两次翻译文学热潮(50年代和80年代)

1. 50年代译介中国文学的洪流

在这十年里出版了什图金的《诗经》首次全译本(1957)。还有郭沫若、费德林主编的四卷本《中国诗歌集》(1957—1958),所选诗歌上起古代下迄20世纪50年代。第一卷收入《诗经》的"风""雅""颂"(选),《楚辞》,曹操、曹丕、曹植五言诗,陶渊明诗和汉乐府。第二卷为唐诗,有李白、杜甫、白居易、元稹、王维、孟浩然、韩愈等名诗人之作品。第三卷包括宋、明、清三个朝代,有苏东坡、欧阳修、柳永、陆游、李清照、辛弃疾直至近代林则徐、黄遵宪的名诗。第四卷为1949—1957年的新诗,入选的有郭沫若、萧三、田间、臧克家等众多诗人的诗作。这部由两国学者合作编选的集子,第一次向苏联读者展示了中国诗歌全貌,其选择之精和全,迄今仍为中国国外所仅见,也是后来苏联汉学家编辑中国诗选和选择单个重要诗人作研究对象或出单行本的依据。它的出版是苏联汉学界乃至文学界在50年代的一大盛事。其他的诗集还有一些著名诗人的单行本,如艾德林译的《白居易诗集》(1958),奇托维奇译的《杜甫诗集》(1955)、《李白抒情诗集》(1956)和《王维诗集》(1959),阿列克谢耶夫等译的《屈原诗集》(1954)等。同时,中国几部重要的古典小说也都有了俄译本:帕纳秀克译的《三国演义》(1954)和《红楼梦》(1958),罗加乔夫译的《水浒传》(1955)以及他同科洛科洛夫合译的《西游记》(1959),沃斯克列辛斯基(华克生)译的《儒林外史》(1959),还有费什曼等译的《镜花缘》(1959)。有些甚至在西方都不大译介的清末章回小说也出了俄译本,如谢曼诺夫译的《老残游记》(1958)和《孽海花》(1960)等。至于现代作家的作品,不但一些著名的大作家如鲁迅、郭沫若、巴金、茅盾、老舍、叶圣陶、丁玲等的作品都有了俄译本,如四卷本的《鲁迅选集》(1954—1955)、两卷本的《老舍选集》(1957)、一卷本的《郭沫若选集》(1955)、三卷本的《茅盾选集》(1956)以及丁玲的《太阳照在桑干河上》(1949)等,而且一些在西方还很少介绍的作家如马烽、李准、周立波、杨朔、艾芜、陈登科、秦兆阳、冯德英等在苏联也都得到译介。像苏联如此规模宏大、时间集中的中国文学译介工作,在世界汉学史上怕是少有的。诚如一位汉学家所说,"这证明苏联学者和全体人民对中国命运的深刻关注以及他们同中国人民扩大文化交流的强烈愿望"①。

反过来,中国这块友好的土地也给汉学家们以慷慨的滋养。如果说当年费德林有机会来华被视为"特别幸运"的话,那么如今这种幸运已降临一代汉学家身上。今日活跃在苏联汉学界的中年以上的学者,大部分人都时间或长或短地在中国生活过。他们在资料和指导上都深深得益。即以我们所知的到过北大进修的人为例,先不说师从的导师都是一流的,如契尔卡斯基接受王瑶、施奈德接受曹靖华、查瓦茨卡娅接受宗白华的指导,单说资料就有取之不竭的源泉,例如李福清至今还很怀念1965年在北大进修时每天到北大图书馆查资料、每周一两次进城逛书店和到天桥听说书的日子。况且,提供资料方便的何止北大。李福清说过他开始研究孟姜女的故事。那是50年代中期,他缺乏资料,就给中国各省的文联写信,请代为搜集。不多久,几乎每个省都给他寄去了有关孟姜女的资料:民歌、传说、地方戏、宝卷直至古迹的照片。当1958年郑振铎访苏时,看到李拥有这么多资料(包括有刻本、抄本),很是吃惊,说即使他以文化部副部长的名义向各省文联要,他们也不一定寄。因为李是苏联的学者,他们就很热心。时隔三十多年,李福清还由衷地说:"中国朋友的关心和帮助,使我非常感动,永生难忘。"

苏联汉学家也拿出了相应的成果,特别是一批研究性的论著。综合性的文学史书有费德林的《中国当代文学概观》(1953)、《中国文学·中国文学史纲要》(1956)、艾德林的《论今日中国文学》(1955)。作家专论有波兹涅耶娃的《鲁迅》(1957)和《鲁迅的生平与创作(1881—1936)》(1959),索罗金的《鲁迅世界观的形成·早期的政论作品和〈呐喊〉》(1958),谢列布里亚科夫的《杜甫评传》(1958),费什曼的《李白的生平和创作》(1958),彼得罗夫的《艾青评传》(1954)。

2. 60—70年代扩大翻译的范围

进入60年代中期以后,由于中苏关系变冷淡,两国的文化交流大受影响,其主要表现之一是汉学人才的培养上数量锐减,缺乏年轻的后备力量。

---

① 沃斯克列辛斯基:《苏联对中国文学的翻译和研究》,《远东问题》,1981年第4期,第174页。

不过,由于有一代中年以上的汉学家的努力,从 60 年代初到 80 年代初,中国文学的翻译和研究工作仍有了长足的进展。

在翻译方面,这二十多年中逐步扩展到各种体裁的作品,可以说是在 50 年代的基础上做了"填平补齐"的工作。古典诗词仍然是翻译的重点。陆续出版的大诗人作品有:《白居易抒情诗集》(1965)和《白居易诗集》(1978),《陶渊明抒情诗集》(1964)和《陶渊明诗集》(1975,以上均艾德林译),曹植《七哀诗集》(1973,切尔卡斯基译),《陆游诗集》(1960)和《苏东坡诗词集》(1975,均戈鲁别夫译),李清照《漱玉词》(1974)和《辛弃疾诗词集》(1961,均巴斯马诺夫译)。也有多人合集的诗选,如《中国古典诗歌集》(1975,艾德林译)和《梅花开(中国历代词选)》(1979,巴斯马诺夫译)。在"世界文学丛书"中的《古代东方诗歌小说集》(1973)和《印中朝越日古典诗歌集》(1977)这两卷里收入的中国诗人最多,计有曹植、阮籍、嵇康、汤显祖、陈子昂等 78 人。同时,一些不常被人注意的近代诗人之作也有人翻译,如苏曼殊的《断鸿零雁记》(1971,谢曼诺夫译)。由此可见翻译工作涉及范围之广。值得注意的是有一些诗人参加了翻译,使译诗增色不少。例如 50 年代有著名女诗人阿赫马托娃译屈原的《离骚》(1956),如今有诗人吉托维奇译《杜甫抒情诗集》(1967),巴德尔金译谢灵运、鲍照的诗等。

在翻译小说方面,既有(古文小说)旧小说和笔记,如六朝小说干宝的《搜神记》(1977,吉什科夫译)、《紫玉》(中国 1—6 世纪小说集)》(1980,李福清等译),《唐代传奇》(1960,费什曼、吉什科夫译)和《浪子与术士》(又名《枕中记》,1970,紫科洛娃译);沈复的《浮生六记》(1979)、瞿佑的《剪灯新话》(1979,均戈雷金娜译)和纪昀的《阅微草堂笔记》(1974,费什曼译);也有通俗小说(白话小说),如钱采的《说岳全传》(1963)和石玉昆的《三侠五义》(1974,均帕纳秀克译),《今古奇观》(1962,维尔古斯、齐别罗维奇译),《十五贯(中国中世纪短篇小说集)》(1962,左格拉芙译)和《碾玉观音》(1972,罗加乔夫译),罗贯中、冯梦龙的《平妖传》(1983,帕纳秀克译)。此外,《金瓶梅》(马努辛译)已在 1977 年出了经删节的俄译本。有趣的是在苏联也同在我国一样,为了在少年儿童中推广文学名著,在 70—80 年代出版了《水浒传》(1978)、《西游记》(1982)和《三国演义》(1984)的节译本或缩写本(在 50 年代已有全译本的基础上缩改)。

同时,还有不少散文作品翻译出版,如《山海经》(1977,杨希娜译),司马迁《史记》(1972、1975,维亚特金、塔斯金译),《韩愈柳宗元文选》(1979,

索科洛娃译)、陆游《入蜀记》(1968,谢列布里亚科夫译)等。有一部《中国古代诗歌与散文集》译本(1979),除收入诗经、楚辞、古诗十九首、汉乐府的选译外,还有司马迁、伶玄、贾谊、赵晔等人的散文作品。

在翻译戏曲和民间文学创作方面,重要的有王实甫的《西厢记》(1960,孟列夫译);《元曲》(1966,彼得罗夫编,由斯别斯涅夫、马里诺夫斯卡娅、谢列布里亚科夫、孟列夫、费什曼等人翻译)共计收入关汉卿的《窦娥冤》《望江亭》和《单刀会》,白朴的《墙头马上》和《梧桐雨》,康进之的《李逵负荆》,马致远的《汉宫秋》,李好古的《张生煮海》,郑光祖的《情女离魂》,张国宾的《合汗衫》,石君宝的《秋胡戏妻》等。在"世界文学丛书"的《东方古典戏剧》卷(1976,索罗金、雅罗斯拉夫采夫、戈鲁别夫等译)中则收入关汉卿的《窦娥冤》,洪昇的《长生殿》(片断),孔尚任的《桃花扇》(片断),汤显祖的《牡丹亭》(片断),郑廷玉的《忍字记》,作者不详的《劝狗杀夫》。民间文学方面有李福清辑译的《中国民间故事》(1972)和《东干民间故事与传说》(1977)。而袁珂《中国古代神话》的译本(1965,鲁波—列斯尼琴科、普济斯基译)和李福清为《世界各民族的神话》(1980)编写的200余则中国神话则使苏联读者有可能了解中国神话的全貌。

还有一种通俗文学的形式,即变文,吸引了汉学家的注意。孟列夫就列宁格勒珍藏的敦煌文献资料,作细心的整理和研究,从60年代起陆续出版其整理译注的"变文"成果:《维摩诘经变文·十吉祥变文(敦煌写本)》(1963,译注),《影印敦煌赞文附宣讲》(1963,整理、作序),《双恩记变文(敦煌写本)》(1972,译注),《妙法莲花经变文》(1984,译注)。此外,还有"宝卷"的译本,继《普明宝卷》(两卷本,1979,斯图洛娃译)之后,又出了《百喻经》(1985,古列维奇译)。

现当代文学作品的翻译要比古典文学少得多,但在某些方面也有突出的进展。由于切尔卡斯基持续不断的劳作,他编译出版的几本诗集恰好组成了一个介绍近70年中国诗歌的完整系列:《雨巷(20—30年代中国抒情诗)》(1969)、《五更天(30—40年代中国抒情诗)》(1975)、《40位诗人(20—40年代的中国抒情诗)》(1978)和《蜀道难(50—80年代的中国诗歌)》(1987)。入选的诗人有100多人,规模相当可观。新译的小说也不少,有茅盾的《幻灭》(1972,伊万科译),老舍的《猫城记》(1969)和《赵子曰》(1979,均谢曼诺夫译),张天翼的《鬼土日记》(1972,切尔卡斯基译),赵树理的《李有才板话》和《小二黑结婚》(1974,罗果夫、克里夫佐夫译),钱钟书的《围城》(1980,索罗金译),以及几本短篇小说集(分别选入鲁迅、茅盾、巴金、叶圣陶、丁玲、王鲁彦、王统照、谢冰心、吴组缃、许地山、老舍等人的小说)。此外,还有《瞿秋白选集》(1975,施奈德译)和邓拓的《燕山夜话》(1974,热洛霍夫采夫译)。

70多年来苏联翻译的中国文学作品已为数不少,目前已将俄译本系列化,于20世纪80年代出版了规模宏大的40卷本"中国文学丛书"。

3. 60—70年代出现一批研究成果

60、70年代的研究已扩大范围,并有向纵深发展之势。阿历克谢耶夫和康拉德的论文集可算是研究中外文学关系包括比较研究的得意之作。前者有《中国文学·论文选》(1978)和《中国民间绘画》(1966),后者有《西方和东方》(1966)及《康拉德论文选·中国学》(1977)。

文学史书有:索罗金和艾德林合著的《中国文学》(史略,1962)和波兹涅耶娃主编的大学教材《东方文学史》(四卷五本,1971—1977),其中有中国文学史部分占700多页。《世界文学史》(九卷本,苏联科学院世界文学研究所编)也有大量篇幅写中国文学史。

一批从20世纪50年代崭露头角的汉学家,在60—70年代纷纷发表专著。属于论述各类体裁的有李福清的《万里长城的传说与中国民间文学的体裁问题》(1961)、《中国的讲史演义与民间文学传统》(1970)和《从神话到章回小说》(1979),热洛霍夫采夫的《话本——中国中世纪的市民小说》(1969),费什曼的《中国长篇讽刺小说(启蒙时期)》(1966),谢曼诺夫的《中国章回小说的演变》(1970),谢列布里亚科夫的《中国10—11世纪的诗词》(1979),索罗金的《中国13—14世纪的古典戏曲》(1979),戈雷金娜的《中国中世纪的短篇小说:题材渊源及其演化》(1980)和《中国中世纪前的散文》(1983)。

属于文学理论和美学问题的有戈雷金娜的《中国的美文学理论》(1971)和李谢维奇的《中国古代与中古之交的文学思想》(1979)。还有论述文学和美学思想的几部论著虽系编译,但其序言及译注也值得一提,如:《中国古代的无神论者、唯物论者、辩证法家——杨朱、列子、庄子》(1967,波兹涅耶娃编译注),《晚期道家论自然、社会和艺术》(1979,波梅兰采娃编注),《圣贤文选·中国古代散文》(1987,李谢维奇编注)。

如若谈到综合性的研究论著,当然首先应当提到费德林的三部著作:《中国文学研究问题》(1974)、《中国古典文学名著》(1978)和《中国文学遗产与现时代》(1981)。此外,还有施奈德的《俄国古典作品在中国》(1979)

以及几部集体撰写的论文集,重要的如《中国古典文学论文集》(1969)、《中国和朝鲜的文学体裁与风格》(1969)、《中国文学与文化》(1972,纪念阿列克谢耶夫九十周年诞辰文集)、《苏联对中国文学的研究》(1973,庆祝费德林七十寿辰文集)等。散见于各汉学刊物、其他报刊和文集中的论文则不计其数,无法一一列举。

研究单个作家的专著数量相当可观。古典文学方面重要的有:艾德林的《陶渊明及其诗歌》(1969),切尔卡斯基的《曹植的诗》(1963),谢列布里亚科夫的《陆游传论》(1973),马里亚温的《阮籍》(1978),别任(列·叶·巴迪尔金)的《谢灵运》(1980),费什曼的《中国17—18世纪的3位小说作家:蒲松龄、纪昀、袁枚》(1980)。

现代文学方面有施奈德的《瞿秋白的创作道路(1899—1935)》(1964),索罗金的《茅盾的创作道路》(1962),谢曼诺夫的《鲁迅和他的前驱》(1967),安季波夫斯基的《老舍的早期创作:主题、人物、形象》(1967),马特科夫的《殷夫——中国革命的歌手》(1962),阿直马穆多娃的《郁达夫和"创造社"》(1971),苏霍鲁科夫的《闻一多的生平与创作》(1968),齐宾娜的《1937—1945年抗日战争时期郭沫若的剧作》(1961),鲍洛金娜的《老舍在战争年代(1937—1949)的创作》(1983),尼古利斯卡娅的《巴金创作概论》(1976)等。

4. 80年代的中国当代文学热

从70年代末起苏联各报刊就陆续译载反映我国改革开放的作品,80年代逐渐形成热潮。

一是翻译作品数量越来越多。仅以汇编的成书为例,已出版中国的中短篇小说集有7部,收入小说近60篇,诗集1部,收入22位诗人的30余首诗(这些小说和诗在收入选集以前有不少已在报刊发表过)。其中1982、1983、1984年各出版1部,1985、1986年各出版2部,1987年是小说和诗集各1部。还有中、长篇小说3部。

小说集有:热洛霍夫采夫、索罗金编选短篇小说集《人妖之间》(1982年版),收入王蒙的《夜的眼》、刘心武的《班主任》和《我爱每一片绿叶》、王亚平的《神圣的使命》、李陀的《愿你听到这支歌》、韩少功的《月兰》、韶华的《舌头》和《上书》、刘宾雁的《人妖之间》、李准的《芒果》等①10篇。

---

① 尚有王蒙的《组织部来了个年轻人》、陈翔鹤的《陶渊明唱挽歌》等非新时期的创作2篇。

热洛霍夫采夫编选中篇小说集《一个人和他的影子》(1983 年出版)，收入刘宾雁的《一个人和他的影子》、刘心武的《如意》、王蒙的《蝴蝶》、陈淼的《稀有作家庄重别传》等 4 篇。

索罗金编选的《当代中国小说·王蒙、谌容、冯骥才》(1984 年出版)，收入王蒙的《春之声》和《海的梦》、谌容的《人到中年》、冯骥才的《高女人和她的矮丈夫》等 5 篇。

索罗金编选的短篇小说集《纪念》(1985 年出版)，收入王蒙的《春之声》、李准的《芒果》、冯骥才的《高女人和她的矮丈夫》、高晓声的《陈奂生上城》、蒋子龙的《一个工厂秘书的日记》、刘绍棠的《蛾眉》等[①] 6 篇。

李福清编选中短篇小说集《人到中年》(1985 年出版)，收入冯骥才的《啊!》、王蒙的《杂色》、张一弓的《犯人李铜钟的故事》、鲁彦周的《天云山传奇》、谌容的《人到中年》、刘心武的《立体交叉桥》、蒋子龙的《乔厂长上任记》等 7 篇。

李福清编选《冯骥才中短篇小说集》(1986 年出版)，收入《啊!》《铺花的歧路》《感谢生活》《神鞭》《高女人和她的矮丈夫》《三十七度正常》《意大利小提琴》《匈牙利脚踏车》《在两个问号之间》《在早春的日子里》《老夫老妻》等 11 篇。

热洛霍夫采夫编选短篇小说集《相会在兰州》(1987 年出版)，收入韩少功的《西望茅草地》、秦兆阳的《觉醒》、张弦的《被爱情遗忘的角落》、周克芹的《勿忘草》、张贤亮的《苦泉》、温小钰的《我的小太阳》、张抗抗的《夏天》、冯骥才的《酒的魔力》、陆文夫的《临街的窗》、刘心武的《相会在兰州》等 13 篇。

同时，还有中、长篇小说的单行本如古华的《芙蓉镇》等多部作品，以及发表在杂志上的小说如张抗抗的《北极光》(《外国文学》1985 年第 6 期)和谌容的《太子村的秘密》(《莫斯科》1987 年第 8 期)等。

诗歌有切尔卡斯基编选的《蜀道难》诗选(1987 年出版)，其中在"70 年代末至 80 年代初的诗"一编中选入艾青、公刘、浪波、李发模、骆耕野、刘祖慈、吕剑、寥寥、苏叔阳、吴力军、方冰、方殿、方敬、傅天琳、韩瀚、胡笳、黄永玉、赵恺、朱健等 22 位诗人近年写的 30 首诗。

二是加强作品的评介工作。所有选集和单行本都有前言或后记，同时报刊还发表书评，有的书评文章还不止一篇，像长篇小说《芙蓉镇》俄译

[①] 尚有钱锺书的《纪念》等非新时期的创作 6 篇。

本 1986 年出版 1 年多之后，已经有 4 篇书评。这些评介文字几乎都一致肯定我国新时期文学的成就，索罗金认为"当代中国文学中的现实主义和人道主义传统到 70 年代末开始恢复"①。李福清肯定"自 1979 年当代中国文学开始了一个新的阶段"②。他们还进一步概括出当代文学的特点，热洛霍采夫指出："当代中国文学生活的中心，是所谓的'暴露文学'流派……它的批判力量大大超过以前的同类作品。"③李福清则指出了另一个特点，说"乔厂长"的成功，证明"蒋子龙准确地抓住了时代的要求：现在中国正需要这种熟悉业务而不是空喊口号、精力充沛、行动果断的人来领导经济工作和工业"。④索罗金指出了再一个特点，说张抗抗的《北极光》"是一位艺术家的诚实和激动的叙述……描写了新人和新的思想感情"⑤。此外，书评几乎都一致肯定我国当代文学反映当前的改革和朝着艺术形式及艺术风格多样化发展这两大特色。

汉学家们对当代倾注了极大的精力，把工作重点移到当代也是一股潮流。即便以前不是重点研究当代的人，也开始注重当代。莫斯科大学教授谢曼诺夫对我说，他的主要工作就是继续培养青年汉学家和翻译中国当代的小说，他认为"这是当前最主要的事（由于这类小说非常多）"，因而几年来他一本接一本地翻译出版。除了《芙蓉镇》（1986）、谌容的中篇小说《太子村的秘密》（1987）、路遥的长篇小说《人生》（1988），还有 1989 年出版的他所译张洁的长篇小说《沉重的翅膀》及其另外一部中篇小说。谢曼诺夫还译有蒋子龙的中篇小说《赤橙黄绿青蓝紫》和谌容的中篇小说《结婚进行曲》。同时，汉学家沃斯克列辛斯基也译有王蒙的长篇小说《活动变人形》。

不过，此番热潮已于上世纪末衰减，新译寥寥，乃经济条件严峻使然。至新千年始，有热洛霍采夫译的蔡骏两部长篇《病毒》（2002）和《诅咒》（2002），均出版于 2006 年。阿格耶夫译姜戎的《狼图腾》（2008），叶戈罗夫译苏童《我的帝王生涯》（2008）。此外，库德里亚切娃从英译本转译卫慧的《上海宝贝》和《我的禅》，均出版于 2006 年。日丹诺娃也从英译本转译棉棉的《糖》（2005）。长篇小说之外，短篇小说集则以扎哈罗娃和谢曼

---

① 《纪念》小说集的"前言"。
② 《中国当代文学中的传统成分》，《文艺报》，1986 年 11 月 29 日。
③ 小说集《人妖之间》"前言"，莫斯科，1982 年。
④ 《论当代中国中篇小说及其作者》，中译文见《文学自由谈》，1986 年。
⑤ 《北极光》"前言"，见苏联《外国文学》，1985 年第 6 期。

诺夫合编并翻译的《孔雀开屏》(1995年,收入陆文夫等13人各1篇小说)为著名。其他尚有短篇集或诗集若干种,属于罕见之列。

四、俄罗斯汉学文库编纂规划

为了全面系统又具体鲜明地呈现俄罗斯汉学成就,我们拟编纂"俄罗斯汉学文库"中译本,计30种左右,内含三类。

1. 汉学家论文选集

以人为卷,选入俄罗斯科学院院士、通讯院士和大学教授16人,其中:

院士、通讯院士7人:В. М. 阿列克谢耶夫(《〈二十四诗品〉研究》)、В. П. 瓦西里耶夫(《儒释道与古典文学》)、В. С. 米亚斯尼科夫(《俄中关系的文化因素》)、Б. Л. 李福清(《神话与民间文学》)、М. Л. 季塔连科(《汉学传统与东亚文明关系论》)、С. Л. 齐赫文斯基(《见证中国近代史变迁》)、Н. Т. 费德林(《〈诗经〉与古代文学史》)。

资深汉学家,莫斯科大学和圣彼得堡大学等校教授10人:А. А. 龙果夫(《现代汉语语法研究》)、И. С. 李谢维奇(《中国古典文论》)、Л. С. 佩列洛莫夫(《孔子与儒学古今》)、Л. Д. 波兹涅耶娃(《苏联时代的中国文学研究》)、В. И. 谢曼诺夫(《鲁迅与章回小说》)、Е. А. 谢列布里亚科夫(《中国古典诗词论》)、Ю. Л. 克罗尔(《司马迁〈史记〉》)、В. Ф. 索罗金(《元曲与传统戏剧》)、谭傲霜(《汉语隐性语法》)、С. Е. 雅洪托夫(《汉语史论集》)、

2. 作品研究论集

介绍古典和现代名著作品在俄国的翻译、研究与传播,内容包括作品俄译版本和译者介绍、译本评析、俄国论者观点摘编。以作品为中心,按每部名著一卷,计11卷。有:《论语》在俄罗斯的传播、《孟子》在俄罗斯的传播、《道德经》在俄罗斯的传播、《孙子兵法》在俄罗斯的传播、《庄子》在俄罗斯的传播、《易经》在俄罗斯的传播、《西游记》在俄罗斯的传播、《水浒传》在俄罗斯的传播、《三国演义》在俄罗斯的传播、《红楼梦》在俄罗斯的传播、《金瓶梅》在俄罗斯的传播。

3. 资料工具书

设若干专题。有:《国图藏俄罗斯汉学著作目录》《东正教驻京使团遗

存文献书目》《俄国对西域的探险考察及所获文物的收藏整理》《汉文古籍流传俄国分类书目》《俄罗斯汉学家词典》等。

"文库"已筹划有年,早在1999年9月编者就会同出版社编辑进行了一次"俄国之旅",到朔方去搜寻文宝,同相关汉学家商讨编选的书目。此后,又与国内同行学者反复商议,确定选题,始成规模。

以俄罗斯一国之汉学编立文库,属国内首成,意义重大。唯文库内容既丰,预计费用亦巨,须待筹足资金保障出版,力求稳妥,故迟迟未予启动。

如今,承时任大连外国语大学校长孙玉华教授慨然答应,由该校资助先期出版《国图藏俄罗斯汉学著作目录》,以带动后续。鉴于文库之学术价值,有长远意义,孙教授并允诺将文库出版事宜作为该校国际汉学推广基地的一项工作纳入计划,继续筹措经费,支持出版。

故此,文库将尽快编定付梓,以飨读者,从"十二五"规划期间开始,将随经费到位程度,分期分批出版。

李明滨
北京大学外文楼110
2016年11月7日修订

目　　录

编者序/1

诗歌的权利与精神的自由/1
陆游诗中的比喻/19
范成大生平/24
宋词流派问题与理学家们的诗词/51
儒家对《诗经》的诠释/60
屈原与楚辞/67

曹靖华教授(1897—1987)的生平与创作道路/92
果戈理在中国/176

E. A. 谢列布里亚科夫著述目录/211

后记/219

编者序

拥有三百多年历史的俄罗斯汉学,曾经出现过三个划时代的人物,分别代表19世纪上半叶、下半叶和20世纪上半叶俄罗斯汉学的最高成就,可以用他们的名字来分别命名三个时期,曰比丘林时期、瓦西里耶夫时期和阿列克谢耶夫时期。后两个时期都源自圣彼得堡大学(曾易名列宁格勒大学)。从这里培养出来的人才,有许多人已经是俄罗斯的当代汉学名家。如研究李白、杜甫和古典诗词的费什曼、谢列布里亚科夫,研究鲁迅和现代文学的彼得罗夫、波兹涅耶娃和谢曼诺夫,研究神话和民间文学的李福清、斯佩什涅夫,研究敦煌学和西夏学的孟列夫、克平、克恰诺夫,研究汉语史的雅洪托夫、斯皮林,翻译《今古奇观》和杂篆的维利古斯和齐别罗维奇,翻译《普明宝卷》的斯图洛娃和《百喻经》的古列维奇,研究古币的伊沃奇金娜,研究《史记》的克罗尔,还有历史学家斯莫林和多罗宁,尤其有德高望重的齐赫文斯基院士等等,不胜枚举。他们与全俄的汉学精英一起,构成了20世纪下半叶俄罗斯汉学的繁荣局面,是为第四时期。

今天圣彼得堡大学东方系依然是俄国汉学的一个重镇。它的学科带头人,中国文学的教育家、翻译家和研究者谢列布里亚科夫教授的杰出成就,足以作为突出的范例。谢教授从1950年起从事中国汉语文学教学,已经执教六十余年,培养了大批汉学人才。他的学术研究也有卓越的成绩,表现在唐诗、宋词和现代文学研究三个方面:

一、苏联时代对唐诗的翻译和研究均较为系统

俄罗斯汉学界对唐诗的翻译,包括合集和李白、杜甫、王维、白居易等个人的专集,总计在25种以上。1950年代费德林编选的《唐诗选》最具代表性,入选了诗人58位的近200首诗。该书曾多次重印,每次均为35000册,流传很广,影响也大。研究唐诗的专著迄今已有5部,针对大诗人的个案研究,包括李白、杜甫、王维、白居易和司空图等,计有:阿列克谢耶夫著《中国诗词论·司空图〈诗品〉》(1916)、费什曼著《李白的生平与创作》(1958)、别仁著《杜甫传》(1987)、达革丹诺夫著《王维创作中的禅

佛思想》(1984)等,其中谢列布里亚科夫所著的《杜甫评传》(1958)占有特殊的地位。此书是俄国首次出现的杜甫专论,此前只有过17篇为译介杜诗(成俄文)而写的简短的文字和四篇评述的论文,而谢教授此书原为副博士学位论文的一部专论,对俄国汉学研究作了新开拓。

杜甫的译介,如果不算零散的译品,比较集中的有1955年出版的《杜甫诗选》(吉托维奇译)和稍后面世的《唐朝三诗人:李白、王维、杜甫》(蒙泽勒编选、译注,1960年),1967年又出版由著名女诗人阿赫玛托娃翻译的《杜甫抒情诗集》。

列宁格勒大学教授叶甫盖尼·亚历山大罗维奇·谢列布里亚科夫(1928—2013)的研究重点在宋代诗词,有许多译作,如陆游的《入蜀记》(1968),并写了专著《陆游的生平与创作》(1973)和《中国10—11世纪的诗歌》(1979)。但是他早期的研究工作却是以杜甫为起点的。他1950年于列宁格勒大学毕业,1954年即以《8世纪伟大的中国诗人杜甫的爱国主义与人民性》论文获副博士学位。1958年又以此论文为基础扩展成专著《杜甫评传》。他发挥学位论文的观点,继续论述杜诗的思想内容和艺术性。该书带有50年代的共同倾向,着重点仍然在于作品的思想性。他在评传的"前言"里说道:"诗人有娴熟的各种艺术手法,创造了准确、鲜明的形象,达到诗歌叙事的极大容量和集中概括"。但是"西方和旧中国的资产阶级文艺家力图把杜甫说成仅仅是形式上的大师,绝口不谈他首先是爱国主义诗人,是中国最早的真正人民诗人之一。他热爱普通的人,为他们贡献了最优秀的作品。"

该专著分"在家乡""长安十年""哀伤和愤懑的诗作"和"流浪的岁月"四章,依次叙述诗人早期的生活、在首都十年的活动、在安禄山之乱后的见闻与感受以及晚年漂泊南方的情况。这是第一部向俄文读者全面介绍我国大诗人杜甫的论著,其特点是简明扼要,又有一定的深度。

作者告诉俄文读者,唐诗是中国诗歌的"黄金时代"。唐朝诗人知名的就有两千多人,流传下来的诗有四万九千首左右。因此,为了评价杜甫,就需要简要介绍杜甫年轻时必须在诸种互相对立的诗歌流派和传统中作出选择的情景。这里一方面有模仿前人单一的格调、盲目追求形式、"无病呻吟"的颓废诗作,有寻求短暂的欢娱而力图摆脱当代复杂社会问题的贵族诗歌(尤其在安禄山之乱动荡时)……但是另一方面却有来自民间创作、首先是《诗经》的传统,还有乐府的优良传统,其特点是能广泛概括现实、反映阶级压迫时代人民的苦难(包括农民的贫困和士兵不堪征战之苦),更能反映人民的爱、勇敢和士兵的英勇。作者认为,杜甫选择的恰巧是后者,即由屈原、陶渊明包括初唐优秀诗人所继承下来的传统,杜甫加以发扬,"在中国诗歌上打开了新的光辉灿烂的一页"。

作者介绍杜甫在长安奔走十年仕途上毫无进展的情况时说:"杜甫的命运并不是一个失意者的遭遇,而是一个具有高尚理想的人在封建时代的典型命运,他的理想同现实制度不可避免要发生冲突。"所以他的诗便开始表现出暴露社会的基调。

作者分析和评述了《自京赴奉先县咏怀五百字》《兵车行》《石壕吏》等"三吏""三别"、《闻官军收河南河北》以及《茅屋为秋风所破歌》等一大批代表诗作,认为"杜甫希望看到祖国的土地从侵略者手中解放出来,因而他的诗中便大大加强了爱国主义基调"。同时,由于杜甫接近了人民,便"在诗歌中歌颂普通人的精神美和鞭挞残暴",这使得他的诗具有人民性。

谢列布里亚科夫把诗人的艺术成就归结起来说:"在杜甫的抒情诗中塑造的是诗人自身的形象——这是一个能深切体会别人的苦乐、关心祖国人民命运的那个时代的进步人士的形象。"

作者还指出,杜甫也擅长于山水抒情诗,特别是在漂泊西南时期,当诗人安居于郊外草堂的时候,写了不少吟颂自然的诗。他说,"杜甫写村居生活的诗,比陶渊明还要质朴和鲜明","他很少采取书卷气的形式和文诌诌的词语。他能轻松地、从容不迫地表达自己内心的感受。《江亭》一诗就像是在同很亲近的朋友谈心似的"。因而"杜甫的诗大大丰富了中国的山水诗"。不过,在杜甫的山水诗中,"歌颂祖国大地之美、歌颂普通农夫的生活的基调往往同诗人对于自己命运和国家大事的思考交织在一起"。

谢列布里亚科夫说:"杜甫是唐代'社会派'诗歌的创始人,这一派诗人深化了杜甫的创作原则,创作了许多社会题材的诗歌。"他认为,"杜诗对中国文学的影响很大",后代诗人向杜甫学习的东西是爱祖国、爱人民和高超的诗艺。

他还指出,"杜甫的声誉已经超越中国国界","这位古代优秀作家的诗句至今还能激励读者,在他们心中激起高尚的思想和情操"。

当然,在普及和评介杜诗方面,其他俄苏的汉学家也是不遗余力地做了工作。阿列克谢耶夫在1920年就提出了一个翻译中国作家优秀作品的宏伟计划,其中包括"全中国都敬重的伟大杜甫的诗"。费德林则概括地分析了杜诗的主要特点,有助于读者理解已经译成俄文的诗人的作品。而俄苏研究杜诗的主要成就,按谢列布里亚科夫的归纳,是在于"确定了杜甫创作的主要思想倾向和高度评价诗人在发展文化中的作用"。

二、宋词研究

苏联时代汉学界对宋代词歌的研究，比起对唐代文学的研究要多得多。虽然也出过不少译作，诗歌方面如戈鲁别夫译《苏东坡诗词集》(1975)和《陆游诗集》(1960)，巴斯马诺夫译《李清照〈漱玉词〉》(两种，1970和1974版)和《辛弃疾诗词集》(1961)，还有多人合译的《宋代诗歌》(1959)和《梅花开(中国历代词选)》(1979)等，但研究者则为数不多，始终倾注于这个领域者唯有谢列布里亚科夫，是他填补了汉学研究的这项空白。

1. 译作《陆游〈入蜀记〉·翻译、述评和跋》

谢列布里亚科夫把重点由唐诗转向宋代文学，是从翻译陆游《入蜀记》(1968)开始的，他把陆游这本用文言文写的游记译成俄文，同时加了详尽的历史和语言文学方面知识的注解，在述评和跋中着重介绍中国古代文学中游记这种体裁的特点。译者认为，《入蜀记》是游记的早期作品，它兼有记述科学知识和反映作者内心世界的功能。从纪实角度来说，它记述了宋代的政治现实、包括官吏和农民的日常生活风貌，这在史学和民族学上都有重要价值。从反映诗人的主观世界来说，谢列布里亚科夫注意从那个时期流传下来的诗歌特别是诗人的诗和有关的日记，找出材料相对照，用以探讨诗人据以加工成诗的素材，以及其创作的规律。他发现，中国古典作品也是反映作者心境、把作者丰富的内心感受体现于文学形象之中的，因而不能说中国古典散文仅具有强烈的纯理性主义的性质。

2. 专著《陆游的生平与创作》

谢列布里亚科夫在这部专著上加了一个中文书名《陆游传论》(1973)，这部216页的著作是他认真研读了中国有关的评论资料，又搜集中国古代大量诗歌材料进行分析归纳之后写成的。这部专著的要点是：(1) 全面叙述陆游的生平和创作，分阶段阐释了诗人的生活和创作的发展，包括政治观、美学观以及思想发展的过程，着重分析陆游世界观中驳杂的思想因素。谢列布里亚科夫认为陆游思想和创作都受到儒家学说、道家"自然"学说和佛教的影响，而陆游参与王安石变法的主张，以及对待理学的态度也都体现了儒、释、道几种思想在他身上的影响。(2)专著认真做了艺术方面的研究,分析中国古代诗歌创作的一般经验和陆游创作的个性特点,进而说明传统的创作方法和个人创作方法的互相关系。(3)专著在分析陆游创作的基础上提出了诗歌创作的理论、抒情诗歌中的形象特点及中国古典文学的传统及美学特点等问题加以阐发,这在中国文学研究中具有方法论的意义。这使得这部书成为苏联汉学界重视的专著。

3. 专著《中国10—11世纪的诗歌·诗和词》

这部书出版于1979年,是苏联汉学界研究宋词的一部力作。它运用丰富的材料首次在苏联阐释了中国诗歌的主要体裁之一——词的形成和发展,及其同诗相区别的特点,作者着重解释了词和诗的韵律问题。这是书中第一章的内容。其余六章则分别论析个别作品或作家(诗人)的创作,并以这些作品为例,进一步说明词的特点、诗与词的相互联系,以及它们在形象地反映现实中各有什么特点。这六章既可以各自单独成文,又是统一著作中的有机部分。

其中,《〈花间集〉词》一章评介了晚唐五代的著名词人,从温庭筠、韦庄到李珣等数十人,举重点人的词为例,阐释词这种体裁的特点和变化。《南唐诗人写的诗》一章介绍了李璟、李煜、冯延巳等几位作者所写词及其特点。《王禹偁及其诗歌遗产》《诗人苏舜卿》《梅尧臣的词》《欧阳修在发展诗词中的作用》这四章则涉及宋代几位著名的词作者。此外,在每一个标明具体作家的章节里也旁及其同代诗人的创作,或用以说明同一派作家,或对比几个诗人的异同。这样,书中涉及的作家就更多。这本书对于俄国读者来说,无疑也是一部中国晚唐到北宋的词史。因而费德林肯定它是在对"中国文学史上未经充分研究的一个时期和古典诗歌创作的两种主要体裁(诗和词)进行研究",说它"揭示了词这种诗歌体裁产生和形成的过程,以及词同传统体裁诗的相互联系",而谢列布里亚科夫研究工作的贡献是"在相当大的程度上填补了苏联在中国古代文学知识方面的一个很大的空白,使人们对中国古典诗歌发展中的某些极为重要的趋势和现象有了了解"。

三、其他研究

谢列布里亚科夫现代文学的主要论著有《曹靖华教授(1897—1987)

的生平与创作道路》,这是一部评传,占了《欧亚文学的相互影响和翻译问题》(纪念曹靖华诞辰 100 周年文集,圣彼得堡,1999 年)的主要篇幅。此书的价值在于精要而细致地分析评论了中国的苏联文学翻译的先驱、俄苏文学学科开拓者曹靖华的创作生涯,为中苏早期文学交流史提供了宝贵的史料,尤其是为少有的直接从事中俄之间双向交流的人士曹靖华列举了两国的文献资料。曹教授已去世三十年,中国有过不少回忆录、纪念文章和文集,甚至有生活传记,但从文学研究的角度写出评传者,迄今还是谢教授为第一人。评传从传主出发研究工作旁及中国许多现代的作家如茅盾、蒋光慈、叶紫、洪灵菲等等,并运用曹译作品的苏联同时代作家做比较分析,如涅维罗夫、绥拉菲摩维奇、拉夫列尼约夫、安德烈耶夫、法捷耶夫等,既是文学的比较研究,又可阐明曹靖华的文学贡献。

关于俄国汉学的成就,谢教授只是其中的一个例子。"俄罗斯汉学文库"多卷本,在酝酿多年后,终于面世。"以人为卷"是其中重要的内容之一,涵盖文、史、哲、政、艺术和汉语研究,分卷陆续出版。这将会比较集中和具体地展现各个著名汉学家的成就。

李明滨

参考文献

1. В. М. Алексеев, Китайская поэма о поэте. Стансы Сыкун Ту, Санкт-Петербург, 1916.
2. О. Л. Фишман, Ли Бо: Жизнь и творчество, М. 1958.
3. Л. Е. Бежин (Бадылкин), Ду Фу, М. 1987.
4. Г. Б. Дагданов, Чань-буддизм в творчечтве Ван Вэя, Новосибирск, 1984.
5. Е. А. Серебряков, Ду Фу: Критико-биографический очерк, М. 1958.
6. Е. А. Серебряков, Лу Ю. Поездка в Шу, ОГУ, 1968.
7. Е. А. Серебряков, Лу Ю: Жизнь и творчество, ЛГУ, 1973.
8. Е. А. Серебряков, Китайская поэзия X-XI веков. Жанры ши и цы, ЛГУ, 1979.
9. Е. А. Серебряков, Жизненный и творческий путь профессора Цао Цзинхуа (1897—1987), видного литературного деятеля Китая, крупнейшего знатока и переводчика русской литературы, почётного доктора Санкт-петербурского университета//Взаимовлияние литератур Европы и Азии и проблемы перевода, Санкт-петербург, 1999, с.1—109.

诗歌的权利与精神的自由

17—18世纪的诗人王士禛、黄景仁与袁枚

在清朝(1644—1911)这个历史时期,社会发生了许多缤纷复杂的事件,爆发了大小不一的抗争。首先,近250年以来这个国家由满族人进行统治。清朝建立的最初十年,全国各地不断爆发抵御外部来犯的抵抗,一部分饱读诗书的士人不甘忍受新政权的统治。但在征服中原之前,满族人就已经受中原文明的影响很长时间了。来到此处的满人并没有打算破坏当地的风俗,而是在这个社会性的、具有优良传统美德的地区建立起了基本的国家机构。

生活在康熙(1661—1722)和乾隆(1736—1796)年间的诗人王士禛、黄景仁与袁枚是中国文化精髓的崇拜者和优秀的鉴赏家:他们饱读儒家经典和史籍、善于写诗、精通书法。在儒家学说的禁锢下,过去的几个世纪里有众多的著名学者在挖掘、编辑、出版文献领域做出了卓越的贡献。对诗歌创作贡献最大的是《全唐诗》(《唐诗全集》)的出版,其中收录了7—10世纪的2200多位诗人的50000首作品。《佩文韵府》为各个朝代的学子们提供了50万个可以选取的辞藻、词组,百科《古籍图书集成》(《古今图书集成》)由一万卷书组成,其中收录了由诗词和优美散文等组成的科学信息。汇集了79337卷宏大文化遗产的

《四库全书》(按四种类型编辑)保存在乾隆时期皇家的图书馆里①,如此高规格的大型出版活动,同样不可避免地受到权力机关的严格检查并剔除不合乾隆心意的内容。

在意识形态领域里,始终上演着推崇"宋学"新儒家学派的拥护者朱熹(1130—1200)与维护儒学标准注释的、形成于汉代(公元前 2 世纪至公元 3 世纪)的"汉学"之间的争论。在哲学、史学和语言学科学著作中有引人注目成就的同时,这些争论也呈现了对古文献的分析和诠释经典的趋势,而这些古文献规定了科举考试上的特定模式——科举考试是考取国家级官吏必经之路。撰写这种考试文章有极其严格的特定模式——八股,后来(这一模式)在中国成为教条主义的标志。考题均出自由朱熹注释的儒家经典——《四书》,却很少能体现任何个人意见。甚至文章的篇幅都要受到严格的限制:清初时是 450 个字,康熙执政时是 550 个字。所有的私塾和学堂都是为了备战科举考试,那些先生们监督着年轻学子不要迷恋上历史、哲学读物,更不要说文学作品了。在著名的讽刺小说《儒林外史》(吴敬梓,1701—1754)中就揭示了,要想通过考试首先要面对经院哲学家和饱读诗书之人。著名学者兼诗人顾炎武(1613—1682)认为,"八股之害等于焚书。而败坏人才,有甚于咸阳之郊,所坑者但四百六十余人。"

因此,那个时候科学知识的增长是与实践活动紧密相联系的,它牵动着中国人潜意识里的民族性并在各种知识中评判其起因、特性。17 世纪,西方的科学文化令中国人开阔了视野,转而追求新思维。曹雪芹(1724—1764)长篇小说《红楼梦》的问世,肯定了人们追求自由和个人幸福的权利,巧妙地彰显了主人公的心理感受。在文学史专家看来,作为一部描写风土人情和心理活动的作品,作者是带着类似于欧洲感伤主义者的观点来写这部作品的。

社会意识的变化被人们用诗歌形式反映出来。当然,与之的关系官方更愿意同前朝的某些变化做比较。自唐代以来,国家级的考试就要求有做诗的能力。公允地说,从那时起"作诗就成了人们必备的能力"。长篇小说《儒林外史》中有段精彩的描写,当有位官员知道了考生在诗词中表露自己的想法时,他极为愤怒:"当今天子重文章,足下何须讲汉唐?

---

① 当年的《四库全书》誊善了七部,分别藏于"北四阁""南三阁",七处均为清朝皇衣藏书楼。——译者注

像你做童生的人,只该用心做文章;那些杂览,学他做甚么?况且本道奉旨到此衡文,难道是来此同你谈杂学的么?"(Д. Н. 沃斯克列辛斯基译)。毋庸置疑,就像小说中揭示的一样,许多通过了考试的人竟然不知道宋代大诗人苏轼。那些年大批士人都在捍卫传统文化诗词反对固守陋习之人和官吏机构,于是出现了诗歌的空前繁荣和现实与虚拟、哲学与历史实质性交织的现象。清代文学更多考虑的是创作的原则和诗歌的体裁,争论的是能否把前朝的那些遗作和诗人视为楷模。17—18世纪,到了总结三千年传统的独特性、20世纪朦胧艺术概念特征被发现的时候了。那个时期的文学史学家们公认的百位著名诗人中,最著名的就是王士祯、黄景仁与袁枚。

康熙执政期间,最著名的诗人是王士祯,——据说,皇帝死后很快就将他写进了中等学校的文学教科书中。——事实上,他是清朝第一大诗人。他的诗能够代表古代和当时诗坛的成就。那些年的士人都知道王士祯,不论与他是否相识,上下都视他为泰山北斗。

王士祯,1634年出生于开封城[①]。他的祖父是河南省的判官。幼年时就已经显露出了在诗词歌句方面不同凡响的才能,许多流传下来的故事都可证实这点:初次读《诗经》(《诗的书》)里的两首诗时,他并不完全理解其中的含义,但其中暗含的哀伤令他痛哭不止。王士祯很早就痴迷于诗歌,他八岁时就在长兄的辅导下学习诗律,嗣后他写的诗超过了2000首。家人很珍惜这些诗歌,还为兄弟俩刊印了诗集。王士祯的这一天赋很快得到提升,15岁时他就刻印了第一本诗集。22岁时,他已经写了近1300首诗,但之后他否认了这一切并焚毁了两三本诗集。

家训迫使他准备科举考试,1658年他成功考取了进士。接下来的五年他来到扬州——长江岸边上的一座大型商贸城。王士祯负责管理监狱和判决,他赢得了公正和善于断案的荣誉,审理了不少复杂的案例。后来,一位职位很高的官员将他作为"品行端正和具有优良品格、有才华、忠于职守"的人才推荐给了朝廷。在首都,王士祯效力于礼部,之后是户部。在京城他结识了许多有学识的人士和诗人,这些人都效力于这座城市或者在此作短暂停留,他把自己的诗朗读给他们,将自己的诗集送给他们,很快他就赢得了诗圣的桂冠。

他受到康熙的赏识并得到了召见。很快,1678年户部请旨,王士祯

[①] 原文如此。现有资料注明:王士祯,新城(今山东淄博市恒台县人)。——译者注

因作诗和能写出优美的散文被获许在皇家翰林院供职,被委任为国家历史编纂委员会的侍讲,有段时间还主持450卷目录手册《皇舆表》的编辑工作。任御史大夫期间,王士祯鉴定皇帝手谕、按照儒家关于等级、仁爱和正义的标准评判高官们从少年时起的品行。1699—1704年间,他任职于刑部。在王士祯被获准为父母迁葬休长假期间,刑部的官员因同情犯人获罪(他受到牵连)。王士祯被罢免,丢掉了所有的官衔。事后,他虽然证明自己无罪,但不想再留下做官并请求退休。表面是康熙不顾王士祯的名誉,实际上是不满意诗人无原则的友情。1711年,在他辞世前的半年,他得到了官复原职的的特赦。然而,仅仅过了54年,在王士祯身后乾隆帝赐予了他国家和诗坛最高荣誉:文简(最高的文化和质朴)①。

渊博的学识让王士祯参与编辑各种类型的出版物。他喜爱书籍,花费了很多时间逛北京南城的书肆。他有一个藏书量很大的(私人)图书馆。1701年,他被迫短期离开北京,伴随他的只有一辆辆装满书籍的马车,而不是像通常的官吏一样装满财宝。这件事成了著名画家禹之鼎(1647—1716)作画和诗人朋友们作诗的题目。王士祯的诗歌品位和对诗的喜爱在诗集里都表露了出来,这些诗集对喜爱它的读者来说堪为艺术臻品。1660年他刻印了旧体词集总汇。1697年他又编撰了《古诗选》。公开出版的《唐人万首绝句选》《唐选十集》《唐贤三味集》中收录了42位诗人的作品。

在传承经验的基础上,王士祯追求的是提炼诗的神韵,这一神韵有助于他的个人创作并赋予了艺术活动新面貌。在广泛游历期间,他的诗成了大家仿效的对象。他确信,前人在诗歌上的观点继承了儒家学说,却丢失了创作本身,失去了许多艺术的精华。在保留传统诗学和诗歌写作技法的同时,王士祯在艺术词汇上的观点更接近司空图(837—908)的道家观点和严羽(12世纪)的佛教禅学。受他们的影响,他提倡诗歌创作中的"神韵"(逐字可解释为"精神与韵律"),"神韵"丰满了诗歌的创作,提升了读者的审美、对诗意的领悟,开启了与外部世界深深的心灵呼应。对于王士祯来说,"神"意为宇宙起源的现实、万物中天的真谛,诗人具有"透视"生活本质与毫无生命力物体"精髓"的能力,并在顿澈中,在诗里体现(诗人)自身的精神感受和周围的真实。进入理论层面的"韵"属于第二范畴,

---

① 乾隆时追谥王世祯的最高荣誉"文简"(人死后,由皇帝根据其生前事迹颁赐的荣称,称为谥号)。

王士祯通过对"风神"的理解阐释了诗歌艺术层面的明快。"韵"意味着诗人的精神与宇宙运动、自然界的变幻是和为一体的,个体作者作品的语言、音律和手法与他的世界观、心境、性格息息相关。如果诗人在把握住了外部事物内涵的基础上掌握了"神",则"韵"就会激励他去发现自己在语言、语气上的精神状态,则他的作品就会具有传统特征并获得独特的艺术效果。

"神韵"一词源自道家学说和佛教的禅学。著名道教人士司空图的《诗品》中包含有带诗律的24种要诀,王士祯从中归纳出"神韵"4诀。而俄罗斯读者熟悉的著名道教人士司空图的《诗品》,源自于 B. M. 阿列克谢耶夫院士(1881—1951)对其的杰出翻译与研究。对"虚谈"——"空与无为"的理解转达了一种思想,即道之道决定诗歌灵感的特性和创作个性的外在表现。真正的诗人善于追求心灵的"空",即接近道,老子说过"天地之间,其犹橐龠乎?虚而不屈,动而愈出"。诗人的心灵越空所表现的思想就越纯净,"淡如泉水",诗由心生。王士祯确信,诗人应该追求的安宁是思想与道德的不断吻合并留住情感的和谐性与合理性。按照王士祯的想法,诗人在写诗时应抑制过分强烈的情感和过激观点,因为他要避免说出令人难以忍受的哀伤和绝情的词语。他的诗中流露的是对世间一切事物都没有强烈的愿望,要求不高,只是每日平和的快乐。"道常无为无不为"。老子的这一主张可以说是王士祯诗风的核心:其表现倾向于模糊的形象和不惹眼的色调。他喜欢的时间是深夜,所以他经常在这个时间段里独自沉思。

诗人个人素质和诗歌特征的第二原则是"自然"(естественность)。这种理解具有道的特征,以及道在诗人世界观和行为举止上的体现。"自然"意为在原生态的自然界中不受干扰,以及从人与人相互间形成的规矩和习俗中获得自由。诗歌是诗人内心世界的道德反省,应该就像"山中的回声,水中的映月或者镜中的面庞"。王士祯追求的是"自然"法则,塑造的是诗歌的真谛,即其特征是以率真为前提、以眷恋生活琐事中的真情感悟为目标而释放的情感,摈弃的是一切艺术修饰和做作。追求人心灵的和谐,以及在社会秩序中从他人的兴趣获得自由的渴望激发了王士祯为"自然"而战,就像触摸到诗歌真谛的主脉。他写道:"大抵古人诗画,只取兴会神到,若刻舟缘木求之,失其旨矣。"

第三个范畴是"清奇"——"清澈而奇特",即灵感来源于诗人平静的内心与自省后的直觉,并由此升华出描绘大自然美景的奇诗美句。王士祯提醒作者,作诗时不要忽略对实际状况细节描写的准确性。王士祯认为,唐朝某些诗人将远山近景的写法融进风景画中是明智的。按他的看法,这类诗人最大的成就是:写出了看到和感受到的美景时那种令人心醉的感觉。融入诗歌中的具体特征与细节唤起了读者同样起伏荡漾、骚动不安的心境。在中国诗歌中许多作品呈现出的仅仅是单一情感,而在王士祯的作品中却有各种思虑与情感的交织,在短短的作品中展现了他的个人风格。由于外部个体的性质,诗人将心中的所思所想,即听到的、闻到的、看到的、嗅到的、摸到的、值得回味的一切都用心融进有感而发的风景诗中。1661年前后,王士祯写道,他看到的"神韵"理论的长处是带有"韵"(字面意思为"深远")原理的"清逸与淡远"层面的融合,暗示着某些形象个体的被摒弃,以及诗歌作品所揭示内容的多维性。他认为,仔细欣赏近处的风景或者单个的物体仅仅能得到大概的、空泛的概念,并不能认清所见事物深处的内涵。明显遥远的景物映射在诗中,就仿佛透过朦胧的雨丝能触摸到。这些形象是不清晰的、朦胧的,渐渐隐去了的秘密。主题应拥有安宁的本性,无论是在色彩中,还是在情感中都没有生硬的凝重。王士祯坚信,创作过程中最高的感觉是心灵的和谐。这一观点出自佛教:"不离不弃"——"不靠近也不离开",即保持理性距离,不远也不近。"远"在诗歌中有深刻的思想与道德含义。

王士祯赋予诗歌特殊的艺术意义"含蓄"——"内在的与积蓄的",这一创作方法要求,诗中没有暴露的、直白的抒情情节和无法表明的情思词句。他说,"司空图诗歌的代表作是二十四诗品,但我最喜欢的是'不著一字,尽得风流'"(B. A. 阿列克谢耶夫译)。王世祯更喜欢诗歌的体裁是那种作品的主题不是凌驾于作品之上,而是暗含在诗歌作品的创作方法之中。诗歌的真谛对于他来说,就如同诗人创造的、神秘的心灵和声,这一和声成就了诗人,而诗人从欣赏者那里得到的不仅仅是理智上的共鸣,更多的是情感与直觉上的冲击。王士祯不止一次地说,诗歌创作的过程与朗读都要心怀佛教禅源。诗歌的美妙不仅仅在词汇上,更多的是游离于词语之外的感觉。可以将它描绘成"味中味""味在酸咸之外"。王士祯赞同司空图的观点"不着一字,尽得风流。语不涉难,已不堪忧"。1661年前后,王士祯在一封信中指出了诗歌、散文作品中要有明显而含蓄的内容才能引起共鸣。他们主张在诗歌范畴内要富有联想,要赋予其经典而特殊的文雅风格。"诗至此,色相俱空,正如羚羊挂角,无迹可求,画家所谓逸品是也",王士祯道。

"神韵"理论预见到了读者领悟暗示的能力,并能将隐藏在字里行间的信息串联起来。可以想象到,1667年王士禛与参加省试的朋友在济南大明湖畔设宴庆祝的情景。轻拂的柳枝搅动了年轻诗人的灵感,即兴写下了四首八行诗《秋柳》,从此获得了广泛的认可。出于对生命的转瞬即逝的忧思,作者在参考了历史提示和阅读了前辈的诗歌后,忧虑起强大国家的兴衰、四季的转换与个人命运的不确定性。诗行间呈现出了忧思和情感、微风吹拂的秋柳,但柳本无声,只能是喻景抒情而已。王士禛给这种艺术方法很高的评价,并将其归纳为创作理论"神韵"。深深的忧思为无以言表的思虑与情感开启了释放的空间。甚至在哲理抒情诗《秋柳》中,注释者们还发现了为明朝灭亡哀伤的心灵苦楚。王士禛过世数十年后,有位官员向权力机关提出,因其诗中含有隐晦含蓄的反朝廷的内容,此诗应定为禁诗。还好,朝廷里有不少欣赏诗人才华的人,这一提议并未引起注意。

从年轻时代起王士禛就关注社会问题,并且毫不隐瞒自己的观点。从那时起,他就学会了儒家用诗词的语言来特别突出国家当权者的影响力。他在《蚕租行》的序言中写道:"丁酉夏,有民家养蚕,质衣钏鬻桑,而催租急,遂缢死。其夫归,见之亦缢。王子感焉,作是诗。"在接下来的几年里,身居国家要职的王士禛心灰意冷,为了捍卫自己的政治见解他转而去写诗,至少在诗里可以维护他的社会原则和道德底线。在他的个人命运里,诗歌不能与国事相提并论,(他希望自己)能做官更好。王士禛在永恒(生命)中看到了特殊的美和极大的诱惑,而且自然界变化莫测的生物让他相信,就诗歌本身来讲,它自身流露出的魅力是超现实的。他没有追随杜甫和白居易的足迹,却创建了有社会反响的诗歌;没有遵循李白的创作模式,而是在诗中释放自己的情感。王士禛更倾向于风景抒情的诗歌传统,在他的诗中外部的风景与自然虔诚的情感交融在一起。他游历了祖国的许多地方,处处都留有诗句歌颂故土的美景。王士禛在世间看到的美丽景色,让他远离官场琐事,赋予他创作灵感,诗中记载了他的感受。

没有任何书本上的教条是创作速成的法宝,而生活中自然流露的情感、各种主观的直接感悟彰显了作者的所思所想。"神韵"理论主张的是以发自内心的"兴趣"为目标,追求"妙悟",从而达到"含蓄"的目的。两种方法相辅相成,只是第二种需要勤奋努力学习,避免陷入完全的照本宣科。王士禛不苛求诗中风景的描写,对他来讲重要的是(在诗中)呈现他所看到画面的感受。精神的升华、明快将这种感受从日常生活琐事中提炼出来，而他则能将所看见到的世界美妙与情感溶为一体。按照王士祯的观点，创作艺术的生命周期很短，因此只有真正的诗人才能为自己和读者不断地创造激情。如果鲜活的物种或毫无生气的物体交融在一起时，你会感受到风景的躁动与力量的提升，而这一切会在瞬间升腾，就仿佛弓弦骤然弹出，弓箭直中目标，仿佛兔子跃起的一刻被俯冲下来的鹰捉住一样。行为很短暂——一切都在转瞬之间完成，自古隐蔽的秘密都会在瞬间将自己蒙骗，但也会在下一秒完全无法实现。

王士祯说，他自己的大部分作品都是创作于"诗即直觉，直觉即诗。"他确信，"有来斯应，每不能已"，而这份"须其自来，不以力构。"诗人有绝妙的灵感时，人处于一种恍惚状态，而此时他的举止异于常人，近似于狂颠。可以回想一下，当某日王士祯乘船来到枫桥，这座桥位于苏州郊区、建造于6世纪的寒山寺旁。那是个风雨交加的深夜，但诗人却径直穿过稠密的小树林登上寒山寺，在寺门上写下了两首四行诗，抒发对老友的哀思。"时人都以为狂"。

现代人注意到，王士祯青年时代很看重唐代诗人的经验，而后很长一段时间又推崇宋代诗歌传统，晚年又重新依重唐诗的创作成就。探求中，王士祯始终不渝地坚守自己的"神韵"学说。他被尊为诗坛泰斗、一代宗师，这不仅是他个人的创作成就，而是他的诗词促进了中国诗坛的发展。几乎在百年的长河中，"神韵"理论都对这个国家的文学活动产生了极深刻的影响。王士祯并没有写专文阐述自己的观点，而是在对前朝单首诗歌的评价中用实例诠释了他的美学观。王士祯的理论意义在于，在阐释诗歌特殊的情感和美学观时始终运用的是儒家学说的唯理论。在长达四十五年的文学活动里，王士祯创作了近4000首作品，其中的许多首都成为了他创作理念的成功范例。

黄景仁（字：仲则）自称是著名诗人和书法家黄庭坚（1045—1105）的后裔。1749年他出生于高淳县（江苏省），其祖父为高淳校官。他刚年满4岁时，父亲去世，是祖父和母亲将他抚养成人。7岁，他被送到东方、位于大渠西岸的武清县白云溪畔的宗室庄园。幼年的他为准备参加仕途考试，就开始了学习按八股文写文章。但他认为"从塾师授制艺，心块然不知其可好。先是，应试无韵语，老生宿儒，鲜谈及五字学者。"他无意中发现，在房间里高高的书架上有一本落满灰尘的诗集。他悄悄地取下来读，起先他什么都看不懂，但"偶以为可解，则栩栩自得曰：'可好者在是矣'。"幼年黄景仁开始迷恋诗歌,他喜欢"这些朦胧的、激昂的词句",尽管兄长们嘲笑他,但对诗歌的偏好依然强烈地吸引着他。讲个故事,19岁时黄景仁高中乡试,当时他和朋友住在高塔里。一天早上他用衣服盖在头上,躺着不动。朋友催他起床,他答道:"顷得:'江头一夜雨,楼上五更寒'句,欲足成之,毋相扰也。"

黄景仁拥有细腻的情感和灵敏的艺术感悟,却过早地遭遇了亲人的离世。12岁时,他失去了祖父,第二年祖母去世。16岁时,又失去了唯一的哥哥。随着时间的推移,黄景仁生命中脆弱的感情和悲痛渐渐淡去。那时候,家道败落得很快。但少年黄景仁相信自己的能力,他的才华也得到了证实。17岁时,他在省试中击败参试的三千学子一举夺魁。1765年,他考中秀才。但紧接着,不论他如何希望通过下一轮的考试,最终还是名落孙山。1766年,他有幸结识了后来成为了著名国务活动家、学者和诗人的洪亮吉(1746—1809)。两位年轻人建立了牢固的友谊,后来黄景仁在老友精神和物质的支持下获得了成功。1767年二人成为了著名散文和书法大师邵齐焘(1718—1769)的弟子,邵辞官后在常州龙城书院授课。先生很欣赏两位学生的才华,他很为黄景仁的精神状况担忧,于是他努力帮助年轻人在哲学领域找寻精神寄托,鼓励他在遇到不幸时看到生活光明的一面。遗憾的是,一年后黄景仁就被迫在诗中悼念自己的恩师了。他写道,"自邵先生卒,益无有知之者。"

为探寻人类的成就和找到新灵感,诗人开始远途旅行。他停留在以风景秀美著称的杭州城,这里还曾是南宋(12—13世纪)的都城。黄景仁喜欢钱塘江河口海水拍岸的景观,每年8月中旬有数千人前往观潮,黄为这美景写了两首脍炙人口的《观潮行》诗。他隐居在以280座山峰著称的四明山,做独居道士。诗人仍然觉得自己是孤苦伶仃、无依无靠之人。他对一位新结识的、有地位的朋友含泪说过:我没有兄长、老娘又年迈,房无一间,没有任何收入,我想游遍全国,如果有可能,哪怕能找到随便能混口饭的职位。黄景仁平地乘车、山地骑马、遇水乘船地从浙江来到江西,而后又到达了西南边陲的湖南。一段时间诗人来到行政长官王太岳(1722—1785)的辖区,恰好王刚刚顺利进入翰林院、皇家藏书楼并且在文学界享有声誉。王太岳诚恳邀请他到家里做客,并每做新诗都会诚送给他,以期得到黄的点评。黄景仁很喜欢这个边陲之地与众不同的自然景观,经常登上衡山欣赏大山的魅力和秀美的七十二峰。洪亮吉曾写过这个朋友的故事:"自湖南归,诗益奇肆,见者以为谪仙人复出也。"

用了一年的时间,游遍了洞庭湖和长江后,黄景仁回到了家乡。旅途上的许多奇遇,给他留下了深刻印象,这些都成了他日后写诗的素材。三年的时间他的才能逐渐成熟,意志更加坚强、大度。当时留下的资料证明,读他的诗后变得自信了,会让许多人想起了李白,感觉仿佛'神从天降'。1769—1770 年间,与生俱来的忧郁不时困扰着诗人。虽然落榜的失意使黄景仁备受摧残,但他不得不去选择做幕僚。1771 年冬,他在诗人朱筠(1729—1781)掌管的安徽省徽州得到了秘书丞文节公的职位,朱在自己的家中存有上万卷书。与黄景仁一起共事的还有几个故交,其中就有他的朋友洪亮吉。他们都喜欢文学,善于用各种优美的散文和诗歌艺术体裁写作。1773 年,在三个月的时间里,朱筠在以李白为荣的诗坛获得了认可(李是那个时代传说中的、几乎被当今忘却的伟大诗人之一)。家宴上黄景仁是小字辈,而且"狂傲少谐",但善于作诗,他即兴写的几百字的诗,震惊了在场的所有嘉宾。据说,当地人争相购买他的作品,价格一天飙升数倍。这些成绩都源于诗人自身的天赋和创作的异常严谨态度。洪亮吉回忆道,黄景仁写诗到了痴迷的程度,一有新诗立刻跑去与朋友分享。从入夜到黎明他会被叫醒很多次。"他不知道累。"四年时间里,在朱筠的资助下黄景仁经常外出游历。1775 年冬天里的一天,他受邀到袁枚的庄园做客,就为主人献上满怀敬意和展现才华的诗句。黄景仁梦想做官,但健康妨碍了他。随后,他回忆道:"体羸疲役,年甫二十七耳,气喘喘然有若不能举其驱者。"然而他并没有屈服于病痛,并给自己制定了新的目标。洪亮吉写道,黄景仁一生并没有特意去追逐仕途的荣耀。但遗憾的是,他的诗也没有表现出中国北方地域的天才风范、励志和毅力,而更多的是对京城之旅的向往。1776 年冬,他终于来到北京。当然,黄景仁原本的愿望是见到皇城,即那个与前朝的很多政治事件、文化事件有关又不能忘却的京城,而且他希望能在京城百姓的日常生活中寻找到创作的灵感。

1776 年,皇帝完成了东巡,而这一偶然事件使黄景仁通过了第二次的考试,并在皇家的印刷部门得到一个小职位[①]。在京城他很快赢得了有才华的诗人、艺术家和书法家的头衔。许多达官贵人都想庇佑他,想在自家的家宴上看到他,但黄景仁极其厌恶邀请者拿客人消遣。"上自汉

---

① 武英殿书签官。

魏,下逮唐宋,无弗效者,疏瀹灵腑,出精入能,刻琢沉挚,不以蹈袭剽窃为能。"这是学者、文学家王昶(1724—1805)题写在他的墓志铭上的文字。与此同时,"都中士大夫,如翁学士方纲、纪学士昀、温舍人汝适、潘舍人有为、李主事威、冯庶常敏昌,皆奇仲则,仲则亦愿与定交。"他们都是被社会承认、有学识的进士。他们的文学喜好各不相同。翁方纲坚持对古代词语经验的细致研究,提出了"肌理说"理论,以反对王士祯的"神韵说"。袁枚鄙视将"错把抄书当作诗"的方法。从1773年起,纪昀就开始从事编撰皇家图书馆书目的工作①,出版了数十本诗集,还是优秀短篇小说作者。冯敏昌以善于作诗著称。与这些朋友的友谊使黄景仁激发出了他出众的自信力,并在诗歌创作的审美上有了新的想法。朋友们互换诗作、一起散步、作画、举办愉快的酒宴。当然,这些日子也是黄景仁一生中最幸福的时刻。然而离开家庭令他痛苦,于是他请求洪亮吉代为出租父亲的房产和三亩田地。用所得款项将年迈的母亲、妻儿于1777年接到北京与他同住。同年秋天,黄景仁写了组诗《都门秋思》,很快全京城的人都耳熟能详了。山西省巡抚毕沅与他并不相识,读了他的诗后,言道,此诗值千金,并邀请作者来西安城。他慷慨资助诗人,使其返京后能买到县丞一职。黄景仁得以留在京城等职位空缺。但终因囊中羞涩,无以度日,为此1780年诗人被迫将家眷送回家乡。病情又加重了,时间已过去很久,职位还是没有(空缺),债主又来讨债。黄景仁启程去西安,向毕沅寻求庇护。途中病情恶化。黄景仁从解州给洪亮吉写了一封信,请求其帮助照顾自己的家人。收到托付,朋友快马加鞭地来到病人身边。但还是没来得及留住诗人。诗人于1783年4月25日故去。

洪亮吉写道,对他来说,长时间客居京城令黄景仁倍感孤独与苦楚。当时的情景有诗可以证明。他的精神状态是显而易见的,他的才华没有得到当权者的赏识,令身处异乡的他孤苦伶仃、痛苦难耐。对传统的认知让黄景仁将目光锁定诗歌创作的自然性上,练就了独特的写作技法。《诗话》的作者之一讲过:我反复研究过我国的诗人,他们中有人以模仿古人著称,这与他们的经验无关,黄景仁应该属于这类人!诗人更接近于思想家和文学家韩愈(768—824)提出的美学观点,韩愈认为:正如自然界中的声音都源自于静止一样,诗人们的诗是心灵躁动的升华。据说,他有三位身怀奇特美学才华的朋友,韩愈认为:虽然我不清楚,上天赐予他洪亮

---

① 纪昀(1724—1805),清代学者、文学家。任四库全书馆总纂官十余年。

而悦耳的嗓音是不是为了给帝王唱赞歌,但在其躯体衰竭时,心灵也在饱受痛苦,难道这些都是让他们赞美自己的不幸？命运再次捉弄了黄景仁,当许多人都在歌颂清朝的繁荣时,他却说这是对他的煎熬。按照他的话说,只要自然界中有鸟语、蝉鸣,他的诗就会自然地喷发。诗歌创作成为了他精神生活的组成部分,他是在用词语表达身心的感受。虽然他期望得到官职,但更大程度上只是想让亲人远离贫穷。黄景仁很推崇屈原与杜甫,后者在国家危难时刻没有利用手中的权力,而是在诗歌中抒发自己的精神力量,成为了杰出诗人。公允地说,黄景仁与伟大前辈的区别是,没有正面回应社会问题和社会事件,而是从内心为国担忧。

无论是生活方式,还是创作活动,李白留下的无与伦比的思想都影响着黄景仁,而他所欠缺的是对生活的挚爱、果断的独立性以及放荡不羁的想象力。虚弱的身体、不幸而贫困的家庭,无法实现的理想与希望是令他心痛与忧郁的原因。身处生活边缘的人在自然中所遇见的一切新场景都令诗人在风景诗中流露出强烈的逃避现实生活的情感,并以一个观望者的方式写作。他的诗总是客观的,而且风景画中总有作者身处异地、疾病缠身、孤独而不知所措的影子。随处可见的风景和别样的宇宙世界与前一个朝代交织在一起,激发了诗人哲理性的思索：回忆消亡的朝代,而更多的是思考自己,思考自己的命运。道家对自然和人类生存的认识是孱弱和清贫,黄景仁不怕死,他的身体里孕育有顽强的生命力。同朋友们的交往令他得到极大的精神满足,他们在诗歌中与他分享内心的情感与挚爱。

诗歌表露的感情是真诚的,体现在他的诗中是道德的纯洁与高尚。与众不同的、形象化的诗行构成了黄景仁创作的特征,更是中国诗歌创作极好的见证。在传统诗歌体系中,他仍能赋予自己诗歌以个性。黄景仁常常将明快的忧伤与诱人的希望融入作品中。考虑到诗人长年生病的状态,有位名人在1930年出版的名人录中回忆了同样身体虚弱、死于结核病的英国诗人约翰·济慈(1795—1821)。他死后被公认为英国最伟大的抒情诗人。遗憾的是,知识的欠缺不允许他采用心理分析学家西格蒙德·弗洛伊德(1856—1939)的方法,后者大概能对黄景仁在自然中的抒情给出阐释。就诗歌而言,黄景仁当之无愧是"真性情诗人",他虽然没有摆脱书卷气,但他的抒情诗重塑了生活磨砺、人类理想以及敞开心扉的重要性。

袁枚，1716年出生于杭州城。其父从事的是职位不高的幕宾，家境从未富足过。从幼年起，他就被公认为有非凡天赋而好学。袁枚回忆道："余少贫不能买书，然好之切。每去书肆，垂涎翻阅，若价贵不能得，夜则形诸梦。"私塾先生只为他讲解经典的《四书》和《五经》，幼年的袁枚并不知晓其他内容的书籍，直到他八岁时偶然有机会接触到王士祯编撰的古代诗歌选。诗歌给了袁枚不一样的世界，令他产生了强烈愿望去了解诗歌的秘密，这些爱好并没有成为他考取功名的障碍：他很早，刚满12岁就考取了秀才。但，在杭州并非所有人都欣赏袁枚的才华。袁枚曾说过：年少时我浑身充满了力量，因此，在故乡著名人士都全力支持我继续努力。年轻人去广西省寻找幸福，他的叔叔当时在此任总督。到达广西的第二天，一位要员要求袁枚即兴作诗。作品引来惊叹与赞许。总督给他写了推荐信，并为他提供了去京城参加考试的费用。考生超过了270人，袁枚在其中最年轻。这次他落榜了，他自己的解释是从小就不喜欢与《四书》有关的文章。虽然后来考取了秀才，拿到了县里的俸禄和省里的推荐信，然而他从心里并不愿意参加这次考试，从心底里鄙视科考，但从此发现了自己的书法才能。从杭州出发，途经广西到北京，袁枚一路都在作诗，后来这些诗都收入了他的诗集。

落榜后，诗人身无分文、无处落脚，但他找到了靠山，开始学习可恶的八股文。1739年，他考取了进士。主考官在他的试卷上批注："才思敏捷，字如行云。奇才！旷世奇才！"袁枚曾在翰林院奉命学习满文，但未及完成学业就奉命赴江苏省任职。从1743年到1748年的四年时间里，他曾在不同的县衙做官。有史料记载，诗人做官清廉，断案公允。一次，其父去看望他，途中并没有表明自己的身份，在他向当地人打听现任长官时，听到的回答是："吾邑有少年袁知县，乃大好官也。"巡抚推荐袁枚去做高于县官的职位，但未被吏部批准。袁枚请求"告病返乡"。当然，这也证明他不满意朝廷的决定，但他将主要的两点缘由写信告诉了朋友。首先，在县令的职位上他能够按照自己的意愿帮助民众，不用去阿谀奉承。第二，袁枚认为，职务是天子所赐，而文学作品则是故乡的恩赐。虽然创作非常困难〈……〉从此以后他可以无官一身轻。每当袁枚路过书铺，每次都像久旱之人见到甘泉，往往是还没有抬步前行，心已被书吸引了。袁枚认为，当权者视他为官吏，而他实际上就是一名普通的公职人员，是位文学家。

1749年，袁枚在距南京不远的小苍山购买了一处庄园，取名"随园"

（花园位置特殊），诗人在此一直居住到辞世。1752年里的第一个月，袁枚奉召，被派往陕西省赴任。最终袁枚还是去了陕西省的西安，但在当地府衙并没有找到他任职的记载。返回随园后，他表示宁肯不做官，也不能离开随园。袁枚的文学才华在当时是被公认的，为此他得到了许多慷慨的奖励：祝贺、书信、祭悼等等。据说，高丽国使臣还欲以重金购买袁枚的诗集。

袁枚家世殷实，觉得可以不依赖他人。对朋友们劝他不要辞官的忠告，他说自己隐居在随园，早已远离了尘缘。按照中国人的观点，随园应该是世间人文景观的缩影。随园内有"房屋""园林"，园中有两处开辟了先河："人性的、文化的"，"天然的、自然的"，即"天人合一"。在这种氛围下，处于文化熏陶与大自然怀抱中的人可以感受到身心和谐。财产状况允许袁枚有能力改造闭塞荒废的随园，在此他感受到了离开官场的自由自在。他的生活方式符合色彩的规律。在倡导美学情趣的同时，诗人花费了六十余年的时间修整随园，就是为了在此呈现风景的色彩与自然界的纯朴。其主要建筑建在北麓，取名"小苍山云烟居"。"环香阁"四面有窗，周围种满肉桂树。百步回廊称为"诗城"，意为无数道墙护住诗文。僻静之处有座"小眠斋"。五百余株野生李子树组成的小树林，诗人称之为"浓郁香气，雪海"，呈现出繁花似锦的春季园林景色。两只并排站着交谈的鸟是"黄鹂鸟"。所有的这一切都是为了衬托南山上那座充满故事的三层小楼。无论是称谓，还是形态各异的亭台楼阁都见证了诗人的美学底蕴，他在这里度过后半生。他最喜欢的地方是"书仓"，此处收藏有几十万册书籍。他完全实现了儿时的梦想，开始积极地收藏有趣的书籍。他坦言道，除了书，对任何物品都不会有如此的挚爱——我看见书如同见到美女，人还没近前心已砰然！一日不读书，就仿佛疏远了朋友。

渊博的知识和敏锐的思维让他能够摒弃那些年盛行的追风模仿和古板风气，并维护优秀传统，创建了新型的精神学说"性灵说"。他反对盲目崇拜古人。在追求诗歌创作的公开秘密的同时，袁枚质疑王士禛的"神韵"理论，倡导"性灵"（个性与精神）说。他的基本美学原则是："诗歌是自由天性和自然感觉的一种表现形式"。诗歌对他来讲，就是个性"自我"的化身，即作者自己，是他的道德观和心理波动的表露。经常读袁枚的诗，能感觉到诗中充满着典故、隐喻与联想。在诗中他发现了让自己内心世界充实、让生活和创作意志坚强的方法。袁枚在一封信中写过这样的话：道家认为肉身是临时的栖息地，而精神的开始才是真实的"我"。

1767年他写了《续诗品》,以回应司空图的《诗品》。在32首十二行诗中,袁枚讲述了"迷人的灵感"与诗歌词汇的选择有着千丝万缕的联系。他总结了不同作者的经验,"宜善相之,多师为佳。"袁枚专门解释了诗品之中的诗句"江海虽大,岂无潇湘!"记住孔夫子的话:"学而不思则罔,思而不学则殆",于是袁枚写了《博习》一诗,从中可以看出,学习可以帮助人们为达到新的精神境界而完善人的本性。他的意思很明确:"竟似古人,何处著我,……吐故纳新,其庶几乎!"(B. M. 阿列克谢耶夫)。诗人的朋友赵翼(1727—1814)是著名史学家和文学家,他认为袁枚是儒家学说的叛逆者,特别是他常与传统观点相悖,认为诗歌是有灵性的,不必公开宣讲诗的道德原则。在自己的创作中他坚持写人的情感生活,在他的同龄人写的长篇小说《红楼梦》中,对这部分才华出众的中国人描写得淋漓尽致。他写道,既然花草树木都有根,诗词也就有灵性。"拔乎其萃,神理超超。"他鄙视泥古不化之人所作的枯燥模仿与偏重理性的作品,袁枚多年来始终坚持:"诗之与书,有情无情,钟鼓并乐,舍之何鸣"。"诗本乐章,按即当歌。"

袁枚确信,诗人高于寻常人的特征是在不同性质的行为和状态中能表达出丰富的情感以及能用诗歌快速记录下心理活动的能力。他写道:"凡菱笋鱼虾,从水中采得,过半个时辰,则色味俱变;其为菱笋鱼虾之形质,依然尚在,而其天则已失矣。谚云:'死蛟龙,不若活老鼠。'可悟作诗文之旨。"袁枚希望,诗人写诗不是被迫的,而是用轻松、自然地心态借助诗歌形式反映生活中的所见所闻。从这些话里可以窥视到诗人的灵魂深处:"情至不得已,氤氲化作诗"。

谈到袁枚时,人们常用的词语是"才华""天资聪颖""聪明""天分"。在蒋士铨(1725—1785)诗集的前言中,他对才华、聪明的解释优于所有人,但后来就谈到了人们公认的博闻广学在文学创作中的重要性。"情有不容己,语有不自知。天籁与人籁,感召而成诗。""诗宜朴不宜巧,然必须大巧之朴;诗宜淡不宜浓,然必须浓后之淡。"袁枚反对诗歌中普遍存在的"无病呻吟",即由作者编造出来的、杜撰出来的痛苦。"诗写性情,惟吾所适"。任何弄虚作假、故意模仿,在诗歌的创作中都会被发现并且会破坏诗歌的整体完美。"诗文自须学力,然用笔构思,全凭天分"。袁枚不止一次地写道,真正的诗歌能感动许多人,至少会被大多数读者认可,而不仅仅是上流社会和挑剔的评论者小圈子里的财产。辞官后,令袁枚满意的是他的诗在同胞的生活中能够起重要的作用——对善良、美好、苦难的伤感与同情。因为"诗者,心之声也,性情所流露也。"

袁枚的结论是:"诗家不过两题,写景与言情。"他认为"诗有寄托便佳"。在随园里的生活是日常而普通的:与亲人共处、接待朋友、读书给袁枚提供了极好的写诗素材。他观察一年四季的气候变化,将其写进充满安逸和自由自在的诗篇中。他的创作灵感中融入了大量摈弃恶习、净化心灵的道家学说。"诗境甚宽,诗情甚活……必欲繁其例,狭其境。""夫童心者,绝假纯真,最初一念之本心也,若失却童心,便失却真心",——袁枚说。诗人终于见到了随园的实际状况。他写道,他有幸读了万卷书,行了万里路。1778—1786年间他完成了江苏、湖南、浙江、福建、广东和广西等省的游历。有时他也会待在一个地方,"我年二十一,曾作桂林游。今年六十九,重看桂林秋。桂林城中谁我识,虽无人民有水石。水石无情我有情,一丘一壑皆前生。不学习凿齿,重到襄阳悲不止;不学武夷君,逢人开口呼曾孙。只学蓝采和,踏踏流年自作歌;更学蓟子训,千年铜狄手摩挲。黄梁一梦谁能再,我竟来寻梦还在。"游历让袁枚写出了许多优美的诗句,将各种绝妙风景与自己当时的心情融合在一起呈现在了读者眼前。

袁枚在《山中绝句》一诗中写道,他的心三分归属于古老的儒教,二分隶属道教。对佛教他并不感兴趣,没有读过佛经,也没拜过佛。按照道教的观点,死亡是自然和不可避免的事情。1788年,袁枚患重病期间为自己写了祭文并请朋友们为他写挽诗,后来大约有35位著名贤士被迫写了挽诗。袁枚说,他是继陶渊明(365—427)的《挽歌诗》之后写的送别诗,"军门颁下挽章来,读罢袁丝笑口开。自是少微归位日,敢劳星象动三台。苍生万籁谢安石,紫府谁迎韩魏公? 就使升天同作佛,也应前辈让衰翁。水星闻说命宫居,十载旌旗住有余。但恐赓歌无谢朓,江南闲煞沈尚书。清凉山下好松楸,露冕行春望见不? 一只太牢文一首,累公告墓我先愁。"十年后诗人离世,没有请和尚,也没有念经。1797年袁枚带着他的成就离开人世,而且他应该很满意自己的成就。他留下了差不多4200首诗,故事和札记集《子不语》《随园诗话》,对1700名作者、传统体裁的优美散文做出了评价。

据说,人任何都清楚自己的不幸,却很少能悟到幸福。因此当一切都成为了现实时,袁枚理解了幸福的含义。在文学创作中,在个人生活上他找到了独立性和灵感,因此他的诗是明快、乐观的。随园里永远都住有年轻的女客,在诗里她们都至臻完美。袁枚不希望墨守当时的规矩:"女子之有文章宜也。"他尊重妇女们的成就,尽一切可能减轻命运对她们的不公。有很多女弟子在袁枚的支持下出版了自己的诗集。

袁枚喜欢节日里的美酒、朗读诗歌、喧嚣和欢笑声。为了宴会上的美食给他带来的快乐,他花费了十八年的时间饶有兴趣地撰写了《食单》,一部包含近三百种菜肴的烹饪法的食谱和与中国人闲暇时光有关的趣史。这部著作被译成了多种欧洲文字。

袁枚有种特殊的能力,他能够细心观察各种人间百态和特别的行为举止,然后将此当作笑话和自嘲讲出来,以增强他抒情诗的真实性和可信性。诗人评判勇敢的态度、对生活的热爱和渴望快乐、对才女的保护、藐视对虚伪道德的追求得到了文化界知名人士的赞许。因此,他们都成了袁枚的常客。那时,行为不羁和观点深邃成为对诗人的指责,淫乱放荡生活和一意孤行是指责的焦点,也让他感觉到与顽固分子和假仁假义之人的距离,但这些并没有影响到他。他有句很豪迈的诗行:"不相菲薄不相师,公道持论我最知;一代正宗才力薄,望溪文集阮亭诗。"

王士禛、黄景仁与袁枚走过的生活道路不在同一世纪,文学创作风格迥异,但他们的精神显然是相通的:独特的个性、在诗中自我表现的欲望、对现实生活所持有的美学观点、厌恶因循守旧和模仿。

在那个一百年中,特别流行四行诗。大文豪王夫之(1619—1692)断言:"……知古诗歌行近体之相为一贯者,大历以还七百余年,其人邈绝,何怪'四始、六义'之不日趋于陋也!"王士禛、黄景仁与袁枚在这一诗歌体裁中是真正的艺术大师。17—18世纪,三位诗人的诗再次证明了人自身的自我价值,伏尔泰公正地讲:"要成为一名自由人,至少要自我感觉自己是自由的。"他肯定了袁枚在中国的作用:"如果一个人没有了自我,那只能是个木偶"。三位诗人在许多方面都是世界的创造者,他们在诗中展现出了色彩和善良。

(陈蕊 译)

参考文献

1. О. Л. 费什曼:《17—18世纪的三位中国短篇小说家:蒲松龄、纪昀、袁枚》,莫斯科,1980年。

2. 张宏儒:《文白对照全译〈资治通鉴〉》,北京,1995年,1—5卷。
3. 刘大杰:《中国文学发展史》,上海,1982年1—3卷。
4. 《佩文韵府》,上海,1958年,1—6卷。
5. 吴文治:《中国文学史大事年表》,合肥,1987年,1—3卷。
6. 郑振铎:《插图本中国文学史》,北京,1957年,1—4卷。

陆游诗中的比喻

以陆游的诗为例,可以厘清一些中国诗歌的比喻结构,和比喻结构在诗的形象线索中的作用问题。陆游的同时代人陈骙(1128—1203)在《文则》中写道"直喻"是借助于虚词若、如、似、於构成的。1)陆游的诗中最常使用带"如""似"的结构,较少使用"若",更少使用"尤"。陆游有时用"於"构成比喻。在形容词后引入补语(相当于汉语的宾语——译者注),该结构中补语为喻体:江水绿於酿。2)王力在《中国诗律》的研究中指出,在诗的比喻中"如""似"经常缺失。3)这一点在陆游的诗中也存在。他的很多诗中都缺少外在的比喻手段,比喻按排比和关联的规则构成:大风从北来,汹汹十万军;千树桃花人面红。

陆游有很多完整的比喻,即包括比喻的全部三个部分:客体、形象和特征。4)例如:瞿塘峡水平如油,长戈白如霜这两例中特征置于比喻词之前。作为特征的词置于由"如""似"引出的形象之后的结构也相当普遍:道边虎迹如碗大;不怕酒杯如海宽。

陆游常用这样的简化比喻,一组对照所共有的特征并不出现,但是要领会未被指称出的特征并不难。例如:遶檐点集如琴筑;飞霰如细砾。省略特征的比喻能给读者广阔的想象空间。诗句"中原北望气如山"中的比喻在一些现代评论家看来是这样的:"诗人内心的愤怒之气大如山。"5)也有另一种理解:"要重返被敌人侵占的土地的意志像山一样强大。"6)要注意,有时简化比喻中未明说的特征,其暗示就隐藏在客体的修饰语中。诗句"白袍如雪"中的"白"就充当了该比喻的特征。"细雨如丝映晚晖"一句中形容词"细"指出客体和形象(喻体)的共同特征。当然,所有的比喻都是形象的,就如这个例子中显示的那样,不能死板地去解释。但是研究简化比喻的出发点还是该结构中客体的定语。有时作者使用了简化比喻后,在下一行会给出线索。例如,比喻"诗如古鼎篆"看第二行才能明白,意为"可以喜爱而不可模仿"。《哀秋》一诗中写道"秋雨如漏壶",其后有诗句,意为"一直下到天明"。

陆游还有很多通喻,形象到只用一个词来表现:"春碓声如雷"。形象常常由于有一个或多个定语而变得复杂:"电行半空如狂矢";"归思恰如重酝酒"。一些各自独立的通喻相互配合,形成一个双形象链,彼此相像,共同强化对需要明确的客体或行为的印象。陆游是这样写他病后无法离案的:如鹰在鞲虎遭缚①。

另一种比喻是其中的形象十分普及。比如:"饮如长鲸渴赴海";"云如两阵决雌雄"。如其他中国中世纪诗人一样,陆游的创作中也有将比喻限定在一句诗中的倾向。因此,形象的普及必然造成对比喻客体描写的减少。经常是仅指出客体。陆游习惯用在相邻的两行中,在一个表示客体的字后用"如……似"或"似……如"结构进行比喻。例如:难似车登蛇退岭,险如舟过马当衿;心如老骥常千里,身似春蚕已再眠。应该说陆游在长期创作生涯中多次使用这种结构。在他的近九千首诗作中可以看到不少构成和想法类似的比喻。雷同的比喻自然引起了陆游诗鉴赏家们的不满。

7)尽管陆游尽力把比喻限定在一行之内,我们还是能够找到占两行的比喻:夜听簌簌窗纸鸣,恰似铁马相磨声。陆游的诗中经常可以见到这样的结构,第一行诗中的行为与第二行诗中的信息进行比较,此时充当联系成分的是"不如":松阅千年弃涧壑,不如杀身扶明唐。《悲歌行》一诗的相邻六行中使用了带"不如"的结构。

还可以见到比喻成为一种固定结构的情况:似盖微云才障日,如丝小雨不成泥。在这个例子中,比喻作为名词的定语的组成部分出现。众所周知,古汉语中名词有时充当动词的定语(此时的名词具有比喻意义)。

---

① 作者俄文音译为二声,译者查中文原文为"缚"。

8) 陆游偶尔也在诗中使用这类词组的形象功能。陆游在比喻中使用下列词作为形象：霜、雪、雨、雪、雷、石、铁、云、星、月等。比喻的客体常常是各种花草、鸟兽、日常生活物品。这使得陆游的诗句平和自然，拭去了书卷气、学究气。陆游创作手法的这种特性明显表现在将他的比喻与黄庭坚(1045—1105)的比喻的对比中——黄庭坚被认为是江西诗派的奠基人。9) 比喻的客体采用的是典范《诗经》中的《大雅》篇，以突出文雅、准确和诗中主人公的直率。下面这些诗句也难以理解：官如元亮且折腰/心似次山羞曲肘①。10) 要理解这种比喻，就得知道元亮是陶渊明的字（陶渊明因不肯在权贵面前折腰而辞官不做），还要记得诗人元结(723—772)名为《恶曲》的文章(元结字刺山)。

虽然陆游偶尔也会从历史典籍、文学作品和神话传说中取材进行比喻，但是他还是更倾向于从自然界和平常生活中取简单明了的形象。

陆游的诗作中有许多新颖独特的比喻。他的初期创作中比喻的外在手段较少。陆游诗集的当代编者指出，如下列成功诗句：压车麦穗黄云卷，食叶蚕声白雨来。11) 诗的匠心还是让我们看得出，诗人非常轻松地把中国诗歌中已有的比喻引入自己的诗中。杜甫(712—770)曾写道：鹅儿黄似酒。陆游也用这种表达：空爱鹅儿似酒黄。在陆游的另一首诗中反复使用这种比喻，以酒为比喻对象：新酒黄如脱壳鹅②。

其他情况下，他所引用的前人的比喻中都掺杂了旧时诗歌中特有的认识、感受和评价。在叙述自己忍受恶劣天气时，陆游用了杜甫的比喻：布衾冷似铁。这也与唐朝诗人所作表达了相同情感的《茅屋为秋风所破歌》有一定的联系。

通常陆游采用著名的比喻作为自己文本的材料，并置于新的观念组合之中，改变与诗中其他部分之间的联系。

如果说对于整个世界文学来说，没有其他语言形式，其传统能如抒情诗那样强势，那么这一结论完全适用于中国古代诗歌。12) 所以陆游认为，如果传统比喻能轻松自然地进入他的诗中，并能唤起读者必要的想象，那么采用传统的比喻就是可能而得体的。在这种艺术手法中新元素对作者来讲并不十分重要。可能由于中国诗歌抑制了所有的改变，这种创作特点素材的纯真融入新颖独特的东西成为中世纪诗人眼中更重要的

---

① 作者俄文音译诗句中少"曲"字，译者根据中文原文补充上。
② 作者原文音译为：tuōjièě。

方面,而那些辞格,如比喻和修饰语,则更少变化。在这里值得注意这样一种观点:是不是所有的比喻形式陆游都无条件地使用或运用了?事实上,他更常使用从自然界和日常生活中提取的形象进行比喻。

在陆游开始创作的年代,中世纪的思想规范刚被打破,而新的规范还没有被人们认可为审美准则。因此,他的比喻中独特的创作不太明显,陆游常用加进细微改变的变换进行创新。举这样一个例子:只知闲味如荼永,不放羁愁似草长。形象词为"荼"的比喻最早出现在诗《出其东门》(此标题作者采用意译)(诗经)中,这首诗中是指女子,应该是表达女子之美的。陆游从传统比喻中只取其形象,将其用于说明另一种对象。从第二行起陆游将下面的诗行进行对照:百忧如草雨中生(薛逢),又觉春愁似草生(秦韬玉)。与前人不同的是陆游用草的比喻,突出的已经不是"愁"的产生,而是这种感觉本身和持续。

陆游的比喻既让我们看到中国中世纪诗歌中这种艺术手法的独特,又提出了诗人创作手法的某些问题。

小结

作者研究陆游的诗并阐明了中国诗歌的比喻结构及其在独特的诗歌系统中的作用。从对陆游诗比喻的分析中可见诗人创作手法的独创性。

(罗蕾　译)

参考文献

1. 陈望道:《修辞学发凡》,上海,作家出版社,1964,第 80 页。
2. 《陆放翁全集》,四部备要,第 79 册,上海,中华书局,1936,第 22 页。
3. 王力:《汉语诗律学》,上海,新知识出版社,1958,第 264 页。
4. 文中用到 Томашевский(托马舍夫斯基)《修辞与诗律》中的术语,列宁格勒,Учпедгиз 出版社(缩写词 Учпедгиз 为:国家教学师范出版社),1959,第 208—220 页。
5. 游国恩、李易选注:《陆游诗选》,北京,人民文学出版社,1957,第 125 页。季吉选注:《陆游诗选》,北京,人民文学出版社,1962,第 36 页。
6. 朱东润:《陆游选集》,上海,中华书局,1962,第 97 页。

7. 参看著名诗人、学者朱彝尊《陆游卷》中的表述,孔凡礼、齐治平编,北京,中华出版社,1962,第155—157页。
8. С. Е. Яхонтов(雅洪托夫):《古代汉语》,莫斯科,科学出版社,1965,第44页。
9. 黄公渚编注:《黄山谷诗》,上海,商务印书馆,1934,第49页。
10. 黄公渚编注:《黄山谷诗》,上海,商务印书馆,1934,第112页。
11. 陈延杰注:《陆放翁诗钞注》,上海,商务印书馆,1938,第106—107页。
12. Л. Гинзбург(庚兹布勒格):《抒情诗》,莫斯科-列宁格勒,苏联作家出版社,1964,第8页。

范成大生平

范成大,政治家、大诗人、著名日记体游记《吴船录》的作者

范成大,字致能,1126年六月初四,生于吴县(今江苏)。时值宋朝衰败转折之秋。此后中古时代的历史学家总能回溯当时的大事件,以此警示君王国难当头,应当有所洞察。据传,1125年9月,"有狐升御榻而坐。又有都城外鬻菜夫,至宣德门下,忽若迷罔,释荷担,向门戟手,且言云:'太祖皇帝、神宗皇帝使我来道,尚宜速改也。'逻卒捕之,下开封狱,一夕,方省,初不知向者所为。乃于狱中杀之"①。历史学家写道,宋朝统治者从未对金人入侵的现实威胁给予足够重视。与此同时,1125年10月,"金主诏诸将南伐……时金人部署已定,而举朝不知,遣使往来,泄泄如平时"②。官员们担心龙颜不悦而失宠,故匿瞒不报。同年冬,金人分两路入侵宋朝。宋徽宗得知真相后悲呼:"'我平日性刚,不意金人敢尔!'因握攸手,忽气塞不省,坠御床下。宰执亟呼左右扶举,仅得就宣和殿之东阁。群臣共议,一再进汤药,俄少苏,因举臂索纸笔,书曰:'皇太子可即皇帝位,予以教

---

① 毕沅,《续资治通鉴》,卷三,第2488页。
② 毕沅,《续资治通鉴》,卷三,第2488页。

主道君退处龙德宫。可呼吴敏来作诏'。"①消息传遍全国,百姓惶恐不安。国难深重,朝廷为保全淮河长江以南的国土,被迫同金开战,败后签订丧权辱国的和约。

国事生变,惊扰到平民百姓的家庭生活。翌年,诗人范成大出生。其父范雩,字伯达,1124年进士,学识渊博,文学造诣甚高。时人写道:范雩于太学所作之文以为奇作,置之魁选,驰誉都城,"学者至今以为模范"②。曾祖父范泽官任太子少保。祖父范师尹位列太子少傅。母亲蔡氏,出生官场名门,其祖父蔡襄(1012—1067)是宋朝第一书法家,工于诗,善修辞。他在民间复兴古代儒学理想,并且自己坚守儒学礼法。1036年,宋朝第一批改革家范仲淹(989—1055)及友人欧阳修(1007—1072)、尹洙(1001—1047)和余靖(1000—1064)遭流放,蔡襄赋诗以彰其德,文人争相誊抄。蔡襄以勇谏、敢于评论时局及朝政而著称。他有幸出任高位,任开封和杭州府事。他存世的著作有60卷文集、10卷奏疏和评论集、《茶录》和《荔枝谱》。范成大的母亲是宋朝重臣文彦博(1006—1097)外孙女。文彦博在任近50年,辅佐四代君王。任宰相期间,他注意到王安石(1021—1086)才华出众且富于实干,于1051年,向皇帝举荐此人,助其升迁。最初文彦博对王安石变法表示欣赏,后难以接受其改革实践继而反对。文彦博在洛阳闲暇时常以文会友,与司马光(1019—1086)、富弼(1004—1083)等名人一起参与诗酒酬唱。十三位朝臣结成"洛阳耆英会",蜚声全国。文彦博共著有14卷文集。

出身仕宦书香世家,诗人心生自豪。在这种特殊的家庭氛围里,他敬重文化,关切国事。

范成大生于洞庭湖东岸的吴县,那里有丰沛开阔的长江作天然屏障,可远离战事。爱国将领李纲(1083—1140)、宗泽(1060—1128)和岳飞(1103—1142)带领将士们抵御外族侵略者,守住了长江以南的半壁国土。北宋最后两位皇帝被俘后,1127年五月,唯一幸存下来的赵氏皇族后裔称帝,名高宗。始建南宋,建都临安(今杭州)。

范成大四岁时,家乡遭遇战乱。1129年十一月,大批女真部队南渡长江,占领建康(今南京),继而挥师杭州。次月,南宋都城陷落。高宗南逃,乘船渡海,才得以躲避追杀。"由此,宋朝才算顺利度过了最艰难和危

---

① 毕沅,《续资治通鉴》,卷三,第2495页。

② 于北山,《范成大年谱》,第2页。

机的关头。对女真而言,这是一次重大失败……追杀高宗失败,意味着汉人的政权还将继续存在,而且有可能再也无法将其消灭,被迫与其保持交往"①。南方酷暑潮湿,金人水土不服,加之宋兵屡屡突袭,损失惨重。金人担心宋将韩世忠率部队断其渡江后路,开始北撤。他们从杭州一路烧杀掳掠,途经平江府(苏州古城中心,治吴县)。"驻兵府治,卤掠金帛子女既尽,又纵火燔城,烟焰见百余里,火五日乃灭"②。1130年三月,金人离开平江府。据史料记载,共有五十多万人死于这场战乱。全城仅残存下一座庙宇。诗人的家庭虽逃难存活,但此后几年他时常听长者讲述起可怕的岁月,他的童年记忆从此烙上了成年人的忧虑与恐慌。早年的范成大就感受到了战争的残酷和疯狂。

战火向长江以北蔓延,南方省份得以修生养息。1135年,范雩受封江阴先生,"笃意训率,风俗为变"③。同年,其兄范成象中进士。

范成大早年聪慧机敏。著名文学家周必大(1126—1204)在《神道碑》中记:"公在怀抱,已识屏间字,少师力教之。年十二,遍读经史。"④十四五岁时,范成大开始作诗著文。年仅十四岁,范成大深爱敬重的母亲辞世。此后几年间,诗人撰写母亲传记(书稿未能留存)。诗人第一次经受了失去亲人的悲痛,加之自身体弱多病,他开始考虑生死的问题。范成大在《问天医赋并序》中写道:"余幼而气弱,常慕同队儿之强壮,生十四年,大病濒死。"⑤对死亡的冥思苦想促使诗人心智早熟,成为他日后求诸佛学释疑的一个原动力。十五岁,范成大随父前往杭州,做了教书郎。

1140年八月,范雩奏请皇上兴办军官教育,组织考试选拔天资聪颖者,对其加赏提拔。"故官卑者有升进之望。学成者得袭宠之荣,而怠惰者莫不相与激劝"⑥。朝廷对他的建议予以了高度重视。范成大年少时曾迁居佛日山上一座建于公元10世纪的寺庙内。山顶风光旖旎,一条上山小径掩映在松涛丛中。寺庙原名佛日寺,1008年更名净慧寺。范成大常与僧人举上人漫步林间,听其教诲。著名诗人苏轼,1089至1090年间任杭州知府,曾于该寺庙墙壁上题有一幅墨宝。僧人举上人在结识范成

---

① C. H. 冈恰洛夫,《中国的中世纪外交》,第113页。
② 毕沅,《续资治通鉴》,卷三,第2823页。
③ 于北山,《范成大年谱》,第8页。
④ 湛之,《杨万里范成大》,第112页。
⑤ 《石湖居士诗集》,卷五。
⑥ 于北山,《范成大年谱》,第14页。

大 37 年后,请求为该题词补跋,跋文随后被刻入石碑。

1141 年,诗人父亲任秘书省正字,掌宫廷经籍图书。几年来,高宗"时常感到自己作为'合法皇帝'的地位岌岌可危,因为他的登基从未受到过哪位德高望重的皇族成员的认可……因此,他一直希望解救出被俘的母亲,确保他的皇权地位,从而极大地巩固他作为名副其实的当朝天子在臣民们中的权威"①。因此,南宋在与金的谈判中特别坚持一点,那就是让韦太后有机会回到杭州。1141 年十二月,南宋与金订立和约,即著名的"绍兴和议"。南宋向金割让淮河长江以北的土地,宋向金称臣,每年纳贡大量黄金和丝绸。根据条约规定,1142 年八月,韦氏启程归宋。韦氏回朝在当时被看作是国之要事,见证了朝廷的外交政策取得成功。皇帝下令各方进献诗词,颂扬这一重大事件。一千多人呈献文墨,近四百人入围胜出。皇帝下诏,一旦入围,官员加官进爵,报考进士者免除乡试,直接参与殿试。

在这批入围者中就有范成大。他的应征之作虽未能保存下来,但获得认可的这一事实却印证了他高超的学识与文学才华。评论界察觉到,范成大在其早年流传至今的诗歌中针砭时弊,为北方领土的沦陷感到悲痛,否定朝廷的投降行为。如绝句《秋日》,画面感强又极具抒情性,从中可以读出言外之意,它正好契合了仁人志士悲叹故国遭难的心情。

> 碧芦青柳不宜霜,
> 染作沧洲一带黄。
> 莫把江山夸北客,
> 冷云寒水更荒凉②。

"可以看出,'北客'二字指的不仅是北方地区的黎民百姓,它还有另一层潜在含义,即宋金签订和平条约后,北方的使者来到临安,皇帝及大臣们奴颜婢膝夹道欢迎,邀请金人欣赏江南美景,阿谀奉承,希图寻得垂青……诗歌营造出秋景,同时传达出作者的主观感受,在字里行间隐含有责备与深意"③。

1143 年二月,诗人父亲受封秘书郎,六月辞官,不久辞世。周必大

---

① C. H. 冈恰洛夫,《中国的中世纪外交》,第 184 页。
② 《石湖居士诗集》,卷一。
③ 《宋诗鉴赏辞典》,第 1011—1012 页。

曰:"公荧然哀慕,十年不出"①,"竭力嫁二妹,无科举意"②。他曾长时间都在空山县东禅寺研读诗书。"诗人迁走,隐居修行"③。范成大此前接受了正统的儒家教育,熟读四书五经,将经典学说所认同的行为准则与道德理想融会贯通。但是,儒教并没有解释清楚一个对于诗人来说十分重要的问题——他很早就在家庭中碰到的生与死的问题。有一段孔子师徒的对话流传至今,曰:"敢问死。"曰:"未知生,焉知死?"④范成大努力认识自己及自己在生活中的位置,形成个人死亡观,最终求诸于佛教哲学。诗人一生对寺院的生活方式和经文都十分感兴趣。他经常欣赏各类寺庙,研究内部装饰及佛教法器。与僧侣们的长谈总能带给诗人精神上的愉悦。他从许多大师的行为和心理气质中看到他们的高尚品格,这一点有别于许多渴望权力与财富的信徒。佛学典籍思想之深邃独到,关怀领域之广泛,心灵视野之开阔,都深深地吸引着诗人。范成大同许多宋代文学家一样,在佛教诸多流派中选择追随禅宗。禅的思想和实践赋予诗人新的世界观,丰富了他的性格,补充发展了对其由先天自然品质和后天教育所决定的心灵特征。

范成大在潜心研究佛法前,已经拥有了一个内在世界,这个世界的纬度是由儒家教育所决定的。他本能地追求和发扬完美人格(即"君子",道德高尚的人),并始终从仁(人道、博爱)、从义(责任、公平)的角度来评价自身和他人。诗人将自己归为"君子",与社会里大量的"小人"(丧失应有的道德品质与崇高目标的人)对立起来。子曰:"君子上达,小人下达"⑤。范成大从未放弃自我修养,因为正如《中庸》所言,"君子不可以不修身"⑥。其主要目标是学会在极端情况下保持自制力,心灵平和,有坚忍的毅力,学会在考验面前充分利用掌握自己的知识和能力。他追随孟子,希望同圣人一样通过自我完善在四十岁做到"不动心",并且此后从未懈怠⑦。儒家教育让范成大具备了出任国家要职的必要品质,因为每个儒生所获知识与品质首先应该最大限度地贡献到这个领域。儒家强调,个

---

① 湛之,《杨万里范成大》,第112页。
② 湛之,《杨万里范成大》,第112页。
③ 湛之,《杨万里范成大》,第112页。
④ 《中国古代哲学》,卷一,第158页。
⑤ П. С. 波波夫,《论语》,第87页。
⑥ 《中国古代哲学》,卷二,第126—127页。
⑦ П. С. 波波夫,《中国哲学家孟子》,第34页。

人存在的方方面面都应该统领于一个主要目标,即将个人融入国家机制,国家机制能否成功运行取决于人的知识与道德修养。范成大在年轻时,并不排斥儒家学说对积极参与社会活动的指导意义,但很长时间里他回避这种思想,一定程度上受到了道家的影响。道家对于"大道"(包括人在内的万物之根本)的理解决定了必须遵循"自然"(要求人不破坏事物的自然过程,坚守住自身最初的内在品质)的原则。范成大在对人的价值取用,对生与死意义的沉思中,选择了道家概念——恒久变化的"道",因为它能解释,个人为何会被卷进变动的洪流,并且融入周围世界的各种隐性的过程中的。从诗人早期作品《读史》中,就可以窥见到他对过往朝代人们生命结局的思索。

> 百岁亏成费械机,
> 乌鸢蝼蚁竟同归。
> 一檠灯火挑明灭,
> 两眼昏花管是非①。

道家对死亡的态度是诗人所认同的,死亡面前众生平等,逝者都将走向不可逆的虚无。有人将本诗同庄子作品中的经典情节进行了对比。哲学家庄子临终卧榻不起,门生准备给老师厚葬。庄子反驳道:"在上为乌鸢食,在下为蝼蚁食,夺彼与此,何其偏也"②。这个故事启发人们换个角度看待儒家"礼"制下的丧葬虚礼,在死亡面前思考的不应是功名,而是自身的真实本质与周边自然界的有机统一,而在这个自然界里,所有状态和变化都是由"大道"决定的。道家学说让范成大豁然开朗,让他掌握了有别于儒家领悟世界与人的角色的新方法,从而不断萌发出研究精神自我调节法的念头。他明白,得"道"是与摆脱欲望,或者说,是与管理欲望的能力密不可分的。道家修炼帮助诗人集中精神,锻炼自制力,培养专注力,提高对外部世界的感受力。范成大不断地在为进入到深层次的精神活动以及顿悟做准备。他越来越看重那些外在生机勃勃的领域,尽管不信仰道家的学者对它们不屑一顾。"道家哲学和心理学从根本上决定了,'道'的原则有可能体现在任何形式的平凡世俗生活中。其教义指出,道是一种无所不入和无所不在的东西('道大无所不包'),因此,它随处可见

---

① 《石湖居士诗集》,卷二。
② 《中国古代的无神论者、唯物主义者与辨证论者》,第314页。

('道在屎溺中'),随便做什么事情,都可以将任何活动(即使是公认最'下'的活动)转化为弘扬象征宇宙和谐与能量的'大道'的活动……"①。

范成大对各地百姓的劳作情形、节日风俗、耕种生活、各地产物等都抱有浓厚兴趣,这些常常为他的诗歌,特别是散文作品赋予了民族志的风格。范成大的这种兴趣不正是源于对"道大无所不包"的领悟吗?

范成大直到临终依然追随禅宗,对禅宗思想的研究与修行让他的心灵世界不断丰富发展。佛教在经受10世纪迫害后,只有禅宗这一流派留存下来,在知识分子中继续发挥影响。禅宗自5、6世纪之交产生以来发生了许多重大变化,它在很长时间里否定典籍和书本知识对于开悟的意义,而完全推崇顿悟的作用。禅院书籍常常被搁置在过客的厢房内,紧邻出恭之所。传说中的禅宗始祖达摩教诲:"勿信他人所言所书"。讨论佛典中蕴藏的思想与概念一直被视作无用功,犹如掷沙填海。"盘算他人珍宝有何益?"②。但经年累月,禅宗不得不考虑中国知识学说崇拜传统的强大力量。宋朝禅师在与世俗知识分子交谈时,常常展现出他们博览佛道两家经典的一面。他们的知识库不仅储备有阐释禅宗要义的佛经典籍,还有悖论式的对话集《问答》,这本论集旨在打破读者逻辑思维定式,构建一种有利于摆脱幻觉阴影并直抵人性深层本质的特殊心理状态。禅宗启发范成大,要善于裸眼观察,按照世界原有的样子去理解它,避免印象和感受被凭空臆想的解释和人为推断所歪曲。8世纪的一位禅师青原行思曾说:"参禅之初,看山是山,看水是水;禅有悟时,看山不是山,看水不是水;禅中彻悟,看山还是山,看水还是水"③。这里谈到了人在理解周围自然界时,心理状态所呈现出来的三个不同阶段。最初,对现实观察的特征主要是由日常感知决定的。随后,在领悟禅宗学说的过程中,业已形成的心理结构崩塌,惯常的处世态度开始发生重大变化。最终,开悟后意识到自身处在绝对性之中,物质世界会在另一个世界中显现出来。

范成大对自然的观察力随着禅修日渐敏锐,是因为他能够摆脱琐碎空虚的欲望,清醒地看到现象和事物的美及内在本质。人一旦摆脱轮回意识,就能消除自身与客体之间的距离或对立,从直觉入手,激活自身的精神活动。著名的苏联物理学家费因伯格在《控制论、逻辑和艺术》一书

---

① H. B. 阿巴耶夫,《中世纪中国的禅宗与心理活动文化》,第38页。
② E. Conze,《Buddhism》,第203页。
③ H. B. 阿巴耶夫,《中世纪中国的禅宗与心理活动文化》,第67页。

中,认为艺术(包括诗歌)是人类存在的条件之一,尤其指出了人类的直觉判断和直觉认知的能力。他认为,直觉认知经常在逻辑苍白的领域发挥优势。从直觉出发进行诗歌创作,对于这一点,范成大十分认同,也颇有感触,因为他熟知释道两家的著作。他了解司空图(837—908)谈创作个体灵感类型的《诗品》。范成大对盛极一时的"江西派"的美学取向也并不陌生。该学派的集大成者强调博学多识是成功创作的必要条件,同时十分重视作者的心灵状态,重视在何种心灵状态下精神活动受到激发,而文思泉涌才能下笔有神。韩驹(约1086—1135)诗云:"学诗当如学参禅,未悟且遍参诸方,一朝悟罢正法眼,信手拈来皆成章。"①

禅宗,顾名思义,其追随者倾向用冥想这种方法来达到开悟。范成大著有《宴坐庵》。他在第一首绝句中写道:

> 油灯已暗忽微明,
> 石鼎将乾尚有声。
> 衲被蒙头笼两袖,
> 藜床无地著功名②。

前两行诗中,诗人用形象来重构冥想的某个阶段。他写道,油灯熄灭前会摇曳,锅中水沸前也会咝咝作响。这正如诗人获得内心安宁之前,各种欲望会隐隐回响。但诗人在破旧禅修室的冥想,让他摆脱了对世俗诱惑的眷恋,逐渐忘记虚荣的追求和仕途生涯。在与世隔绝的隐修院里,范成大感受愉悦和光明,他的生活成为自然存在的一部分,遵循的是自然法则,而非社会行为规范。在第二首绝句中,诗人将自己的生活方式与处世态度,同朝廷官员受职务的牵累做对比。

> 五更风竹闹轩窗,
> 听作江船浪隐床。
> 枕上翻身寻断梦,
> 故人待漏满靴霜③。

绝句中塑造了一位智者的形象,他意识到功名心思与官场生活的虚幻。

---

① Yu Jin,《中国诗学 shanggang》,第146页。
② 《石湖居士诗集》,卷一。
③ 《石湖居士诗集》,卷一。

诗人通过禅宗世界观感受到多种生物之间的亲缘性：无论是飞禽走兽，还是游鱼爬虫，它们同人一样皆有"佛性"。每每邂逅，诗人心中都暖意融融。

> ……
> 卧听饥鼯上晓釭。
> 一点斜光明纸帐，
> 悟知檐雀已穿窗。
> 跏趺合眼是无何，
> 静里唯闻鸟雀多①。

作者在《西江有单鹄行》《放鱼行》《河豚叹》这几部早期作品中，以鸟、兽和鱼的命运遭遇为例，阐述了自己对于生活使命、灾难及困苦的态度。在第一首《西江有单鹄行》中，他悲叹，大自然赐予鹄远飞的能力，而它却——

> 猥为稻粱谋
> 堕此鸥鹭群
> ……
> 怀安浦溆暖，
> 忘记云海宽。
>
> 一只鸿雁飞过来，
> "言鹄有六翮，
> 何不高飞翻？
> 水鸟不足群，
> 朝暮徒嘲喧。
> 相将乘风去，
> 一上盘秋旻。
> ……
> 方知翅翎俊，
> 可以凌埃尘。"②

---

① 《石湖居士诗集》，卷一。
② 《石湖居士诗集》，卷一。

诗人相信,不能为果腹安逸而拒绝追求真理。范成大感慨人们杀害河豚来烹饪佳肴,他说所有生物都无法避免死亡。

> 生死有定数,
> 断命乌可续。①

依照禅宗概念,诗人甚至认为非自然死亡也是客观存在,因为死亡的悲剧会被重生的信念所消解,而重生必将产生新的存在。"人类往返'死生'世界的磨难一度认为是无法避免和治愈的,直到人能克服自我中心主义和人类中心主义,他的存在不再以宇宙为支撑"②。禅宗学说化解了生死问题无解的悲剧性困境,让范成大换种方式看待失去双亲的痛苦,自己的行将就木,以及长期病患形成的想法。病隙间,诗人能耳目聪敏地去感受外部世界,自然对他而言也显得格外亲切。

> 空里情知不著花,
> 逢场将病当生涯。③

中文诗歌以描写草木见长,范成大在创作这类题材作品时,某种程度上受到了禅宗影响。佛教禅宗认为,植物世界也存在佛性。诗人病中对树木的观察让他的心灵得以休憩,思考严肃的问题。诗人为《两木》这首诗作序写道:"壬申五月,卧病北窗,唯庭柯相对。手植绿橘枇杷,森然出屋。枇杷已著子,橘独十年不花。各赋一诗"④。植物世界的事情让范成大联想起人的生命活力。禅宗鼓励人们笑着迎接衰老和死亡,因为笑象征着某个存在阶段的结束并过渡成为一种新的存在。因此,范成大甚至赋予秋风灵性,用禅学来诠释它的肃杀之气。

> 霜清木落千山露,
> 笑杀东风叶满枝。⑤

诗人经常用诙谐的笔调来消解困境中的紧张情绪,减轻心灵的疼痛感。《病中绝句》这首诗就很典型:

---

① 《石湖居士诗集》,卷一。
② H. B. 阿巴耶夫,《中世纪中国的禅宗与心理活动文化》,第100页。
③ 《石湖居士诗集》,卷一。
④ 《石湖居士诗集》,卷一。
⑤ 《石湖居士诗集》,卷一。

> 石鼎飕飕夜煮汤,
> 乱拖芝术斗温凉。
> 化儿幻我知何用?
> 只与人间试药方。①

范成大在传达饱受病痛折磨的所思所感时,会借助佛教七字诗(偈语)的形式以及特殊词汇来表现禅的处世态度(如诗《病中三偈》)。

与其他佛教流派不同,禅师从不用宗教哲学和修行来限制信众的兴趣发展,而是鼓励他们积极体验世俗活动,广结善缘。"禅师不仅可以,而且必须竭尽全力履行世俗义务和社会责任,实干而富于创造力,也就是积极且有创造性地做事"②。范成大渴望借助禅宗来拉近自己"本性"同宇宙万物存在之间的距离,扩充个体的"我"的边界,这给中国诗人们广为传颂的君子之谊增添了些许新的色彩。捷克诗人和剧作家维迭兹斯拉夫·奈兹瓦尔(1900—1958)曾说:"友谊是影子,没有它,人就没有走出小我的出路,这一点有谁会否认呢?"③范成大在东禅寺盘桓的岁月让人铭记的是,他结识了一群才华横溢的年轻人并与他们结成诗社。马先觉在《喜乐功成招范至能入诗社》诗中就将他们的诗社比作一支军队:

> 范家老子登坛后,
> 鼓出胸中十万兵。④

马先觉家族世代信奉道教,未有入世为官者,只有其祖父受儒家理想感召走上仕途。马先觉以善文著称,1160年擢升进士,后留存著作集一部。范成大另结识友人乐备,他博学多识,文笔优美,诗歌成就尤其高。范成大曾赠诗予他。另外,潘时叙的优美散文和诗歌也甚得范成大欣赏,范成大就曾写过《与时叙、现老纳凉池上,时叙诵新词甚工》⑤诗一首。人尽皆知,汤鹏举才智过人,廉洁奉公。因此,1155年,秦桧死后,他继任宰相,上疏奏请朝廷剥夺秦桧同党的官职。奏疏内容在《金坛县志》职官卷中有所记录。

---

① 《石湖居士诗集》,卷一。
② Н. В. 阿巴耶夫,《中世纪中国的禅宗与心理活动文化》,第95页。
③ В. В. 涅兹瓦尔,《走出我的生命》,第191页。
④ 于北山,《范成大年谱》,第22页。
⑤ 《石湖居士诗集》,卷一。

范成大同佛教徒和诗友们常有往来。

> 老禅挽我游，
> 高论方轩眉。
> 潘郎忽鼎来，
> 谈诗解人颐。①

佛门僧人都非常敬重范成大及其友人的精神品质。诗人曾记录下这样一段经历："三年前，至先兄与予同唐少梁登山绝顶，比归迷路，扪萝而下，夜已午。住持僧散遣群童秉烛求馀三人，久而莫得，以为已仙也"②。

在寺中生活的几年，范成大自号"此山居士"。"居士"一词有双重意义。一是与梵语有关，指继续世俗生活不剃度为僧但修佛之人。另一层意思指"隐居的文人雅士"。

范成大先父友人王葆常去看望诗人，责问他为何无意仕途。王葆在地方和朝廷为官恪尽职守，断案刚正不阿，闻名远近。"绍兴改元，上疏陈时弊，深中时病"③。王葆学识渊博，精于《春秋》。他善于辨识并扶植人才。"教诱后生，如亲子弟"④。王葆劝勉范成大尽快考取进士。"子之先君，期尔禄仕，志可违乎！"但范成大一直认为，学识和精神准备不足，无法真正地为国效忠。范成大就这样同父辈学识之士、禅宗信徒和诗词爱好者友好交往着，这样的生活虽缺乏光鲜，但蕴含一座精神思考的宝藏。诗人去往都城杭州短期出游，所见之物皆入为诗，风貌详实，其体察入微，可见一斑。

现代文学研究者认为，青年范成大"深受'江西诗派'影响"⑤。但此类论断尚无依据。所以，文学史家对此也有所保留："然而，在研究'江西诗派'的同时，范成大相对广泛地掌握中晚唐时期(766—907)诗歌的手法和技巧，夯实基础，让他摆脱了江西诗派的美学框架规则"⑥。作者本人约1150年在《乐神曲》《缲丝行》《田家留客行》和《催租行》四部作品的注

---

① 《石湖居士诗集》，卷一。
② 《石湖居士诗集》，卷一。
③ 于北山，《范成大年谱》，第20页。
④ 于北山，《范成大年谱》，第20页。
⑤ 章培恒、骆玉明，《中国文学史》，卷二，第435页。关于该流派见：叶·亚·谢列布里雅科夫，《"江西诗派"及其文学观》。
⑥ 章培恒、骆玉明《中国文学史》卷二，第435页。

释中坦言,他模仿了唐朝诗人王建(751?—835?)的诗风。他讲述了农民辛勤劳作,丰年祭拜土地神灵,他们朴实善良却被迫承受赋敛之重与吏胥欺压。范成大还注明过,《神弦》和《夜宴曲》两首诗歌是模仿李贺(790—816)风格而作。一般认为,诗人创作于1156年后的诗歌受到了苏轼(1036—1101)、黄庭坚(1045—1105)的影响。一些现代学者特别强调,范成大的创作与白居易(772—846)、元稹(779—831)和张籍(约766—约830)的诗歌传统之间存有联系。除上述评价外,也应该看到,范成大创作手法自成一家,由此成为一位辨识度很高的杰出作家。

范成大在昆山寺庙修行的十年间,除儒道经典和历史著作外,他还博览佛学典籍,形成了道德观,彰显了文学禀赋。在受到禅宗身心调理的影响下,诗人性格中的另一面展露出来。29岁那年,诗人认为已经做好了考取功名的准备,于1154年三月考取进士。从此,开始了他近四十年的官场生涯。

1156年至1160年冬,范成大出任徽州(今安徽新安)司户参军。他交友甚广,其中不乏对朝廷外交持不同见解者。1156年三月,皇帝认为有必要下诏禁止浮谈朝廷与女真缔结维护和约的行为。诏书中说,讲和之策是皇帝本人同已故宰相秦桧共同制定的,如有妄议者,必置重典。

诗人初宦受辖于时知州李稙。李稙曾多次组织抗金,但在秦桧上任排挤爱国者后,辞官去国,隐居十九年。直到秦桧逝世,他才复职,并结识诗人范成大。史书记载:"稙才兼文武,干练明达。"[1]1156年重阳,范成大根据李稙诗作《南塔宴》的韵脚创作了三部作品。李稙后赴任新职,范成大在赠别诗中将其比作"徂徕千丈松,阅世耸绝壁"[2]。1159年九月,洪适出任徽州知州,比诗人年长十岁。"公一见知其远器,勉以吏事。暇日与商榷今古。谓范公曰:'君他日必登两府,慎自爱!'范深德之"[3]。洪适后来的墓志铭中也提到:"暇则商榷著述。自是范公宦业文章高一世,每德公云"[4]。

范成大的友人兼同僚吴儆写道,诗人在徽州任职期间,经历三任知州,他们性格各异,"而至能事之,辄见引重。同时幕府、属邑之吏皆推其

---

[1] 于北山,《范成大年谱》,第40页。
[2] 《石湖居士诗集》,卷一。
[3] 于北山,《范成大年谱》,第51页。
[4] 于北山,《范成大年谱》,第51页。

能,莫与抗。老奸吏眡新进士如儿女子,侮慢且持之者,皆缚手屏迹,不敢弄以事"①。多年的思考与修行培养了范成大一种能力,那就是摆脱现时易逝的观念,以崇高道德理想和宇宙时空为坐标轴去处理事件和问题。他务实敏行,从未放弃自己的伦理道德立场,不让心灵在理想希望与无助消沉之间奔波而饱受折磨。范成大一生清楚地知道,时势要求他有所担当。因此,他英勇忘我地挺身而出,并且总能清醒地认识到当前任务的性质。促使诗人能恰如其分地看待所发生事情的主要尺度,是永恒的存在与自然的美。在送别同僚前往都城时,诗人写道:

> 问君东游何匆匆?
> 君言薄官淡无味,
> 免俗未能聊复尔。
> 我评兹事一鸿毛,
> 因行且看佳山水。②

诗人遍访多地,创作了几首别有趣味的诗歌。

> 江湖有佳思,
> 逆旅百忧集。
> (《番阳湖》)③

> 世界真庄严,
> 造物极不俗。
> 向非来远游,
> 那有此奇瞩!
> (《回黄坦》)④

值得一提的是,诗人还注重同平民交往,了解各地风貌与风俗特点。他在诗歌《严州》中提到:舫公说,"睡过严州二百滩"⑤。此外,诗人也给《刈麦》一诗作出注释:"麦头熟颗已如珠,小厄唯忧积雨余……老农道:

---

① 于北山,《范成大年谱》,第56页。
② 《石湖居士诗集》,卷一。
③ 《石湖居士诗集》,卷二。
④ 《石湖居士诗集》,卷二。
⑤ 《石湖居士诗集》,卷二。

"丐我一晴天易耳,十分终惠莫乘除!"①《晒茧》一诗的序言写道:"晒茧俗传叶贵即蚕熟,今岁正尔"②。

1161年,范成大期满卸任回乡,以待铨选。从散文作品中可窥见他的公民立场。八月,受知府洪遵(洪适弟)之邀,他写下《思贤堂记》。最初,思贤堂内祠苏州太守韦应物(737—约790)、白居易、刘禹锡(772—842)。后洪遵益以官员、文学家王仲舒(762—823)及改革家、诗人范仲淹(989—1052)二人画像。其中,范成大尤其欣赏范文正公。"文正自郡召还,遂参永昭陵大政,德业光明,为宋宗臣,通国之诵曰文正公,而不以姓氏行焉"③。十月初九,范成大再应洪遵请求,撰写《瞻仪堂记》。吴地有习俗,凡到任太守,必绘制图像陈列之。至道年间(995—997),该地有150名官员任职,洪遵建祠供像。范成大认为缅怀历任官员功绩、垂范后世很重要,尤其是在当年,据诗人所记,"北虏谋畔盟,积甲并塞,使行人来启兵端,又造舟东海上,将数道入寇。天子赫怒,大发步骑待边。分命楼船将督水居之士,营巨浸以直贼动。吴前当出师通道,后控海浦所从入"④。《吴船录》完稿后一个月,宋军将帅虞允文(1110—1174)于采石大败金兵,金帝完颜亮死于内乱。

1162年初,范成大到都城任监太平惠民和剂局。在杭州他与故友重逢,还结交众多新朋友,同他们诗酒雅集,酬唱交游。他一生与大诗人陆游(1125—1210)交情甚笃。陆游毅然加入抗金的战斗,愤然揭露主和派的行径。范成大也追随那些想要收复北方失地的人,但在言辞评价和情感表达上比较克制。他认为,南宋应该增强国力,因而看到了作为官员的使命。他心里很钦佩那些在战场上英勇厮杀,官场上又尽忠职守的人。因此,他满怀热情作诗记之,以表敬意。譬如,1162年四月,他作了两首爱国诗,赠别翰林院学士洪迈(1123—1202)出使金国。

> 金章玉色照离亭,
> 战伐和亲决此行。
> 国有威灵双节重,
> 家传忠义一身轻。

---

① 《石湖居士诗集》,卷一。
② 《石湖居士诗集》,卷一。
③ 于北山,《范成大年谱》,第58页。
④ 于北山,《范成大年谱》,第60页。

……

北土未乾遗老泪,

……

著鞭往矣功名会。①

1163年正月,范成大作文贺抗金将领张浚(1097—1164)获高升,他写道:"明一生忠义之心,有如皦日"②。同时,诗人还写诗献胡铨(1102—1180),胡铨于1139年写了一封著名的奏疏呈给皇帝,要求处死秦桧及其余两名主和派代表,"将其头颅悬挂与闹市立柱上"③。胡铨遭流放十六年后昭雪,后身居高位仍坚定立场。

1162年六月,孝宗即位。他开始重用亲信龙大渊和曾觌(1109—1180),遭到爱国者反对,担心他们滥用职权。的确,后来这两位官员因骑墙、谄媚、奸诈而臭名昭著。孝宗却曲解朝中的反对之声,一些官员被逐离都城,其中包括范成大的两位莫逆之交——陆游和周必大。离别之际,诗人分别赋诗留念。

1163年四月,范成大任翰林院圣政所检讨官,负责整理编类宋高宗在位期间(1127—1163)的史实。时值朝廷征集官员关于破除治国理政陋习的看法,范成大陈论时弊十事,"执政奇其才"④。1164年二月,范成大任枢密院编修,十二月,升调至负责保存和颁布朝廷经籍的秘书省。该年,宋金关系再度紧张,朝廷的政策,主战还是主和,一时成为当务之急。"石湖斯时作品,大抵游园、赏花及友朋间酬赠之作。"——当代学者对范成大表示不赞⑤。的确,诗人并没有对时政热点作出正面回应,但他在那些颂扬爱国人物的作品中表达了自己的立场。1165年十一月,他作诗悼念赵密(1094—1165)。赵密生前追随张浚将帅征战,屡建大功。同年,范成大还赋诗缅怀何薄。何薄学识出众,"忤秦桧罢"⑥,他曾奏表皇上,"将帅不治兵而治财,战斗之士,变为商贾"⑦。1166年,杨存中(1102—1166)将领逝世,范成大作诗纪念。杨存中是抗金名将,在柘皋激战中表现尤为

---

① 《石湖居士诗集》,卷二。
② 于北山,《范成大年谱》,第73页。
③ C. H. 冈恰洛夫,《中国的中世纪外交》,第204页。
④ 于北山,《范成大年谱》,第75页。
⑤ 于北山,《范成大年谱》,第79页。
⑥ 于北山,《范成大年谱》,第86页。
⑦ 于北山,《范成大年谱》,第87页。

英勇。另一首缅怀诗献给郑作肃。郑作肃生前为官兢兢业业,体恤百姓,为人所称道。

范成大观都城官场时弊,写信给汪应辰,他苦诉道:"汉朝,汲长孺在朝,官不过内史,而系天下轻重如此。今士大夫以顾忌为俗久矣,其原,始于爱重其身者太过,位尊而名益衰,禄厚而利实薄。上不足以取信于君,下无以慰其人。"①

1167年十二月,范成大被起任为处州知府。处州位于今浙江丽水。翌年五月,诗人觐见天子,上书三封。范成大痛惜,时人忘忧国,不察重任所在。"日力穷于不急之务,国力耗于不急之须,人力疲于不急之役"②。范成大此后回忆起卧薪尝胆、励精图治的越王勾践(? —公元前465年)也并非偶然。越被吴国征服后,勾践筹谋二十余年反击,最终一举得胜。"昔越勾践未得志也,虽朝晏罢,非谋吴之策则不讲。自古能用三力,无出其右者,故功业卓然"③。可见,范成大认为,从金人手中收复中原土地才是朝廷的第一要政。

在处州,诗人兴创地方义役,提议全国学习推广这种做法,引起官员多年争论。1184年,"帝曰:'前蒋继周言处州专行义役之弊,今射谓欲义役各从民便,法意更为完善'④。"1169年正月,范成大下令开始修复通济堰,工程竣工后可溉田二十万亩。河道两旁共设49道闸。诗人亲自制订并撰写了《堰规》二十条,下令刻碑立于堰旁。史书记载,范成大赴任都城后,当地百姓列其入名宦祠。该祠共有自唐著名官员、文学家和书法家李邕(678—747)⑤以来的三十五位官员入祀。

1169年十二月,范成大擢起居舍人(掌录皇帝言行)兼侍讲(讲论文史以备君王顾问)。孝宗曰:"卿宏深博约,因有此除"⑥。诗人曾在一封给皇帝的奏疏中写道,许多犯人皆出身寒门,家中无力糊口。"空肠枵腹,以受捶楚,加以雪霜疫疠,非时侵之,故罪不抵死而毙于图圄者极多"⑦。范成大因此请求颁令保障狱中钱粮。诗人担心,南宋多地百姓无法在贫

---

① 于北山,《范成大年谱》,第64页。
② 于北山,《范成大年谱》,第107页。
③ 于北山,《范成大年谱》,第107页。
④ 毕沅,《续资治通鉴》,卷五,第3981页。
⑤ 于北山,《范成大年谱》,第123页。
⑥ 湛之,《杨万里范成大》,第114页。
⑦ 于北山,《范成大年谱》,第124页。

瘠土地上收获足够多的粮食,而不愿生养,甚至铤而走险,犯罪杀婴。虽然朝廷一再严厉打压,仍未奏效。范成大在奏疏中建议,开官仓发皇粮,赈济多子家庭。他还效法密州知州苏轼,拨出库粮,发放给收养弃儿的家庭。"乞令运司效苏轼遗意"①。在另一封奏议中,诗人阐述治国原则,呼吁朝廷细细斟酌诏令,预见给国家和百姓带来的影响。一旦下令要"朝省之,暮又省之;今日省之,明日又省之"②。朝廷只有考虑到了自身行为对臣民生活和民心的影响,其政策才可能是理智有效的。范成大还在一封奏表中提及了自己1167年的一封关于宋金两国关系的书函,他再次写道:"臣愚欲望圣慈与帷幄大臣,乘此闲暇之时,稍纾不急之务,益讲待敌之策"③。

  1170年五月,诗人奉命出使金国,递交国书,望破除旧规,改变接纳金国诏书礼仪。金人向来看中外交礼节,范成大将自己起草的文书呈递金主,金主盛怒。"未有大使胆敢如此!"——金主大骇道。左右以笏标起之,但诗人不动声色,再奏曰:"奏不达,归必死,宁死于此!"④范成大后来得知,金国太子之前想要了他性命,只是其兄阻碍才防止了悲剧发生。北上途中,诗人共创作绝句七十二首,描述了北方沦陷区同胞的疾苦。他还写下使金日记《揽辔录》。"宋朝使金大臣归国后,应向朝廷提供详细的谈判纪要"⑤。1169年十月,楼钥(1137—1213)随行使金,1170年二月回国后,呈上《北行日录》,叙途中见闻感受及沦陷区状况。孝宗接见楼钥时问道:"'如卿所言,则未可为攻取计耶?'。楼钥曰:'诚如圣训。今日岂可轻动?且须益务内治,以俟机会耳'。玉色不悦。楼钥又曰:'臣不敢妄论迎合。'闻者以为名言"⑥。

  范成大的使金日记被收录进宋朝众多文献中,真实记述了沦陷区人民的生活、金国官员和外事活动。《揽辔录》在一定程度上重建了作者的心灵世界,叙述手法还是可圈可点的。"在很多人看来,这本日记具有史料和文学的双重价值"⑦。遗憾的是,《揽辔录》只有部分片段得以保存。

---

① 于北山,《范成大年谱》,第125页。
② 于北山,《范成大年谱》,第126页。
③ 于北山,《范成大年谱》,第127页。
④ 湛之,《杨万里范成大》,第115页。
⑤ 《A Sung Bibliography》,第165页。
⑥ 于北山,《范成大年谱》,第129页。
⑦ 《A Sung Bibliography》,第165页。

1170年十月,范成大任中书舍人,继而升迁至实录院。1171年三月,孝宗欲任命佞臣张说为签书枢密院事,但时任大臣的文学家张栻(1133—1180)直言切谏。中书舍人范成大应起草制书,但他上疏劝告皇帝,张说任命一事就此而罢。

一月后,范成大请辞,孝宗曰:"卿言事甚当,朕方听言纳谏,乃欲去耶?"①范成大以清君侧为己任,得知朝廷授意宋贶进京赴任,诗人上章论劾,奏曰,查阅往年文书,确信此人党附秦桧,营私好利。"窃恐一旦进用,不唯无益于国;其余党类帖息伏潜者皆将动心经营侥幸复进"②。

孝宗有意效法古代帝王,广开言路听取各地官员意见,范成大对此表示赞同。但同时他也看到,许多人探知圣意后,便为一己仕途私利上奏,迎合朝廷。范成大上疏,劝建皇帝不要提早表露观点,不给钻营阿谀之徒以伺候上意的机会③。

范成大受命静江(今广西桂林)知府兼安抚使(负责军务治安)。1172年十二月初七,诗人离开家乡经吴郡长途跋涉。他沿途欣赏美景,拜谒古刹,会访名人,其所见所闻记录在大量诗文中,另著游记《骖鸾录》一卷,完好留存下来。作者在后记中写道,游记取名自韩愈(768—824)诗作《送桂州严大夫》④。一名当代的日本学者这样写道:"范成大的这卷游记真诚洋溢。其诗歌造诣同严谨的纪实风格完美结合,尤其是生动地描绘了名胜古迹。记录翔实,具有很高的历史、地理、考古及地方志的价值。令人遗憾的是,囿于作者认知局限,其中部分材料有出入。"⑤

1173年三月初十,范成大抵达桂林。他很快发现当地官员在采盐贩盐及征收盐税过程中存在严重舞弊。"公入境,曰:'利害有大于此乎?'日夜讨论,连奏疏数千言,大略谓:法久或弊,捄之在人"⑥。朝廷采纳范成大轻盐税的建议。范成大还强调,都城要体恤地方百姓,裁抑漕运之役。同时,采取措施修整与西南少数民族间的关系,要求汉人严格遵守贸易条例,杜绝官员欺诈侵财。范成大赢得边陲百姓的信任,从而成功为国家采购良马。此前西南诸藩每年仅供三十至五十匹,范成大上任后,却能

---

① 毕沅,《续资治通鉴》,卷四,第 3796 页。
② 于北山,《范成大年谱》,第 151 页。
③ 于北山,《范成大年谱》,第 151—152 页。
④ 《韩昌黎诗系年集释》,卷二,第 550—551 页。
⑤ 《A Sung Bibliography》,第 165 页。
⑥ 湛之,《杨万里范成大》,第 117 页。

采购到两倍以上数量的马匹。范成大在研究瑶族人的生活习俗后,也采取了相应措施,让瑶民在与中原地区贸易中获利,而不再强取豪夺。最终,瑶族也归顺宋朝皇帝。范成大为守固疆土改进了驯马技术。他还组织帮助百姓抗旱救灾。启程赴任四川前,范成大为下任官员撰写八封文书,讲述地区状况及管理措施。

1175年正月二十八,范成大离开桂林,六月初七抵达成都。从桂林"航潇湘,绝洞庭,溯滟滪,驰驱两川,半年达于成都。道中无事时,念昔游,因追记其登临之处,与风物土宜,凡方志所未载者,萃为一书。蛮陬绝徼见闻可纪者,亦附著之",范成大在所著的《桂海虞衡志》中这样写道。书中共计二百四十一处描述。"范成大此书材料涵盖之广,堪称一部百科全书",阿里莫夫这样评价道。范成大将几千里的路程描述记录在了诗作中,足足有两卷之多。

诗人就此担任广袤天府蜀地的制置使。时值宋金军事对峙,范成大认为,保卫西部边陲免受邻族侵扰是相当重要的。他上疏说:"而奴儿结、蕃列等尤桀黠,轻视中国。臣当教阅将兵,外修堡砦"①。朝廷应其请求,划拨军费开支四十万缗。"公日夜阅士,制器甲,督边郡,次第行之"②。范成大认为黎州是战略要地,又设置五处营寨,增战兵五千。1176年,他多次派兵抵御外族入侵。他在给朝廷的奏书中写道:"臣窃见天下将兵之政,其弊甚矣!竭诸郡之力以养兵,不为不久,而终无可恃之势。朝廷不时下令,督责纤悉,州郡类若漠然者,其故何哉?不揣其本而齐其末,不揆其力而课其功者,虽日下一令,犹无益也"③。范成大始终在为巩固宋朝军事实力建言献策。他上奏,遴选边疆地方官时,无论官职,选贤与能;鼓励某些地区建立民兵队伍;汇报人口状况。朝廷听取了他关于减轻蜀地税赋的意见,减酒税四十八万缗,停科籴五十二万斛。其友诗人陆游写道,范公竟在数月内将这个北邻金西邻少数民族的地区管理得井然有序,军情民政皆有效反应,实属不易。1176年,陆游《范待制诗集序》中写道:"幕府益无事,公时从其属及四方之宾客饮酒赋诗。公素以诗名一代,故落纸墨未及燥,士女万人,已更传诵,被之乐府弦歌,或题写素屏团扇,更相赠遗,盖自蜀置帅守以来未有也或曰。公之自桂林入蜀

---

① 湛之,《杨万里范成大》,第118页。
② 湛之,《杨万里范成大》,第118页。
③ 于北山,《范成大年谱》,第234页。

也,舟车鞍马之间,有诗百余篇,号《西征小集》。尤隽伟,蜀人未有见者,盍请于公以传。屡请而公不可,弥年乃仅得之。于是相与刻之,而属游为序"①。13世纪的著名诗人黄昇就曾提到,范成大具有颇高的诗词造诣。"尝为蜀帅,每有篇章,即日传布,人以先睹为快"②。

1177年春,范成大因病请辞。与此同时,他向朝廷上奏了蜀地的十五大军事民情。"上(孝宗)曰'范某已病,尚为国远虑,可趣其来'③。"三月,范成大在《论邦本疏》中写道:"臣闻民为邦本,本固邦宁。帝兴王成,未有不得民而能立邦家之基也。得民有道,仁之而已。省徭役,薄赋敛,蠲其疾苦而便安之,使民力有余,而其心油然知后德之抚我,则虽天不能使之变,而况蛮夷盗贼水旱之作,安能摇其本而轻动哉?此甚易知易行"④。

1177年四月,范成大奉召还京。五月二十九,离成都。经122天,于十月初三,抵苏州。诗人著游记《吴船录》二卷,题名取自杜甫于764年春成都所作绝句中的"门泊东吴万里船"⑤。《吴船录》中的"录"字在刘勰的《文心雕龙》中解释为"领"("记录""引导"和"思索")⑥。该体裁用于记述言行,记载历史传说和地理风情。"录"体同描述事件、山川名胜和器物建筑的"记"体相似。同时,"录"这种文体能直接或隐晦地传达作者对于所描绘事物的态度。随着历史作品和地理描述成分的加入,"录"体又衍变成为游记。

两晋时期(262—420),戴祚和郭缘生分别著有《西征记》和《述征记》。随着印度朝圣的出现,僧侣行记也应运而生。遗憾的是,早期佛教仅留下一部该类体裁的作品,即法显(公元4—5世纪)所著的《佛国记》。《大唐西域记》也在朝圣文学中占有重要一席,它记录了玄奘(600—664)从印度返回途经128个国家的故事。20世纪初,在敦煌莫高窟中发现了慧超(700?—780)僧人的作品《慧超往五天竺国传》片段。《来南录》是古文大家及韩愈古文活动的核心成员李翱(772—841)的一部早期日记体世俗作品。唐代作品还有杜环的《经行记》。五代时期(907—960)还有胡峤的

---

① 《陆放翁全集》,卷一,第78页。
② 湛之,《杨万里范成大》,第149页。
③ 湛之,《杨万里范成大》,第119页。
④ 于北山,《范成大年谱》,第246页。
⑤ 《钱注杜诗》,卷二,第467页。
⑥ 刘勰,《文心雕龙》,第313页。

《陷虏记》和高居诲的《于阗国行程记》。宋朝时期,很早就有路振出使契丹的《乘轺录》。王延德在《高昌行记》中讲述了去往新疆地区途中的见闻。最先出现的是佛教朝圣者或出使外族的使节所创作的行记,因此,其中主要介绍了异域或被外族侵占的中原土地的情况。著名文学家欧阳修的《于役志》就是一部早期的旅行记,讲述了其在赴任途中游历中原,也成为作者自传的一部分。其中描述了作者如何踌躇满志反击政敌,置酒摆宴招待友人,详细记录了途中所见官员,某种程度上反映了作者的自我满足:他看到,即使他官场失意,仍有不少人尊崇他的社会道德立场①。欧阳修的行旅日记简短,但内容翔实。陆游在青年时期就著完《入蜀记》,书中记录了他1170年五月十八至1170年十月二十七期间,沿长江从杭州逆水而上至夔州的见闻,描写生动,文笔清隽。作者将现实图景同往事结合看待,常提及某个具体场景中出现和发生的历史人物和事件。他还在日记中大量引用先贤游历此处时留下的美文。《入蜀记》不仅有史料价值,还有很高的文艺性②。

范成大了解了友人所作游记,并且自己也有了在这个体裁上的创作经验。他创作行旅日记,记录有趣的见闻,重建自己的态度及心灵状态。文章的特点是,客观描写与作者个性化的理解有机结合,其中包括作者的某种性格特征、社会角色、审美取向以及独特的精神气质,正是这种气质帮助他从庞杂的印象与所获信息中,选取出最有意义和有趣的东西。前往印度朝圣的佛教徒们,往往会在日记中体现"自我—他者"的对立,而范成大在游记中则更多地去感悟故土的独特所在,思考宗教、文化及日常生活的变迁。在行旅途中,范成大被摆在一个特殊的位置上:他依然是百姓、地方官和僧侣眼中的大臣要员,他重权在握,出席各种礼仪场合,如接风、拜会和饯行等。但同时,他也远离例行公事、官场等级制度、公务文书以及世之要务。他置身于官场之外,同多姿多彩、辽阔无边、千变万化的世界融为一体。诗人的生活方式没有受到官职升迁贬谪的影响,只是在自西向东的迁徙中随着时间的改变而改变。范成大基本每日都有记事,游记中的这部分是采用干支纪年。它从侧面反映了,诗人在此期间同宇宙融为一体,他的生活周遭同自然伟力之间存在着联系。而在记录军情、政务、建庙、工事、官员政绩等信息时,范成大则采用年号纪年。这样,作

---

① 见:E. A. 谢列布里亚科夫,《旅行日记》之《于役志》。
② 详见:陆游,《入蜀记》。

者又同官场感兴趣的材料之间发生了联系,因而转向了历史编年的创作。众所周知,历史文献中很少记录下日期,除非强调某事件的特殊意义。日记体游记则记录下单个人某段时期的生活。对于作者而言,每一天都很重要且有意义。在日记中有两个构成叙述的因素——时间和游记者的形象。时间是客观存在的。范成大大部分时间都在乘舟朔江东下,观浩荡河水,诗人心中平添一种特殊的心理和哲学情怀。他想起《论语》里说:"子在川上曰:'逝者如斯夫,不舍昼夜'"①。诗人将生命看作是客观存在,将要走的路看作是定数,他不急于回都城,气象变化耽误行程,他也不焦虑。他的心好像和时空交融在一起,吸收外界的见闻,充盈着本体宁静智慧的愉悦。范成大在描写当下时,一定是同远古及过往联系起来的。过去的岁月在作者的自传体回忆录中复苏,在古代遗迹同历史事件的千丝万缕中重获新生。范成大著书时,除依据文献外,他还注重搜集民间的记忆和口述传统。诗人想象着宋代旧王朝的疆域,由于汉人实际统治的国土已经萎缩,因此,诗人对它更为珍视。他凝望长江两岸的土地,久久不愿离去。范成大在游记中对各地都有概述,包括地貌、标志性的山川河源。许多地方诗人虽未能亲历,但他都会从历史地理文献以及诗歌中去了解。作者在游记中描绘风景,常常对眼前画卷赞叹不已,还对各地景物进行比较。游记与历史文献不同,其中有大量的自然描写,虽然其中不乏实用主义的理解,但审美感受更为突出。明朝何宇度曾说:"宋陆务观、范石湖,皆作记妙手。一有《入蜀记》,一有《吴船记》,载三峡风物,不异丹青图画,读之跃然"②。

对范成大而言,世界是由自然现象和人们生产耕种活动的对象所构成的。作为一名忧国忧民的大臣,他关心城乡生活状况、庄稼收成、集市繁荣以及人民疾苦。在行旅中他并未上任,因而可以带着建议和劝谏去微服私访当地的官员。他回忆,1175年入蜀途中,他曾给三位地方官员写过一首诗,劝建他们沿长江峡谷修筑一条绕行的山路。范成大还在庐山成功说服寺庙方丈在溪边造亭。"呼山夫锄治作址,一夕毕。僧约以冬初可断手。自是东林增一胜处"。范成大对国家军事防御也很关心,他在鄂州这样记录道:"统帅李川邀看新寨。鄂营昔皆茇舍,今始易以瓦屋,方毕四分之一"。诗人和南京留守枢密刘公一起"行视新修外城"。范成

---

① П. С. 波波夫,《论语》,第51页。
② 湛之,《杨万里范成大》,第171页。

大对伏龟楼周边防御表示担忧,曰:"楼之外,即是坡垄绵延,无濠堑,自古为受敌处"。

范成大笃信儒家的"正名"思想,游记中有多处例证。所谓"正名",即无论社会还是个人,都应辨正名分,使名实相符。如寺庙更名乃国之大事,应该听从圣意。诗人写道:"先是其徒以为言,余为请之朝……余将入山而敕书适至,乃作醮以祝圣谢恩"。范成大在途中得知,地方郡守撤"四相堂"而建新堂,名曰"熙春"。"余谓不若仍其旧。四相谓唐李绛、钟绍京等,皆尝为蜀州刺史者也。然但名四相,嫌限定数,乃为更名相业云"。范成大除了儒家的"正名"思想外,也相信道家的说法,即名字有扬善抑恶的作用。他在描写庐山双剑峰时说:"相传此名最不利,郡中每二百年辄有兵祸。父老久愿更名,而无定论。余欲取东西二林所在,名之双林"。诗人在评价名字时,如果认为名字不甚悦耳,或未能准确描述当地特色,就会依照审美原则,提出他的修改建议。"俗称其村曰獠泽,余以为不雅驯,更名老宅"。范成大巡访各地时认为,命名应该准确。"万景之名,真不滥吹"。范成大常爱说,某名取自某诗人之句,如"浮云亭"取自杜子美诗"玉垒浮云变古今"。游记还提到陆游所建的"月榭楼",其名取自李白的诗歌。

该游记反映出范成大具备很高的审美意趣。这一点首先体现美景赏析中。诗人在登峨眉山时写道:"上清之游,真天下伟观哉!"。明代文学家陈宏绪(1597—1665)曰:"王逸少为王述所困,自誓去官,超然事物之外,然欲一游岷岭,竟至死不果。苏子瞻云山水游放之乐,自是人生难必之事,诚哉是言。予梦想函关、剑栈垂三十年,殆796颠毛种种,亦卒未偿此愿。范石湖《吴船录》二卷,自成都至平江数千里,饱历镵探,具有夙愿……蜀中名胜不遇石湖,鬼斧神工,亦虚施其技巧耳"[①]。

有趣的是,范成大天生热爱绘画艺术,所以常常将奇伟之景与画作相比较。这一点在游记中也有体现:"九顶之傍,有乌尤一峰,小江水绕之,如巧画之图"。令他伤感的是,"世传巫山图,皆非是;虽夔府官廨中所画亦不类。余令画史以小舠泛中流摹写,始得形似"。范成大在拜访寺庙时,一定会鉴赏宗教绘画。清代文学家周中孚说,游记中有许多关于绘画作品的信息,"又载所见古画,多黄休复《益州名画录》所未载,亦可以补其

---

① 湛之,《杨万里范成大》,第173页。

缺云"①。

书法是诗人重要的精神需求,因此,游记中也记载了不少各地书法精品。范成大是一位集大成的书法家,他在行旅中拜谒了东林寺和西林寺里的书法大家的祠堂,其中有颜鲁公(颜真卿,709—784)、柳公权(778—865),欧阳询(557—641)和虞永兴(世南,558—638)。

范成大的宗教信仰在游记也得到了体现,如拜访和描写寺庙,以及对宗教仪轨的关注。诗人认为,祭拜当地神灵就可以获得丰收。他回忆说,每年都遣使到永康此地祈福。"皆如期而应,连得稔。既谒谢于庙"。同时,作为有理性精神的儒生,诗人无法接受的是,每年的祭祀中要牺牲掉约五万头羊。"余作诗刻石以讽,冀神听万一感动云"。诗人说他"谒普贤大士铜像。国初,敕成都所铸"。作者在游记中还加入了佛教神话、寺庙建造时的圣人传和奇闻轶事。除古文献中的信息外,他还引用了民间故事。

众所周知,宋代佛教衰落的一个原因是,战乱频仍,阻碍了僧侣从中原前往印度求法。因此,范成大认为有必要效法太宗,他曾于964年下令恢复朝圣活动。"所藏《涅盘经》一函,四十二卷。业于每卷后,分记西域行程,虽不甚详,然地里大略可考,世所罕见,录于此,以备国史之阙"。范成大用八百多字简述了僧人继业所著的《西域行记》。清代大学者纪昀(1724—1805)强调这部著作有地理历史意义,特别指出它"为他说部所未载,颇足以广异闻"②。

行旅日记不仅记录了大量客观信息,还再现了作者的精神世界和心理状态。范成大在第一篇行录里描述成都郊外的万里桥时,就提到"过此桥,辄为之慨然"。"平江亲戚故旧来相谒者,陆续于道,恍然如隔世焉"。

曾有一位日本当代汉学家对范成大的作品作出了这样的评价:"范成大作为当时少有的学者和诗人,他的文法鲜活简练,其游记备受推崇,可与陆游的《入蜀记》比肩而立。其中大量描绘了壮丽奇景,如贵州的白狗峡、黄州的红墙。还记载了拜谒古刹,名塔及其他具有历史文学价值的古迹。游记里还记载了地理位置、行旅路线、交通工具以及长江两岸的城乡风貌,并对当时的绘画和考古数据进行了梳理"③。

---

① 湛之,《杨万里范成大》,第202页。
② 湛之,《杨万里范成大》,第190页。
③ 《A Sung Bibliography》,第166页。

范成大离蜀还朝,1177年十一月初二,暂代吏部尚书。1178年4月,范成大拜官参知政事兼史官。但朝廷的权力之争从未平息,那些党附权臣曾觌(1109—1180)的官员得到重用。范成大早在年轻时,就对曾觌颇有微词,因而受到其都城党羽的排挤,后诗人横遭弹劾。范成大无意申辩,于六月罢职,写下《初归石湖》,全诗表现了作者重回故里的愉悦之情以及内心的和谐。此后,诗人时常吟诗会友,四方游历。

1180年初,诗人被任命为明州(今浙江宁波)太守,范成大请辞被拒。"蜀人思卿如慈亲,故付卿以海道"①。诗人一上任便开始思考,该如何规范海外贸易业务,为国谋利。范成大上奏,暂停从海外进口商品,限制黄金外流。范成大的功绩得到认可,1181年三月,他被举荐为长江富庶之地建康的知府。范成大上任后立即组织抗击旱灾,获得朝廷减税许可。范成大此举经过深思熟虑,成效显著。他调拨军储米二十万石赈济饥民。四万五千多户灾民得到救助,无一户流离失所。他还给每户灾民减免了数百斗的粮税。但岁月不饶人,诗人积劳成疾。他接连五次请辞,直到1183年八月三十,终得偿所愿,告老还乡。此后三年,范成大长期患病体羸。途径出差的同僚前来探望,诗人为他们题下不少诗作。1186年,他写下著名的绝句《四时田园杂兴》六十首。诗人在此之前就有不少描写农村生活及农民命运的诗歌。他歌颂农民在田间辛勤劳作,他们用双手开辟富足的生活,收获丰收的喜悦。清代文艺评论家宋长白说:"《四时田园杂兴》诗,于陶、柳、王、储之外,别设樊篱。王载南评曰:'纤悉毕登,鄙俚尽录,曲尽田家况味。'知言哉!"②。

尽管诗人老弱多病,朝廷仍于1188年十一月起任他为福州(今福建省)知府。皇帝在接见范成大时,对其卓著的政绩心存感激,并未同意他的因病请辞。1189年二月,诗人刚抵达婺州(今浙江金华),因腹部剧痛,不得已上书乞归故里。此时孝宗禅位给光宗,光宗准许范成大告老还乡。时值光宗广开言路,诗人上疏陈述时弊,后被封开国侯。1192年,范成大被受任太平州(今安徽当涂)知府。十七岁的女儿前来看望,但不幸染病,十日后即辞世。幼女殇逝让范成大悲恸不已,"他无法抑制悲恸"③。他请职归居石湖。次年,妻卫氏辞世。此后,友人也接连离世。范成大一一

---

① 湛之,《杨万里范成大》,第119页。
② 湛之,《杨万里范成大》,第182页。
③ 湛之,《杨万里范成大》,第397页。

作诗悼念亡人。长路漫漫,诗人愈发清醒地认识到,死亡是悲剧,但也是合理和自然的状态。他为官正直,创作不少诗词。他珍惜笔墨,希望为后代存留下真正的作品。病隙中,他撰成一部作品集,令长子范莘请求杨万里为其作序。遗憾的是,文集完整本丢失,仅存下诗 1900 余首,词 89 首,赋一卷。1193 年十月初五,范成大逝世。宋朝大臣、文学家赵蕃(1143—1229)写道:"平生闻石湖,谓是千载人"[①]。诗人的同龄人的确没有说错。

本文完成于《吴船录》(收录于《笔记小说大观》(扬州,1984 年,卷四)的白话文译作之前。阿里莫夫先生提供个人藏书,本文才得以付梓,本人对此深表感谢。

(王文迪 译)

---

① 湛之,《杨万里范成大》,第 136 页。

宋词流派问题与理学家们的诗词

中国最著名的文学理论著作之一——刘勰的《文心雕龙》开篇《原道》阐述了许多世纪以来中国知识分子意识中的基本观念,即人文根源于宇宙自然之道,其实质特点也从中得以体现。书中有专章讲述永恒运动演变的文学的特征,分析"通变"(继承与革新)原则,明确文学"通变"的复杂特点。刘勰和他的许多前辈一样,除了主张绝对先验之源对文学创作的作用,甚至特别强调文学演变受制于社会状况。《时序》开篇断言:"时运交移,质文代变,古今情理,如可言乎?"①宋朝时,国内普遍的文化热潮引起了中国名流雅士探秘诗词创作的传统兴趣,他们愈加敏锐地重视诗词的发展路径,亦通过新的美学批评体裁"诗话"论及诸如唐代和当时各种有影响的、著名的诗词流派。吕本中(1084—1145)的一本有名的文集已经以"宗派"概念命名,其意与"流派"和"派别"相近。清朝时在收集和保护宋代诗词方面做了大量的工作:出版有吴之振、吴自牧、吕留良编选的《宋诗钞》和《宋诗百一钞》。编选者认为:"尝鼎一脔"和"窥豹一斑"即可看出宋代诗词的宗派。②毛晋的《宋六十名家词》、朱祖谋的《彊村丛书》和王鹏运的《四印斋所刻词》最为有名。吴之振在《宋诗

---

① 刘勰:《文心雕龙全译》,贵阳:贵阳人民出版社,1996年,第528页。
② 《辞海》(1—4卷),香港,1984年,第2卷,第811页。

钞·序》中说:"自嘉隆以还,言诗家尊唐而黜宋。宋人集覆瓿糊壁,弃之若不克尽。故今日蒐购最难得,黜宋诗者日腐,此未见宋诗也。"①《宋诗钞》"是一部复兴宋诗的重要文献"②。

除此其他重要的影响,以往诗集中文人读者习惯的导言促成了"诗话"体裁的繁盛。显然,此类论作的数量在当时已六百有余,其特点是试图从理论上对于创作过程进行探讨,系统全面地分析诗词作品,针对一些诗词创作观进行集中评论。诗话的作者们以13世纪末严羽著名的论著《沧浪诗话》中给出的规范和标准,划分宋诗流派。严羽(《沧浪诗话》)提出要考虑诗作中立志的高度,以及哪些古籍被辑选为典范。对于禅宗信徒重要的则是:诗人的"妙悟"程度。他指出诗的九类风格及其主要品质,但同时也强调:"诗之极致有一:曰入神。诗而入神至矣!尽矣!蔑以加矣!惟李杜得之,他人得之盖寡也。"③严羽用专章说明如何根据不同的历史阶段划分特殊的诗人群体、诗文风格,例如,"建安(196—220)体""永明(483—493)体"等等。另一原则则是诗词巨匠的个性、诗词品位和创作风格。譬如,"李长吉体"(李贺,790—816)和"杜牧之体"(杜牧,803—853)。中国文学思想史上的知名专家郭绍虞指出,其中"不同范畴混杂在一起——'体''格''法',因此读者不能轻易地获得清晰的概念。由此,明清时期对诗歌的探讨尽管也遵循着先前严羽的见解,但是这些探讨的脉络更加清晰,并没有陷入类似的概念混乱"④。但或许现代学者对宋代作者太过严苛了,到目前为止,各国的文学理论中并未有统一的派系概念的著作,有时候这些概念还被混同于艺术手法或者风格、混同于文学学派或派别。⑤ 在《中国诗学史纲》中,余荩指出:"论诗而产生理论与创作的派系,始于宋代……诗论流派的出现,说明论诗从个体性演进到集团性,说明某种理论已自成体系,它反映了某一时期的创作风貌,同时又会对创作产生一定的影响。"⑥

严羽凭藉其开创的诗体确立学说将宋诗划分为七种风格,并以诗词主将的名字命名,即东坡体、山谷体、后山体、王荆公体、邵康节体、陈简斋

---

① 《宋诗钞》(1—24卷),上海,1935年,第1卷,第1页。
② 刘大杰:《中国文学发展史》(1—3卷),上海,1958年,第2卷,第297页。
③ 严羽:《沧浪诗话》,北京,1961年,第6页。
④ 同上书,第92页。
⑤ Литературный энциклопедический словарь. М.,1987,c232.
⑥ 余荩:《中国诗学史纲》,杭州:浙江古籍出版社,1995年,第14页。

体、杨诚斋体。清代完成了标准体系的构建,总体上为论说某种流派的文学演变过程奠定了基础。这一坐标系的确定包括了公认的艺术手法中共同的语言特性、审美旨归的相似性、唐代某一时期或者唐代某位权威的诗词大师的诗词取向和诗品,也包括宋代独特诗风者的出现、精神和创作意识相近并时而友情密切的诗人群体的学养、不同流派和诗词作品中观点和创作实践的对立。人们可以注意到,各种派系对待宋代最重要的社会问题的态度是相似的,但是应该指出,占据首位的首先是诗品和诗体,而非内容特色。由于欧洲在近代才出现文学流派,我们自然无法全面揭示中世纪中国文艺思潮的重要特征,意即作为发布纲领声明或者重要的原则地位的审美共同体一员所具有的清晰的认识。显然应该考虑到,宋代诗词派系受制于历史时代,其特点形成于中华文明和文学发展的传统属性。与中世纪欧洲各国情况相比,这一特点中包含了很大的世界观的自由,在当时社会环境的影响下,表现为复杂的三教合一的儒释道思想观念体系结构可以相互改变。诗人的人生道路各不相同,生活环境形成了其独特的精神面貌,诗人在诗中自由地表现自己心理和情感的变化状态,唱和令其激动的诗题。具体诗人与派系的关系特点和因缘在此也是多种多样,可以是取决于友情,也可以是接受相近的诗品诗风。因此无论是宋代还是此后的文学家都自由地依赖着这个或那个学派的经验,也可以在某时再站到别人的审美立场上。譬如,大诗人陆游(1125—1210)45岁以前受到江西诗派创作原则的强烈影响,后来他果断地毁掉了他很多诗作,只留下大约150首。另外一位著名诗人杨万里(1127—1206)烧掉了他35岁之前所作的所有江西诗派风格的诗作,开始创立自己的诗风。人的因素在清代划分派系的标准中独具魅力,"人以诗名,诗尤以人名"的观点在社会中盛行。清代大学者、文学家龚自珍(1792—1841)坚信:"诗与人为一,人外无诗,诗外无人,其面目也完。"而宋代因为活字印刷术的大发展,以往朝代和当朝诗人的文集得以广泛传播。文人们都清楚地了解其他人的创作,他们各有自己的偏爱,因此有时是有意识,有时则是客观地形成了各个派系。宋代文人和普通的诗评者都能够出版单一风格的诗集,这个诗集又成为了追随新的诗风者的典范。在11世纪的第一个十年里,诗人杨亿(974—1020)编选了《西昆酬唱集》,辑录了17位作者表现其时诗风的248首五言和七言诗。这部诗集的作品词藻雕琢典丽,诗律考究,精湛地体现出唐代大诗人李商隐(813—858)的诗歌手法和风格。这种诗体盛行了几十年后遭到否定。北宋末期,吕本中辑选的文集奠定了黄庭坚（1045—1105）和其25位追随者的诗派及其创作纲领，江西诗派因此形成。他们将唐代诗人杜甫、韩愈（768—824）、孟郊（751—814）、张籍（768—830）的诗歌技巧奉为圭臬，要求作者博学多才、艺术地师承前代诗文之意之辞。后代诗人亦受此诗派的影响。南宋末年，杭州书商陈起出版了一部诗歌总集《江湖集》，收录了百余位诗人的诗作。题咏浪迹江湖的生活和大自然的美丽是本诗集总的特点。江湖诗派存在了八十来年，直到宋朝末年。诗话作者始终都在审视宋诗与唐诗创作遗产的关系，在他们看来，宋诗或是沿袭某个时期的诗风，或是追随某位大诗人。严羽、方回（1227—1306）、戴表元（1244—1300）的《沧浪诗话》等都认识到，学习白居易是仿效其通俗易懂的语言和以社会为题材，形成了"白派"，或者根据诗人的号得名"香山派"。当时这一流派的对立面是"晚唐派"，代表人物崇尚"贾岛（779—843）体"，并且精益求精、字斟句酌。有些诗人是隐士，有些甚至是佛教僧人。这一流派存在的时间不长，总共五十年左右。

首先，同大诗人和杰出的散文大师欧阳修（1007—1072）名字联系在一起的首先是宋代古文复兴运动，它旨在复兴古代儒学的精神价值，解决迫切的标准文字问题。欧阳修和具有相近社会美学观点的文人们客观上建立起来的诗派，对于宋代和后世诗词都产生了非常重要的影响。由于欧阳修派尊崇唐代文人大师韩愈的精神和文学遗产，因此这一流派有时也由于韩愈的别称名为"昌黎派"。学者们至今仍然对王安石（1021—1086）的政治变法活动的特性争论不休，但是对于他的美学天赋和诗词贡献却没有任何争议。他的原始诗风为许多诗人所借鉴，诗评家大都认为有必要将其划分为"荆公体"（据其名号）或者"临川派"。苏轼（1036—1101）以其实力、洒脱、过人的才气，和禅意、人文情怀、对生活的热爱长时间地吸引了一批学生和追随者。东坡派（据其名号）表现出独有的诗词特点。文学评论家主要依据诗学特性和作品风格划分流派，内容特点并不在他们的考虑范围。因此，面对北方外族侵略以高超的诗艺表现对故土的热爱、对普通民众的同情、对淫逸政权谴责的许多南宋大诗人，有时只是基于其创作初始受到江西诗派的影响便被归入了江西诗派。这些诗人的诗作特点确实是在这种情况下得以认识并因此被划为独立的流派。大文豪全祖望（1705—1755）写道，建炎（1127—1130）后，诗人陆游（1125—1210）、杨万里（1127—1206）、范成大（1126—1130）给宋诗发展带来了巨大的改变。清代汪槐堂在厉鹗（1692—1752）所辑《宋诗纪事》的序言中对此也有论及。作为对南宋末期江西诗派追随者复苏的反叛，产生了"永嘉四灵派"，之所以有这样的称呼,因为四位诗人都来自于永嘉郡(今浙江),而且每个人的字里都有个"灵"字。四人中以徐照(?—1211)为首,他们四人都寄情山水风光,注重日常生活所感,追求最自然的语言表达。

过去,对于宋诗派系可能的图景有着各种各样的说法,这张派系图首先在一定程度上反映出了文人群体间创作生活不同的客观现实。这些在时空顺序中可能同时完成的诗词,见证着宋代文学的不断发展变化。其次,这些派系划分也是同代人和后世评论家理解宋代诗词世界、理解其存在和发展的见证。再则,对于派系的划分也呈现出文学现象评价中传统的审美旨归和方法。当今宋诗研究者因而完全有可能修正自己的论断,避免错误地认定当时的文学现象和进程。

宋代的中国人,同传统美学体裁"诗"一样开始确立起新的体裁"词",且盛极一时。16世纪上半叶张炎率先将词派的划分付诸实践,分出"豪放派"和"婉约派"。宋词史上的这种划分持续了大约五百年,但最近人们开始认为这张派系图无法完整地囊括宋代的不同词派。1999年,刘扬忠在其精彩的原创专著《唐宋词流派史》中,通过对具体的宋词史料的分析,揭示出各个词人群体及其相近的思维方式、取向和诗词结构,以此论证其关于成功有效地划分文学流派、再现艺术进程及其规律的重要思想。

在中国值得注意的是,诗人都学养深厚,并且在其创作中充满对哲学思想和哲理的不懈追求。而宋代涌现出一批有大才卓识、求知欲强、勇于解决哲学领域问题的理学家。他们创建了理学,在诗词中形成了"理学派"。诗文内容与语言表达间的相互关系问题对于理学家们而言极其重要,于是他们提出或坚守"文以载道""文从道中流出""文与道俱""文者,贯道之器"等主张。直至今日,散文和诗词创作中仍然盛行这些理念。但这是错误的,因为这些理学家首先论及的是"文",他们对待诗词则是另一种态度——即以对诗词作品特点的理解为前提。

尽管一些理学家自认"文辞笔画无非末技""作文害道",但是仍然有许多杰出的理学家进行诗词创作,而"朱熹(1130—1200)派"派首的诗作则备受好评。

理学派的诗词遗产使我们有可能研究诗词与哲学、诗情与生活哲学(这里指的是"理学")关系等总体文学理论问题。值得注意的是,中国哲学家们在诗中努力避免公开说教和直陈义理,大多着力于形象的语言和艺术技巧。理学家诗作中的类似特点至少说明了三种情况。第一,中国人已经使用了几千年的象形文字,本能地刺激着大脑右半球再现视觉和空间形象的活动。中华传统文明的独特之处就是力求艺术形象地把握世界。第二,中国的理学家们通常是以简洁但内涵丰富的格言、寓言、比喻和借喻阐述自己的推论。其诗词语言和理学文本结构中表现出了类似的用意,即让读者能够在简练的词句里发现作者思想和方法的深刻实质,体会到作者思想和意象的深刻内涵。第三,对诗词强烈的传统崇拜激发了中国人从小就投身于诗词艺术的热情。渊博的诗词知识和作诗习惯使得理学家作的诗词作品具有了极高的水平。

《诗经》和《楚辞》两部经典自从锺嵘(468？—518)的专著《诗品》问世以来便被认为是中国诗词史中两大流派的起源。朱熹认为自己有责任对《诗经》和《楚辞》进行重新补注,他写道,他的前人只是对文字进行考证,注解地理历史名称,并不能洞察诗作蕴含的深刻意义。朱熹作为理学家认同屈原常常在行为和语言上对"中庸"的逾越,但是他坚信,屈原的每一句诗文"皆出于忠君爱国之诚心"[1]。朱熹也注意到,长诗《离骚》中被某些学究认为难以自持、不能自己、充满了激昂和悲愤的诗句,是放逐之臣抛妻弃子的离别之感,能够劝诫君王、父辈和恶人。"此予之所以每有味于其言,而不敢直以'词人之赋'视之也。"

郑振铎指出,朱熹与严羽"可以说是宋代文学批评家里两大柱石"[2]。在很多情况下,朱熹不顾传统的定论而对各位著名诗人做出独特的评价。在同时代的人当中,他特别看重陆游(1125—1210)的诗词创作。他认为李白、杜甫的诗词遗产具有巨大的意义。根据其重要的美学体系概念"自然"和"平淡",朱熹尤其重视陶渊明的诗词创作。他在1179年探访庐山时所作的诗中写道:"予生千载后,尚友千载前。每寻《高士传》,独叹渊明贤。"[3]

当然,朱熹也有类似《语录讲义之押韵者》的诗作,但比例很小。理学家朱熹的诗词语言典雅,遭词用句形象生动,富有新意。因此,著名的词藻典故辞典《佩文韵府》(1711年)中作为例句收入的他的诗句,不胜枚举。

朱熹很早就认识到学问的博大精深。从童年起他就渴望自己成为孔孟杰出的后继者。他树立起了这样的信念,自己不仅要做官,还要成为大

---

[1] 《朱熹诗文选译》,成都,1991年,第247页。
[2] 郑振铎:《中国文学史》1—4卷,北京,1933年,第3卷,第811页。
[3] 《朱熹诗文选译》,成都,1991年,第24页。

思想家,学为人师。朱熹18岁时以优异的成绩考中进士,总共做官九年,在朝廷里也只做了40天的太傅。在他看来,置身皇城内阴谋家与野心家的圈子中,只会有损他的声誉和他作为理学家、教育家一生为之献身的学说。众所周知,朱熹曾多次向皇帝呈送各种内容的奏折,陈述其有关国家对外政策和治理原则的大胆而深刻的见解。如果说他在写给当朝丞相的信中将南宋公开地比作病入膏肓的病患,那么在诗作中一般则更喜欢探讨抒情哲理主题。诚然,他的诗中有时也会让人感受到痛苦,因为半壁国土都被外族人侵占了。朱熹巧妙地描写了如何赏雪,诗的结尾是:"感此节物好,叹息今何时。当念长江北,铁马纷交驰。"①1167年,朱熹到因反对卖国贼秦桧及其投降政策被逐出都城的名相张浚(1097—1164)的墓地祭拜。他在诗中写道:"山颓今几年,志士日惨伤。中原尚腥膻,人类几豺狼!"②在寓言绝句《蛙声》③中,作者暗指宫中宠臣间争权夺利的聒噪。

理学派的诗词显示出体悟了抽象的具体之物的倾向,因为最重要的那些现实原则都表现在日常状态和日常现象中。很多古诗集里都收录了朱熹的绝句《春日》,编选者王相(?—1524)将这首诗归入游春踏青之作。这种认定有道理,但并不尽然。当然,诗的前两句一目了然:"胜日寻芳泗水滨,无边光景一时新。"④但是,朱熹不仅仅是在歌咏春天,他也在述说领悟儒道的喜悦。诗中提到的"泗水"对于诗句的解读有着重要的意义,因为孔子曾在那里,也就是鲁国生活,教授弟子。"寻芳"暗指对圣人思想的把握。人们一向将朱熹的《观书有感》归入出色的哲理诗之列:"半亩方塘一鉴开,天光云影共徘徊。问渠哪得清如许,为有源头活水来。"⑤诗中蕴涵着作者关于理学的思考,关于其对人的意识所起的良好的净化作用。诗中以一系列富有形象感的词"源头""活水"来寓意说明充满了光明且不断更新的抽象的圣道。用古代诗词理论家的话说,这里是在说理,却并没有堕入"理障"中去。对可见之物和客观世界本质的常态领悟并没有使朱熹失去自己的审美体验和美感。他登顶览胜,赋诗于山

---

① 《宋词钞》1—24卷,上海,1935年,第14卷,第1525页。
② 《宋词鉴赏辞典》,上海,1987年,第1114页。
③ 《蛙声》,宋代诗人王炎所作诗之一,"官蛙不问雨兼晴,阁阁无端聒耳鸣。对客自夸闻鼓吹,稚圭此语岂真情。"——译注
④ 《宋词鉴赏辞典》,上海,1987年,第1116页。
⑤ 《宋词鉴赏辞典》,上海,1987年,第1117页。

间,并以"寄语后来子,勿辞行路难"①结束全诗。朱熹以天地为坐标展示大千世界,其诗生动形象的画面与蕴涵的说理本质,从两方面使得全诗愈加内容丰富、寓意深刻。而对自我完善和个性意识塑造的修炼,让朱熹将自己视作"天地人"三位一体之一,感到自己同时也属于天地、社会和祖国。他登上山顶,以高昂的语调抒发了自己作为一位理学家的感受:"我来万里驾长风,绝壑层云许荡胸。浊酒三杯豪气发,朗吟飞下祝融峰。"②

但是,朱熹大部分的诗作都呈现出平静的抒情风格。郑振铎指出,朱熹是一位伟大的理学家,尽管他自己说不会作诗,但是诗作《夜雨》绝不比同时代的那些大诗人的差。③ 学者也引用了这首诗:"拥衾独宿听寒雨,声在荒庭竹树间。万里故园今夜永,遥知风雪满前山。"

理学派作家的作品都不同程度地以其隐居生活、远离社会为创作主题,为的是进行自省和自我认知。这些诗词将道教、禅宗主题和心境带入到理学家诗人们的创作遗产中。

意识形态因素和审美因子的特点,划分出了宋代的各种诗词流派,也迫使人们承认,这些流派首先具有的并非类型学上的意义,而是历史的意义,因为这些作者和作品都属于这个国家的某个朝代,具有具体的不断变化的风格品味、审美倾向、心理和文人世界观的特点。

宋代的张戒(12世纪上半叶)在《岁寒堂诗话》中引述邹德久的话说:"一代不如一代,天地风气生物,只如此耳。"明代诗词鉴赏家当中有"格以代降"之说。很多人不同意这一诗词退化理论,认为诗词创作是向前发展的,其中就包括整个文学艺术潮流派系的分流,这些派系使得我们能够全景地审视和辨析日益增多的修辞风格和艺术手段。

(张冰 译)

参考文献

1.《文学百科辞典》,莫斯科,1987。
2. 刘大杰:《中国文学发展史》,1—3卷,上海,1958。

---

① 《朱熹诗文选译》,成都,1991年,第16页。
② 《朱熹诗文选译》,成都,1991年,第86页。
③ 参见郑振铎:《中国文学史》1—4卷,北京,1933年,第3卷,第801页。

3. 刘勰：《文心雕龙全译》，贵阳，1996。
4. A. C. 马尔蒂诺夫：《佛家与儒家：苏东坡(1037—1101)和朱熹(1130—1200)》，载《中世纪中亚与东亚国家的佛学、国家与社会》，莫斯科，1982。
5. 《宋词鉴赏辞典》，上海，1987。
6. 《宋词钞》，1—24卷，上海，1935。
7. 《辞海》，1—4卷，香港，1984。
8. 《朱熹诗文选译》，成都，1991。
9. 郑振铎：《中国文学史》，1—4卷，北京，1933。
10. 余荩：《中国诗学史纲》，杭州，1995。
11. 严羽：《沧浪诗话》，北京，1961。

儒家对《诗经》的诠释

俄苏汉学家 B. П. 瓦西里耶夫、B. M. 阿列克谢耶夫、Н. И. 康拉德、Н. Т. 费德林、Л. Д. 波兹涅耶娃等人一致认为,儒家诠释的《诗经》具有辩证性。"仔细分析各种儒家学说对《诗经》的各种解释,我们首先读到的不仅仅是儒家学说的精髓,更多的是中国诗歌的瑰丽,是伟大人民的智慧,是他们几千年来珍藏了民族文化的瑰宝,而没有让其消失"[1]——H. T. 费德林公允地说。A. Л. 什图金完成了《诗经》俄译本的翻译工作,并公开发表了他对这部著作民俗特征的研究成果。同时,他对用中国方式领悟这部抒情诗特有的热情、对读者与《诗经》之间的关系史都有独到研究。"因为在其中(民歌《诗经》)孔夫子的弟子们看到的是另一面:君臣、夫妻、老幼间相互关系的内在含义"[2]。当我们的学者们努力探究古人对诗歌的诠释时,自然,他们也不会忽略儒家的"注释和解析的随意性,也许并不符合这部诗作的真正含义"。此处,对古代中国抒情诗歌作品的客观分析,儒家哲人们的刻板模式,都被用来奉承封建专制国家的君王,成为了宗教的起源[3]。本文以《毛诗正义》(毛姓人对《诗经》

---

[1] 费德林:《〈诗经〉及其在中国文学中的地位》,莫斯科,1958年,第59页。
[2] 李谢维奇:《中国的文学思想》,莫斯科,1979年,第23页。
[3] 费德林:《诗书》——出自《诗经》,莫斯科,1957年,第487页。

做的正确注释)为蓝本,其中包含由毛苌(公元前2世纪)、郑玄(127—200)和孔颖达(574—648)所注释的《诗大序》《小序》,书中明确阐述了妇女在家庭和社会中的作用与地位,它是一本正确领悟《诗经》的参考书。详解本中最常见的是精神层面的用语和持家女人们的社会伦理行为学。可以说,儒家的某些诠释是对君王精神层面的制约。1) 儒家看到了自然界里和人类社会中,儒学有两个相互制约的开端:黑暗的阴和光明的阳(任何时候源自于阴的事物,其重要性都不容忽视),并且还赋予了它们具体形象的化身和功能。而君王恰好是阴力的化身,与此同时君王本身又是阳始点的体现。"在中国宇宙进化论中,两股相互的作用、完全对立的两个开始都是从阴起的"①,因此,И. С. 李谢维奇认为,《诗大序》的作者首先对君王功绩的评价是合乎规律的。2) 儒家学说涉及的家庭,说到底是国家的基础与形式的精髓。因此,按照儒家学说的理论,家庭中妇女的言行举止在许多方面可以等同于国家的掌权者。君王的宫殿是臣民效仿的楷模。儒家经典文献《大学》中指出:"一家仁,一国兴仁。一家嚷,一国兴嚷。一人贪戾,一国作乱"②。3) 《诗经》中注释者们非常注重夫妻和睦,儒学还注意到社会中人们对待亲情的相互承担的责任。在对《关雎》一诗的注释中讲道:"德者以夫妇之性人伦之重,故夫妇正则父子亲,父子亲则君臣敬,是以诗者歌其性情,阴阳为重所以诗之"③。按照儒家传统,这些诗词展示的是对民众超强大的影响力。"前朝的统治者利用《诗经》规范了夫妻关系,为的是儿子孝敬和尊重长辈,确立了人与人之间关系的准则,弘扬了有益的学说,以规范道德常规",——《诗大序》。4) 儒家在《诗经》中找到的理论依据是,一家之长不会用颠覆国家的原则来处理自己家中的关系。哲学家孟子回忆到,公元前651年,他拜见孔丘时商定了五条圣训,其一为"不孝之子必杀之;不变更继承人和不纳妾"④。哲学家忠告,指定的继承人只能是一个儿子,否则就会有麻烦。当外室占据了合法妻子的位置,次子得到继承权时,则必会引发杀戮。《诗经》还为儒家注释者们列举了掌权人随性同女人嬉和的危险依据。5) 讨论始于国家一词,《诗经》的注释遵循了一个常规:"由近及远"原则。智者遵循了

---

① 李谢维奇:《中国的文学思想》,莫斯科,第82页。
② 《大学》,出自:《四书集注》,第一卷,北京,1957年,第20页。
③ 《毛诗正义》,出自:《十三经注疏》,第一卷,北京,1957年,第36页。
④ 波波夫:《中国哲学家孟子》,圣彼得堡,1910年,第17页。

这一原则,儒学经典《中庸》中明确地讲了:"合抱之木,生于毫末,九层之台,起于垒土,千里之行,始于足下"①。儒学对家庭关系的解释尤为重要,因为治家如同治国。而且,不容忽视的是《诗经》中的许多诗歌都具有抒情的特性,并间接地讲述了妇女的艰辛,因此诗词本身的儒学注解,成为实际社会中正视妇女作用最早的声音。

《诗经》注释者着重讨论的是执政君王与自己的女人的精神层面以及行为举止。儒家学说中理想的君王的女人应该是什么样子呢?其对《诗经》的注释比其他儒家经典都详细,其根深蒂固的思想是:君王是最高的权力者,他拥有超强大的力量——德,而德来源自于天的最高境界并拥有无尽的能力。因此,《诗大序》中讲道:"《关雎》,后妃之德也,风之始也,所以风天下而正夫妇也。"按注释者的思路,君王的地位很大程度上取决于国家的兴衰。君王绝不是统治家庭的消极成员,他完全具有征服配偶的能力,而妻子必须要成为他的助手,共同肩负起家庭和国家的职责。聪明的执政者与聪明的丈夫都明白妻子的重要性,并努力给自己挑选真正能遵循家庭行为准则的伴侣。注释者强调,《关雎》诗中再现了周文王(公元前12世纪)的生活场景,他完全具有合乎人道德规范的德,并且是全天下最能够展现使人变得高尚行为的人。"言文王行化始于其妻,故用此风化教之始,所以风化天下之民,而使之皆正夫妇焉"(第37页)。"文王正其家而后及其国,是正其始也"(第53页)。《关雎》被视为是约束君王及其伴侣行为举止、思想活动儒家经典的范本。《大学》一书中坚持的理念是:"伐柯伐柯,其则不远。持柯以伐柯,睨而视之,尤以为远。故君子以人治人,改而止"②。还有句话出自《桃夭》。诗(经)中写道:

> 桃之夭夭,
> 其叶蓁蓁,
> 之子于归,
> 宜其室家。
> 宜其家人,而后可以教国人③。

按照儒家学说的观念,统治者及其妻子应该约束自己的行为,不吝惜

---

① 《中庸》。出自:四书集注,第一卷,第222页。
② 《大学》,第19页。——词译者什图金,译自《诗经》,第15页。
③ 《大学》,第19页。——词译者什图金,译自《诗经》,第21页。

情感的付出。在这一理念下孔夫子谈到了《关雎》："诗中流露出无限欢快与无尽的忧郁"①。众所周知,儒家制定了五条标准,用以约束人们在社会交往中的举止,也是人们社会行为的准则。"天下之达道五。……君臣也,父子也,夫妇也,昆弟也,朋友之交也"②,——《中庸》语。在对抒情诗《诗经》的注释中,夫妻间的相互关系始终占这部作品的首位。《小雅》里,以及在诗歌《关雎》中讲的都是天下最愉快的事,和夫妻间正确关系的相处。因此,儒家在民众中推崇这种风气并号召全天下的人都照此去做。儒家对《明经》的解释是以摆正夫妻关系为前提的:第一,和睦相处,相互理解;第二,在家庭和社会中承担责任。因此,注释者在《关雎》诗的头两行中,就向人们暗示了理想夫妇双方间的默契:

关关雎鸠,
在河之洲。③

这首歌的注释很准确地指出,正确理解夫妻在社会中所承担的不同责任对整个社会人与人相互关系的建立、政权的巩固都具有重大意义。"后妃说乐君子之德,无不和谐。又不淫其色,慎固幽深若关。雎。之有别焉然,后可以风化天下。夫妇有别则父子亲,父子亲则君臣敬,君臣敬则朝廷正,朝廷正则王化成签"。在注释中,对夫妻肩负的主要责任有明确的规定。"男正位乎外,女正位乎内"。在家庭中王后应该扮演什么的角色?可以在《小雅》中可以找到答案:"是以关雎樂得淑女以配君子愛。在進賢不淫其色哀,窈窕思賢才而傷善之心焉是关雎之義也"。直到唐朝(7—10世纪)注释者们都认为,在《关雎》诗中表现的是皇后进入内宫靠的是她与国王迸发出爱意。注释者郑玄解释道,通常能进入宫殿的外室人都有各种官衔:三夫人、九嫔、二十七(位)师傅和十八(名)一等玉妃。这一规矩首先保护的是统治阶层中的男性。皇后的职责里有宽容和体恤其国王的爱慕,并确保宫廷内的安宁、和谐。儒家禁忌家中女人的不睦,因为这会影响到男人处理国事。这里对女眷提出的明确要求是不妒嫉。"哀言后妃念怒在窈窕幽閑之善女思使此女有賢才之行,欲令宮内和諧而無傷害善人之心,余与毛同妇人謂夫为君子上下之通名,樂得淑女以配君

---

① 波波夫:《孔夫子箴言录》,圣彼得堡,1910年,第17页。
② 《中庸》第30页。
③ 《诗经》第9页。

子求美德善女使胄夫嫔御与之共事，文王五章皆是也。女有美色，男子悦之，故经传之。文通謂女人为色淫者过也，过其度量謂之为淫男过爱女謂淫女。色女过求宠是自淫其色，此言不淫其色者謂后妃不淫恣已身其者其后妃也"。"言后妃之德和谐则幽闲处深宫贞专之，善女能为君子和好众妾之，怨者言皆化"。"后妃之求贤女直思念之耳，无哀伤之事，在閒也。经云钟鼓乐之，琴瑟友之哀乐不同不得有悲哀也"。郑玄指出，后妃最高的德行就是成为不平庸的人，"志有懈倦中道而废则善心伤"。"未尝懈倦是其善道必全无伤缺之心，然则毛意无傷善之心"。下面的注释更进一步证实了，后妃将儒家学说用在了治理国家上。"后妃之德能如是，然后可以风化天下，使夫妇有别。夫妇有别则性纯子孝故，能父子亲也。孝子为臣必忠，故父子亲则君臣敬。君臣既敬则朝廷自然严正。朝廷既正天下无犯非礼，故王化得成也"。在儒家道德规范"禮"（规矩、礼节）中的主导思想和感兴趣的是人们的行为是否影响到或破坏了皇后的道德形象。

儒家所注重的不仅仅是皇后在维护国家道德层面上的言行，更重要的是规范国王本身子嗣的延续，以及他的继承人。《小序》为《百合》之歌加入了妻子渴望多子女的内容。故事讲得很详细。"螽斯后妃子孙众多也，言若螽斯不妒忌则子孙多也"。注释者补充了这一理念："后妃宽容不嫉妒则宜，女之子孙使其无不仁厚"。儒家关注的不仅仅是皇室的尊严，而且还有国家臣民数量的增加。为此，毫无异议，皇后的道德品行关乎着整个国家后代的繁衍。古代劳动歌曲《苤苢》对这一景象有详细的描写，歌中唱到：

> 车前子儿采呀采，——
> 一把一把将下来①。

"劳动本身即是创作的素材，"——Л. Д. 波兹涅耶娃指出，"从修辞学的角度，这是动词和名词的组合。对表演者来说，由劳作产生的节奏是主要的，而歌词本身则次之"②。显然，这首歌会令人联想到顺产或生子等大型仪式。《小雅》的内容给人的概念是："苤苢后妃之美也，和平则妇人乐有子矣"。郑玄解释道："天下和政教平也"（同前）。"若天下乱离兵

---

① 《诗经》第13页。
② 《古代东方文学》/Н. И. 康拉德、И. С. 勃拉金斯基、Л. Д. 波兹涅耶娃编辑，莫斯科，1971年，第273页。

役不息,则我躬不阅。于此之时岂思子也"(同前)。按儒家注释者的观点,没有皇后的协助,则治国不顺。皇后在家庭中处理事情的理智行为,使她成为臣民心中美丽温顺的典范和行为准则。正如《小雅》《桃夭》中强调的那样,"后妃之所致也,不妒忌则男女以正婚姻。以时国无鳏民也"。注释明确指出,皇后帮助夫君在国家中推广"礼",并且因婚姻而成为正常的成年人:15—19岁的女孩儿,20—29岁的男孩儿。皇帝与皇后应该成为年轻人步入婚姻的楷模。《小雅》强调,诗中"静女其姝,俟我於城隅"讲的是魏王的统治时期对年轻人择偶的要求。"衛之男女失时,丧其妃耦焉。古者国有凶荒,则杀禮而多昏会。男女之无夫家者,所以育人民也"。早年间魏国处于对峙的局面下,昏君当政。而身为皇帝和皇后要理智地面对国家的现状,并采取措施巩固家庭秩序。显然,魏王不谙此道。原因是"衛王无道,夫人无德"。因此《小雅》中很推崇《静女》一诗。

在《诗经》的注释中贯穿着的思想主题是,皇帝及其妻子的失德对国家危害极大。因为皇家夫妇的品行是皇家威严的体现,皇室的失德会成为国民粗鲁品质的样板,民风不古。关于这一思想在《小雅》中的《古风》中是这样说的:"古风刺夫妇失道也,衛人化其上淫于新昏而弃其旧室夫妇离绝,国俗伤败焉"。注释者警告淫荡的男女,放荡的行径为"淫",说得明白些:"夫爲君子上下之通名樂。得淑女以配君子言求美德,善女使爲夫嬪御興之,共事文王五章皆是也。女有美色男子悦之,故經傳之。文通謂女人爲色淫者过也,过其度量謂之爲淫"。淫乱放荡忽视了"礼"。当家庭中没有了"礼",夫妇间就没有了约束。儒家认为,"夫婦和則室家成室,而繼嗣生"。对于儒家来说孩子的出生意义重大:"谷风以陰以雨而潤澤行百物生矣,以與夫婦和而室家成即繼嗣生矣"。关于家庭,在注释者关于战争的著作中已有描述。诗歌《河廣》是这样说的:"伯兮刺時也,言君子行役爲王前驅過時而不反焉"。值得注意的是,魏王军事远征本身并未引起注释者的关注。其执政者被指责是因为,在善与恶之间他忘记了在祖先面前应承担的责任。郑玄写道:"古者師出不踰時,所以厚民之性"。

诠释者们认为,在妇人良政下人们了解执政者的明智举措,并且很清楚夫妻二人承担的责任。有诗歌《汝墳》为证,(皇后)善行普施,"文王之化行于汝墳之国,妇人能閔念其君子也。猶復劝勉之,以正义不可逃亡"。在这一思想的支配下诗歌《羔羊》得到了诠释:"(妻子)念其夫之勤劳而劝以爲臣之义"。俯首称臣者的责任就是顺从。"臣奉君命不敢憚勞,雖則勤苦無所逃避,是臣之正道"。当诠释者说到君王的德行时,认为是上天的惠顾,当讲到臣之妻的职责时,利益的驱使和女人的行为早已超出了家庭范畴。

如果仔细揣摩《关雎》一诗,诠释者们强调的是只有美女才配做皇后,诗歌《葛覃》讲述的是她代表了国家明君的言行。"后妃之志也,又當輔佐君子求賢審官。下之勤勞內有進賢之志,而無險詖私謁之心。思念至於憂勤也"。先前儒家不具有约束后妃的作用,但人们认为,她应该成为君王的好助手。如果能够弄明白儒家学说中皇帝周围的人对他的影响有多大,你就会理解后妃从家庭关怀的角度协助皇帝的重要性,以及它的深远的社会意义。

（陈蕊　译）

屈原与楚辞

《诗经》(公元前9—前8世纪)之后,哲学和史学作品代替了诗歌创作。公元前8—前3世纪,各诸侯国之间军事和政治斗争不断,政治家和哲学家们力图对统治者施加影响,希冀统治者们走上他们所期望的道路。儒家、道家、法家及其他哲学流派的代表们争论不休,力图使自己的流派占得上风。正如 Л. Д. 波兹德涅耶娃在著作中所描述的那样,在哲学文献和史书中已经形成了完整的结构体系与修辞体系,使所描述的内容更加具有表现力,也更令人信服;作品中更为关注语言表述的鲜明与准确。[1]

这一时期,各个哲学流派都借助《诗经》传播自己的学说。孔子非常推崇《诗经》的价值,认为:"《诗》可以兴,可以观,可以群,可以怨"。在正式的交谈与接见中引用《诗经》是被称道的。尽管被赋予说教意义的趋势愈演愈烈,《诗经》中的诗歌依然保留了对人们的艺术影响力。但是在战国时期(公元前5—前3世纪),在此之前几个世纪以来集体创作形成的《诗经》中抒情的、典礼的、史诗式的诗,在很多方面已经不能满足当时社会个体意识觉醒的需要了,也无法完全满足人们的美学需求。正如

---

[1] В. Б. Никитина, Е. В. Паевская, Л. Д. Позднеева, Д. Г. Редер, 《Литература Древнего Востокa》, М., 1962, pp. 350—378.

在公元前7—前6世纪,受社会阶级结构发生深刻变化的影响,希腊人开始转向抒情诗一样,在公元前5—前3世纪的古代中国,出现了个体诗歌的需求。在希腊,"生活强烈要求新的诗歌创作形式,能够对现实事件和人们的内心世界有更为敏感的反应,这种形式就是抒情诗。在这种抒情诗中,我们可以看到政治作品、神与英雄的颂歌,以及对个人生命的响应"。①

在中国,生活同样强烈要求这样的作品,不仅能够表达当时有识之士(多多少少被记录在哲学作品和史书中)的深刻思考,也能表达在战争、政治与思想冲突的年代,人们所固有的、复杂的、变幻莫测的感情世界。于是,公元前4世纪,诗人屈原出现了,他的作品表明了中国文学从集体创作向个人创作迈出了一大步,从散文式的风格向有序的韵律风格的转变。

在中国文学中研究公元前5世纪后出现的抒情诗时开始使用"楚辞"的概念。根据《汉书》记载,这一概念在公元前2世纪时已经被使用,②但这一概念的广泛应用则是在刘向(约公元前77—前6)编撰《楚辞》之后,其中收录了屈原、宋玉、贾谊、东方朔、严忌、淮南小山、王褒的作品和他自己的《九叹》。部分学者认为,在刘向之前存在"楚辞"这一概念的信息与事实不符。③ 东汉时期,王逸(约公元前158—前89)编《楚辞章句》并收录了自己的作品《九思》。在《隋书》中这样解释"楚辞"这一概念的出现与含义:"《楚辞》者,屈原之所作也。……盖以原楚人也,谓之'楚辞'"。④ 但是在刘向和王逸的著作中已经包括了非楚作者的作品。因此,所有模仿屈原的作品均被看作"楚辞"。比如,由中世纪大学者朱熹(1130—1200)编撰的《楚辞集注》中,除了收录王逸《楚辞章句》中已有的作品外,还包括了数百年间所完成的约50篇作品。⑤ 文学家黄伯思(1079—1118)认为,"屈宋诸骚,皆书楚语,作楚声,纪楚地,名楚物,故可谓之'楚辞'"。现在,通常把屈原及其追随者宋玉的作品都称之为"楚辞"。

天才诗人屈原出现的时候,中国当时拥有什么样的艺术素材?他又

---

① История греческой литературы, т. I, М.-Л., 1946, p187.
② 游国恩:《楚辞概论》,上海:商务印书馆,1937年版,第1页。陆侃如:《何为楚辞》(《楚辞研究论文集》),北京:作家出版社,1957年版,第356页。
③ 张纵逸:《屈原与楚辞》,长春:吉林人民出版社,1957年版,第139—140页。
④ 引自陆侃如、冯沅君:《中国诗史》第 I 卷,北京:作家出版社,1957年版,第92页。
⑤ 王逸《楚辞章句》和朱熹《楚辞集注》的比较见张希之:《中国文学流变史论》,北平文化学社,1935年版,第160—162页。

是在什么样的美学需求环境中开始创作的呢？

在陆侃如、冯沅君的《中国诗史》中这样写道，"楚诗之较早者，当推《诗经》中的《二南》为最重要"（第Ⅰ卷，第92页）。郑宾于在《中国文学流变史》中指出，"则影响于楚辞远因底文学当然要推三百篇中之所谓周南召南了"。① 在许多著作中都有类似的判断，其依据是上述《周南》和《召南》中的部分诗歌属于黄河以南地区，这些地区后来并入楚国领域。关于屈原的创作，儒家诠释者必然以诗人仿效《诗经》来证明诗人的伟大，现代研究者不愿步人后尘，故而不单单通过《二南》来确定楚辞与《诗经》之间的关系，但这并不妨碍他们认识《诗经》的艺术价值会毫无疑问地被楚辞的作者们所吸纳。在史书《左传》中保留了不少证据，说明春秋时期（公元前7—前5世纪）楚国君臣上下熟知《诗经》，或是谈话引诗，或是盟会赋诗。②

尽管在哲学作品和史学作品中艺术形式服从特定思想的逻辑表述，但这些艺术形式还是开启了形象表达事实的可能性。大量使用独白与对话、表达清晰、经常引用寓言、非常规的类比、修辞丰富多样——比较、借喻、对偶、重复等等，创造出了璀璨的艺术宝库，语言大师可以从中多方借鉴。

部分研究者认为有必要特别强调《道德经》对楚辞体的意义。《道德经》的作者老子，根据司马迁的记载，出生于楚国的苦县。在这部由生动而多样的音节书就的极有韵律的著作中，学者游国恩认为第15章和第21章最接近楚辞，③部分句子的特定句法结构，修饰音"兮"和韵脚的使用，与楚辞很接近。④

决定楚辞体出现的一个重要因素是中国南方，即长江沿岸地区文化的发展。在公元前8—前5世纪，楚国合并了约45个属地，成为最为强盛的诸侯国。"居住在国境内的长江流域蛮人、淮河流域夷人以及被征服的华夏诸侯国人，经长时期的文化交流，融合成巫文化中渗入华夏文化的楚国文化。"⑤

---

① 郑宾于：《中国文学流变史》第Ⅰ卷，上海：北新书局，1931年版，第113页。
② 刘大杰：《中国文学发展史》第Ⅰ卷，上海：古典文学出版社，1957年版，第85页。
③ 游国恩：《楚辞概论》，第21—23页。
④ Ян Хин-шун, Древнекитайский философ Лао-цзы и его учение, М.-Л., 1950, стр. 123, 126.
⑤ Фан Вэнь-лань, Древняя история Китая, М., 1958, стр. 118.

战国时期，楚国的领地不断扩大，其领域包括现在的四川省和陕西省的一部分，将近整个湖南省、湖北省、安徽省、江西省和江苏省，几乎占据了当时中国的半壁江山。尽管此时华夏文化与南方楚文化之间的界限逐渐消失，但南方精神生活的独特性得以保留。[①] 南方人崇尚神话与传说，而在北方，受儒家思想的影响，神话与传说已经不再流行。南方地区的民间音乐曲调广为流传，在一些记载中保留的《越人歌》《孺子歌》及其他公元前6—前5世纪的作品证实了南方地区歌曲文化的发达。

在研究屈原对改变文学作品中用词的美学基础上的成就时，应该考虑上述因素。首先应该特别关注个人作者出现的影响。通常认为个人抒情诗起源于屈原，但这并非结论，而是认真研究以下问题的一个前提条件：民间创作美学如何转变为书面抒情美学？

民歌作者的缺失不仅是文本创作历史的特点，也说明了对现实进行美学探索的规律性。在民间诗歌中，歌曲每一次被吟唱，抒发的是吟唱者的个人情绪，并不体现作者本身及其精神世界。书面抒情诗，在以诚挚与亲切打动读者的同时，总是客观地创作出抒情主人公的现实形象。民间诗歌中的美学起源不需要形象的个体化也不致力于此。"民歌都是依附于人的感情的"，车尔尼雪夫斯基指出，"否则人民就不需要它"。[②] 民间诗歌中形象个体化的这种缺失不能不造成在形式与道德冲突选择中的重复性和已知的局限性，但这仅表现了民间诗歌基本的和特殊的一个创作原则的几个方面而已。

还应指出的是，民间诗歌，按 П. 拉法尔加（П. Лафарга）的说法，"来自人民大众自身的生活"，其创作没有刻意追求形式的艺术性。车尔尼雪夫斯基认为，民歌"实质上是对欢乐与忧伤的自我表达，完全不是来自我们对美好的追求。当然，这里并不是否认民歌自身客观存在的美感，而只是强调，促使民间歌手创作的是主观原因，而不像诗人，他们自觉地意图美化自己的语言。

大家知道，车尔尼雪夫斯基给予民间创作中的理想人物非常高的评价，但这不妨碍他认识到这些民歌中美的类型的单一性——"健康美"，"对于道德和思想成熟的人来说，生活中这一面的需求很少，他更渴望有

---

① Фан Вэнь-лань, Древняя история Китая, М., 1958, стр. 244.
② Н. Г. Чернышевский, Полное собрание сочинений в 15 томах, т. 2, М., 1939—1950, стр. 306.

思想有感情的生活。"①屈原的创作展示了现实生活的多面性:在诗歌中表现理想人物和那些生活在激烈的政治斗争中并痛苦地寻求更美好社会制度答案的人物情绪。屈原的诗歌创造了一个复杂而多面的抒情主人公形象,这一形象在很多方面贴近战国时期的有识之士并被他们所理解。

还必须说明,民间诗歌里的韵律—音乐元素的意义尤为伟大。别林斯基不止一次指出民间抒情诗是词语、旋律、韵律的有机结合,他认为诗和音乐作品"其本质有共通性"。② 在个人抒情诗中韵律—音乐元素的作用减弱,词语开始发挥主导作用。Н. И. 康拉德这样描述楚辞的起源:"这是一个开端——不是音乐诗歌,而是人类语言的诗歌。也就是说,韵律、旋律等元素依然存在,但他们只是服务于词汇表达。"③

屈原的出现,明确了诗歌创作中对于那些在他之前从未进入诗歌世界的词汇美学态度,特别是当时人们所熟悉的、从未被美学层面所接纳的、哲学散文的词汇,至此以后,在某些方面具备了其他品质,不仅仅用于沟通,而受限于并从属于作者的特定美学概念。

总的来说,随着个人作者的出现,文学作品所获得的新品质说明了屈原对中国在艺术上的尝试进步具有多么至关重要的意义。

上述所说并非是指民间诗歌与书面文学之间有着绝对的区别,相反,个人创作与集体创作之间有着固有的联系。楚辞就说明了民间诗歌对书面文学的影响,以及诗人是如何加工并效仿民间作品的;而且部分楚辞体作品后来的发展命运说明,他们又回归到民间诗歌中,具有独特的民间特点(根据屈原的祀歌《山鬼》创作的《今有人》便是如此)。④

个体诗歌的出现是一个新阶段的标志,它的出现引起了之后文学结构质的变化,说明了反映个人精神世界的艺术词语的潜力与价值。抒情诗歌,产生于对人们心灵感受的体验。公元前4—前3世纪,它在文学领

---

① Н. Г. Чернышевский, Полное собрание сочинений в 15 томах, т. 2, М., 1939—1950, стр. 61, 145.
② В. Г. Белинский, Полное собрание сочинений в 13 томах, т. 5, М.-Л., 1948—1959, стр. 15.
③ Н. И. Конрад, Краткий очерк истории китайской литературы, - в кн. 《Китайская литература. Хрестоматия》, т. I, М., 1959, стр. 10.
④ И. С. Лисевич, Связи древней китайской литературы с народной песней (народные и литературные юэфу конца III в. до н. э. - начала III в н. э.), автореф. канд. дисс., М., 1965, стр. 12—13.

域拥有了自己的地位。更为重要的是当时已经出现了将任何生动的、形象的词语转变为说教的,训诫性词语的趋势。信奉儒家的人士极力赋予楚辞及之后诗人们的创作以理性特质,摒弃其对读者感情产生影响的特质。尽管这对中国的诗歌创作带来一定的损失,但屈原时期出现的抒情源泉并未枯竭,而是自成溪流,在随后的岁月中吸纳了更多的支流,成为中国艺术生活中最为重要的源泉。楚辞的出现意味着中国文学的一大进步,使文学更贴近个体,贴近对个体精神实质的美学认识。

如上所述,中国研究者经常提到楚辞与《诗经》中《周南》与《召南》,以及公元前6—前5世纪黄河以南地区所创作歌曲的联系,但不能由此认为文学体裁的发展就是对单一类型作品进行机械的、顺序性的替换。每一部新作品都会受到来自这一作品体裁之外各种因素的影响,这些因素中最主要、最有决定性的则是社会认知及其载体——创作个性。因此,对之前的诗歌中的个别元素与楚辞进行简单对比没有意义,也不能解释二者之间的异与同。这里应提到诗人屈原的作用,他能够抓住时代的社会与美学特点,能够将民间抒情诗重塑为个人诗歌。

屈原(公元前340—前278)出生并生活于楚国,[①]这一时期,位于西北的秦国积极发动战争以获取邻国的土地,而秦国的主要对手就是强大的楚国。苏联学者 Л. И. 杜曼写道:"公元前4世纪所形成的经济和政治条件使打破政治分立、统一中国成为可能。这一统一过程中,具备主导作用的只有秦国和楚国,所以他们的争霸斗争就是统一中国的斗争,是开创国家未来新发展的斗争。"[②]

屈原在楚国宫廷位居高位,坚决支持联合其他诸侯国共同抗秦。诗人的政治观点与当时楚国宫廷的意见不符,因而二次被驱逐出京城。在外漂泊期间,目睹楚国的溃败,屈原投江(汨罗江)自杀。

屈原的诗歌遗作主要有《离骚》《天问》《九章》,以及《九歌》中的11首诗歌,许多学者还把《招魂》也看作屈原的作品。

在《离骚》中,屈原诉说了自己的悲惨命运。楚国国君起初宽厚待他,随后又罢黜他,令他难过。诗人清楚地意识到,降落在他身上的苦难的根

---

① 关于诗人的生平和创作可以阅读以下俄文图书:Н. Т. Федоренко,Проблема Цюй Юаня,—《Советское китаеведение》,1958,№2;Цюй Юань,Стихи,пер с кит. Вступит. Статья и общ. ред. Н. Т. Федоренко,М.,1956.

② Л. И. Думан,Цюй Юань как государственный деятель и его эпоха(340—278 гг. до н. э.),—《Краткие сообщения Института востоковедения АН СССР》,№16,1955,стр. 44.

源在于形成于楚国宫廷的风气。他写道:"岂余身之殚殃兮,恐皇舆之败绩!"

《离骚》讲述的是一个与当时主流风潮有冲突,但具有崇高政治理想的人物的自白,这个人就是诗人自己,"在这象征主义里,我们理智底最抽象的理想化为最亲切最实在的经验,我们只在清明的意识底瞬间瞥见的遥遥宇宙变为近在咫尺的现实世界。"①

经常借助植物世界的形象是屈原最常用的艺术手法。在古代,人们最为亲近大自然,能够敏锐地感觉到自己对自然的依赖,与自然密不可分的联系。并非偶然的是,《诗经》中的许多形象就是取自人们最为熟悉的自然界。屈原成长于南方有着众多民间信仰、歌曲的楚国,他热切地赞叹大自然,敏锐地感受它的诗意,阿纳托尔·费兰斯曾说过:"在大地母亲与人类语言之间有着隐秘的关联,人类的语言诞生于田间地头……"语言"充满着来自农业生活的各种比喻;语言就在田间、林间绽放。"②众所周知,《诗经》中随处可见大量的各种植物和动物的名称:"多识于鸟兽草木之名"(《论语》)。因此,屈原虽然采用了大家熟知的方式,但是他却赋予了《离骚》独一无二之处,连续使用植物形象来表达自己的社会理想,而且他所选用的形象还担负着使表达更为鲜明清晰的美学职能。著名的法国哲学家阿尔谢恩·达尔姆斯杰特(Arsène Darmesteter)(1846—1888)在《词语的生命》(《The Life of Words》)一书中指出,拉丁语中"laetus"同时具有"草地的肥力"和"人的喜悦"的意思。屈原精准地感受到每一种植物名称中蕴含的"人的喜悦",领会这些形象的美学意义,并借助他们的美学特质表达自己对生活、对人民的态度。《离骚》中我们会遇到两类植物形象,分别代表善与恶,有趣的是诗人考虑了植物本身客观存在的特点:他用本身就很漂亮的花——兰花、木兰花等表示美好的事物。

屈原遵循的美学标准,与儒学相近:高尚的人必然拥有美丽的外表,他的内在美会表现在他的外在形象中。在诗的开头,屈原写道,他自孩童时就向往美好:

扈江离与辟芷兮,纫秋兰以为佩。③

---

① 梁宗岱:《屈原》,华胥社丛书,1941年版,第48页。
② Анатоль Франс, Собрание сочинений в 8 томах, т. 8, 1957—1960, стр. 66, 68.
③ 译者注:著者对屈原诗句的引用来自俄文版的《Цюй Юань. Стихи》,以下同,不再进行标注。

在这里，我们感受到了诗人渴望完善自己精神品质的言外之意，随着诗歌的展开，这些隐藏的第二层含义逐渐显现出来。在这样的世道，那些渺小而愚蠢的人们企图使所有人按自己的规则生活，诗人抨击到：

> 民生各有所乐兮，余独好修以为常。
> 虽体解吾犹未变兮，岂余心之可惩。

诗歌中，同一种植物在不同的段落中有着不一样的意义。例如，诗人描述兰花和芷草、杜衡等香草如何成长，以此表示自己竭力走上所追随之人的真理之路。他在诗中这样写道："既替余以蕙纕兮，又申以揽茝。"意思是，尽管遭受非难，但诗人依然保持自己精神的纯洁。当屈原想象让自己的马漫步在兰花丛中，让它在椒木山上休息，此时"兰花"和"胡椒"是指美好的生活。① 诗人通过以下诗句表达生活摧残、伤害好人的痛苦思想：

> 何昔日之芳草兮，今直为此萧艾也？

这里，"兰花"和"胡椒"则是指诗人赋予了希望但又使其失望的人物形象。

对屈原来说，人的道德与品行总是与美相关。这里体现了诗人一贯地致力于把自己的见识和感受形象化，致力于道德评价与美学评价的统一。对诗人来说，所有具备高尚品德和崇高精神特点的都是美好的。有理想的人，是有智慧、有学识的，无私地帮助统治者实现国家的繁荣，在国内实现秩序与公正，而没有原则的奸诈小人，只考虑个人利益，只会为祖国带来危害，是可憎的、丑陋的。诗人要求统治者具备区分善恶的能力，这样才能将有能力的、心地纯正的人吸引到自己的周边，这种要求意味着统治者要有能力领会人的精神品质与品行的美。诗中贯穿着这样的思想，统治者的政治愚昧与其美学无知、丧失发现真正的美的能力密不可分。

> 览察草木其犹未得兮，岂珵美之能当？
> 苏粪壤以充帏兮，谓申椒其不芳。

看到很多人背叛自己的理想，自甘堕落，作者这样描写统治者的过错：

---

① 马茂元选注：《楚辞选》，北京：人民文学出版社，1958年版，第19—20页。

> 岂其有他故兮,莫好修之害也!

植物形象有时出现在直接表达含义的诗句之后,用于形象地加强所传达的思想,有时与上下文的关联并不清晰,比较独立,但其中所蕴含的诗人的思想可由整个诗篇的主旨来判断。

《离骚》中,曾经在某个时期真实存在,或者传说中所熟知的历史人物也有着重要作用。需要具备描述以往人物的历史散文和哲学散文的丰富经验,也需要对儒学推崇的古时"黄金时代"的认同,诗人才得以在作品中顺理成章地引入过去的人物。所提到的历史人物可以分为三类:第一类是贤明的统治者,他们正直、真诚、重视身边的人,这些品质使其获得成功,如汤和禹,舜和尧,这是值得仿效的人物;与之相反的是愚蠢的统治者和官僚——桀、纣、寒浞等,他们的残暴无道导致了国家的灭亡;第三类则是傅说、吕望、宁戚之流,起初默默无闻,后因自己的才能成为统治者的近臣,如果不是屈原对当时统治者失望,这些人的命运会使屈原对美好未来充满信心。对屈原来说,每一个名字都代表着某种品行,反映这样或那样的道德根源。诗人不断重复,是什么样的行为决定了他所说的历史人物的精神面貌,比如,他写道:

> 彼尧舜之耿介兮,既遵道而得路。
> 何桀纣之猖披兮,夫唯捷径以窘步。

因此,诗人经常重复提到这个或那个名字,他认为这些名字会引起相关的联想。屈原时期还没有出现在诗歌中利用历史资料进行暗示的情况,各种传说也不具备他们在后世所获得的鲜明色彩。比如,关于传说中的鲧,存在两个不同的说法。在《书经》与《孟子》中,鲧在与水患的斗争中未取得成功而被杀;而在《山海经》《左传》和《吴越春秋》的记载中,鲧则是值得尊敬的英雄,死于不公正的待遇。屈原使用了其中一个版本,写道:

> 鲧婞直以亡身兮,终然夭乎羽之野。

直接描述过去人物的行为,对其行为和对当时统治者的品行以及自己所走之路的思考进行对比评价,使屈原的作品在使用历史素材的背景下更为接近哲学和历史散文,而不是后世的诗歌。在中国诗歌史中,屈原实际上是第一位借古喻今的诗人,因此,他的风格中有着明显的与那个时代的散文相关联的痕迹。

在作品中描述发生在虚构的、神话传说中的场景，这在中国诗歌中也是新的尝试。为了寻求同情和支持，诗人出发去假想的天国之行。屈原的创作幻想营造了不同于之前诗歌的画面。诗人这种艺术思维的个性受道家思想的影响，也与其亲近民间神话作品有关。诗中诗人的形象越来越高大，他驾驶着龙凤驾驭的马车在天上飞驰，他是如此相信自己的能力，甚至命令太阳的车夫停鞭慢行，以延长时日。因此，当这个强大的人成为不公正待遇的牺牲品，他的孤单就显得更为悲惨。诗人相信，不单在地上，即使在天上也是"高丘之无女"。他在宇宙中翱翔，先是出发向东到达传说中太阳沐浴的咸池，然后又到达仙人居住的西山昆仑。痛苦与挫折迫使诗人转向神巫，根据她们的建议，他最好离开楚国，所以龙和凤将诗人带向西方。但是诗人突然看到了下方的故国，忧伤攫住了他，他无法再继续自己的行程。尽管屈原在楚国不被承认并且有了自杀的念头，但他依然无法离开自己的故土。

诗人借助于想象和神话素材来表达作品的主题并诉说自己的感受。无论诗人描绘出什么样的幻想世界，讲述什么样的神奇会面，诗人创作的主旋律总是对生活的忧伤思考。

在《离骚》中经常能感受到抒情主人公与其所生活并受影响的时代环境的联系。诗人处在与恶劣社会的冲突中，并在诗中呈现出不公正世界的样子，忠诚服务于国家且正直的人在这里受排挤。诗人希望能够建立起另一种秩序，但他没有给出具体的建议，只是提出了总的道德原则，希望成为统治者及其追随者的行为准则。他希望统治者遵循古代尧舜的管理方式，并写道："固众芳之所在"，"伏清白以死直兮，固前圣之所厚。"他从内心里觉得"汤禹俨而祇敬兮，周论道而莫差。举贤才而授能兮，循绳墨而不颇。"

屈原深信，"夫维圣哲以茂行兮，苟得用此下土"，由此反映出对公元前5—前3世纪官宦知识分子高远志向的信念，这些官宦知识分子在当时的思想和社会生活中表现得越来越积极。屈原在诗中展示了古代中国有学识之人所固有的信念，相信道德之崇高，相信美德与知识优于显贵高官的特权。整部《离骚》渗透着坚定的信念，人应该遵循自己的原则，即使遇到来自统治者本身的反对。国家统治者，如果不能欣赏自己追随者的道德信仰、不理解他们的心灵志向，就会站在诗人与之进行不可调解的斗争的、可耻小人的阵营里。屈原的创作确认了对所谓士阶层的尊重，在那个时代，他们就已经要求在国内拥有精神权力。正是由于对精神和道德层面的关注,对自己志向的坚定捍卫,屈原在中国享有广泛的知名度。评论家何其芳指出,后来人对屈原热烈的同情和崇敬,与其说在于他的政治理想的具体内容,毋宁说更在于他对于理想的坚持的精神。①

屈原的诗歌创作中首次强有力地提倡士阶层在生活、国家面前的责任。《离骚》中,诗人引用姐姐女嬃的话,责备她不和大家一样,不攀附权贵。诗人知道,不与现实妥协会导致自己的死亡,但他依然毫不动摇:

伏余身而危死兮,览余初其犹未悔。
不量凿而正枘兮,固前修以菹醢。

对屈原来说,以失去自己的原则为代价来换取安逸就意味着屈从国内的黑暗力量,成为国家衰败的冷漠旁观者。《离骚》中,作者是一个在"耻辱的年代"唯一能够保持高尚情操,能够启发统治者走上尧舜之路的人。作者形象的这种独特性,不单单是因为屈原在生活中感到孤独,还在于他在人民面前的高度责任感,使他时时刻刻记得自己对祖国命运的责任。

屈原对于人的新的理解以及在诗歌中所创作的新形象有许多特征,与儒家的"仁"思想很接近。儒家的"仁"内涵丰富而多面,包括了孝、忠、智、勇、恭、宽、惠。② 不管这一思想包括多少涵义,都是在明确什么是生活和社会的根基,源于自然本身和人的本质是什么……"这就是仁,对所有人表现出'真诚'与'同情'的真正的人之初:'己所不欲,勿施于人'——就是这种关系的体现。后来,伟大的孔子学说继承者孟子(公元前372—前289),为这一论题补充了'义'的概念,指对他人充满爱",③——Н.И.康拉德客观地写道。

《离骚》中抒情主人公的精神面貌主要是由儒家"仁"的思想所决定的,但在屈原的性格中却有一些使其明显不同于儒家的特点,这里指的是诗人对邪恶的不妥协,与谎言斗争的激情,感受的热烈与深刻,而儒家则是教育人们不要走极端,要走中庸之道。孔子把中庸看作最高道德标准,发扬儒家学说保守一面的子思写道:"喜、怒、哀、乐之未发,谓之中。发

---

① 何其芳:《屈原和他的作品》,载《人民文学》1953年第6期。
② Ян Юн-го, История древнекитайской идеологии (пер. с кит.), М., 1957, pp108—123.
③ Н. И. Конрад, Краткий очерк истории китайской литературы, - в кн.: 《Китайская литература. Хрестоматия》, т. I, p8.

而皆中节,谓之和。中也者,天下之大本也。和也者,天下之达道也。致中和,天地位焉,万物育焉。"①

类似的思想对屈原来说是不可接受的,他"凭心而言,不遵矩度"。② 与孔子必要时妥协的思想不同,诗人在思考自己在当时社会的行为之后,确信:

> 鸷鸟之不群兮,自前世而固然。
> 何方圜之能周兮,夫孰异道而相安?

梁启超认为,屈原之所以伟大,就在于他的性格与中国人好中庸之国民性最相反也。诗人精神面貌上的这些方面对于受各种行为准则束缚的中国人来说是很有吸引力的。

诗中清楚地描述了这样的主题:人与快速流逝的时间。诗人被这样的感觉所纠缠,生命转瞬即逝,新的变化不断发生。屈原将这种感觉进行了可视化的描写:

> 日月忽其不淹兮,春与秋其代序。
> 唯草木之零落兮,恐美从之迟暮。

时间的快速流逝使诗人更为强烈地意识到自己对人民的责任。屈原对生命的思考显示出他是一个具有广泛社会兴趣的人。在希腊诗歌中文学家把时间的飞逝看作是衰老的临近,爱情消逝、感官享受消失,这使得他们的诗歌中或者是悲剧的基调,或者是阿拉克里昂式的狂欢。对屈原来说,个人的感情、爱情不是描绘的对象,他更愿意表达人的社会责任。想到"时缤纷其变易兮",诗人为了不能为祖国做更多的事情而悲伤,"老冉冉其将至兮,恐修名之不立。"对于荣誉,诗人认为不单是对个人功绩的认可,对他来说,荣誉与美德和善行是不可分割的。意识到生命转瞬即逝,诗人希望奉献全部的力量来实现自己的政治理想。"汩余若将不及兮,恐年岁之不吾与。"作者将这种想法通过神巫口中说出:"及年岁之未晏兮,时亦犹其未央。"

屈原接受他所生活的时代,尽管他一直保留着对古时"黄金时代"的怀念。中国以及欧洲古代都有着在远古时期生活更完美的观念,在中国,

---

① 《中庸》《四书》第Ⅰ卷,北京:中华书局,1957年版,第2页。
② 鲁迅:《汉文学史纲要》,鲁迅全集出版社,1941年版,第26页。

儒家提出并支持"黄金时代"的说法。屈原在《离骚》中不断地将当时的诸侯与古代贤明的统治者相比较,但是在他的诗歌中没有出现时代更替时期的诗歌形象,也没有出现随着时代更替导致道德一步步但又不可避免地衰败的景况,而这些则出现在赫西俄德(Hesiodos)的《劳动与日子》和奥维德(Ovidius)的《变形计》中。也许,屈原更为亲近民间文学,在民间文学中感情的传达都如同当时所经历,这使得他没有时代更替的概念,尽管在诗歌中随处可见隐在当下后面的历史背景,随处可见当前与过去的比较。屈原在诗歌中提到的"个人与时间"成为后来中国抒情诗中的重要主题。

《离骚》是一部充满社会激情的抒情作品。为了传达自己的情绪,诗人运用了相当复杂的诗歌结构。日本学者桥川时雄指出,屈原使用了民间诗歌《诗经》的创作经验,其中可经常看到对话形式。①

诗中有屈原姐姐的话语,劝诫诗人放弃耿直。屈原的许多传记中都提到女媭,如同是诗人现实中姐姐的名字。或许真是这样,但诗人绝对不是要赋予姐姐什么形象,而是将与其真正的精神志向相对立的情绪借助特定的人物形象进行拟人化地表达。要求放弃自己的信念,诗人没有通过敌人之口说出这样的话,而是由亲近的人说出来,这里有特定的含义,或者说是类似于这样的想法:让步吧,由此获得平静安逸不是更好,在某些时候诗人也许会有这种想法。如果是敌人向诗人提出这样的建议,那就必然改变了整部诗的基调,这样就向我们展现了诗人的复杂性格,他有时也会动摇,不得不去战胜犹疑和内心的矛盾。由于是从女媭的话语中表达出这种时而困扰诗人的思想,所以诗人并没有直接回复姐姐,而是转向重华,即古代的贤帝舜来解决自己的疑问。因此,这里不是与关于生活、人的责任的敌对观点的争执,而是作者希望梳理自己的情感,寻找自己的行为准则。神巫灵氛和巫咸的形象也用来表达作者多变的精神状态。与女媭的形象相类似,她们是一种设定的形象,便于我们更充分地理解作者,理解他的怀疑与希望。

上面提到,在作品中引入姐姐和神巫的训诫与建议,在一定程度上说明了民间创作对作者的影响,但是《离骚》自身的复杂长篇结构也使诗的主题或体现在作者的自白中,或体现在他对舜帝的求助中,或体现在女媭、灵氛和巫咸的话语中,或体现在虚构的旅行场景中,这种复杂的结构

---

① 桥川时雄:《楚辞》,东京:日本评论社,1943年版,第193页。

则是受当时哲学散文和编年史散文的影响。①

朱熹将《离骚》分为93节,四句为一节,后来的评论者和研究者经常按自己的原则将诗歌分为独立的段落。例如,钱杲之将《离骚》分为14段,戴震和陈本礼分为10段,方廷珪分为6段,屈复分为5段,王邦采分为3段等等。但无论怎么分段,各段内容如何,多数人认为四句为一节。日本研究者儿岛献吉郎计算过,《诗经》有1144章,其中382章,即三分之一左右由四句诗组成。在中世纪早期,许多诗歌作品都是四句为一节,7—12世纪四句诗更是全面盛行。因此,《离骚》的结构划分成为中国诗歌作品惯用的章节结构在形成与发展上的特定环节。②

在《诗经》中多为四字成句,在《离骚》中则主要是六字成句,七字成句也比较常见,加长的诗行则意味着更丰富的思想含义,能更充分地表达作者的思想和情绪。在《离骚》中,偶数句押韵。屈原经常使用语气词"兮",关于这一点在下文会提到。

声母相同的音节组成的双声,类似"zhongzheng""linglo""luli",以及由韵母相同的音节组成的叠韵,如"fenglong""xiangyang""xiaoyao",在《离骚》诗歌语言的发音构成中发挥了重要作用。诗人也经常采用叠音词,但并不像《诗经》中那么广泛。

在思想倾向和艺术风格上与《离骚》接近的是现在大家所熟知的《九章》。关于这些诗歌作品的创作次序,研究者们有分歧,但可以确认的是,这些作品是在作者生命的不同时期创作的。这些作品虽然反映出作者不同年龄的精神面貌,但也表明了作者一贯的品性和对信仰的坚持。整部《九章》的创作永远在路上,作者永远在寻找。如《离骚》一样,屈原运用了想象中的画面:他用青龙驾车,两边配上白龙,去游览神奇的地方(《涉江》《悲回风》)。但是,多数情况下诗人描述的是在国内的流浪,他悲伤地写道,"独历年而离愍兮。"风景开始在诗人的描写手段中起重要作用,《涉江》中阴郁的自然画面传达出诗人悲伤的情绪:

> 深林杳以冥冥兮,猿狖之所居。
> 山峻高以蔽日兮,下幽晦以多雨。
> 霰雪纷其无垠兮,云霏霏而承宇。

---

① 李长之:《中国文学史略稿》第Ⅰ卷,北京:50年代出版社,1954年版,第95、113页。
② 儿岛献吉郎:《中国文学研究》(胡行之译),上海:北新书局,1936年版,第104页。

有时,诗人把自然环境看作是敌人,例如在《抽思》中有这样的诗句:

> 长濑湍流,溯江潭兮。
> ……………………
> 轸石崴嵬,蹇吾愿兮。

在诗人的描述中,自然界如同社会黑暗力量,强烈地衬托着作者的孤寂无助。

屈原极少像《怀沙》开篇中的表述那样进行自然界与自己精神状态的对比描写:

> 滔滔孟夏兮,草木莽莽。
> 伤怀永哀兮,汩徂南土。

而在这首诗的最后,诗人描写了落日、河中涌浪、阴晦的远方。

《诗经》中广泛使用的风景描写,在屈原之后,成为书面抒情诗中的重要部分。

和《离骚》一样,《九章》中的许多形象取自自然界。屈原以杂草为喻,描述那些统治宫廷却放逐正直之人的卑鄙官员们,他们"使芳草为薮幽"(《惜往日》),"鸾鸟凤凰,日以远兮。燕雀乌鹊,巢堂坛兮。"(《涉江》)诗人把自己与来自南方的鸟儿相比,"有鸟自南兮,来集汉北。好姱佳丽兮,牉独处此异域。"(《抽思》)《橘颂》赞美那些忠于自己高尚情操的勇敢的人们,诗中,桔树被看作是坚定、精神美的象征。类似的讽喻表述在后来的中国文学中被广泛应用。

在《九章》中,屈原经常运用对比的方法,在《惜往日》一篇中批评了专横的统治者任意决定人们的命运:

> 乘骐骥而驰骋兮,无辔衔而自载。
> 乘氾泭以下流兮,无舟楫而自备。
> 背法度而心治兮,辟与此其无异。

在这些语句中包含着对统治者的警告,他们会为自己的错误付出生命的代价。

屈原既对人的不同行为进行对比,也对自然现象与人的行为和情绪进行对比。在《哀郢》中,诗人写道:

> 鸟飞反故乡兮,狐死必首丘。

这些诗句表达了诗人在异国他乡感受到的忧伤。

《哀郢》写于敌人的军队已经闯入楚国的时期。诗人讲述他跟随逃难的人群离开故土,前往东方。诗人把国家的耻辱归咎于忘记尧舜榜样而被诌媚者和诽谤者所包围的君王。现代研究者詹安泰写道,除了诗人经常提起的使楚国衰败的这两个原因,屈原还提到,不能轻视改革和推行新法度的必要性。他认为在《惜往日》中,屈原"在这里明白说出来了,那就是:他和楚怀王密谋变法这一重大的事件。"[①] 对詹安泰的这一观点可以有异议,也可以质疑诗人的表述与韩非子思想的相似性,但毫无疑问,诗人希望看到祖国的秩序与公正。所以,司马迁指出:"屈平正道直行,竭忠尽智,以事其君。"

在困苦中,屈原从古代遭受排挤的先贤身上汲取精神的力量,坚定心志(《惜诵》《涉江》)。"与前世而皆然兮",这样令人痛苦的结论迫使作者以过去意志坚定的先贤为榜样,同时,屈原本人也希望自己成为后世的榜样。他在《怀沙》中写道:"离闵而不迁兮,原志之有像。"

无论是《离骚》还是《九章》,我们都能看到诗人与当时社会的冲突。也许,正是生活本身使屈原在诽谤嫉贤们面前坚信自我,坚信自己的个人价值,以伟大的诗歌天赋创作出出色的艺术杰作。如果我们转向希腊和罗马文学,可以看到,那里的语言大师们高度评价自己的诗歌天赋。对特奥格尼斯(Theognis)、品达(Pindaros)、巴克基里德(Bakchylides)、贺拉斯(Horatius)来说,诗人是老师、智者、先知。他们认为,诗人的使命是评判人与人之事,确立世上的理性与公正。古希腊、罗马时期的文学家认为,诗歌天赋本身就使人获得提升,使其成为高居大众之上的出类拔萃者。但在屈原的诗歌中,我们找不到任何诗句,表达对自己才能的骄傲。根据当时对书面词汇的特点和使命的看法,屈原看到了以诗言志的可能性,通过诗歌诉说自己的道德理想,他坚信自己的道德理想并以此为傲。在屈原的创作时期,有这样的看法,认为《诗经》编纂和记录的目的,是让统治者根据《诗经》来评判国内的现状和人民的情绪。屈原也希望在自己的诗歌作品中向统治者诉说真理,并由此来改善祖国的道德水平,使其强大。但他不得不痛苦地认识到,国君并不愿意倾听他

---

① 詹安泰:《屈原》,上海:上海人民出版社,1957年版,第142页。

真诚的话语:

> 兹历情以陈辞兮,荪详聋而不闻。
> 固切人之不媚兮,众果以我为患。(抽思)

在《惜美人》中诗人感到悲伤,因为云师与鸿鸟均不愿把遭受放逐的诗人的诗歌带回遥远的祖国。对他话语的冷漠让诗人感到忧虑,这也许意味着国君已经步入迷途,国家将趋向毁灭。屈原认为诗人高居民众之上的主要价值在于高洁的品德和高尚的情操,诗歌天赋并未让他有与众不同之感,认为这只是每一个官宦阶层代表所必须掌握的运用词汇的能力。与古希腊、罗马文学家不同,屈原没有意识到自己作为诗人的天赋,但这并不妨碍他创作出经典的艺术作品。

在屈原的作品中《天问》显得与众不同,表露出作者的非凡才识和求知欲。全诗包括172个问题,但屈原一个也没有回答。作者思考宇宙的秘密、国家的历史和知名人物的言行。他运用了许多著名的神话传说,使这部作品成为研究古代中国神话与传说的珍贵源泉。故而,著名文学家郑振铎在研究《天问》时会想起赫西俄德(Hesiod)的《神谱》(《Theogonia》)和阿波罗多洛斯(Apollodorus)的《书库》(《The library》),这些书中描述了世界和诸神的起源。郑振铎曾猜测,认为《天问》还有记述答案的下半部。① 遗憾的是,中国神话故事保存得不好,因此屈原作品中的许多神话在现代无法理解并引发争议。但是这些阅读上的困难并不妨碍大家看到作者大胆的思维,对当时许多观念的质疑。例如,屈原有名的质疑是对在中国北方广为流传并在《诗经》中有所反映的上天无所不能、惩恶扬善的想法产生了怀疑。

老子并不认为,上天是能够管理世界的具有神性的实体。我们可以在《道德经》中读到:"天地不仁,以万物为刍狗",类似的思想也体现在庄子的《天下》里,因此屈原的怀疑有可能受到与儒家关于上天的思想有所不同的多种学说的影响。当然诗人的个人体验也说明了这一点,他在生活中看到这么多的不公正,也许让他无法相信上天的善行:

> 天命反侧,何罚何佑?
> 齐桓九会,卒然身杀。

---

① 郑振铎:《中国文学史》第Ⅰ卷,北京:朴社,1932年版,第87页。

屈原感到奇怪的是,为什么上天"授殷天下",而殷朝却灭亡！诗人不能妥协的是,神圣的上天允许无耻小人一边作恶多端一边享受荣华富贵。对于舜的弟弟,他问道：

> 眩弟并淫,危害厥兄。
> 何变化以作诈,而後嗣逢长？

渗透着怀疑精神的《天问》引起了中世纪中国进步文学家的注意。在与西方的文艺复兴相类似的"古文运动"时期,著名代表柳宗元（773—819）写下了《天对》,研究了屈原诗歌中的122个问题。柳宗元断定,浩无边际的宇宙源自某种元气,他对待历史与神话的态度,传递出利用自己的智慧与逻辑而不是传统社会生活发展观念来进行解释的趋势。①

与柳宗元观点相同的还有杨万里（1124—1206）、王廷相（1474—1544）和著名启蒙思想家王夫之（1619—1692）,在他们的作品中对《天问》进行了评论与解释。宋代学者朱熹,以唯心的方式理解自然与社会的发展,对柳宗元的作品持对立态度,认为"读之常使人不能无遗恨"。屈原所播下的怀疑种子在中国文艺复兴与启蒙运动时期引发了尖锐的思想冲突。

《天问》中的句式以四言为主,每四句为一节,每节包括一个或几个问题,也有一节中每一句均为问题的情形。每段诗节中问句的位置经常变化,时不时使用三言、五言、六言和七言句也使作者避免了单调。明朝孙鑛这样评价《天问》："或长言,或短言,或错综,或对偶,或一事而累累反覆,或数事而镕成一片。其文或峭险,或淡宕,或佶倔,或流利,诸法备尽,可谓极文章之变态。"②

《离骚》《九章》和《天问》为屈原自己所著,充分表现出作者的独特性,而《九歌》则是作者对民间早已流传歌曲的整理,王逸和朱熹均如此认为。如果说在黄河流域受唯物主义倾向的儒家学说影响,迷信对人们的影响渐弱,但在楚地依然盛行。《汉书》中记载："楚地信巫鬼,重淫祀。"王逸写着："昔楚国南郢之邑,沅湘之间,其俗信鬼而好祀。其祀,必作歌乐鼓

---

① 《柳宗元哲学选集》,侯外庐序,北京：中华书局,1964年版,第7—10页。
② 游国恩：《楚辞概论》,第122页。

舞以乐诸神。"①

研究《九歌》中所使用的人称代词和称呼后,有理由认为,这些歌曲的演唱者至少是两个人,并且按照一男一女的顺序。研究歌曲中所描述的场景可以知道,扮演神灵的人和巫师有时独唱独舞,有时对唱对舞,有时合唱合舞。② 虽然研究者们就《九歌》中这首或那首歌曲是如何演唱的,意见并不一致,③但大家都一致认为,这些歌曲伴有音乐与舞蹈,整个活动带有一定的表演性质。王国维在其著名的《宋元戏曲史》中客观地指出,这种表演成为中国后世戏剧发展的雏形。

按照维谢罗夫斯基 A. H. 的说法,《九歌》属于祀歌,祀歌"起源于仪式乐歌,取材于近期发生的事情,并通过依附于某个中心、神灵而流传"。④《九歌》中的每一首歌都是献给某位神祇的:湘君、湘夫人、东君、云中君、山鬼等。在《诗经》的《颂》篇中也有几十首歌颂祖先和古时明君的颂歌。颂歌与仪式相关联,随着时间的推移,其中一些颂歌获得独立存在。在《诗经》中仪式颂歌的主要对象没有脱离祭祀先祖的框架,虽然经常会提到上天,但上天只是一个抽象的概念。除了在《生民》中关于后稷的描述中出现了神人同形的痕迹,《诗经》中并没有任何关于神灵的颂歌。在另一部古文献《书经》中提到了天地神灵,但也只是笼统的描写。只有在更后期的《礼记》《周礼》中对神灵的描述更为详细一些,却也只是为了使地方信仰服从儒学使然。之后,更为积极地推崇对神灵的信仰则是道家学派的代表(见汉代的《山海经》)。

在《九歌》中突出的是当时的地方信仰,神灵是以人的形象出现的。只有为神灵驾驭马车的龙让人想起,神曾经是以各种恐怖的形象出现在人们想象中。比如,《东君》歌颂太阳神,歌颂他伟岸的外貌,当他出现在云车上时,夜晚也会从他面前消失。诗中写道:

羌声色兮娱人,观者憺兮忘归。

《九歌》非常注重描写周围环境中真实的生活细节,根据歌曲创作者

---

① 《先秦文学史参考资料》,北京大学中国文学史教研室编,北京:高等教育出版社,1957年版,第553页。
② 孙作云:《楚辞〈九歌〉之结构及其祀神时神、巫之配置方式》,文学遗产增刊八辑,北京:中华书局,1961年版。
③ 徐嘉瑞:《九歌的组织》,文学遗产增刊第六辑,北京:中华书局,1958年版。
④ A. H. Веселовский, Историческая поэтика, Л., 1940, стр. 437.

的意愿,赋予神灵人类的感情,并描述其心理状态。有趣的是,在许多歌曲中神灵如同普通人一样,成为爱情的俘虏。思念所爱之人的湘夫人的行为非常真实而亲切。她先是驾舟沿江而行,在等待与爱人相见的时候,用鲜花装饰小舟,然后晚上停靠在岸边,对会面感到绝望,决定忘记爱人并丢弃爱人所赠送的玉环、佩饰,然而感情战胜了理性,她又采撷杜若准备送给爱人(译者注:此处原著作者理解有误,采撷的杜若是送给陪伴的侍女的,而在《湘夫人》中湘君最后准备采撷杜若送给湘夫人)。而湘君的心境也以诗歌的语言表达出来,他渴望着与爱人的会面,想象着建一座无与伦比的房屋,用荷叶覆盖屋顶,用荪草装饰墙壁,用紫贝铺砌庭坛,以玉桂为梁,以薜荔为帐!就是在这样的诗情画意中,强烈地表达出《九歌》中众神爱情的美好。

《九歌》中渗透着对美好生活的感受,这种感受体现在明媚的自然画卷中,在诗歌中到处是生机勃勃、灿烂饱满的光线、色彩和动态画面。[①] 这种本质上的喜悦、精神上的饱满有一些与彰显生命力旺盛的酒神狄奥尼索斯狂欢祭祀相似的地方。如果说酒神精神使希腊人产生了"与神达到内在统一的幻觉,并消除了神与人之间不可逾越的鸿沟",[②] 那么《九歌》的表演者也同样经历了类似的感受。因此可以看出,女性在表演《湘夫人》时,既可以扮演女巫,也可以扮演这条河流的女神。

《九歌》中的爱情主题也在很大程度上使表演这些歌曲的庆典显示出勃勃生机。通常,中国现代文艺学研究对于祭祀歌曲中时常提到爱情的问题,是这样回答的:"在古代祭祀的时候,男女会集,歌舞欢乐,正是发展爱情的好机会。"[③] 但是,还可以说得更深入些:中国南方地区的庆典活动,如同酒神节,一开始就伴随着放荡与狂欢。同时,还有一个传说也印证了这一点,就是夏朝(约前21世纪—约前16世纪)皇帝启从天庭偷得《九歌》并传授给人们(《山海经》),随后这些音乐中的放荡荒淫精神导致了国内的混乱(《墨子》《竹书纪年》)。文艺学家蒋祖怡认为:"则启的九

[①] 《九歌》中完全没有描写冬季的风光,唯一一次在《湘君》中出现过"冰"与"雪"的字眼,也只是比喻船行快速,破水如斫冰,水自船舷激而为浪,翻腾如雪(见《楚辞选》,第78—79页。姜亮夫:《屈原赋校注》,北京:人民文学出版社,1957年版,第216页)。

[②] А. Ф. Лосев, Античная мифология в ее историческом развитии, М., 1957, стр. 37.

[③] 《中国文学史》,复旦大学中文系古典文学组学生集体编著,第Ⅰ卷,上海:中华书局,1959年版,第68页。

歌,必与荒淫有关。"①当然,绝不能把古文献中不止一次提到的《九歌》与屈原整理加工的《九歌》作品之间画等号,但也不能认为他们的名字相重是偶然的。之所以说皇帝启时期的《九歌》有伤风化,这只是地方民间信仰与那些企图建立约束众人行为准则的哲学流派之间尖锐矛盾的一个微弱体现罢了。② 实质上,这种冲突可与古希腊的阿波罗崇拜与狄奥尼索斯崇拜之间的对立进行比较。如同阿波罗信仰及其宣扬的"节制"与"明智"中和了狄奥尼索斯崇拜的狂欢起源,中国的民间信仰,受到对立观念,特别是儒家教派及其严格的教义所影响,不得不丢掉了自己最初的诸多特征。但是在屈原的《九歌》中,并没有完全与儒家人士妥协。在这一点上,朱熹的一些见解非常引人注意,比如,从《湘君》中情人的话语中,朱熹看出了三重比喻:

采薜荔兮水中,
搴芙蓉兮木末。
心不同兮媒劳,
恩不甚兮轻绝。

朱熹认为,首先,这里的鲜花象征着爱情的忧伤;其次,对爱人的想念实际上是求神;第三,求神则意味着忠诚地服务于统治者。③ 朱熹总体上认为,屈原将粗卑的民间歌谣加以整理,并借此"以寄吾忠君爱国眷恋不忘之意"。④

有一些中世纪的评注者认为,关于《九歌》中隐含着对楚王的训诫的说法是站不住脚的。在《文选瀹注》中(《文选》,萧统(公元 6 世纪)著),闵齐华认为:"九歌与君臣讽谏之说全不相关。旧注多以致意楚王言之,不免支离矣。"⑤

《九歌》中有一首《国殇》,在内容上与其他几首有所区别。在这首诗歌中,作者讴歌在与敌人的战斗中死去的战士的英勇与无畏。屈原高呼:

---

① 蒋祖怡:《中国人民文学史》,上海:北新书局,1950 年版,第 67 页。
② А. А. Петров指出,在《墨子》中谴责皇帝启沉湎音乐并不是偶然的。"墨翟认为,社会动荡不安的原因在于'自爱'盛行,漠视父权,不敬祖先"(сб. 《Китай》, М.-Л., 1940, стр. 257)。墨子说:"繁饰礼乐以淫人",还说:"为乐,非也。"
③ 《楚辞集注》影印版,北京:人民文学出版社,1953 年版,第 2 卷,第 4—5 页。
④ 《楚辞集注》影印版,北京:人民文学出版社,1953 年版,第 2 卷,第 1 页。
⑤ 游国恩:《楚辞概论》,第 58 页。

"诚既勇兮又以武,终刚强兮不可凌。"《国殇》在宣扬士兵坚韧与舍己精神方面与希腊提尔泰奥斯(公元前7世纪)的《劝诫诗》中的表述相近:

> 英勇杀敌为祖国而战,死于最前线最美好!①

《九歌》的表现形式是歌与舞的结合。现在,已经无法复原这些祭典歌曲的音调,但毫无疑问,他们与当时南方地区的音乐文化有关联,不同于其他曲调。关于这些旋律的信息现在已无从查找,但需要说明的是,屈原的作品是用不同于北方方言的楚语书就的。因此,在后来,能够以楚声诵读楚辞被看作是一种特长。在《汉书》中记载,汉宣帝时期(公元前73—48),专门邀请一位叫被公的人入宫诵读楚辞。在《隋书》中记载有僧人道骞善用楚声颂读屈原的作品。② 此后,这一颂读艺术逐渐消失了。

《九歌》诗句中多用语气词"兮",使得诗的语调悦耳且多样。在《诗经》中这一语气词也偶有出现,但在楚辞中的使用如此频繁,以至于许多人将其看作是这一体裁形式的特征之一。在《诗经》中这一语气词赋于诗句一定的表情色彩,在屈原及其继承者的作品中"兮"字失去了实词意义,只是用于形成诗的节奏。中国研究者认为,"兮"字在楚辞中的功能,如同现代民歌中的"来"字。与《离骚》中"兮"字仅用于句尾不同,《九歌》中"兮"字用于句中。林庚提出了这样的假设,"兮"字失去其表情作用,并只用于节奏是由于受散文体作品中句子自由而灵活的重要影响,诗句变长的缘故。按照林庚的看法,为了使变长的句子具有诗的节奏,不得不将用于句尾(《诗经》中如此使用)的"兮"字移至句中,这样可以使人按节奏将过长的诗句进行划分。③

《九歌》的句式主要由五言和六言组成,其中《山鬼》和《国殇》则完全由七言句组成。七言句在《少司命》《东君》和《河伯》中也有出现,《九歌》中还出现过极少数的八言句和九言句。"兮"字在五言句中总是出现在第二个字之后,而在六言句和七言句中,除个别情况外,通常出现在第三个字后,这样,一个诗句被"兮"字分为两个半句,通常来说,每个半句由两个或三个字组成。后来,在中世纪,随着五言诗和七言诗中出现停顿,第一

---

① 译者注:水建馥:《古希腊抒情诗选》,北京:人民文学出版社,1998年版,第40页。
② 詹安泰、容庚、吴重翰:《中国文学史(先秦两汉部分)》,北京:高等教育出版社,1957年版,第128—129页。
③ 林庚:《诗人屈原及其作品研究》,北京:棠棣出版社,1952年版(见《〈楚辞〉里"兮"字的性质》)。

个半句有两个或四个字,而第二个半句总是三个字。看来,屈原把诗句划分为半句的实践,在中世纪诗歌语言规范的长期形成过程中,即使不是直接,也是间接起到了作用,这种诗歌语言规范后来被称之为"古典"典范。

在《九歌》中也使用《诗经》中常用的对偶句式,在《湘夫人》中可以看到:

> 捐余袂兮江中,遗余褋兮澧浦。

刘勰(5—6世纪)在他的《文心雕龙》中将这种诗句称之为"言对"。在屈原的作品中还有另一种形式的对偶——事对,比如《离骚》中在对偶诗句中讲述吕望和宁戚籍籍无名时得遇名君看重。在《东皇太一》的诗句中还有单句对,即在一个句子中体现对偶用法,这种对偶用法在5—6世纪的诗歌中特别常见,之后的诗人们也常用这种修辞手法。现代研究者郭银田指出,屈原在《离骚》和《九歌》中还熟练使用了"反对"的对偶法,刘勰将"反对"解释为"理殊趣和"。①

《楚辞》中保留有与祀歌《九歌》相类似的《招魂》,司马迁将其看作是屈原的作品,但王逸确认《招魂》是宋玉所写,关于这一点至今没有定论,但多数人认为《招魂》为屈原所写。还有一个分歧在于,这首诗歌是写给谁的。王逸认为,是宋玉在召唤已故屈原的灵魂。现代学者陆侃如在自己的作品中认为是宋玉对召唤病人魂魄归来的有韵词句进行记录并加工,他举证说即使在本世纪,在中国南方农村还保留有类似的习俗。② 部分学者虽然与陆侃如认为《招魂》的作者是宋玉的观点不同,但同意他关于这首作品起源的看法。郑振铎指出:"'招魂'是楚地的巫觋用巫术来医治病人的实用歌曲之一。在古代,昏迷的病者是被视为灵魂离开身体而飘游在外的。这诗是招致'生魂'回到他的躯体来的歌声。"③文艺学家梁宗岱的看法与之一致:"《招魂》,这瑰丽的杰作,是植根于一种至今犹盛行于西南各省为病者招魂的风俗的。"④

J.G.弗雷泽的《金枝》中描述缅甸人也有类似的风俗。

---

① 刘勰:《文心雕龙》,北京:中华书局,1957年版,第7卷,第11页。又见郭银田:《屈原之思想及其艺术》,重庆:独立出版社,1944年版,第259—260页。
② 陆侃如:《屈原与宋玉》,上海:商务印书馆,1935年版,第44页。
③ 郑振铎:《纪念伟大的诗人——屈原》(《楚辞研究论文集》),北京:作家出版社,1957年版,第18页。
④ 梁宗岱:《屈原》,华胥社丛书,1941年版,第59页。

《招魂》歌曲与祭典之间的关系是毋庸置疑的,但诗人招的是何魂,却是有争议的。林云铭(17世纪)认为是屈原自招其魂,吴汝纶(1840—1903)认为是诗人招楚怀王之魂。目前,后者的观点被认为更有说服力。

《招魂》的结构非常严谨。前半部分,因为相信灵魂会归来,巫师先是渲染位于东南西北各方异域的可怕,然后讲述天上地下(地狱)的恐怖。这部分诗句音调非常阴郁,与下半部分歌颂在故土生活的美妙相对立。在《招魂》中,我们首次在中国诗歌中看到这种抒情与史诗元素的结合,而且后者的分量更重。在这首诗歌的描述中有一个特点,就是看得出作者倾向于具体、精确的细节描写。作品中详细描述了宫殿如何建造、出席宴会的人的穿着、桌上的菜肴、客人如何沉醉于歌曲、舞蹈和游戏。关于异域、天上与地狱的生活的描述绘声绘色,还提到了食人的野人、九头蛇、成群的巨狐、如同巨象一样的蚂蚁、长着老虎脑袋三只眼睛的怪兽等等。这些形象中有一些在神话传说中出现过,这也再一次证明了这首作品在创作过程中对民俗资料的借鉴。

当然,作者并不是偶然采用了类似的祭典歌曲并对其进行加工,引起作者共鸣的是,在这首诗歌中所表达出的对故国的热爱和对家园的眷恋。

在抒情作品中开始注重叙事的趋势在收集于《楚辞》里宋玉的《九辩》中也可看到。宋玉极为艺术地描绘出自然界中给人带来忧伤情怀的秋景,在《九辩》中,来自外部世界的、自然界秋季凋零的印象与诗人悲伤于当时社会不公平对待有天赋而正直的人的心境有机融合。宋玉的心理状态在很多方面与屈原相近,但是在捍卫自己的理想方面,他缺乏屈原所表现出的勇气与力量。

宋玉在《九辩》中经常模仿屈原,甚至使用屈原作品中的部分诗句与表述,但这并没有降低其创作的独立性与原创性价值。宋玉的诗句长短不一,但以八言句为主,语句更为自由,接近散文体。在《九辩》中出现的诗体散文化特征成为一种新的文学体裁,被称为散文中的长诗——"赋"出现的前奏。在这种体裁作品中叙述性的成分越来越多,更为重要的是语言的节奏性特征逐渐消失。《楚辞》中还有两部作品说明了这种风格的出现,即《卜居》和《渔父》。过去人们认为这两部作品是屈原所写,但现在基本一致认为是更为晚期的作品。在《卜居》和《渔父》中,语言有节奏,但语句长度自由随意,有时甚至出现超过二十字的语句。如果说在《离骚》和《九章》中,每句均有韵脚,那么在这两部作品中,押韵句子出现的次序更为随意。《卜居》和《渔父》成为在楚辞基础上形成新的文学体裁过程中的重要环节。

楚辞的出现,标志前古代中国艺术创作的巨大进展,至今依然给读者带来美学享受。作为楚辞体裁最为重要的诗歌作品的作者,屈原的名字可进入世界文学大师之列。楚辞提供了非常有价值的资料,可以研究确定东西方文化类型的相似规律,这种规律也表明古代文化发展是一个完整的文化历史现象。

(岳小文 译)

译文对原作的修正

1. 原作第173页中,王逸的生卒年不详,史书中没有记载,陆侃如曾假定其生卒年为公元90—165年。无论如何,作为东汉时期的王逸,原作中公元前158—89年的生卒年注解是不正确的,因此译文中删掉了王逸的生卒年注解。
2. 原作第174页中,黄伯思的生卒年为1079—1118年,不是××世纪;《二南》中的《召南》,是"Чжао"而非"Шао"。
3. 原作第182—183页中,所提到的历史人物中第二类的代表有误:1) 原作中的Цзе 和 Ся Цзе 应该都是指夏桀,为同一个人;2) 原作的 Чжоу 为纣王,Хоу Синь(后辛)是纣王的名字,故是同一个人;3) Го Цзяо 的名字有误,应为"寒浇(音为 ao)"。
4. 原作185页脚注24,原文引用的是《人民中国》(俄文版)中何其芳的文章,译者采用了何其芳发表在《人民文学》1953年第6期的中文原文,故对脚注进行了修改。
5. 原作第187页,对《离骚》诗句中"日月忽其不淹兮,春与秋其代序。唯草木之零落兮,恐美从之迟暮。"只引用了前三句,为保持句意的完整,译文中改为了四句。
6. 原作第189页,对《离骚》的分段,三分法中最主要的研究者是王邦采,应为ВанБан-цай,而非ВаньБан-бянь。
7. 原作192页脚注32中,詹安泰1957年版的《屈原》,出版社是上海人民出版社,不是人民文学出版社,译文进行了修改。
8. 原作196页脚注37中,作者为孙作云,应为 Сунь Цзо-юнь 而非 Сянь Цзо-юнь。
9. 原作第198页,对湘君和湘夫人的描写中,第一部分从行为上看应为湘夫人(Владычица),不是湘君(Владыка),故译文中修正为湘夫人。

曹靖华教授(1897—1987)的生平与创作道路

　　曹靖华教授(以下简称曹)度过了漫长的一生。他在90岁零21天时,走完了他的人生道路。他的一生涵盖了20世纪中国史上的全部重大事件。曹不仅是中国及世界其他地区发生事件的一位普通目击者,更是中国争取自由繁荣斗争的积极参加者,他坚决反对法西斯和反动派,坚持社会公正与人道主义信念。他经历了无数艰难困苦和不幸,但他有幸看到了历史性的成就,尝到了自己努力所创造出的硕果。他意识到工作对个人命运的重要性和对社会的裨益。他自觉认识到为了更好地工作,需要渊博的知识。他的下述表白很有特色:"我快80岁了,一切都在衰退,自然规律如此!这是不以人的意志为转移的。有益的工作的就是最大的愉快。虚度一分钟就感到痛苦。"(《曹靖华译著文集》〈以下简称《文集》〉卷11,第311页;北京大学出版社,河南教育出版社,1989—1993年)曹怀着极高的热情,克服病痛和衰老,投入祖国的文学活动,抱着求知的精神接受新鲜事物。1980年他在给侄女曹秀玲的信中写道:"我84岁了,日夜学习写作不辍,稍一停顿就完了,俗云:'学如逆水行舟,不进则退',极对。"(《文集》卷11,第394页)

　　勤奋努力、求知精神、明确的生活目标和道德价值观形成了曹的个性,使他最终成为文学翻译界的巨擘、著名的大学教授和杰出的文学家。他的探索,对世界的认知及生活态度,反映出一个复杂的、英雄的、悲壮的时代。倘若用时下的观点来衡量,我国或许有些人对曹的一些文学倾向和政治方向抱怀疑态度,但应当指出,在评价20世纪中国文艺活动家时,不能不考虑到中国历史发展的特点,也不能忽视为维护国土的完整、自由和独立所必须采取的重大的社会变革。

童年及入小学

曹靖华于1897年8月11日出生于河南卢县路沟口村。整个村子也就20来户人家。村庄四面环山、全村分布在长2.5公里、宽1.5公里的狭长的山谷里。很久以前,曹一家就居住在这块偏僻的地方。曹没有见过祖父,只听说祖父很好学,每当沉重的劳作之余,总秉烛夜读;买不起点灯的油,只能点一根香,照着字行阅读。曹后来写道:"旧时代乡间的学习安排,都是服从于农业生产的:主要是'三余'读书。'三余'者,即:夜者日之余,阴者晴之余,冬者岁之余。"(《文集》卷9,第513页)

曹父名植甫,字培元,1869年生,以知识渊博在陕州考中秀才。这为他今后开辟了入仕的坦途。但他无钱继续备考,只得于20岁时在家乡小学执教。中国有句俗语:"一日为师,终身为父。"他知识渊博,求知心切,治学严谨,循循善诱,热爱教育事业。他于1958年辞世,为后世怀念。

曹的祖母是一位普通村妇,勤劳、贤惠。母亲是本村段姓女子。曹有两个姐姐和两个妹妹,妹妹幼年夭折。曹自幼即做力所能及的农活,每天上山砍柴、放牛。离家门口不远,有一小块砂石地,是很难耕种的荒地,尽是大块花岗岩,岩石间偶然有小块砂地,也只能种要求低的谷子,其他作物很难生长。撒上谷子,谷苗长到五六寸高就需间苗,季节一到,曹就下地干间苗的农活。他后来说,这种农活养成了他坚忍不拔、不怕困难、意志顽强、矢志不移、果敢决断的性格。

山村的景色和生活给他留下了鲜活的印象。1979年他曾在一篇散文中回忆说,他一直记得邻居的五爹养了一笼蜂,孩子们感兴趣的是五爹怎样用艾把把蜜蜂熏到一边,然后割蜜。老人把割下来的蜜瓣成小块分给围观的孩子们。一次,菜园里空中突然飞来一个大蜂团,落到一颗枣树上。一个机灵人连忙跑回家,拿来一只罩笠,往上边抹了些蜜,随手带一挂梯子,登到树上,把蜂团收去了。这是曹生平第一次看到"收蜂",是童

年时代在山村里看到的情景,以后就再也没有见过类似的情景了。(《文集》卷9,第413页)

曹的故乡伏牛山盛产柿子,秋霜过后,柿树叶子就像火一样通红。有一种不经霜打就透红的柿子叫"雁过红"。"幼时,我的家门口就有一颗'雁过红'。当秋风乍起,北雁南飞,它就急忙忙报信似地红了一树。俗话说,'霜降收柿子'。这时大人孩子就开始忙碌了,待到霜降之后,柿子收回来,家家户户就围坐在一起。记得幼时常拿着旋刀一边旋柿子皮,一边听老人讲述豫西的民间传说。手在不停地旋着,心却在故乡遨游。八百里巍峨的伏牛山,在孩童的眼里是多么博大,多么富有,多么神奇啊!"(《文集》卷9,第516页)1982年4月,曹在回忆童年时代时写道:"幼时,我的家乡伏牛山区就盛产泡桐。泡桐树开花早于萌叶,每当春天来临,绿叶未萌,光秃秃的枝条上便开满了一簇簇小圆筒似的紫花,于是那一个个小小的山村便笼罩在这一团团芳香的紫雾中⋯⋯"(《文集》卷9,第520页)

当地居民珍爱枣树,因为它皮实,寿命长,甚至二三百年的老树还能结果,收效快,产量大而稳定,每株一般可产鲜枣一二百斤,大树有达千斤者。有道是:"桃三杏四梨五年,枣树当年就还钱。"每遇荒年,曾用枣度荒。枣早同音,民间常以枣代"早",取吉祥之意。海岛渔民每逢亲人出海,多有赠枣风习,祝亲人早去早归。"在9月前后,家家户户的房前屋后,院内院外,以及道旁田埂,在那光洁夺目的翠叶间,满挂着一串串的'小红灯笼',万绿丛中,红光闪烁,情趣盎然。有时大道旁边这些'小红灯笼',从人家的围墙里挂出来,直悬到行人的头顶上,好像黄昏来临,殷勤的主人担心道路坎坷,给行人照明赶路,帮他趁早投宿似的。(《文集》卷9,第260—261页)

曹在耄耋之年写道:"一个人,不管他到什么地方,即使登上月球,也总感到故乡最可爱。不然,故乡的一山一水,一草一木,怎么会如此顽强地闯入我这八十多岁的人的梦中,勾起我无限的眷恋呢!"(《文集》卷9,第512页)

曹幼时印象最深的是逢年过节五里川和周围大集镇一样,请戏班子来唱戏。在为期两周的旧历年假期,除了唱戏之外,还有杂耍、舞龙灯、踩高跷、玩社火⋯⋯曹最感兴趣的是挤在人堆里看杂耍、舞龙灯、踩高跷等大约各地农村都有的活动,而"社火"却更具有浓郁的豫西乡土特色。挑选活泼乖巧的孩子,依照民间传说和历史掌故中的人物、情节,披红挂绿地化妆打扮起来,站在特制的架子上,由人们抬着,张扬过市。曹挤在人堆里,一面欣赏孩童的扮相,一面指指点点,猜度他们乔扮的人物与情节。"人们最喜爱的还是三国时代的红脸关公,你看他美髯垂胸,气宇轩昂,一副过关斩将、横扫千军的气概,常会令人肃然起敬。"(《文集》卷 9,第 518 页)

1982 年,曹在他的散文《粽香飘飘忆当年》中描述了中国农历五月初五过端阳节的习俗。农民用各种方式使自己免于灾祸。比如,伏牛山区当年有这样的风习,端阳节时在儿童们的额头上用雄黄酒画上一个"王"字避邪,凶神恶煞远而避之,儿童可顺利成长。过端阳节时,有些地区用竹叶包粽子,在曹的家乡用山里生长的糊叶包糊包。其他地方的居民则用苇叶包粽子。他们把粽子投入江中喂鱼。老人们说端阳节与伟大诗人屈原的名字相关联。他是两千余年前楚国的贤相,满怀治理楚国的抱负,但楚王不纳,群小也陷害他,他愤而投汨罗江自尽,时值五月初五。屈原被公认为忠于理想,忠于祖国利益的典范。俗云:"是非自在人心。"要培养孩子们做人要具有诚实正直、勇敢顽强的品质。

从老人们那里听来的故事让孩子的头脑里充满了幻想。五六岁时,一次曹跟随母亲来到河边。母亲洗衣服,他望着清澈的河水里自由自在的游鱼,因为鱼肚白中泛红,色如桃花,当地人便给这鱼起了"桃花瓣"这个名字。母亲对他说,前山脚下有两眼泉水,叫鱼库。据说,从前每到谷雨前后,鱼便一条接着一条,从水库里出来。当年离鱼库不远,住着老两口,一年累到头,到老还是少吃没穿。他们有个娃子,十来岁了,因为欠租,替掌柜放羊。一次狂风暴雨大作,牛一受惊,飞岩摔死了。掌柜的劈头一棒槌,那孩子当场死了。"我听到这里,什么鱼啦,鱼库啦——都叫这一棒槌打得无影无踪。眼前只出现一个血肉模糊、躺在地上的放牛娃,我怕再听下去了,催母亲回家。母亲把我搂在怀里说:'没道理的事多着呢。这世道有钱有势就有理。'"(《文集》卷 9,第 284 页)母亲后来对他说:"有天晚上,一个白胡子老头来到老两口家门口,老两口留白胡子老头吃晚饭,白胡子老头见他们一贫如洗,就要他们当晚去鱼库捞鱼。不过要他们记住,头一条鱼出来千万别捞,要把它放掉。要是把头一条鱼捞住不放,以后就不出鱼了。晚上,他们来到鱼库,坐在鱼库跟前,忽见一条大鱼从水库里窜出来。老汉欢天喜地把什么都忘了,连忙把鱼捉住,跑回家去,剖开一看肚子里的饭完全是方才自己家里做的,这条鱼原来就是那白胡子老头变的,但后悔已经来不及了。以后那鱼库就再也不出鱼了。"

给曹留下深刻印象的还有桦栎树上生长的菌类,当地人称之为"猴头"。曹常和小伙伴们一起到离家不远的一个小坪坝上玩耍。那里生长着几株大桦栎树,每棵树都有几百年的树龄,乡里人把它们视为"护庄"的"神树"。在一个阴雨连绵的日子过后,孩子们突然抬头看见一株高大的桦栎树枝上,碗口大的树臼里长出两枚披着金黄色毛的猴头。这时一个老头赶着牛走过来对孩子们讲了关于猴头的传说。"从前咱这地方年年风调雨顺,岁岁五谷丰登。不料一年秋天,忽然一场风暴过后,庄户们只见漫山遍野尽是猴子。原来是他们在兴风作怪,啃果子,毁庄稼。眼看人们伤心落泪,束手无策,这时有两个勇敢的小伙儿跑到琉璃庄老道那里借来两把宝剑,赶走了顽皮的猴群。为了杀一儆百,他们把杀死的两只猴子的头挂到了大桦栎树上。从此,猴头就永远挂在树上了……"(《文集》卷9,第257页)年幼的曹一边听得入迷,又一次仰起小脸,神情专注地凝望着树洞里活灵活现的"猴头",不知不觉间对那两位见义勇为的壮士产生了一种神奇的仰慕之心。这则传说在伏牛山区广为流传,成为曹人生启蒙的重要一课。

曹六岁开始随伯父读书,读的是传统启蒙读本,王应麟(1223—1296)的《三字经》。但伯父教学只要求背诵,不讲词意,这样读了两年曹连简单的"人"字的词意都说不清楚。

当时曹父在朱阳关镇唯一的官办学校执教,称朱阳关义学,学校除校长外有三名教员。小镇距曹的家乡30华里。镇上设文武两座衙门,当地有不少人经商或从事小手工业。所谓义学是指学校置有校产,支付一切学校开支,学生免收学费。1907年植甫先生把儿子带到身边读书。义学不仅要求背诵,而且要求连句,开拓文思。曹熟读《论语》《诗经》《楚辞》、唐诗及唐宋八大家的文章。父亲要求儿子不仅会背,还要明白意思,学以致用。有一回,学校放假,父子二人在家推磨。父亲从一句古语中抽出"善""恶"两个字,要儿子诉解词意并造句。曹说:"'勿以善小而不为,勿以恶小而为之。善虽小,以善名,恶虽小,以恶名'。父亲听了我的回答,高兴得放下磨棍,用温热的手掌抚摸着我流淌汗珠的额头,揩去额头上的汗水,快活得笑起来。"(《飞华之路——访曹靖华》,钟子硕、李联海著,陕西人民出版社,1988,以下简称《飞华之路》第9页)。曹父毕生在学生中力主接受新思想,不断更新知识面。清末河南省省城开封出版了一份小报《白话报》,宣传新科学、新思想,这种报纸是所谓"正人君子"所不屑一顾的,但植甫先生不仅注意收集,而且认真阅读。他尤其推崇维新运动领袖之一梁启超的文章。梁倡导文体改革,介绍西方学说。在父亲的影响下,曹在接受传统文化的同时,也接受了新思想、新科学。完成五年基础教育之后,曹于 1913 年赴五里川百里开外的全县唯一高等学府卢氏县立高等小学就读。一个同乡见他一身土气,带着责备的口吻说:"就穿这么一身来考洋学堂?"曹回答说:"我是来考学问的,又不是考衣服!"当时县高等小学课程有世界史、地理、数学、化学、物理及其他对中国教育来说全新的科目。

高等小学毕业后,继续求学的不多。曹深受父亲的影响。1951 年 2 月 15 日曹在给父亲的信中写道:"大人一生对于时局都站在前线。就启蒙方面说,也不叫一般青年落后,而且时时鞭策,使个人力争上游,置身函文,每一启齿,尽行潜藏着反满复汉的维新苦衷与热情,以鼓励后进作革命的先锋。我记得你在私塾,最初以开封当时的进步刊物的白话《科学报》,做一切革故鼎新府库的钥匙,由是逐渐讲演梁启超的《饮冰室》《万国历史》,待辛亥革命推倒清朝,明目张胆地叫我们抛弃几千年奉为国粹的《四书》《五经》。(《文集》卷 11,第 446—447 页)"

1916 年秋,曹肩背行囊,拄杖徒步到洛阳,由洛阳乘火车到河南古都开封,入省立二中,因家境贫寒,每到中午曹只能在校外的席棚里买一碗玉米糁汤、两个玉谷馍馍权当午餐。曹在中学读了四年,他并未被困难吓倒,整天埋头读书,有时去参观开封及其周边的名胜古迹。他也常和朋友们探讨当时中国社会的热点问题。1914—1919 年爆发第一次世界大战,中国虽保持中立,日本却宣布武力占领德租界地青岛,派 3 万大军进驻满洲里及山东,并于 1915 年 1 月 18 日根据签订的不平等条约"二十一条",对中国提出政治、经济及领土要求。

这一天被定为中国的国耻日。1917 年 8 月 14 日中国段祺瑞政府出兵欧洲,加入协约国的战斗,国内军阀混战。中国进步期刊《新青年》1917 年初发表胡适题为《我对文化改革运动的管见》一文,对当时文艺创作提出要求。陈独秀也发表《论文艺改革》一文。

文学革命的口号对曹产生了强烈的震撼。这些口号极力反对死板的书面语言'文言',倡导通俗易懂的白话文。自 1918 年开始,发表在《新青年》上的文章,均用白话文。同年 5 月该杂志发表鲁迅的《狂人日记》,为中国文学史揭开了新的一页。鲁迅在 1935 年回顾自己早年文学创作引起的社会反响时,写道:"《狂人日记》《孔乙己》《药》等作品陆续的出现,颇激动了一部分青年读者的心。"之所以对读者产生影响,是因为鲁迅用这种特定的形式介绍了欧洲文学。"1834年秋,俄国果戈理就已经写了《狂人日记》……但后起的《狂人日记》意在暴露家族制度和礼教的弊害,却比果戈理的忧愤深广。"(《鲁迅全集》,人民文学出版社,1981年版,以下简称《鲁迅全集》)

年轻的曹被新思想和新作品吸引,但他无论如何不会想到若干年后,他竟与鲁迅相识,相交,并成为在中国传播俄罗斯文学的战友。

投身五四运动奔赴莫斯科

第一次世界大战结束后签订的巴黎和约规定将原租界德国的领土交给日本,由此激起了青年在这一运动中去发挥积极作用。曹在1979年回忆说:"中学生游行,要求巴黎和会把青岛交还中国,这是五四运动的导火线。中国是一个弱国,当时学生对付日本侵略者的办法之一是抵制日货。同学们以前凡购有日货的都纷纷交出,当众烧毁……当时把日货也称作'仇货'。对于宰割我们的日本军国主义者,那种万众一心、同仇敌忾的爱国热情,占据了青年的心。"(《文集》卷9,第412页)曹满腔热情地投身运动。他带个馒头中午吃,和同学们一道把守开封的东南城门,检查日货。曹回忆说:"遇货物入城,贴上封条,登记过后,再由学生会派人启封检查。凡日货销毁,国货则贴上明显标签。曹和同学们还到商店检查日货,只要发现日本货,不管是牙膏、皮鞋,统统集中到操场上烧掉,这是个很有效的抗日方式。"(《文集》卷9,第468页)曹还参加宣传队,沿街向民众宣传当时国内形势,呼吁各界一致奋起投入救国救民运动。随着时间的推移,运动的性质和规模也日益扩大和深入,由抵制日货反对帝国主义,进而扩大到反对封建制度和军阀统治,要求民主,要求个性解放、社交公开、言论自由、婚姻自主,反对文言,主张白话等等。总之,凡属旧的一概打倒,凡属新的一律欢迎。(《文集》卷9,第412页)

1919年五四运动开始半年后,陆续有近200种新刊物问世,刊登文章强烈要求国家在社会生活与文化方面深入变革。曹上街买《新青年》《每周评论》《湘江评论》等进步报刊。他和同学们用红笔勾出报刊上的重要文字,向周围市民宣读最新消息、最重要文章。曹成为青年学生联合会的组织者之一,该会由河南省大中学生组成。曹和进步同学省吃俭用,挤出钱来于1920年1月1日创办了《青年》半月刊,该刊在北京印刷,每期印数四五千份,全国发行。曹任该刊主编并积极撰稿。他在该刊用白话文发表了十数篇论文、杂感及新诗。在创刊号的"发刊词"上他写道：五四运动这个惊天动地的大运动起来以后，今天的中国不像从前的中国了，今天的青年也不像从前的青年了。(《文集》卷11，第623页)

创刊号上还刊登了曹的一篇题为《青年与新年》的评论文章，揭示了他在1920年元旦的复杂心情。"街上熙来攘往，人人喜气洋洋，穿新衣，见面时互道：'恭喜！恭喜！'我要问问你们，你们究竟喜在哪里？山东、福建，仇人都占了优胜的权利，仇人今天可以称得起一个喜字，可以说一句'恭喜'的话，我们今天喜什么呢？再看看中国的社会，如同掉进十八层地狱里边了。不人道，不自然，层层黑幕，层层压迫，处处使人厌烦、悲观、苦痛，简直不像是人类的社会；一切生活，简直是禽兽的生活，强盗的生活，牛马的生活，不是'人'的生活。所以人人肉体上受种种的支配、种种的制裁、种种的束缚、种种的困迫。人人精神上、情感上不能够适当地表现，思想上不能充分地自由，个性上不能如量地发展，意志动机常常为境遇所迁移，常常为境遇所消灭。"(《文集》卷9，第1—2页)

年轻的曹对传统中国社会的感受恰与鲁迅在《狂人日记》中揭示的对世界的认知不谋而合。"日记"揭露了旧制度反人道的实质。小说主人公骇人听闻地发现："我明白，我生活在一个已经有四千年人吃人历史的社会。"曹号召改变这个社会。"我们以后该当怎样呢？一要正当的劳动，二要尊重自己和他人的人格，三要精神与肉体完全自由，四要受理性的制裁，不要人为的约束，五要破除假道德和恶习惯风俗的迷信，六要崇信科学的例律和宇宙创造进化的例律。1920年1月1日就是我们做'人'的开端，所以我对于这一天是很珍重，很乐观，很高兴，很欢喜的。所以我现在也要借用他们那无意识的'恭喜'的话头，向青年学会的好朋友道一声'恭喜'，'恭贺新春！'恭祝我的好朋友的奋斗的精神！改造的本领！建设的能力！"(《文集》卷9，第2页)

曹在《青年》创刊号发表的文章表达了他强烈反对旧世界、坚信中国青年有能力建设幸福的新社会的信念，并准备投身其中，促使光明的未来早日到来。他内心的这种情绪决定了他发表的文字热情洋溢，措辞激烈。曹和他的大多数同龄人一样，常常被激情所左右，对当时的社会问题和社会现象反应强烈，但在政治上许多方面他们还很不成熟。他们如饥似渴地涉猎各派社会政治学说，学习马克思主义的基本原理、美国的实用主义、实证主义哲学观点、尼采的哲学观点，在知识分子中间，特别是中学生中间广泛传播无政府主义思想，被当局视为令人头痛、胆大妄为的反对权威的人和千百年传统的破坏者。当时克鲁泡特金的小册子《对青年的召唤》中译本已在国内广为流传。曹熟知俄国革命家的名字,也熟知无政府主义思想家的名字。他在1920年2月《青年》第3期上发表题为《强盗杀人》的短评,讲述有一天中午十二点他在街上目睹一辆疾驰的马车将躲闪不及的一名七十岁的乞丐撞死。曹向前紧跑了两步去救那人,可那人挣扎了一下,就倒在血泊中气绝了。他的双腿被压断了。"呵!这一滴鲜血淋淋!不是向那一杆'德谟克拉西'的大旗底下报告平民的冤苦吗?呵!列宁!克鲁泡特金!我盼你把你的种子赶快散布到大地球上!去扑灭那横暴的强盗!去发扬那德谟克拉西的真精神!去拥护那无量数平民的生命!"(《文集》卷9,第7页)曹同时向列宁和克鲁泡特金发出呼吁,足以说明他当时的政治与思想水平。曹后来在评价"青年学会"成员当年的活动时,写道:"青年人都是纯洁的,有正义感的……他们反对军阀专横,反对封建势力,反对旧社会的一切不平等、不自由、不合理的现象。但在理论上当时他们还很幼稚,正在摸索。他们当时连共产主义和无政府主义的本质区别都还分不清楚。"(《文集》卷9,第172页)

曹的文章显示出他受农业体制、农村劳动及所读书本的影响而形成的个性。他具有高度的激情,善于敏锐地区分邪恶与不公,与此同时,他保持着清醒的头脑、健全的思想,因此他不像其他许多为振兴国家而斗争的斗士,坠入激进主义的边缘。1919年12月14日曹在致青年学会会员蒋鑑璋的信中写道:"他们都认定凡新的都是好,凡旧的都是不好。我说:旧的不能完全是坏,新的不能完全是好。好比中国的旧学说如孔丘的'大同主义'、墨翟的'兼爱主义'、庄周的'平等主义和自然主义',那些学说都是很高尚,很伟大,很合现代潮流哩!"(《文集》卷11,第107页)写信人举出的实例也许会遭到异议,但他对中国进步的旧传统文化的理解是值得称赞的,他对当时在中国青年思想中占有很大比重的尼采哲学的理解,使我们对这个年轻人敏锐的洞察力感到惊讶,他已经看出尼采哲学助长残暴、非人性和黩武主义的形成。"若要说西国新的都是好,譬如要信仰尼采的'强力唯我主义',岂不是在强人之脑袋中,种未来世界大战的种子吗?"(《文集》卷9,第107页)

对于当时的青年,最迫切的问题是和旧礼教、家庭压迫抗争,捍卫个人的情感自由和个人幸福,号召男女平权。1920年2月16日曹曾在《青年》第3期上满怀喜悦地祝贺女子同志会成立。2月号的《女权》杂志披露该会的宗旨是"改良黑暗的家庭,促进社会的文明。""呵,这不是改造河南的动机吗？这不是黑暗河南的曙光吗？高兴！高兴！乐观！乐观！"（《文集》卷9，第5页）"把那死气沉沉的老大河南变成灿烂秀丽的青年大舞台。我们的小妹妹呵，咱们要奋斗！互助！牺牲！咱们要手拉手拼命地向那人类进化的大路上跑，拼命地向那光明的大舞台上去！（《文集》卷9，第6页）曹于1960年写道："妇女同志会是觉醒了的河南妇女，挣脱了吃人礼教的枷锁，走出深闺，争取妇女解放，是参加爱国运动的急先锋，青年学会同妇女同志会保持着同志式的最亲密的联系。"（《文集》卷9，第173页）

1920年3月1日《青年》第4期刊登了曹题为《女学生监狱》的文章。摘录了他收到的一封信："靖华！昨天我已考完！明晨我就离校了！靖华！明天我就脱离了学校的监狱，入到那家庭的监狱了！"曹认为写信人的感受并不奇怪，那不过是中国典型的现象罢了。曹慨叹道："家庭，学校！这不是女子两大监狱吗？为什么？因为她们的校长和家长都不承认她是一个'人'"（《文集》卷9，第8页）文中写道，学校里继续宣扬孔孟之道，阻止女性与男青年交往，阻止女性参加社交。校长籍口'礼防'私拆女生信件。校长和教员害怕关于妇女地位及她们在社会与家庭中地位的新思想渗入学校，他们不得不提出禁止阅读进步书刊。"学校监狱与家庭监狱所不同的地方就是学校是一个有期徒刑，家庭是一个无期徒刑罢了！"（《文集》卷9，第10页）文中写道："女学生们只有在'一律平等'、完全自由的条件下，才能有独立的人格。"作者在文章最后热情洋溢地号召："勇猛竞进的女青年呵！你们要用你们的脑力劈力倾覆那不人道的监狱！打破那里黑暗的监狱！你们要拼命飞到那五万尺以上的青空中，跳入那三千尺以下的深海里，痛痛快快洗一个澡！把你们在监狱里积那十数年的尘垢洗得干干净净，再拿你那强健明晰的头脑、活泼灵敏的精神，去创造你们的新生活！这不是女青年份内的事吗？"（《文集》卷9，第113页）

在旧中国婚姻由长辈决定，不考虑年轻人的感情。"五四运动以后，知识分子中间已同时推广了人的婚姻自主权。大多数受过教育的人都认为没有感情的婚姻是不道德的。"但即使在知识分子阶层，年轻人的命运也大多掌握在父母手中，婚礼无一例外由父母主持操办。曹并不回避在报刊上对家庭与爱情这一主题展开广泛讨论。1920年3月号《曙光》杂志刊登了他致宋介先生的信，同时发表了宋的《恋爱的牺牲》一文。曹确信"婚姻问题，是人的终身大事！若婚姻不满意，便灰心丧气，失足堕落，酿成许多恶疾，自杀，这就是社会幸福根本动摇！"（《文集》卷11，第220

页)曹讲述了他的一位朋友,从小就头角峥嵘,聪明可爱,在上海浦东中学读书。七岁时,家中便把邻村某家女子许他为妻。十七岁时,父亲为他完婚,而那女子既不识字,且极愚鲁粗暴。在上海这位青年结识了某校的一位女士,两人开始相爱。曹引述了这位朋友写给父亲的信。这个青年绝望之余,准备自杀。曹坚决主张:1) 未订婚的青年,当然由两方面的恋爱,由两方面精神的结合,由两方面自己主持订婚,绝对不能有第三者掺杂加入。2) 已订婚的青年,若父母代订,未经两方面的同意,不是自由恋爱,不是两方面精神上的结合,可毅然废弃婚约。若苟且因循,则将来贻误很大!酿成很大的惨剧!必有悔恨莫及之忧!3) 已完婚的青年,若两方面都不满意,可毅然离婚,各谋自己人生的幸福。但曹明白在当时中国的环境下,妇女一旦离婚就遭社会歧视。"她不但不能再配个很满意的丈夫,并且过那非人的痛苦生活,更加十倍!这样离婚岂不是宣告女子的死刑吗?"曹还提到妻子在经济上处于对丈夫完全依赖的地位。"离婚以后,女子没有自谋生活的能力,若配不来丈夫,岂不是饿死吗?"(以上《文集》卷 11,第 223—224 页)曹在致宋介先生的信中承认他没有替朋友找到适当的解决方法。若维系婚姻,那他将终生不幸。若离婚吧,使离婚的妻子处于贫困之中,那将来是不人道的。宋介先生在复曹的信中说,他也想找出相当的方法来。"救济你的朋友的问题,非个人问题,实是社会问题。曹逐渐认识到妇女命运问题不能不与社会制度改革的总目标联系起来。1920 年 2 月沈雁冰写道:'我们应当明白,妇女问题是社会改革这一首要问题的一部分。'(大意)"

曹发表各种形式的文章讲述妇女遭受的屈辱。他在《女工话》(载 1920 年 4 月 13 日《民国日报副刊》)中引述了两名纺织女工的对话,女工们只要趋奉于手持藤条的管工先生,管工先生就会发慈悲,调你做轻活,任你提种种要求,早放工等等。(以上《文集》卷 9,第 21—22 页)

曹和他的同伴们的活动遭到一些官员和旧知识分子的非难。他们都是旧礼教和古文的卫道士。曹在上中学时,一位国文教员告诫学生,书不读秦汉以下,为摆脱纷繁的生活,要全身心投入大自然山川的怀抱。当曹改用白话文写作文,国文教员大发雷霆,把曹的卷子摔了不看,并在课堂上当众斥责。他在黑板上画了一个下面缺点的问号,指着这半截问号斥责道:"这是什么?这是称钩呦,连称钩都入到文章里,这还了得!……"当时校长希望调解矛盾,曹却反驳说:"世界是进化的……无理阻挡时代潮流是阻挡不住的……"校长只得将泥古不化的教员撤掉,另聘北京大学国文系毕业生来校教授白话文。

在社会风暴到来之际,年轻人从《新青年》《新潮》《新社会》《少年中国》《曙光》《每周评论》《晨报副刊》及其他书刊中知道了普希金、果戈理、托尔斯泰、高尔基、莫泊桑、大仲马、小仲马、莎士比亚、狄更斯、易卜生、歌德等一批世界文学巨匠的名字。昨天他们案头还摆着《食货论》《文艺志》等等,现在都被这些新书刊代替了。他们同泥古不化的"老师"之间,曾掀起短兵相接的激战。有一些这样的青年被扣上"过激派"的帽子,被勒令退学了。可是外国文学却给他们增加了勇气,鼓舞他们去挣脱束缚自己的枷锁。(以上《文集》卷10,第432—433页)1979年12月24日曹在写给河南一位教师的信中说:"五四浪潮中我受到《新青年》《新潮》《〈民国日报〉副刊·觉悟》《每周评论》《湘江评论》《少年中国》等报刊的影响,觉悟起来,投入反帝反封建行列,宣传新文化,新思想。"(《文集》卷11,第116页)

除《青年》半月刊外,曹还在《曙光》《民国日报》《皖江日报》等报刊上发表文章。1920年春曹与开封第一师范学生徐亚超一同当选河南省学生代表赴沪出席全国学联第二次代表大会。

1920年春,曹中学毕业,面临对前途命运的严峻选择。1920年第3期《新小说》上发表的《最后十分钟》中,曹用对话形式讲述了面临中学毕业的两位青年的感受。其中之一的海琴说,他已经没有机会上大学了,因为他读四年中学,家人都已万分艰难。另一位同学和他的感受一样,同病相怜。不过这位同学说,只要有求学的决心,不愁造不来学问。海琴回答说:我也早已有意投身到工厂里去,实行工读主义。但是中国社会的组织与西洋社会的组织根本上有不同的地方。中国现在的工厂对待工徒,异常刻薄!每日得的工资仅足糊口。这也不要紧!至若每日做十三四小时的工,神疲力倦,哪里还有精神去读书?哪里还有时间去读书?交谈中,海琴收到父亲从河南农村来的一封信。"现在咱县及邻县天气荒旱,赤地千里。三季庄稼未获。此刻壮士为匪,老弱坐毙。今年已将树皮吃尽。田间麦苗早已旱死,人民生命前途,又是断绳难续。死人遍野,惨不忍述。"曹在引述这封信的"附记"中写道:"我做这一篇写实小说,我愧没有文学的艺术,把这一件事实尽情描写出来。但我确认这是现在社会上很重要的问题,因为个人的知识上——精神上的破产,就是将来社会上——全人类的真正幸福的破产——对于现在这种经济压迫底下,有志求学而不能求学的青年,应当怎样设法去救济他?对于现在那种贵族式

的教育,应该怎样去破除它,应当怎样方可做到人人都有受教育的机会?"(《文集》卷9,第24—27页)

曹在开封就业无门,于是奔赴上海,靠友人的帮助在泰东图书局找到一份校对的工作。生活艰困,但他"立志饿死不回家。在外苦工苦学,不向环境低头。"(《文集》卷11,第383页)在上海曹结识了茅盾(1896—1981),茅盾1920年起任上海颇具影响力的杂志《小说月报》的主编,常对热点问题发表文章。在这里他遇到郑振铎(1898—1958),郑经常发表短篇小说、翻译作品及文章。后来成为著名散文家、诗人的蒋光慈(1901—1931)、翻译家韦素园(1902—1932)也是曹的朋友。蒋、韦均来自安徽,他们见曹的困境,建议他去安徽青阳县长江南岸的小商埠大通镇的女子初级学校教书。曹接受了朋友的建议乘轮船沿长江几乎行驶了五百公里。但他在学校任教时间不长,得知上海成立外国语学社正在招生的消息,就赴沪入该校学习。外国语学社唯一的俄文教员是山东人杨明斋。学校成立了社会主义青年团。该校的宗旨是通过学习俄文,培养中国进步青年了解年轻的社会主义苏联的生活,当时国内对学俄抱有很大的兴趣。上课在一个大房间,房间里摆着四十来张课桌。白天学员们在一起听课,晚上回到宿舍集体睡地板。学员们大多数来自湖南,少数来自安徽和浙江。来自河南的仅曹一人,因此曹被编入安徽组。有不少未来中国党和国家的领导人,如刘少奇、任弼时、肖劲光等都曾在这里学习过。除学习之外,学员们还到码头、工厂开展革命宣传活动,五一节散发传单。

1921年初,曹与一批学员赴苏学习。他们乔装成新闻记者,西服革履,登上海轮,从上海出发,途经长崎,到达海参崴,之后沿西伯利亚大铁路乘火车抵达莫斯科。旅途万分危险。他们把写有社会主义青年团字样的证件密藏在身上,因为当时他们的身份无论被占据海参崴的日本人、或被国内的白军发现,都会招来杀身之祸。与此同时,中国的土匪红胡子又把这批年轻人当成了富商,在由海参崴开出的火车上就跟踪他们,企图劫财害命。曹的一位同学被隆隆的枪炮声及随时有可能暴露身份的恐惧弄到精神崩溃(后来甚至发展到精神分裂)。他们在换乘火车之后,列车驶入敌我界线不明的地带,列车长和乘警代表哪一方面的政权,他们弄不清楚。在对他们进行搜查时,乘警从他那位同学身上搜出暗藏的证件。曹是这个小组中年龄最大的,在这千钧一发之际他们却突然化险为夷。原来他们遇见的是红军战士,是同志。曹到莫斯科后,入于1921年4月21日成立的东方劳动大学,一同入学的中国学生有大约35人。曹听大课、学俄语、上军事课、去靶场。当时他俄语还不好,学习很吃力。这时瞿秋白(1899—1935)对这批中国学生提供了帮助——他是作为中国进步报纸《晨报》的记者被派驻莫斯科的。瞿秋白精通俄语,对俄罗斯当代文化与社会生活有深入的了解。他创作了《饿乡纪程——新俄国游记》一书,记述前往莫斯科的一路观感。

瞿秋白定期向中国国内发通讯、述评及政论。他还写了《赤都心史》。1921年11月26日瞿在该书"序"中写道:"《赤都心史》将记我个人心理上之经过,在此赤色的莫斯科里,所见所闻,所思所感。只有社会实际生活,参观游谈,读书心得,冥想感会,是我心理记录的底稿。我愿意读者得到较深切的感想,我愿意作者写出较实在的事情,不敢用枯燥的笔记游记载体。我愿意突出个性,印取自及的思潮,所以杂集随感录,且要试摹'社会的画稿'。"(《瞿秋白文集》(文学卷)卷1,第114页,人民文学出版社,1998,以下简称《瞿秋白文集》)

曹赞赏瞿秋白的才华与博学,赞赏他的爱国主义、革命信念和著作的魅力。1951年曹在《罗汉岭前吊秋白》一文中回忆道:1922年医生发现秋白患肺病,顶多能支撑二三年。但秋白仍不顾一切紧张工作,仍去东方大学向中国同学们讲课,解答课本和书上的疑难。瞿秋白在莫斯科近郊高山疗养院疗养时,曹几乎每个星期天都去看他。两人促膝长谈俄国及俄苏文学。1921—1922年间瞿秋白刚好写完《俄国文学史》,于1927年在中国出版。在俄国作家中瞿秋白特意提出契诃夫的创作,把契氏文学生涯分为三个时期。第三时期契氏(《第六病舍》《三姊妹》《万尼亚舅舅》等)"渐渐显明新幸福、好生活的理想,——不但是几个人的,并且是全人类的幸福!现实生活里没有根据可以希望好的将来,然而应当自己动手做去,那好的生活总是要来的:'好时代总是要来的,新生活的晓霞总是要放光彩的,公道总是有伸张的一天,——我们街市上总有这一个佳节!我等不到了,我快要干枯了,然而总有些人们的重孙重重孙等得到这一天。诚心诚意的恭祝他们;替他们欢喜!'(《第六病舍》)这一种信仰人类进步的思想是第三期的柴霍夫的特征。"(《瞿秋白文集》卷2,第204—205页),瞿自己也从事俄文翻译作品,如1924年1月号《小说月报》刊载他翻译的契氏短片《好人》。中国读者最早认识契诃夫是1907年,当即受到中国读者的青睐。瞿对契氏作品的兴趣无疑更加促使曹对这位伟大作家的注意。曹不久就着手翻译契氏的作品,并开始了他持续多年的翻译生涯。

在莫斯科曹利用一切机会去艺术剧院了解俄国戏剧艺术。那里的导演和演员们保留着对契氏戏剧演出的传统。中国直到20世纪初还没有话剧。1919年五四运动时期,青年会会员对西方戏剧及非传统戏剧的兴趣空前高涨。曹喜爱莫斯科的俄国戏剧,他翻译的第一部作品选择了契诃夫的独幕剧并非偶然。他深知契氏戏剧获得全世界的承认,他知道斯坦尼斯拉夫斯基率领的莫斯科艺术剧院巡回演出团1921—1922年在美国和柏林的巡演获广泛好评。

莫斯科大学生的生活十分艰苦。曹在1977年10月30日《人民日报》上发表文章写道:"当年一般所谓中饭,除每人自带自己定量的黑面包外,食堂只供应一盘'汤',那汤呢,一般除开水加盐之外,有时偶尔漂着三两片土豆或胡萝卜。因此,到食堂去,路上往返消耗的体力远非这一盘'汤'所能补偿。当时自己那份黑面包,无论做什么都随身带着。所以往往为节省体力计,不如把中饭放弃,啃面包了。在最艰苦的年月,一般城市居民每人每日的口粮,曾减到四分之一磅,约合二两吧。"(《文集》卷10,第472—473页)

曹当时不仅挨饿,还查出患有慢性病。他在1981年4月10日致他的家乡卢氏县委的信中写道:"1921年,我在国外医生查出我患有肺气肿,认为是终身不治之症。"(《文集》卷10,第298页)

艰困的生活并没有压垮中国学生,他们中有许多人对文学产生兴趣,开始尝试翻译俄国文学作品。与曹一同学习的韦素园翻译了果戈理的《外套》(1926—1946年出了七版),胡斅向中国读者介绍了勃洛克的长诗《十二个》。蒋光慈在莫斯科学习时写诗并于1925年出版了他的第一本诗集《新梦》。他在一首诗的"前记"中写道:"靖华买了一张托尔斯泰的相片,相片的情景:托尔斯泰的老年时代,负一包袋,持杖行于茫无涯际的路中。相片至上题'无穷之路'四字,我看了之后,发生无穷的感想。"他的最末几行诗句是:"一步,两步,三步,/已经走了许多了,……渡得过的——海洋,/走不尽的——路程;/我本愿意中止啊,/生命却逼着我前进!"

在莫斯科学习的中国青年选择了为民族独立而斗争的艰苦道路,为祖国人民服务的道路,巩固中俄关系的道路。莫斯科的生活使曹得以熟练地掌握俄语,了解了苏联的文化传统、生活方式及社会变革。1922年初他离俄回国。

入北京大学从事俄国文学翻译
参加1924—1927年的中国革命事件

曹回到北京,入北京大学俄罗斯语言文学系旁听。当时教课的有三位俄籍教员,其中一位是作家铁捷克,俄文名特列季亚科夫(1892—1939)。他与马雅可夫斯基、阿谢耶夫、基尔山诺夫、别尔佐夫等都加入了1922年底成立的"列夫"(左翼艺术阵线)。他积极从事戏剧创作,剧作《听吧,莫斯科?!》《贞洁的怀孕》《防毒面具》均被搬上舞台。他第一次来中国是1921年初,当时俄国交通被战事切断,他只得从海参崴辗转经天津回国。中国给他留下了深刻的印象,他很想介绍这个伟大国度的真实情况。两年后他来到北京大学讲授俄苏文学。他用热情、生动、俏皮的语言讲述了他曾积极参加的俄国文学活动,使听者受益匪浅。他本人的创作经验,也使他们受益。"铁捷克在中国写的全部作品几乎都是根据事实写成的。他将自己写的集子《中国》称为特写和通讯报告;他的优秀作品之一《邓世华》,是一部名副其实的采访纪实;确切地说,剧本《怒吼吧,中国!》的故事情节就是出自这篇报道。"(《俄苏文学汉译及其译者》,别洛乌索夫,莫斯科,1963)《邓世华》一书简单描述了另一个人物,那就是大学生曹定华(即曹靖华)的个性特点。作者试图说明:"契诃夫代表小资产阶级,他与革命,尤其与当前俄国进行的革命,很少有共同之处。"(《邓世华》第362页)之后,铁捷克开始在课堂上剖析托尔斯泰。部分学生展开辩论。"定华站在反方。他依旧相信教授的话。他自己曾到过莫斯科,但对我们从未提起过。他只顾埋头读书,翻译《三姊妹》"(《邓世华》,第363页)曹沉稳审慎的性格源于他自幼养成的尊师习惯和在农民中受到的教育,他们有一句俗语:"言不乱发,"还有一句名言:"长舌会引狼入室。"铁捷克注意到曹靖华如何渐渐成长为"一个沉默寡言的共产党人。"(《邓世华》,第397页)不过,应当指出曹1956年3月才正式加入了中国共产党。

曹在1979年12月19日致曹苏玲的信中回忆说:北京大学"当时校长实行'大学向社会开门,'愿听者欢迎,故柔石、韦素园、我均住在沙滩一带民房,到时自由入教室听课。"(《文集》卷11,第368页)。1959年曹写道:"在开封上学时,一次读了李大钊同志在《新潮》上发表的《物质变动与道德变动》一文和在《新青年》上发表的《由经济上解释中国现代思想变动的原因》。这两枚炸弹在'小古董'的头脑里接连爆炸了,他的一小套

'大道理'被粉碎了"(《文集》卷9,第163页)。20世纪初,曹有机会聆听李大钊的演讲,并经常与他见面,讨论重大的社会问题和文学问题。

  曹当时还听鲁迅讲授《中国小说史》的中文系课程。课程一反过去认为小说意义不大、没有美学价值的传统观点,首次在广泛的题材上揭示了这一丰富文化遗产的思想多样性及其艺术价值。鲁迅讲课旨在阐明中国人民的民族心理学及其艺术品位和要求,揭示当代中国小说是在怎样的民族传统下诞生的。曹回忆说:"我学俄语兼听其他课程,最爱听的自然是鲁迅先生的'中国小说史'。先生讲课极受欢迎,上课时教室挤满学生,不要说占一个座位,能挤到一个地方站着听就很不错了,这种盛况,在当时的红楼也是极罕见的。先生其实只比我大十多岁,为人和蔼可亲,经常穿一件灰布长衫,脚上是一双建筑工人喜欢穿的那种胶底鞋,头发直立着,有点不修边幅,可绝没有大学教授的架子。我们钦佩先生的学识和为人,课余常到他家去拜访,他对青年特别关怀和爱护,很快我就和先生熟识起来了。"(《文集》卷9,第482页)

  曹在北京大学学习期间的思想倾向,在他答复吉甫的信中便可以看出。"你的真正热度和向上的志气,实在令人可佩。我现在要老老实实拿我的经验过的话来告诉你,一个人什么都不要怕,所怕的就是没有坚忍不拔、耐劳任苦的志气与魄力。环境的一切艰难都是赶我向上的一把鞭子,假使我的环境好,没有种种致我死命的问题来逼迫我,怕我早已穿起长衫,之乎者也地在卢县里做起小绅士了。'有志竟成',是我始终贯彻唯一的信仰……世界上一切不朽的极伟大的光荣都是那些战胜艰苦的人独享的。"(《文集》卷11,第89—90页)

  鲁迅喜欢这样性格的旁听生。鲁迅除写短篇小说和杂文外,还从事文学翻译,他认为翻译对新文化、新文学的形成具有重大意义。鲁迅是从日文和德文开始翻译俄国作家作品的。他认为在中国缺乏谙熟俄语人才的状况下,这种办法完全可以谅解。但他利用一切机会说明要培养直接从原文翻译的人才。因此鲁迅对勤奋好学、坚忍不拔的曹寄予了厚望。

  文艺工作者们认为在中国广大人民群众中传播新的社会价值及道德价值,应当利用人民大众对戏剧的热爱。戏剧自13世纪起就在中国广为流布并非常普及。中国国内受教育的人占的比例很小,对于大多数人来说,传统戏剧往往是他们了解重大历史事件、杰出军事及国务活动家、著名诗人、哲人的唯一途径。借助于剧本,人们在一般的认识水平上逐步掌握了儒家学说和佛教、道教的基本思想,获得神话中英雄及宗教中人物的知识。青年知识分子高度评价传统戏曲艺术,他们意识到应当将新作品搬上舞台。剧中人物讲人们听得懂的现代汉语,这将对国人的思想感情有很好的影响。

20世纪初,曹翻译了契诃夫的独幕轻喜剧《纪念日》。上海《妇女》杂志于1923年11月1日第11期刊登了独幕剧《求婚》的中译。发表短剧是因为中国观众还没有做好接受话剧的准备,只能接受短小的作品,即使专业戏剧团体也认为经常上演大型话剧是没有可能的。读者甚至普遍认为杂志或报纸副刊上看独幕剧剧本更方便。

1923年在北京大学建校25周年的纪念晚会上,俄语系同学用俄语上演了契诃夫的轻松喜剧《蠢货》。曹扮演地主格里戈利·斯捷潘诺维奇·斯米尔诺夫。中国观众不仅看懂了诙谐的剧情,而且看出了对地主争吵、伪善和贪婪的谴责。曹在1923年12月20日出版的《新青年》杂志上发表《蠢货》中译本并非偶然。他在回忆20年代时说:"这个戏只有三个角色,不用布景,很适合学生们在礼堂演出,时间不到一小时,这种演出当时在国内是很风行的。不少地方很快就把《蠢货》搬上舞台。"(《飞华之路》,第35页)

轻喜剧《蠢货》的译稿是经主编瞿秋白之手发表的。许多年后的1951年,曹在谈及早年牺牲的战友时写道:"你回国后,住在黄化门西妞妞房你的叔叔家里,我经常去看你,有一次我把我的第一篇译稿——契诃夫的独幕剧《蠢货》交给你,你看了就在你主编的党的机关刊物《新青年》季刊第二期上发表了。这给了我多么大的鼓励啊。你要我尽全力学习俄语,介绍俄国文学。"(《文集》卷9,第439—440页)

1924年11月17—21日《晨报副刊》向读者推出了曹译契诃夫的喜剧《结婚》。曹看到契诃夫戏剧艺术与屠格涅夫生活喜剧的某种连续性,屠格涅夫的这个喜剧在关注日常生活特征的同时,也结合了对人物形象的心理分析。因此,在1924年10月10日出版的《东方》杂志上他发表了《贵族长家的早餐》的中译本。

契诃夫的上述剧作中译本于1929年由未名社出版单行本,书名为《蠢货》,并于1935、1940、1946、1950年再版。曹译《契诃夫独幕剧集》于1954年10月在北京出版;1957年6月在香港出版。译本收入《契诃夫戏剧选》于1960年在北京出版。

曹深知契诃夫轻喜剧在俄国观众中受欢迎的程度,这些无疑是译者选择作品的尺度。众所周知,20年代初,俄国调查表明,在几乎从未有过任何演出的偏远地区,契诃夫的轻喜剧都给人们留下了强烈的印象。(《契诃夫与苏联文学》,谢曼诺娃著,莫斯科、列宁格勒,1966,第61页)而当时俄国外省观众的生活经历与文化水平,一定程度上与第一次观看契诃夫翻译剧演出的中国观众相同。的确,在中国的观众席上观剧的可能多数是青年学生,但他们的观赏水平也还没有达到领略舞台上表现的心理特色的能力。1923年4月,曹在《意料之外的眼泪》一文中满怀激情大声疾呼:"我对于剧场的观众,太不表同情了!……我的泪也直流出来了!而一般观众却哈哈大笑啊!我未免太呆了!我的头脑也太简单了!原来观众都是看'戏'的啊!……曾记得在莫斯科剧院里,剧场里,无论有多少人,待开幕之后静寂得好似一个人都没有!我也不说中国一般普通人没有观剧的水平,不过每逢到剧场里边,才觉得表同情的人太少了!"(《文集》卷9,第29—30页)

契诃夫的独幕剧成功地吸引了中国观众,并使话剧成为可以接受的、喜闻乐见的戏剧形式……毋庸置疑,曹翻译的剧本向中国读者和观众从艺术上展现了对人、对人的道德品质和才能的全新的、非常有趣的观点。葛一虹在《契诃夫戏剧在中国》一文中证实说:"契诃夫独幕剧的中译本受到为发展话剧而奋斗的戏剧工作者的热烈欢迎。尤其独幕剧《蠢货》和《求婚》后来在国内不同地区上演,也受到中国观众的热烈欢迎。"(《戏剧报》1956年,第6期)

曹考虑到国人既然已初步接受了话剧这种形式,那他们在接受优秀代表作的同时,也可能会对一些掌握一定戏剧技巧的剧作家的作品感兴趣。1924年12月初,曹在《晨报副刊》上发表了他翻译的班珂的《白茶》。剧本写革命前贫困大学生和两个女裁缝的故事,用调侃来粉饰自己的穷愁潦倒。故事发生在19世纪90年代初一座有一所大学的城市里。剧中主人公饥肠辘辘,一文不名。他们自嘲说,最后一顿饭还是石器时代吃的呢。他们善良热情,争相用调侃来让彼此忘掉想吃东西的念头。一个到他们那里去做客的变态女歌手说,这几个大学生都是好人,他们都想帮助人,但是没有能力。的确,剧中主人公很希望能帮助女歌手摆脱房东的欺凌和地主的勒索。他们也想把邻居两个女裁缝从"庇护"她们的所谓"朋友"手里解救出来,可是他们的钱被抢走了,还挨了一顿打。大学生们用她们不习惯的温存、同情和尊重来对待她们。大学生们的餐桌上只有白开水,他们戏称之为"白茶"。他们都感叹:"这发着白光的太阳、漂亮的女人、清脆的歌声……啊,人生是多么有意思啊!"(《文集》卷7,第30页)

他们高唱起意大利作曲家马斯卡尼(1863—1945)的咏叹调《乡村的正义》。

1925年1月1日,曹在《妇女》杂志第一期上发表了翻译的剧本《可怜的裴迦》,写施巧计使一个年轻人戒除嗜酒癖好的故事。1927年未名社及北新书局等两家出版社出版了曹译《白茶独幕剧集》。除班珂的《可怜的裴迦》外,还收入奥涅金的短小诙谐剧《永恒的女性》《千方百计》及独幕喜剧《小麻雀》。后者写一个卑微猥琐的小职员终于挣脱束缚捍卫爱情的故事。《小麻雀》一剧的作者是当时著名剧作家伯兰茨维奇(1851—1927)。米哈依尔·契诃夫在《在契诃夫的周围》一书中写道:"他为人正直……开始写作后,很快就脱颖而出,引起评论界的注意,称他们为'契诃夫、伯兰茨维奇、柯罗连科三重奏'。"(《契诃夫印象记》,莫斯科,1960,第169页)《白茶》第二版于1929年1月问世;1940年6月由上海开明书店再版。之后,1943年、1947年、1951年相继再版。众所周知,这个独幕剧集中的独幕剧也被搬上舞台,如30年代由田汉(1898—1968)在上海组建的剧团演出的《千方百计》。剧中一位少妻与富有、贪婪、妒忌的年迈丈夫之间富于幽默色彩的描写,在当时社会条件及心理状态下,不仅愉悦了观众,同时像提出个性和才华一样,再一次提出妇女的话题。1933年底在太原组建的剧团演出果戈理的《钦差大臣》的同时,也演出了《白茶》和《可怜的裴迦》。

曹翻译的契诃夫及其他作家的独幕剧之所以受到普遍欢迎,除说明剧本内容及艺术性外,同时也说明剧本符合观众对喜剧的需要。中国人具有在任何生活环境下追求谐趣、追求开怀大笑的倾向。早在刘勰(约公元465—532年)著《文心雕龙》一书中第三卷的结束语就写道:"古之嘲讠(此处字迹难辨),振危释惫。"在中国的传统戏曲中,每出戏都有插科打诨的丑角。每逢丑角登场,观众反应强烈,笑声伴随着他的生动表演。在京剧中丑是重要的行当之一。杰出的戏剧家、戏剧评论家李渔(1611—1679)对戏剧艺术中幽默诙谐的基本美学原则进行过分析。

俄国的诙谐作品符合了长期以来中国人对美感需求。"诙谐剧教人学会笑,谁笑,谁就健康,"契诃夫说。曹正确地认为这类作品会得到中国观众的理解,他们乐于对诙谐、噱头,甚至荒诞的情景与行为作出回应。的确,在艰困与政治迫害的环境下,曹翻译的剧本常令读者及观众开怀大笑,正如卢那察尔斯基1920年所说:"这笑不仅象征力量,而且它本身就是力量。"

翻译的短剧在很大程度上帮助中国舆论界习惯于民族艺术的一种新的形式——话剧。著名戏剧家欧阳予倩（1889—1962）曾撰文指出，关注外国剧作的必要性，包括含有诙谐和暴露因素的独幕剧。"当然在选择剧本时，必须考虑它是否具有一定的教育意义；是否能在一定程度上促进广大观众艺术品位的提高。"（大意）（《中国话剧运动五十周年》，北京，1958）

20世纪易卜生、萧伯纳、奥斯特罗夫斯基、高尔基、契诃夫的多幕剧在中国受到广泛欢迎。1923—1924年曹在北平翻译了契诃夫的《三姊妹》。曹回忆说，在翻译契诃夫剧本遇到疑难或找不到恰当的中文语汇来表达时，总向瞿秋白寻求帮助。"1924年你在上海，我把我的译稿——契诃夫的《三姊妹》，寄给你看，你看后，改了一些地方，交给郑振铎，列入文学研究会丛书出版了。那时你写信说你完全用药养着生命，在极端艰险的条件下，从事革命工作。我每逢写信向你请教时，每个问题你都做详细的解答，有时甚至是长篇大论的阐述。"（《文集》卷9，第441页）

《三姊妹》初版是1925年8月由上海商务印书馆印行的，之后，于1927、1932、1947年再版。日本侵华战争时期，《三姊妹》由"陪都"重庆文林书店及文化生活出版社于1942年出版，1946年由重庆文化生活出版社再版，之后，于1946、1949年在上海出版，1954年由北京人民文学出版社出版，1960年由中国戏剧出版社出版，同年收入《契诃夫戏剧集》。

1925年出版时，译者特地撰写了介绍背景材料的《契诃夫评传》。文中简略介绍了剧作家生平，主要注意力集中在分析契诃夫的世界观和贯穿于剧作中的作者思想，在撰写这篇评传时，曹根据俄文版《契诃夫全集》第1卷及伊凡诺夫与拉祖姆尼克合编的《20世纪俄罗斯文学》，吸收了一些他们的观点和对剧作家的评价。但同时曹在"评传"中也强调契诃夫剧本中令他不安的问题，而正是这些问题在中国精神生活中也实际存在。尽管曹在文章中没有直接指出，但显而易见，他认为19世纪末20世纪初俄国社会状况与思想空气和当时中国的状况在一定程度上有相似之处。对革命前俄国现实这样的理解在青年知识分子中间普遍存在。作家王西彦回忆道："我们可以用契诃夫作品中主人公的名字来称呼我们的熟人，因为他笔下的旧俄社会生活与中国当时的社会生活相似。"（大意）（《书与生活》，第82页，广州，1981）

曹力求使中国读者了解对契诃夫精神世界的探索，包括世界观的演变、对社会认知的演变和个人的使命。他认为俄国对契诃夫有许多误解，错误地认为他是80年代俄国生活风格派作家，当时政治统治反动，民主知识分子思想混乱、平庸,精神上受到怯懦心理的控制。评论家们在契诃夫的作品中找到了宣扬毫无生气、单调平庸、谨小慎微的生活方式。(大意)(《契诃夫著作书信大全》30 卷,第 350 页,莫斯科,1974—1985)契诃夫经常被称作歌唱日常生活琐事的歌手。曹写道:"就连米哈伊洛夫斯基在批评契氏的《伊凡诺夫》时,竟然也陷入这条错路上。这是米氏不理解契氏创作的根本主旨,到后来米氏才承认自己的错误,承认他犯了皮萨列夫对于普希金一样的错误。皮萨列夫与米哈伊洛斯基认为契氏主张平庸的理想主义,认为 80 年代的伊凡诺夫就是契诃夫,认为契氏就是伦理的平庸主义的宣传者!其实契氏在开始他的文学生涯时,就是 80 年代的一位讽刺作家了!"(《文集》卷 10,第 246 页)

曹强调契氏对社会风尚和平庸趣味的厌恶,他看到契氏作品的特点旨在暴露。译者在读契氏短篇小说时,首先发现了灾难和罪恶控制下的俄国社会出现的种种精神乱像。"你读过契氏的短篇,不禁要哭,掩卷后又感到一种痛苦的忧郁感留在心间。……如果有人把契氏的这些短篇与果戈理的《死魂灵》一起读给普希金听,他听了怕也要情不自禁地用忧郁的声音说:'啊!我们的俄国是何等的悲惨啊!'"(《文集》卷 10,第 247 页)

契诃夫对周围现实的理解与曹及中国许多翻译工作者的处世态度相似。鲁迅写道:20 世纪中叶中国觉醒的知识分子和青年大多热情高涨,但忧伤。如果他们奋力寻找光明,那就对周围无限的黑暗看得更清楚。(大意)(《鲁迅全集》俄译本,第 1 卷,第 458 页)曹深知在这个近乎病态的年代,他的同时代人都被痛苦的思想所折磨,他想通过对契诃夫的探索,寻求有益的经验,寻求固有的经验中所不存在的答案,寻求应当成为怎样的人、对周围的世界应当怎样评价。杰出文学家的探索和思考自然有裨益,但每个有头脑、有良知的人都应当通过艰苦的思索来解决悬而未决的问题。文章指出契诃夫通过对个别现象和事件的观察得出悲观的结论,认为大多数人都存在对生的恐惧。根据译者的意见,倘若 18 世纪有享乐主义观念,那么人们头脑中就主要会有两种观念,即死之恐惧与生之欢乐。曹指出,契诃夫在许多小说和剧作中流露的对生的恐惧和失望看来似乎与支配一切的卑贱、平庸和空虚是联系在一起的。文章中引用《三姊妹》中安德烈的话:"我们的城市已经有二百年的历史,城里有十万居民,可是没有一个不相同的人,不论过去和现在,没有出过一个了不起的人物,没有出过一位学者、艺术家,没有出过一位稍有名望的人,值得人们羡慕或热切地引以为楷模……他们只不过吃喝,睡觉,以至于呜呼哀哉……他们为了解闷,避免生活单调,于是就造谣生事,酗酒赌牌"(《文集》卷7,第286页)

中国知识界亘古以来就忍受着人与世界、与外界环境冲突的折磨。屈原有诗云:"世人皆浊我独清,世人皆醉我独醒。"他放弃了与邪恶斗争的挑战,投江自尽。伟大的诗人陶渊明(365—427)处于官场的尔虞我诈及做高尚的人的矛盾之中,决心走自己选择的路,回归自然,耕作为生,做一个襟怀坦荡的人。曹告诉中国读者,18世纪末俄罗斯试图从"小事主义"中寻求拯救的办法和精神支柱。文章引用了《伊凡诺夫》一剧中主人公的话:"总而言之,你的一切生活都按一定的常规。背景越灰色越好,背景越同一越好。我的亲爱的,你一个人不要去同一千人奋斗,不要同麻木的环境对抗,不要去枉费气力吧……去躲进你自己的贝壳,作你自己的小事……"曹评论说:"这是伊凡诺夫的哲学,我们是很理解的。……小事主义,人们都慢慢注意起来,终于成了一切生活的规范。"(《文集》卷10,第250页)

但这种论点既不能令契诃夫满意,也不能令热爱契诃夫作品的中国读者满意。

在当时的中国,列夫·托尔斯泰的作品和他的理论已广为人知,并深受年轻人的青睐。因此,曹认为有必要指出契诃夫在80年代关注这位伟大作家的心路历程。契诃夫对生活现实的理解与托尔斯泰的不承认罪恶、恶习、谎言和伪善的观点如此接近,这使曹大受鼓舞。在契诃夫世界观的进一步发展中曹发现契诃夫走出托氏主义的出路。曹指出,"在《蘩荑》中,这种思想表现得尤为鲜明;我们可以看出契氏对托尔斯泰主义的激烈抨击。"曹还引用契诃夫的话说:"说服人们只需要用三尺大的一块地方。但是三尺大的地方是死人用的,不是活人用的。如果我们知识阶层都想到农村去,到庄园上去住,这也很好。但是,这些庄园就像三尺地一样,离开了城市,离开了竞争,离开了人群,躲到自己的庄园里,这不是生活,这是利己主义和个人主义的表现,这是同僧侣一样的行为;僧侣对于人们是没有什么功劳的。人们需要的不是三尺地,不是庄园,而是全世界,全宇宙。在海阔天空的大宇宙中,他可以自由表现他的个性,他的本领,可以自由发扬他的精神……"(《文集》卷10,第262—263页)

曹强调,"拯救契氏的思想的,是他对于'进步'的'信仰'……这种信仰不仅只在短篇小说中,在他的重要剧作《三姊妹》《樱桃园》及《万尼亚舅舅》中都有所表现。"(《文集》卷 10,第 257 页)曹在文中指出:"契氏坚持再过二三百年,一切生活平庸的劣根性就消灭了,新生活的霞光就升起了,那美丽而幸福的生活与正义就实现了。"(《文集》卷 10,第 257—258 页)曹引用了库普林《纪念契诃夫》一文中契诃夫的话:"一切罪恶——杀人、盗窃、奸淫等等,在现在的知识阶层里,几乎是看不到的。我相信将来真正的文化可以提高人类的精神与道德。"(《文集》卷 10,第 261 页)契诃夫在雅尔塔指着一片荒芜、砂石成堆的小花园,对席普林说:"你知道,再过二三百年之后,全世界都会变成这样美丽而可爱的花园,那时的生活,将何等幸福,何等愉快啊……"(《文集》卷 10,第 261 页)曹指出,认为未来生活美好与幸福的思想在《三姊妹》韦尔希宁的话中也清楚地表露出来。韦尔希宁说:"生活真是艰难啊。我们有许多人认为生活是阴暗的,没有希望,可总必须承认生活会越来越光明,越来越轻松,完全光明的生活看来已为时不远了。"曹在文中指出:"我们可以证明,这些话句句都是契氏自己的话,这些都是他自己的思想。"(《文集》卷 10,第 258 页)

曹将中国读者的注意力引向契氏"必须劳动"这一重要思想的精神价值。译者还列举契诃夫号召人们努力地工作的三个理由。

第一个理由是,没有对劳动的热爱,没有对劳动的努力,没有对劳动的乐趣和关注,一个人就不可能获得真正的个性和精神面貌,就不可能实现成为一个独立个人的愿望。伊琳娜的话在中国青年中引起强烈的共鸣:"我们三姊妹还没有过过美丽的生活,生活像野草,使我们感到荒凉……我的眼泪都流下来了。这不必要……应当去工作,工作。我们不懂劳动,因此也就不愉快,把生活看得如此暗淡,生养我们的人就轻视劳动……"(《文集》卷 7,第 233—234 页)契诃夫的女主人公在当时中国的条件下具有特殊的意义。因为当时的中国国内的年轻女性也会向你透露类似的想法。当时国内普遍存在的情绪从 1921 年 8 月刊登的陈文涛(音译)的文章《拓宽妇女的劳动就业》一文中,可以得到印证:"倘社会开放劳动门路,她们的才能肯定会显露出来。我认为现在大多数妇女需要独立工作,这样会给她们带来经济的独立,发挥她们的潜能。"(大意)(《五四运动时期妇女问题论文集》,北京,1981)

第二个理由是契诃夫懂得劳动对人的心理健康何等重要。曹介绍了《三姊妹》中韦尔希宁和图津巴赫的观点。他们认为工作和劳动可以使人忘掉生活环境的压力,使他们获得和平庸生活做斗争的力量。

第三个理由是契诃夫坚信"人们的生活会变得美丽、自由而幸福的。

他相信这种生活是要靠人们的智慧与不断的工作去建设,去创造"(《文集》卷 10,第 261 页)译者的这一结论对满腔热情投入富于成效的劳动、准备为全民的幸福而作自我牺牲的中国青年,不能不说是一种激励。曹写道,《三姊妹》和《万尼亚舅舅》明确号召人们为即将到来的全人类的幸福而去工作。(《文集》卷 10,第 264 页)但文章作者并不局限于这一论断,因为他明白在解决复杂的生活中的问题时,这一答案尽管对契氏十分重要,而且是他的道德行为准则,但他内心并不完全清楚,因为如何对待当前个人的命运,是否看到为未来的诞生奠定基础而确定的当前的使命,或理解今天生活的独立价值,这些问题都还存在。曹引述了《无名氏的故事》中几位主人公的想法:"我相信后人会利用我们的经验,他们的生活一定比我们轻松,比我们光明。但是人们可以和后代分开生活,不一定一切都要为着后人。我们一生只活一次,因此我们要生活得愉快,美满,有意思……我相信,生活中一定会发生实用与必需的事,但是我们为什么一定要管这些必需的事情呢?我为什么要消灭'自我'呢"?曹接着还谈了自己的看法:"后人利用自由的结果,并不是好的安慰。自由的结果是我们渴望的,人人都需要它。"(《文集》卷 10,第 267 页)

在分析契氏作品的同时,曹似乎在警示他的年轻同胞不要做出无条件的片面的决定,他指出作家观点和内心的矛盾。对未来,对劳动能改变生活的信念帮助契氏保持乐观,但"这种信仰不能满足他……契氏毕竟常常感到人类美好的生活现在就需要,即刻就需要,而不是过二三百年之后才需要的。"(《文集》卷 10,第 267 页)因此在《三姊妹》和《万尼亚舅舅》剧终时,虽然出现象征未来希望的彩虹从地平线上升起,但同时也带着悲凉的色彩。"悲凉是因为他们知道,他们不能为当代的人们建设一种美满而有意义的新生活。"(《文集》卷 10,第 260 页)契诃夫在追述他的剧中人物的争论、理想、希望时指出人活着这一问题的现实复杂性,要抛弃幻想,但同时又要像,比如《三姊妹》中的主人公们那样坚信只要她们还抱有活下去的愿望,"那么她们竭力坚定信念,寻找生活的意义,力图看到未来的愿望就很真诚。一面是对'真正理想'的无知,一面是人们对真理始终不渝的追求,二者密切结合,使《三姊妹》的剧作最后得出一系列的结论。"(《契诃夫的文学交往》,卡达耶夫著,莫斯科,1989)

曹告知中国读者,在契诃夫逝世 20 周年之际,大量俄罗斯报刊都举行了纪念。"我现在郑重地把他们介绍过来。附在《三姊妹》后,聊表纪念的微忱。"(《文集》卷 10,第 268 页)

从曹的这篇《契诃夫评传》，可以看出曹思想上的成长和专业知识的成熟。在他过去发表的文章中充满着乐观的号召，表现出对迅速改变生活的朴实信念。他往往受到高尚激情的冲动，模糊地想到用实际的方法来改变现行的制度。1919年五四运动最初阶段过去之后，许多中国青年没有看到自己的积极性对社会立即产生成效，因此陷入悲观失望，无所作为，甚至向过去他们痛恨的统治势力妥协。曹在经受了那些年代的考验之后，认为有必要向他的同胞介绍这位俄国作家精神世界的特点和对生活真谛的不懈追求。曹翻译《三姊妹》，证明他对自己的俄语水平及俄罗斯生活方式的了解很有信心。当然，他也想藉翻译《三姊妹》来响应国内推广话剧这一新文学形式的需求。《三姊妹》是契氏专为艺术剧院写的第一部戏。俄罗斯学者们认为："研究者们发现正是在这部剧作中他们找到了整个契氏戏剧的特点，欧洲'新戏剧'的特点。"（《契诃夫的文学交往》，第201页，莫斯科，1989）但也不能忽视剧作家剧作手法及风格的许多特点正符合他个人的审美情趣。

曹自幼受到良好的古汉语的启蒙教育，喜欢在文学语言中运用形象的比喻、隐喻，行文总洋溢着激情。因此他和他的许多同胞一样，能迅速捕捉到充满潜台词、心理描写和委婉抒情特色的契氏小说及剧作难于领悟的魅力。郭沫若在《契诃夫在东方》一书中写道："契氏在东方遐迩闻名的主要原因恐怕是他的作品的形式和风格与东方读者很贴近，能为他们所理解。他们首先注重文艺作品的抒情风格和不带晦涩僵化色彩的内容"。（大意）（《郭沫若选集》，第341页，莫斯科，1953）曹很喜欢契氏，他的思想道德品质与契氏很贴近：他头脑清醒务实；善于识破社会上流行的形形色色经不起推敲的道德观；厌恶脱离人们现实需要的空想和空洞的计划。可以看出曹在后来翻译苏联作家的作品时经常有意无意地选择在一定程度上学习契氏并仰仗契氏文学传统的作家。

《三姊妹》一剧中的几位女主人公热切向往莫斯科与她们想改变生活的愿望密切相关，这一点深受中国年轻人的理解。她们认为，去莫斯科就意味着已经做好准备，决心跳出外省生活的泥潭，去面对活力充沛、精神境界高尚的人们，去获取光明。类似的热情自1919年五四运动起就已经征服了中国的年轻人。巴金在他的长篇小说《家》中就做了很好的描述。小说的年轻主人公觉慧从千百年来的陋习与恶势力统治的偏远的四川老家出走，去到十里洋场的上海。"扬子江的水不停地流向前方，它将把他载到一个未知的大城市去。在那里一切正在成长。那里正在开展一个新的运动,有广大的群众,还有他的几个通信而未谋面的、满腔热情的青年朋友。"此外,契氏在剧中提到的莫斯科,对于中国人来说,莫斯科正是俄国变革的象征,是一座真正的都城,在那里中国青年可以获取知识和共同事业中的战友。瞿秋白在 1920 年 11 月 4 日赴莫斯科途中写道:"这当然是冰天雪窖饥寒交迫的去处(却还不十分酷虐)。……我没有想法了。我不得不去……我总想为大家开辟一条光明的路。我愿去,我不得不去,我现在挣扎起来了,我往饿乡去了!"(《瞿秋白论文集》,第 16 页,莫斯科,1979)胡也频(1902—1931)也于 1928 年写了颇受欢迎的中篇小说《到莫斯科去》。

曹抓住了年轻人的心理与情趣,在中国文坛上首先以三幕剧,而不是以游记的形式记述了他 1921 年与几个年轻人在赴莫斯科途中的经历。剧作《恐怖之夜》刊登在 1923 年 4 月 4 日至 13 日的《晨报副刊》上。内容讲述四个装成新闻记者的年轻人赴莫斯科途中的遭遇。这种情景和发生的事在当时中国的戏剧中是不多见的。小组负责人镜霞的形象很富于魅力,在遇到险情时他自然感到害怕,但他对同志的责任感、对生病同伴的关心、对罪恶与暴力的不共戴天,给予他力量和果敢精神。机智勇敢和智慧帮助他从中国土匪手中解救出伙伴来。红军军官和女战士玛丽亚怀疑他们是间谍,但是在搜查中搜出大学生沙菲藏在鞋里的社会主义青年团发给他们的证件。镜霞以为站在他们面前的是白军,于是谓叹道:"好!几分钟前,几分钟后,不死于红胡子之手,就死于反对党之手。横竖今天这里是过不去了!好!一千九百二十一年,我就只活了二十四岁,这也够本了!为了我的信仰,甘心葬身于冰天雪地的西伯利亚!我故乡的母亲!我祖国的恋人!别了!永不别了!就此永别了!我未来的同志!……继续……"(《文集》卷 9,第 46 页)曹的话还没有说完,红军战士们兴高采烈地拥抱起中国的朋友们了。

张德美 1988 年在《曹靖华对我国早期话剧的贡献》一文中写道:"剧本所反映的正是作者的亲身经历,1921 年春,曹靖华、蒋光慈、韦素园等奉中国社会主义青年团的派遣赴苏联学习,在西伯利亚险遭不测,因此,不论是对苏联内战时期环境气氛的渲染,还是对戏剧冲突本身的描写,都是那样真实生动,丝丝入扣,毫不做作。在早期现实主义话剧中,这是较早出现的不多见的具有明确革命意识的作品。"(《曹靖华纪念文集》,第 257 页,河南教育出版社,1992)文章作者在曹创作的剧本中看到了契氏传统的有益影响,曹深谙契氏传统,并通过翻译介绍给中国读者。张德美阐述了 1919 年五四运动时期易卜生戏剧对中国话剧三影响,"他的探讨社会问题的剧本……使得五四话剧在不同程度上都呈现'社会问题剧'色彩。正是在易卜生影响方兴未艾时,曹靖华为五四剧坛请来了另一位不同于易卜生的'老师'——契诃夫。通过剧本翻译将契诃夫新的戏剧观念和美学原则介绍给中国剧作家,通过我国现实主义话剧创作跳出'情节戏'模式而走向注意反映普通人日常生活、塑造人物性格的新的艺术高度。"(《曹靖华纪念文集》,第 25 页,河南教育出版社,1992)契氏戏剧对中国观众确实是一个新发现。著名戏剧家曹禺在 1936 年评论《三姊妹》时写道:"这出'伟大的'戏里没有一点张牙舞爪的穿插,走进走出都是活生生的人,有灵魂的活人……剧本抓牢了我的魂魄,使我沉醉……我真心实意地拜一位伟大的老师。"(大意)(《论曹禺创作及剧作》,卷 2,第 318 页,彼得罗夫著,莫斯科,1960)了解契诃夫的戏剧对曹禺、夏衍、田汉及其他中国著名戏剧家的创作大有裨益。

曹靖华以自己创作的具有崭新内容、主题、思想和登场人物的剧本《恐怖之夜》丰富了 1919 年五四运动之后的中国话剧艺术。张德美最后总结道:"曹靖华译契诃夫的喜剧作品,不仅为我国早期剧坛输送了真正的喜剧观念,而且也展示了戏剧的丰富性和高超技巧,这对我国喜剧创作从初期的幼稚中走出来,起了很好的示范作用。他的话剧翻译,为我国贫瘠的剧苑运来了高效艺术肥料,有力地促进了中国话剧艺术的成长。"(同上,第 262 页)

曹在 1980 年 1 月致林浣芬的信中写道:"我参加'文学研究会'大约在 1925 年,在商务印书馆出版了我译的柴霍甫多幕剧《三姊妹》之后。"(《文集》卷 11,第 118 页)"文学研究会"成立于 1921 年,宗旨是"团结以艺术为生活为原则的作家。它的活动的首要方针是向中国读者介绍世界文学和支持翻译工作。"

1925 年曹成为另一个文艺团体"未名社"的成员,该团体是同年秋鲁迅与几个从事文学翻译工作的青年韦素园、韦丛芜、李霁野、台静农等共同组织成立的。鲁迅解释说,所谓未名"并非'没有名目'的意思,是还没有名目的意思,恰如孩子的'还未成丁'似的。(《鲁迅全集》第六卷,第 64 页)曹在 1980 年回忆说:"未名社开始有几位成员,所谓成员者是指当时除鲁迅先生出二百元之外,其余每人各出五十元,作为'公积金'并'立志不作资本家的牛马',用自己的钱,自己的书。有钱就印,无钱搁起,书的内容形式都认真负责,丝毫不苟。从写文章到跑印刷厂,事无巨细,亲自动手。"(《文集》卷9,第456页)未名社出版了二十余种翻译作品。1924—1927年大革命时期,鲁迅向他的战友们建议要特别注意年轻俄罗斯的文学作品。

1925年李大钊出席共产国际第五次代表大会后由莫斯科回到北京。他对曹说要曹和韦素园一同赴开封担任国民第二军苏联军事顾问团的翻译。在开封曹结识了随苏联顾问团来华担任翻译的王希礼(1899—1937)。王希礼师从阿列克谢耶夫院士(1881—1951),精通具有数千年历史的中国文化,热切盼望了解中国当代生活及新文学。一次,曹介绍他阅读鲁迅的《阿Q正传》。几天后,王希礼遇见他的中国朋友曹,惊叹说:"了不起呀!这是世界第一流大作家呀!"王希礼着手将《阿Q正传》译成俄文,并通过曹与鲁迅取得了联系,请鲁迅为俄译本作序和小传。1925年5月8日鲁迅收到信后,第二天就复信。他在日记中记载:夜作《阿Q正传》序及《自叙传略》"。(1925年5月29日)又载:"下午以《阿Q正传·序》《自叙传略》及照像一枚寄曹。(6月8日)"(《飞华之路》,第52页,陕西人民出版社,1988)由此可见曹协助俄国汉学家与杰出中国作家建立了联系,经常商讨翻译中遇到的难题,使王希礼得以尽快完成他的翻译工作。

曹自己竟然也抽出时间从事文学翻译。王希礼送给他一本爱伦堡1923年夏写的著名小说集《十三个烟袋》。"此书全本或部分多次再版,几乎被译成各国文字。小说的引人入胜、寓意深长的特点及文学技巧使它获得无与伦比的成功。"(《爱伦堡》8卷集,第626页,莫斯科,1990)曹翻译介绍了《康穆纳尔的烟袋》,小说描写泥瓦匠路易·吕在巴黎公社时期保卫炮台的故事。写战斗结束后三名公社社员和一个泥瓦匠的四岁儿子波尔。管自来水的人送给波尔一个用粘土烧制的新烟袋,还送给他一小块肥皂,他就吹肥皂泡玩。国民军中尉挂出白旗,康穆纳尔决定议和了。但他们都被抓住,立刻被枪毙了。波尔也被抓住了。中尉的未婚妻来看这些俘虏。波尔学着父亲的样儿,把烟袋噙到嘴里,说:"我是一个真正的康穆纳尔。"姑娘大喊:"我想,他们生来就是杀手,应当斩草除根,就连刚出生的孩子也不留。"她想起一次在布隆树林的市场里闲逛时,看见一个棚子里吊着用粘土烧制的烟袋,其中有几个在飞快地旋转。年轻人用枪瞄准这些烟袋,她没有打中烟袋,却把孩子打死了。一个康穆纳尔收藏了波尔的烟袋,后来把烟袋送给作者,作者有这样一段描述:"我常常把这支烟袋放到我气愤得发干的唇上。烟袋里有天真烂漫的孩子的呼吸的气息,说不定还有早已破碎的肥皂泡的痕迹。可是被世界上最美丽的城市巴黎的美丽的女人加布里埃尔·德邦尼埃枪杀的小波尔·吕的这个玩具却告诉我一桩深仇大恨。当我把烟袋放到嘴里,就常常想,如果见到白旗千万不要像穷苦的路易·吕那样放下武器;为了生活的欢乐,千万不要把还有三个工人和一个吹肥皂泡的孩子坚守着的圣文森赛防线拱手交给敌人。"(《文集》卷5,第285—286页)在爱伦堡这篇小说中,曹发现了充满诗情画意、抒发情怀、洋溢激情的契氏作品所具有的特点,并高度评价爱伦堡独具匠心能将这些特点与暴戾自私、残酷无情、草菅人命结为一体。在中国各民族与各种社会势力的混战中,曹相信他译介这篇小说能够帮助读者识别精美外衣下包藏的心灵空虚和无情。生活本身也促使曹唤起他的同胞同仇敌忾与军阀和外国干涉者作斗争,这种情绪唤醒国民摆脱社会的通病,——"国民的盲从",人们或出于怯懦无能,或出于愚昧无知,看不透统治者或外国干涉者的行径。

被一个娇纵的阔太太夺去性命的四岁小波尔的形象,在中国读者中激起与鲁迅《狂人日记》同样的反响。小说《狂人日记》渴望看到世界摆脱人吃人的法规,主人公人道的理想幻灭,他呼吁:"没有吃过人的孩子或者还有? 救救孩子!"爱伦堡的小说给鲁迅深刻印象绝非偶然。鲁迅在1928年2月26日致李霁野的信中写道:"《烟袋》已于昨夜看完了,我以为很好,应即出版。但第一篇内有几个名词似有碍。不知在京印无妨否?"(《鲁迅书信选集》,第181页,人民文学出版社,1967)

这篇翻译小说发表在1927年《小说月报》第7期。曹在1980年回忆时,写道:"'康穆纳尔'也罢,'公社社员'也罢,当年一律都是犯禁的字眼,用了就足以招讨。这样,只有用平平安安、不带危险色彩的《烟袋》了。"(《文集》卷9,第455页)

1926年7月10日,《莽原》杂志第13期发表了曹译的绥拉菲摩维奇的《两个朋友》。1926年5月1日他从俄文译完波兰作家显克维支的小说《乐人杨珂》,在10月10日《草莽》第19期上刊登。曹很喜欢《莽原》这个刊物,鲁迅编选了优秀的短篇创作和翻译作品。"那几年我在北伐战场上跑来跑去,我很喜欢看《莽原》,每到一个地方都要到书店看看有没有,有,就买来看,一口气读完。"(《文集》卷9,第467—468页)"《莽原》也被扣留过一期……因为里面有俄国作品的翻译。那时只要一个'俄'字已够惊心动魄。"(《鲁迅书全集》,卷3,第482页,人民文学出版社,1981)

1925年3月,国民第二军统领胡景翼病逝(实为遇刺身亡,译者注)

他的后继者岳维峻未能得到当地百姓的支持。反动军阀吴佩孚的军队利用这一有利事态，统领三个纵队的兵力攻打河南。岳维峻的队伍于2月26日被迫放弃开封。国民第二军迅速瓦解，曹被迫出逃。他经徐州达到上海，由上海乘船到天津，旋即来到北京。

1926年3月18日北平大学生发动三万人的游行，要求制止日本干涉，推翻段祺瑞反动政权。当局下令对游行队伍进行弹压。在百余名被枪杀的大学生中有一名女生，她听过鲁迅的课，并不顾境况窘迫，订阅了全年的《莽原》杂志。鲁迅在《纪念刘和珍君》一文中写道："我目睹中国女子的办事，是始于去年的，虽然是少数，但看那干练坚决、百折不回的气概，曾经屡次为之感叹。至于这一回在弹雨中互相救助，虽殒身不恤的事实，则足为中国女子的勇毅，虽遭阴谋诡计，压抑至数千年，而终于没有消亡的明证了。倘要寻求这一次死伤对于将来的意义，意义就在此罢。苟活者在淡红的血色中，会依稀看见微茫的希望，真的猛士，将更奋然而前行。"（同上，卷3，第277页）

而在"前行"去迎接新的考验的人们中就有曹。1926年夏初，他由北京赴南方广东，那里曾是民族解放运动的中心。曹在那里担任由苏联来华的加伦将军（军事将领布留赫尔的化名）的翻译。1926年7月1日国民革命军开始北伐。曹随军一直打到长江。9月7日攻占汉口、汉阳，准备攻打工事坚固的武昌城，在为进攻进行准备时，曹结识了郭沫若（1892—1978）。郭在1921年创建了"创造社"，是著名的诗人、戏剧家和政论家。作为政治部的成员之一，郭领导对士兵的宣传工作，10月10日占领武昌城。国民革命军的节节胜利，人民群众积极性的高涨，使国内反动势力和帝国主义分子魂飞魄散。以蒋介石为首的国民党右翼势力破坏统一战线，实行反革命政变，在全国展开大屠杀。以李大钊为首的25名共产党人在北京被处以绞刑。1927年7月15日叛变革命的汪精卫下了两道血腥的命令：宁错杀一千无辜，不放过一个共产党员。

根据党的决定，许多积极分子奔赴苏联。曹于是再次来到莫斯科。

在莫斯科和列宁格勒的岁月

1927年秋，曹携妻尚佩秋（1901—1990）来到莫斯科。尚出生在河南罗山县，在开封和北京求学，后来在小学教书。两个年轻人于1925年初结为伉俪。出国前他们已经有一个两岁的女儿，他们不得不把女儿留在河南的外婆家里。

曹在莫斯科待了一段时间,在孙中山中国劳动大学工作,该校于1928年更名为中国劳动者共产主义大学。曹讲授中国文学史课程,帮助学员学习俄语,还担任教材翻译。1928年秋,曹迁居到列宁格勒,至1933年8月初,一直在列宁格勒大学及列宁格勒东方语言学院任教。列宁格勒大学自1855年建立东方系开始,就一贯主张必须聘请精通所教语言的人授课。列宁格勒权威汉学家 B. M. 阿列克谢耶夫根据 Б. А. 瓦西里耶夫的举荐聘请曹来校任教。Б. А. 瓦西里耶夫曾到过北京、杭州、上海,在极其复杂的政治环境中做过负责政治的工作,经受过考验,于1928年离华回国。(《七颗耀眼的火花》,第418页,班科夫斯卡娅著,圣彼得堡东方学研究所,1993)B. M. 阿列克谢耶夫非常重视教学上的完善。他认为大学教育应当在很大程度上增加现代通行的汉语和介绍中国当代生活的课程,因此在列宁格勒东方大学培养有实地经验的汉学家是具有一定的科学性的,基于这种思想,院士寄希望于他的得意门生:"Б. А. 瓦西里耶夫确立读报和朗读范文,这可是一门大学问。唯独他亲眼目睹过当代中国的……他在中国的苏联机构任职,有机会长时间观察中国,我们中间,我的西方同行们中都没有一个人能像他那样,因此作为教师有充分的机会开阔眼界也是不容忽视的。"(《东方学》,第223页)

在实施既定的教学大纲方面,曹给予列宁格勒汉学家们特殊的帮助。汉学家彼得罗夫写道:"在一二年级的教学大纲中,曹规定了朗读报纸和简单的文章,以便练习发音,训练听懂课文内容,同时还练习楷书,以便正确掌握书写规则和汉字的比例关系。二年级曹加入简易课文的复述和自由讨论。三四年级仍沿用这种教学方法,只是在教材和词汇方面都适当加深。除此之外,各年级的学生仍继续练习楷书。他们也练习行书,并阅读用不同字体写的汉语书信(如鲁迅书信)。"(《中国哲学在彼得堡—列宁格勒大学》,第51页,彼得罗夫著,圣彼得堡,1992)曹向同学们介绍中国当代作家的作品,讲述了国内复杂而悲惨的现状,分析了许多世纪以来的中国传统文化对新文化的形成所起的作用。

1932年曹在给叔伯兄弟曹联捷的信中写道:"列宁格勒大学规模极大,比我国北京大学约大两三倍。学生有七八千人。苏联的学术中心就在此,在列宁格勒,最高学府的科学院(即大学院)亦在此,在列宁格勒。我决心以毕生精力用到学问上。学问真是无穷!胡子长七八寸长的大学院研究员,终日埋头到研究室里,比学生还用功!这是真正研究学问的精神！走遍中华难见一二！无怪乎他们都还在研究室里、公园里他们巍巍的铜像已经竖立起来了。你近数年来,一定得到不少的经历实际的学问,望黾勉挺进！"(《文集》卷 11,第 327—328 页)在同一封信中曹描述了这座使他赞叹的城市:"夏季当北回归线北回时,天即慢慢长起来,最长的时候(大约有三四个礼拜)就不黑了,这就是白夜。这是极美的有诗意的景致。关于白夜,诗人有歌咏的,小说家有描写的,美术家有绘画的,尤其是在白夜中站在涅瓦江上望美景。"(《文集》卷 11,第 327 页)

曹也来到列宁格勒近郊。1932 年 7 月他在给胞弟曹葆华的信中提到他在别墅的情况:"我在此租了两间房,有花园,周围都是海一般的绿林,空气真好极了,饮食等物质生活也好得很,可算是享福了……现在又到白夜时候了,纯是白天,没有黑夜,不看钟表就不知朝夕。大约日出日入时,丛林里到处画眉都此唱彼和地热闹起来。"(《文集》卷 11,第 320—321 页)当然中国家庭不习惯北方的气候。1931 年 8 月 16 日曹在致鲁迅的信中写道:"我们月底回城去。到苏逸达后,不知不觉已经整两个月了,夏天并未觉到,秋天,中国的冬天似的秋天却来了。中国夏天是到乡间或海边避暑,此地是晒太阳。"(《文集》卷 11,第 137 页)曹对亲友们说,尽管苏联政府尽力支付给外国专家优厚的薪俸,但生活依旧困难。曹夫妇和 1928 年出生、日后成为著名苏联文学翻译家的女儿苏玲,一家三口。食品凭证供应,室内很冷,因为劈柴奇缺。1931 年 2 月 24 日鲁迅自上海写信询问:"兄之劈柴,不知已领到否？ 此事殊以为念。"(《文集》卷 11,第 506 页)鲁迅在 1931 年 11 月 10 日的信中写道:"这里已经冷起来,那边可想而知,没有火炉,真是很为难的,不知道这种情形,大约要几年才可以脱出而得到燃料？"(《文集》卷 11,第 513 页)

曹顽强地承受着生活的艰困,继续执教,并从事研究工作。B. M. 阿列克谢耶夫邀请他参加了一个汉学小组,他们将从中文译成俄文的译稿与原文对照起来,对译者译得好的地方和典型的错误进行分析,解决文学翻译理论中的难题。曹饶有兴趣地向同学们介绍了 B. M. 阿列克谢耶夫的翻译经验,参与讨论用俄语表达文言体的中国古典作品及中国当代文学作品的各种方法。俄汉学家对曹的古汉语及现代汉语的精湛造诣,对他的博学多识和翻译才能给予高度评价,很乐于接纳他的意见和建议。曹是 1929 年列宁格勒"激浪"出版社王希礼译《阿 Q 正传》一书的见证人。王希礼是在开封开始翻译这部作品的。长期以来一直认为这是《阿 Q 正传》译成欧洲文字的第一个译本。但 1981 年戈宝权在《鲁迅在世界文学中的地位》一书中指出1926年有英、法译本问世,但鲁迅的俄译本"前言"却是1925年首次为外国读者写的。曹看到这部描写一个生活无着的中国汉子和社会旧风习的残酷无情的现实主义小说在俄罗斯大受欢迎,想到自己的祖国,曹陷入痛苦的深渊之中。他热切盼望用积极的翻译来拯救处于水深火热之中的同胞。

1928年5月18日曹写完短篇小说集《烟袋》的"前言",小说集于同年12月由北京未名社出版,收入11位苏联作家的作品。其中爱伦堡的《烟袋》、左祖利亚的《哑爱》、伊凡诺夫的《幼儿》、绥拉菲摩维奇的《两个朋友》、左琴科的《贵妇人》是曹于1924—1927年大革命时期在国内译的。翻译其余几个短篇时,他已在苏联工作。小说出版后,随即于1930年再版。译者在"前言"中向中国读者介绍说,十月革命后的十年中出现了不少描写年轻俄罗斯各方面生活的优秀作品。他介绍了一些长篇小说的特点,如雅科夫列夫的《十月》、德米多夫的《旋风》、富尔曼诺夫的《叛乱》《恰巴耶夫》、绥拉菲摩维奇的《铁流》、阿列克谢耶夫的《布尔什维克》、伊凡诺夫的《铁甲列车》、拉夫列尼约夫的《第四十一》,他认为"这些都是描写国内战争的最优秀的作品"。(《文集》卷10,第133页)对于描写革命年代农民命运的作家,曹列举了涅维罗夫及其作品《天鹅》《不走正路的安得伦》《女布尔什维克——玛丽娅》,及谢夫琳娜的中篇《肥料》。曹在序言中特别强调女作家用艺术手法深刻剖析了战争和破坏遗留下来的无依无靠的孩子们命运这一重要问题,这"在充满爱心的接近儿童心灵的谢氏的《两个朋友》《黄金似的童年》,尤其是她的代表作《犯人》中,如画一般地表现出来。(《文集》卷10,第134页)曹认为应当提到1921—1922年涅维罗夫的中篇《丰饶的城市——塔什干》、谢苗诺夫的《饥荒》、革拉特珂夫的长篇《士敏土》,曹在序言中写道:"作者在这里关于无产阶级能否用自己的力量去恢复已经破坏了的经济及工业问题,给了一个明确的答复。"(《文集》卷10,第134页)曹在综述苏联文学状况后写道:"说来实在惭愧得很,我没有能力、精神与时间,不能将苏联十年来的文学作品作系统地介绍,只能在十分繁忙的工作与学习中偷一点工夫译出这几篇短而又短的东西来。"(《文集》卷10,第134页)

1931年,专为居住在苏联境内的中国人出版中文读物的莫斯科中央出版局出版了曹译涅维罗夫的短篇《不走正路的安得伦》。1933年5月上海野草书局出版单行本,鲁迅为该书写了"小引",提供了有关作者生平及创作的资料。"对于译者,我可以不必再说。他深通俄文和忠于翻译,是现在读者大抵知道的。"(《文集》卷5,第401页)之后,《不走正路的安得伦》于1946年由冀南书店、1948年由华北新华书店、1949年由东北书店分别出版。

涅维罗夫的作品之所以吸引译者,很可能是这些作者中有与契氏短篇相似的地方。高尔基早在1915年就曾指出这一点。1920年涅维罗夫说过他的青年时代对他影响最大的是高尔基、契诃夫和科罗连科。1919年涅维罗夫在萨马拉(古比雪夫旧称)发表演讲,1922年发表论契氏创作风格的文章。在谈到契氏塑造人物性格的方法时他写道:"只寥寥数语,没有详细的描述,但你面前的人物个个栩栩如生,你能感觉到他们"(《契诃夫与苏联文学》,第89页,谢曼诺娃著,莫斯科,1966)。涅维罗夫的这个短篇细致入微的生活描写、富于鼓动性的形式和略带民间色彩的主题结合在一起,作者塑造了一个永不妥协的、完美的英雄形象——参加红军归来的安得伦。他当选为执委会主席,认为有必要改变农村生活的人为数不少。不久传来白军逼近、富人暴动、杀害积极分子的消息,作者展示了这一性命攸关的情势的深刻悲剧因素。"沉重的草屋顶把低矮的小茅屋压弯了。泥泞、粪土、贫困。全部生活——就是泥泞、粪土、贫困。父亲阻碍着,母亲阻碍着,每一座小茅屋都潜藏着愚昧无知的农民的恶意。不怜悯不行,怜悯也不行……我知道,该怎么办。战斗,只有战斗……(《文集》卷5,第393—394页)

鲁迅认为涅维罗夫是"善于描写崩坏时代的农村生活者之一。"(《鲁迅全集》卷7,第392页,人民文学出版社,1981)涅维罗夫小说中所能触及的问题,也正为中国读者和作家们所关注。比如,茅盾在短篇小说《泥泞》(1929)中淋漓尽致地展现了蒋介石叛变革命后农村生活的尖锐冲突。汉学家索罗金指出:"黄老爹被国民党兵无端枪杀只是因为他是村里唯一读书识字的人,因为他参加了农民协会。黄老爹的儿子痛骂刽子手的话意味着屈从和冷漠被仇恨和复仇所代替。"(《茂盾的创作道路》第83页,索罗金著,莫斯科,1962)茅盾的著名农村三部曲是由《春蚕》《秋收》《残冬》三个短篇组成。作者在三部曲中对揭示农民的贫困及思想意识的觉醒方面获得了更大的成功。蒋光慈的长篇《田野的风》写为自由和土地而斗争,写农民协会的活动,写群众情绪的高涨。叶紫(1912—1939)的天才小说《丰收》再现了农民财产与政治利益之间戏剧性的冲突和对改善生活道路的痛苦追求。洪灵菲(1901—1933)的中篇《大海》描写农民向自觉革命斗争的过渡。

鲍里斯·拉夫列尼约夫的作品引起曹的注意。拉氏的父亲是一名教师和地方自治局的工作人员，他培养了儿子对读书的兴趣，使儿子在家庭里受到了早期的启蒙教育，这些都给曹留下了深刻的印象。曹理解拉氏在社会动荡的年月选择自己立场态度时的动摇和疑惑。当拉氏将自己惶惶不安的心情告诉父亲时，得到的回答是："儿子，你要明白！……对于一个人最神圣的就是祖国和人民。而人民永远是正确的。即使在你觉得你的人民已丧失理智，正盲目地走向深渊，你永远也不要举双手反对你的人民。他们比你我都更聪明，在各个方面都比你我更聪明。人民具有深邃的智慧，即使面临深渊，也能找到出路。跟着人民走，跟着他们走到底！……而人民现在正跟着布尔什维克走，显然，现在摆在他们面前不可能有第二条路！"曹很重视拉氏在作出重大抉择之后，对复杂的社会现象反应敏感，并触及尖锐的问题。1929年5月曹写道："忠诚的革命的作家，'革命军事胜利的浪漫主义者'，'十月的浪漫主义者'，'十月革命的讴歌者'……这是拉氏在短期内，尤其是在他的《第四十一》《平常东西的故事》《风》等作品问世后在苏联文坛上遽然赢得的荣评。他是坚决走十月之路的作家。"（《文集》卷10，第136页）曹喜爱拉氏作品的风格，拉氏向往浪漫主义，赋予情节重要的意义。1932年11月11日拉氏在自传中写道："现在我给自己提出的任务是，保留内容的高度，不放弃浪漫主义道路，——在我们当今的条件下实现这一道路的方法并掌握对人物的、对我的同时代人的心理描写"。拉氏的创作经验对于中国作家在描写主人公心理特征时表现力的丰富，在独具匠心、引人入胜的情节构思手法的提高等方面都大有裨益。曹在1929年写道："苏联的作家我最喜欢的是拉氏。去年我曾计划译一本他的作品选。预订除本书所译之两篇外，还想译他的《风》《第七个旅伴》（即《第七颗卫星》——译者注）、《星花》《伊特尔共和国的崩溃》《蓝帽子》等。后来这些计划被繁忙的工作与学习打消得无影无踪了。今年暑假内倘使有半分可能，还想从他的《风》开始译。"（《文集》卷10，第145页）《风》的翻译曹最终未能如愿，但他译的《第四十一》和《平常东西的故事》却得到中国读者广泛的认可。"《第四十一》是去年在莫斯科译成的，那时正值我的女儿塔玛拉出生后不久，下课后，抱着孩子译东西，孩子哭了只得放下笔，抱着孩子在室内踱步，译书的情绪频频打断在孩子的哭声里，到列城后，曾经细心校改，但不知读者怎样，在我自己——也许是心理上的作用吧，总觉得文气没有《平常东西的故事》贯串些，翻译不是机器，尤其是译文艺作品，它要求的是与创作时同样的心

情!"(《文集》卷10,第145页)

曹在列宁格勒见到拉氏,拉氏特地为曹写了自传,并赠给他一幅照相。鲁迅在致李霁野的信中写道:"《第四十一》早出最好。上海的出版界糟极了,许多人大嚷革命文学,而无一好作。大家仍大印吊膀子小说骗钱,这样下去文艺只有堕落,所以绍介些别国的好著作,实是最要紧的事。"(《鲁迅书信选集》上卷,第218页,人民文学出版社,1967)1929年6月鲁迅的未名社出了《第四十一》,集子收入两个中篇,另一篇即《平常东西的故事》。同年该集子也在莫斯科中央出版局印行。此后《第四十一》多次出单行本:1938年上海良友图书出版公司,1942、1944年重庆生活书店,1949年2月大连光华书局,1958年北京人民文学出版社,1985年2月外国文学出版社先后出版。2000年由人民文学出版社出版了《第四十一》(内容包括刘开华译《风》《第七颗卫星》)。

曹在1929年版"后序"中写道:"女主人——马柳特卡,写得更加生动感人。"(《文集》卷10,第137页)曹引述了作者对人物的描写:马柳特卡"纤细得像岸上的芦苇一样的身材,棕色的头发花环似地盘在头上……一对调皮的眼睛闪着猫眼一般的光芒。"她特别爱幻想。译者很喜欢这些特点,他诠释说:"她最爱幻想,爱作诗,爱听故事。"(《文集》卷10,第137页)译者生长在一个具有几千年诗歌历史的国度,人们试图写诗,拉氏女主人公对诗歌的爱好是可以理解的,也佐证了她内心的特质。这个来自离阿斯特拉罕不远的小渔村的小姑娘不识字,诗写得不成功,这并不重要,想用诗来抒发自己的感受,这种尝试本身就引起中国读者的同情,他们中就有许多人曾尝试用诗歌来倾吐心声。4—6世纪中国创作了《木兰辞》,讲述一个姑娘代老父从军的故事。10年后木兰归故里,这时人们才发现军中的统帅竟然是一个女子。这就是歌颂妇女的传统方式。歌颂她们的才能与勇敢,甚至在军事题材中也巾帼不让须眉。小说戏剧中的女将军形象受到中国读者广泛的欢迎。因此用枪打死了四十个敌人的坚强勇敢的赤卫队队员马柳特卡的形象在中国读者中颇受欢迎。曹写道:"这个白党的'俘虏'与红军的'美女'于船破后,落到绝无人迹的荒岛上就经营起他们的幸福的'天堂一般的生活';那红光烛天的国内战争的野火,隔着碧蓝的阿拉尔海重重地包围着这绝无人迹的荒岛。这是何等庄严灿烂、夺人心魄的景片!"(《文集》卷10,第138页)。

在俄中两国头脑发热的进步青年中有时会有人认为革命活动与爱情冰火不容,应当把全副精力用来完成革命任务。拉氏略带讽刺意味地描述了在接受马柳特卡加入赤卫队时签下的保证:"不得照妇女那样生活,在劳动者彻底战胜资本家之前,不得生儿育女。"(《文集》卷 5,第 12 页)但是爱情却来到她面前,也来到被俘军官面前。军官要她一同逃往苏呼米,他在那里有一幢房子,他们可以与深奥的图书相伴,直至战争结束。"但马柳特卡是十月革命的'女布尔什维克的典型',她全身心地感受到革命是她自己的切身事业。她的意志坚决,阶级的觉悟、对于'穷苦无产阶级为自己的权利而斗争的事业'的忠诚,使她在爱情面前,不为爱人的甜言蜜语所动摇。"(《文集》卷 10,第 138 页)当敌人的小船驶近小岛时,马柳特卡想起了国内战争,想起了自己的使命,就举起枪将第四十一个——'她心爱的蓝眼睛的小傻瓜'打死了。她执行了她所奉的命令。"这样动人心魄的紧张情节,丰富而有力的戏剧动作,一层一层地在拉氏笔下写出来。"(《文集》卷 10,第 138 页)。

小说在中国找到了知音,促使他们思考社会变革时期遇到的棘手问题,并且对人们的命运作出艰难的抉择。在抗击日本法西斯战争的 1942 年,在《第四十一》及拉氏其他作品的单行本"序言"中,曹写道,这些作品在各个不同的地区出版了单行本,"这说明广大读者,尤其是战区以及敌后的战士们,对于富有滋养的精神食粮之需要迫切到何等程度!枪和书同他们的生命结成了不可分离的一体,在万不得已时,随身所带的任何东西,都可以遗弃,只有枪和书是不放手的;或则把它们带走,或则同自己的生命一同毁灭!为了现实的需要,把这些东西重印出来,倘使他们能突破重重障碍,越过万里山河,去伴着战士们手中的枪,那真是译者意外的喜悦了。"(《文集》卷 10,第 149—150 页)在 1958 年北京版《第四十一》"后记"中,曹写道:"这本小书当年在革命根据地不但被翻印,而且被改编成剧本上演。最近还被改编成通俗插图读物,在报刊上连载。尽管书中人物的某些方面,还在继续被读者争论,但它不是被读者遗忘的作品"。小说人物形象的丰富内涵及其多面性、情感的纷繁复杂、描写的跌宕起伏,在中国读者中有不同的理解,也就对故事情节和人物作出不同的评价,但毋庸置疑,拉氏的作品和中国当代的优秀小说一样都是真正的文学,阅读时要求对它进行思考,体验人物的感情,对特定历史条件下人物性格的复杂性和矛盾要抱有理解的愿望。

曹在 1979 年写给女儿的信中谈到他对陕西人民出版社准备印《第四十一》的意见。"是否可问博闻广识者的意见,以及看看陕社找的评论者的意见,再作最后决定。总之,我认为书是不坏的。书的最后,当出现阶级敌人时,她一枪将所爱的人打死。《第四十一》当年在革命中,起过好作用。依我看,好书应流通。"(《文集》卷11,第369页)

小说《第四十一》结束的一幕:马柳特卡"跪到水里,想把打碎了的死人头颅搬起来,她忽然倒在尸体上,颤抖着,脸上粘着红色的血块,伤心地低声哀诉起来:'我的亲人!我干了什么啊?你醒醒吧,我心爱的蓝眼睛的人哪!'"(《文集》卷5,第72页)一位俄罗斯当代评论家写道:"女主人公的行为从心理上分析是可以理解的,正确的。她战胜的不是庸俗的一时情感冲动,而是往往能战胜死亡的自己的初恋。但是在这里她却被征服了。她的泪水更显示出她的人道精神。她的痛苦和失措是读者可以理解的。他们看到的不是世俗的公式化,而是真正的人类的情感。"(《Б. А. 拉夫列尼约夫》,第95页,莫斯科,1993)

《平常东西的故事》1930年在莫斯科出版单行本,1942年又由桂林三户图书社出版。小说还被收入曹译的其他小说集中。1929年曹在谈到拉氏的艺术手法时,生动而又有说服力地举出国内战争时期不同营垒的人物形象。译者断言拉氏在塑造暴虐的敌人形象的同时,也塑造了一些另类白党的典型。他们"本身纯洁、豁达、豪侠,有自己的主义,虽然这主义荒谬绝伦,引他向绝路上走;这样的人物可以拿《平常东西的故事》中杜曼诺维奇上尉做代表。"(《文集》卷10,第139页)

从事地下工作的奥尔洛夫和一系列重大事件目击者杜曼诺维奇之间在精神上、道德上的较量基于社会上各种势力的冲突和各种思想体系的斗争。译者在中译本序中要读者注意审理员与临刑前的奥尔洛夫的最后一次会面。杜曼诺维奇想减轻这个布尔什维克的痛苦,向他提供毒药。曹在序言中引用了奥尔洛夫的整段对话:"您永远也不会明白!但这都是多么平常东西!我破坏了党交给我的工作,我现在应当以我之死去改正我的错误……当我被处决的消息公诸于世之后,将对你们腐朽的世界带来又一个打击。它将激起冲天怒火,为我复仇。如果我无声无息地死在这里,人们一定会说我奥尔洛夫不会做党交给我的工作,说我害怕被绞死,所以像一个怀孕的女大学生一样,服毒自杀了……我活着为党,也将为党而死。你瞧,多么平常的东西!"曹指出:"作者在奥尔洛夫生命的最后几分钟里,用奔腾澎湃的想象写出武士的不屈不挠、高尚纯洁的性格,穿插着如此惊目的豪侠的情节。"(《文集》卷10,第143—144页)拉氏似乎在向曹证实,甚至连敌人也承认革命者奥尔洛夫精神上的伟大。"懂了,'杜曼诺维奇平静地说我希望有朝一日我要为我的事业而死的时候,我也能像您这样坚定'。"(《文集》卷 10,第 143—144 页)拉氏在小说中引述了奥尔洛夫的个人资料:"奥尔洛夫·德米特里,1906 年入党。狂热分子,为人异常沉着勇敢。异常危险的煽动分子,廉洁自奉。"(《文集》卷 5,第 121 页)通过俄共(布尔什维克)奥尔洛夫的形象,曹认识了为人民幸福而无私投入战斗的自己的同胞们。如 1925 年赴莫斯科留学的李翔梧(1907—1935),曹介绍他认识了刘志敏(1904—1935),两个年轻人结为夫妇。1929 年李翔梧被派往中央苏区,在战斗中牺牲。妻子被国民党俘获,并被杀害。1985 年 2 月 1 日曹写道:"婚后不久,党派他们回国工作,被反动派杀害。他们为革命牺牲了。"(《文集》卷 11,第 91 页)和这样的年轻人交往的经验帮助曹在翻译《平常东西的故事》时捕捉布尔什维克奥尔洛夫性格和行为的心理特点,找出符合拉氏主人公形象的汉语语汇和表达方法。

1930 年 1 月 10 日曹译完《星花》。这篇小说是 1923 年拉氏在塔什干完成的。小说写中亚白寺附近的一名 23 岁的红军战士德米特里·利特维年科和米里阿姆的爱情故事。米里阿姆 13 岁时就嫁给当地豪绅做第三房太太。丈夫得知她和德米特里的私情之后痛打了她一顿,她就跑到红军那里去了。红军指导员开导毛拉说:"这个女子爱上我们的红军士兵。这是她自己说的。谁也不能强迫她去同她不爱的人共同生活。我们不能把女人交出来,我们要送她去塔什干。"(《文集》卷 5,第 451 页)可大财主和他的手下还是把米里阿姆刺死了,把德米特里也枪杀了。1927 年乌兹别克电影制片厂根据小说的故事情节拍摄了影片《财狼拉瓦塔》,获得极大的成功。曹的译文 1930 年在莫斯科初版,在中国长期未能出版,直至 1936 年上海良友图书出版公司才得以印行,之后,1943 年 9 月由重庆东方书社、1946 年 10 月由太原新华书店出版。曹在 1943 年版"后记"中写道:"教民的风习,士兵的诚朴,异乡的情调,均写得十分出色,非把它一气读完是放不下手的。"(《文集》卷 10,第 190—191 页)

曹在列宁格勒热切关注着中国政局和文坛的变革。鲁迅自 1927 年 10 月初即居住在上海,领导紧张的社会政治活动和创作活动。曹始终未间断与鲁迅的联系。1928—1930 年对当代文学发展道路及其所赋予先进文艺工作者使命的争论结果,确定有必要组织统一的文艺联合会,于是 1930 年 3 月左翼作家联盟成立了,加入左联的有鲁迅、茅盾、蒋光慈、郁达夫等。左联的任务之一,即翻译出版年轻俄罗斯的作品。1930 年鲁迅草拟了一套包括十数部苏联作家作品的丛书。其中有法捷耶夫的《毁灭》、雅科夫列夫的《十月》(当时已译出)、伊凡诺夫的《铁甲列车》、绥拉菲摩维奇的《铁流》、肖洛霍夫的《静静的顿河》、富尔曼诺夫的《叛乱》、革拉特珂夫的《火焰驹》、卢纳察尔斯基的《浮士德与城》和《解放了的堂吉诃德》。早在1929年11月6日鲁迅在致李霁野信中即写道:"有寄靖兄一笺,托他一些事情,不知地址,今寄上,希兄转寄为荷。"(《飞华之路》,第73页)信中提到的是约译绥氏的长篇巨著《铁流》。曹兴致勃勃地投入了译事。他和鲁迅同样坚信在当时条件下向中国舆论界介绍《铁流》这样一部情节非常紧张、激励广大群众投入创造历史性业绩的长篇小说是有趣而且有益的。译者也被小说的艺术风格所吸引,风格的特点之一就是汲取了契氏的创作经验。绥氏于1920—1930年间解释说:"我向契氏学习写作","经典作家中,我的老师主要是托尔斯泰,还有契诃夫","契氏对我有影响"。(《绥氏7卷集》卷7,第443—444页、第617页、第620—624页,莫斯科,1959—1960)谢曼诺娃强调指出:"《铁流》中有一个革新的创举,——那就是在运动状态中来展示团结一致、但又各不相同的人民大众,在革命觉悟的提高中展示他们,描写塔曼军在春风得意时和'稀松平常'时的生活和战斗,用作者自己的话说,他向契氏学习写实的表现手法、构思的明晰、令人信服的素材布局、景物描写的技巧和简练。"契氏掌握惊人的才艺,三言两语就能勾勒出一幅完整的画面。"在《铁流》中我竭力效法他,像他那样,可能更紧凑、更准确……比如描写海——我举出两三个特征,但我认为是最典型的,好让读者一下子就记住。"(《契诃夫与苏联文学》第116页,谢曼诺娃,莫斯科,列宁格勒,1966)苏联文学的模式多少受契氏诗化的影响。曹特别注意到这一点,他从一开始翻译活动就被契氏的艺术魄力所吸引,他不可能不重视契氏对当代俄罗斯文学的任何影响。

在绥氏的艺术风格中,曹也发现了中国传统文学所熟悉的特点。用艺术手段创作革命新时期的史诗,关于这一点,曹想到了描写中世纪英雄历史的著名长篇小说——施耐庵(1296—1370)的《水浒》和罗贯中(1330—1400)的《三国演义》,"在一定程度上具有史诗的意义。"(梅列津斯基语)绥氏甚至有意回避,对主人公不作复杂的心理分析,而是首先揭示他们在冲出敌人包围实现革命斗争胜利这一主要目标时紧张生活中的思想和感受。绥氏写道:"在《铁流》里,我从群众中挑选出少数几个主人公,并把他们推向前台。我竭力从不同角度来揭示他们;把他们放在不同的环境里,处在和其他人不同的关系中,在不同的事件里、不同的环境下、和不同的人的冲突中来展示他们。而每次'场景的变换'都是作品发展的需要。"(《绥氏 7 卷集》卷 7,第 59—60 页)这种写作方式,曹并不陌生,因为在小说《水浒》和《三国演义》中也没有揭示主人公们的内心世界,甚至没有描述他们的感受。小说中人物的道德品质主要只能靠他们的行为去判断。他们各自处在不同的环境中,陷入和其他人物之间复杂的关系里,这样他们的性格就得到更充分的展示。《铁流》这部史诗的某些特点很贴近中国读者的审美情趣,因为他们不仅从小就熟悉这些出版的古典图书,而且从市井说唱中也熟悉了它们。这也是曹着手加紧翻译的另一个动力。曹回忆说:"隆冬,我在室内穿着大衣,戴着皮帽,北极熊似的……在工作之余,去额外加工赶这项工作。"(《文集》卷 10,第 177 页)曹于 1931 年 5 月 1 日译完《铁流》。由于必须将译稿寄往上海,而当时作为苏维埃国家与中国之间的邮路多舛,同时这部革命小说的译稿也可能被中国官员查扣,因此曹将译稿复写六份,通过不同途径,包括委托旅居比利时和法国的朋友,转寄鲁迅。1931 年 6 月 13 日鲁迅在日记中写道:"晚得靖华译稿一本。"(《文集》卷 10,第 509 页)然而当时对左翼作家的压迫吃紧起来,神州国光社撕毁了与译者们的旧约。鲁迅写道:"这并不是中国书店的胆子特别小,实在是中国官府的压迫特别凶。"(《文集》卷 1,第 209 页)但鲁迅并没有放弃希望。1931 年 2 月 24 日,他在寄往列宁格勒的信中写道:"此时对于文字之压迫甚烈,各种杂志上,至于不能登我之作品,介绍亦很难。……但兄之《铁流》不知已译好否? 此书仍必当设法印出"(《文集》卷 11,第 506 页)。

尽管小说的出版遇到困难,曹仍以高度负责的态度对待译稿。他在 1931 年 5 月 30 日致函告知小说已译完时写道:"完后自看一遍,觉得译文很拙笨,而且怕有错字、脱字,望看的时候随笔代为改正一下。"(《文集》卷 11,第 135 页)曹还补充说,打算将原本的注释和作者的一篇《我怎么写〈铁流〉的》译出来。在 1931 年 7 月 28 日的信中他告知鲁迅,已照不久前经作者亲自修正的第 6 版《铁流》译出,并于 7 月 16 日将"正误"数页寄沪,要求在译稿上改正。1931 年 8 月 16 日信中译者感到不安,不知鲁迅是否收到作者自传。9 月 1 日曹又致函鲁迅,告知已于日前寄出 1918 年夏秋塔曼行军图及从《绥氏全集》第 1 卷拍下的三幅照片。译者还向绥氏请教了原文中没有加注的几处乌克兰语。曹在致鲁迅的信中写道:"翻译时……每一个字要问过几个精通乌克兰语的人,才敢决定,然而究竟还有解错的,这也是十月后,作品中特有而不可免的钉子。现在依作者所注解,错的改了一下,注的注了起来,快函寄奉。如来得及时,望费神改正一下，否则，也只好等第二版了……"（《文集》卷 11，第 138—139 页）。

曹与鲁迅关于《铁流》信札的来往至少也有二十来次，有许多信都丢失了，从保存下来的信中可以看出他们在出版这部小说，对读者何等负责，他们竭力做到使译文最准确，富于表现力，并附入有关资料。鲁迅亲自拿钱，用一个实际并不存在的"三闲书屋"的名义印行了《铁流》。这里的所谓"三闲"是指译者曹靖华、完成该小说编辑出版的鲁迅和翻译《铁流》长篇序文的瞿秋白。曹本打算自己翻译这篇长文，但由于繁重的教学工作，挤不出时间来。1931 年鲁迅将出版的一千册书交到一个日本朋友的书店，很快就销售一空。1933 年 3 月 20 日曹在列宁格勒写了《到赤松林去——访〈铁流〉作者》一文，发表于 1933 年 7 月《文学》杂志第 1 期。曹在文中讲述了他和绥氏在别墅会面的情景，还把鲁迅从上海寄来的两部《铁流》中译本赠给绥氏。（《文集》卷 10，第 272 页）1932 年 6 月 24 日鲁迅致信曹告知《铁流》在北平有翻版了，坏纸错字，弄得一塌糊涂。（《文集》卷 11，第 519 页）当局没收了这批书。1933 年上海光华书局出版了《铁流》，"并已售完。"（鲁迅 1933 年 2 月 9 日致译者信，《文集》卷 11，第 525 页）但第二版被禁止销售。同年《铁流》中译本在海参崴出版，有小部分流入国内。官府加紧搜查，但并未能断掉小说流入中国读者手中的渠道。1938 年 7 月上海生活书店出版了《铁流》，之后小说中译本又在解放区的多个城市出版。建国后，1951—1973 年北京人民文学出版社印行了近十次。《铁流》并于 1972、1978 年两次在香港三联书店出版。1956 及 1971 年曹对译文进行了仔细的校改。

20 年代末，鲁迅醉心于木刻，他认为木刻是一门适合当时中国国情的艺术。（《鲁迅与木刻》，第 8 页，陈烟桥著，莫斯科，1956）鲁迅在准备出版《铁流》时，偶然看到俄罗斯《版画》杂志上刊登的比斯克列夫为《铁流》作的插图就即刻给曹写信，表示想把插图印入译本。因毕氏地址有变动，曹遍访两年，一无所获，最后不得不通过苏联美术家协会和绥氏的帮助才找到木刻家。之后，曹专程去莫斯科会见毕氏。曹注意到木刻画标着高价，但木刻家却对他说，这些都无偿赠送。"鲁迅先生，我们知道，是苏联人民的可靠朋友，你们的目的、用意，我全明白。那比任何金钱都珍贵。"（《文集》卷 9，第 191 页）鲁迅在 1936 年 2 月 17 日《记苏联版画展览会》一文中写道："至于毕斯凯莱夫，则恐怕是最先介绍到中国来的木刻家。他的四幅《铁流》的插图，早为许多青年读者所欣赏。"（《鲁迅全集》卷 6，第 482 页，人民文学出版社，1981）

曹不论在任何情况下,每周必光顾列宁格勒的书店,他已是书店的常客。工作人员将西方和俄罗斯出版的版画和美术画册为他预留下来。曹倾其所有购置图书,然后打包裸寄给鲁迅。鲁迅的话足资佐证:"……两卷木刻又寄来了,毕斯凯莱夫十三幅,克拉甫兼珂一幅,法复尔斯基六幅,保夫理诺夫一幅,冈察罗夫十六幅;还有一卷被邮局所遗失,无从访查,不知道其中是那几个作家(即木刻家——靖华注)的作品。"(《鲁迅全集》卷7,第413页,人民文学出版社,1981)1933年11月25日鲁迅日记载:"得靖华信,并苏联作家五十六幅"(《文集》卷11,第532页)1933年11月25日寄往列宁格勒的信中写道:"19日信收到。寄来的书,我收到过三包,但册数不多,仅精装高氏集四本、演剧史、巴甫连科小说、沙吉娘日记、绥拉菲摩维维奇评传各一本及零星小书七八本,这是十月中旬的事,此后就没有收到了。"(《文集》卷11,第535页)

曹在离列宁格勒前,一次会见了五位美术家,他们是德·密特罗辛、谢·莫察罗夫、阿·希仁斯基、尼·亚历克舍夫、谢·波查尔斯基。曹请每人写了一篇小传,这些小传末尾都留下同一日期:"七,三〇,一九三三。"曹寄来的十一篇美术家的小传和木刻都收入鲁迅1934年编的版画集《引玉集》中,在日本印制。鲁迅在"后记"中写道:"但这些作品在我的手头,又仿佛是一副重担。我常常想:这一种原版的木刻画,至少有一百幅之多,在中国恐怕只有我一个了。而但秘之匣中,岂不辜负了作者的好意?况且一部分已经散亡,一部分已遭兵火,而现在的人生,又无定到不及蕣上露,万一相偕湮灭,在我是觉得比失了生命还可惜的。"(《鲁迅全集》卷7,第414页,人民文学出版社,1981)

曹协助鲁迅冲破了对俄罗斯的新闻封锁,将邻国的生活与文化介绍到中国来。他从列宁格勒将插图本《死魂灵》《聪明误》《俄罗斯神话故事》《一千零一夜》、长篇小说《城与年》等等,寄往上海。1931年12月28日鲁迅在复信中提到长篇小说《毁灭》"译的时候和印的时候,颇经过了不少艰难,现在倒也退出了记忆的圈子外去,但我真如你来信所说那样,就像亲生的儿子一般爱他,并且由他想到那儿子的儿子,还有《铁流》,我也很喜欢。这两部小说,虽然粗制,却并非滥造,铁的人物和血的战斗,实在够使描写多愁善感病的才子和千娇百媚的佳人的所谓'美文'在这面前淡到毫无踪影。不过我也和你的意见一样,以为这只是一点点的胜利,所以也很希望多人合力的更来介绍,至少在今后三年内,有关于内战时代和建设时代的纪念碑的文学书八种至十种……加上分析和严正的批评,好在那里,坏在那里,以备对比参考之用,那么,不但读者的见解,可以一天一天地分明起来,就是新的创作家,也得了正确的师范了。"(《鲁迅全集》卷4,第414页,人民文学出版社,1981)1931年开始要在中国翻译出版苏联的新作品,这个梦想实现起来越来越困难了,但是鲁迅和曹并没有就此中断译介工作。

曹在列宁格勒非常注意苏联戏剧的发展。1932年他译完吉尔尚的剧本《粮食》,故事描写复杂的农村生活,揭示农民心理,探讨了种种威逼和强制的手段。鲁迅1932年12月28日致曹的信中写道:"《粮食》稿早已收到,尚未找到出版处,想来明年总有法想,因为上海一到年底付账期近,书店即不敢动弹也。"(《文集》卷11,第523页)当时千千万万中国农民投入革命斗争,检察官读过对政府有威胁的描写农村的俄罗斯剧本,就将鲁迅打算出版的这一书稿查禁了。1934年6月29日鲁迅在致曹的信中解释道:"《粮食》本已编入《文学》七月号中,被检查员抽掉了。"(《文集》卷11,第551页)《粮食》中译本1933年在海参崴首度问世。国内直至1937年6月才得以在《译文》杂志上发表。1954年上海新文艺出版社出版了中译的校订本。这一年译者又将注意力放到这个剧本上是因为中华人民共和国建立后,文学增强了对农村生活和农民命运根本转变的关注。周恩来在1949年7月在北京召开的全国文学艺术工作者代表大会上说:"我们依靠了伟大、勤劳、勇敢的中国农民,这才有今天的胜利……尽管农民有他们落后的方面,要待我们耐心地改造,然而他们的勇敢、勤劳、艰苦朴素的本质是值得我们歌颂的,值得我们记录和宣扬的。"(《周恩来论文集》,第16页,人民文学出版社,北京,1979)50年代初创作出不少反映农村结构和农民思想意识中新与旧的斗争的话剧。话剧《春风吹到诺敏河上》就遐迩闻名。该剧和吉尔尚的话剧同样都谴责了命令主义作风,谴责强制推行合作化,提出要对农民有耐心和信心。

1933年曹将阿菲诺根诺夫剧本《恐惧》的译稿寄给鲁迅,但也未能及时出版,1936年末、1937年初才在《译文》杂志上发表,1940年4月由文化生活出版社出版,1947年出版修订本,1954年由上海新文艺出版社出版。

曹对阿氏这一剧本始终表现出很大的兴趣,原因是中国自1919年五四运动时期开始,始终存在知识分子与社会之间关系的实际问题;进步作家像《恐惧》的作者一样,揭露回避政治事件的意图。读者从"译者序"(1953年8月)中得知,阿氏先后共创作了26个剧本、8个电影剧本和有关这些剧本的论文。译者说直至1929年写《怪人》，阿氏才摆脱无产阶级文化协会的影响，开始将尖锐的政治题材同人物心理刻画结合起来。曹指出30年代阿氏是"拉普"的领导人之一，宣扬过"辩证唯物主义的创作方法"，使他的剧本带有抽象的唯理主义和公式化的色彩，这使作品大为逊色。尽管如此，他的剧本"在当时以及在苏联戏剧发展上，仍起了一定的作用。"(《文集》卷8，第3—4页)译者在序中列举了优秀的剧本《怪人》《恐惧》(1930)、《远方》(1935)、《敬礼，西班牙！》(1936)、《玛申卡》(1940)及《前夜》(1941)。曹引述了1935年3月1日丹钦柯致剧作者的信中说，《恐惧》在莫斯科艺术剧院演出200场，使剧院和演员获得很大收益。译者指出该剧的特点是"它所反映的是30年代学术战线上的斗争，着重描写新老科学家在新的环境下，思想成长与变化的过程。代表超政治的科学思想的包罗金教授常常成为危险分子的盲目工具。社会主义建设的成功及对危险分子阴谋的揭露，使他思想上起了深刻的变化，决然走上为人民服务的道路。……剧本对我国目前的思想改造或许有些益处。"(《文集》卷8，第3—4页)

由于50年代初中国的社会形势使译者对该剧作了如上的评价。当时提出的任务是吸引知识分子积极投入国家的经济文化建设。阿氏多幕剧译本的出版，使得曹将注意力引向知识分子问题不能教条主义地、笼统地、不假思索地去解决。《恐惧》一剧与中国的一些著名戏剧家的剧作在知识分子的地位、知识分子在政治斗争和思想意识形态斗争中的作用等方面有相似之处，如抗日战争时期夏衍创作的剧本《法西斯细菌》和曹禺1954年创作并受到广泛欢迎的剧本《明朗的天》，曹禺塑造了尝试研制开发抗鼠疫菌苗的著名微生物学家、主人公凌士湘的形象。在国民党统治北平的最后日子里，这位学者继续紧张地工作，外逃思想与他格格不入，但他竭力使自己超脱政治，对生活中发生的变化也不感兴趣。同事和亲友谈论意识形态话题无法说服他，直到他的发明被敌人用来反对普通老百姓的事实得到证实，他才意识到新思想的重要。曹禺写道，"我写了一个剧本《明朗的天》来歌颂力求团结并重新教育高级知识分子的共产党。我在剧本中没有说一句违心的话。"(大意)阿氏剧本《恐惧》的再版与曹禺新剧《明朗的天》问世绝非偶然的巧合。

曹在30年代初选择吉尔尚和阿氏的剧作，是由它们现实主义的主题和艺术成就所决定的。曹从中发现了他所喜爱的契氏的风格特点。比如，众所周知，在1930年剧院创作道路的研讨会上吉尔尚和阿氏就曾表示他们与契氏心理分析方法很接近。他们认为在动荡年代观察到的种种现象和过程的实质,可以不通过事件的广度去表现,而是通过人物性格的深度、通过重新塑造人物的精神面貌去表现。(《俄苏文学史》,第172页,莫斯科,1979)

1933年8月初,曹靖华离列宁格勒回国。在离开俄罗斯之前,他曾经考虑究竟应该去哪里定居,去北平还是去上海。但是到达海参崴后,他发现上海没有消息,便乘一艘英国轮船赴天津。在轮船即将驶入大沽口时,旅客中有一名中国青年站在船舷旁,从行李中取出一册苏联出版的平装本《铁流》,"依依不舍地翻了翻,决然地摔到海里了。"(《文集》卷10,第160页)这件事也再一次警告曹他回到中国将会面临怎样严峻的考验。

回国抗击日本法西斯时期(1937—1945)的活动与国民党作斗争时期(1945—1949)的活动

当时中国的政治形势十分复杂,日本军国主义者横行霸道。早在1932年,日本人就背着中国宣布成立以末代皇帝溥仪为首的伪满傀儡政权。为放开手脚,日本于次年退出国际联盟。溥仪后来回忆说:"国民党南京政府步步屈服……再三地向日本表白'不但无排日之行动与思想,亦本无排日之必要的理由',并且对国人颁布了'效睦邻邦命令',重申抗日者必严惩之禁令。这样,日本在关内的势力有了极大的加强。"(《我的前半生》,第345页,溥仪著,中华书局,北京,1977)1933年1月日军占领山海关,翻越长城,直逼平津。

国民党政府继续对南方几省苏区展开军事围剿。1933年10月,当局对江西中央苏区展开第六次围剿,动用70万大军、200架飞机围剿15万革命红军。国民党政府惧怕进步爱国力量的反抗,因此,相左的思想和爱好自由的思想一经出现就遭到残酷的镇压。

北平的朋友们建议曹化名张敬斋住进城郊一处已废弃的别墅。但这时恰逢一支爱国部队到达这里,曹刚住进去三天,就遭遇日机轰炸。曹不得不返城另觅藏身之处。当时著名学者范文澜(1893—1969)任北平大学女子文理学院院长,聘请曹到该校任教。范文澜说:"你出国久了,名字虽有人知道,可是名字和面貌却很少有人能够对得起来。社会上还以为你在国外没回来呢。你换个名字,尽管教你的书好了。"(《飞华之路》,第97页)不久范在从事地下党的活动中被捕。最初曹以为是聘请他教书所致,故即暂避。不久范出狱离平。鉴于鲁迅的请求,校领导许寿裳决定继续请曹执教。之后,曹还在由日军占领沈阳后迁北平的东北大学以及中法大学等校任教。他讲授世界文学史、中国文学史、文艺理论,向同学们介绍普希金、高尔基、鲁迅的作品以及别林斯基和车尔尼雪夫斯基的评论,在俄语课上讲授高尔基的《母亲》、伊林的《五年计划的故事》和李德的《震撼世界的十日》、盖达尔的《远方》等。

1934年2月,曹利用寒假赴沪看望鲁迅,在鲁迅先生处停留十数日。他们促膝谈心,拟定翻译计划,商讨出版俄国文学作品的可能途径。这一年曹成为翻译丛书《世界文库》的编委。早在1930年,在列宁格勒,曹就读完了费定的《城与年》,并产生了翻译的念头,但未能如愿。不过曹并未放弃这一计划。他有幸从列宁格勒的美术家亚历克舍夫那里得到两本带木刻插图的版本。1933年夏,他走访了美术家,并得到美术家的传略和木刻原拓。鲁迅很感兴趣,于是着手计划出版小说《城与年》近30幅插图的单本,并请曹写一篇该小说的概略。(1935年1月26日信)2月7日鲁迅又写信道:"《城与年》的'概略'是说明内容(书中事迹)的,拟用在木刻之前,使读者对于木刻插图更加了解。木刻画想在四五月间付印,在五月之前写好,就好了。"(《文集》卷11,第569页)但曹很忙,直到年底才完成鲁迅的请求。实际上鲁迅要求写一份两千字的说明,曹竟写了两万字。1936年1月5日鲁迅写信告诉曹,他已收到材料。3月3日鲁迅信中有如下的话:"印《城与年》的木刻时,想每幅图画之下,也题一句话,以便读者,题字大抵可以从兄的解释中找到,但开首有几幅找不到,大约即是'令读者摸不着头脑的事',今将插图所在之页数开上,请兄加一点说明,每图一两句话就足够了。"(《文集》卷11,第606页)8月27日鲁迅写道:"《城与年》尚未付印。我的病也时好时坏。"(《文集》卷11,第613页)遗憾的是鲁迅未能实现出版的愿望就辞世了,此前的3月10日,他为该书作了"小引"。

曹写的《城与年》概略于1946年3月1—7日在《新华日报》上连载,之后在1947年第2期《中苏文化》杂志上发表。1944年秋,曹在重庆考虑实现鲁迅生前的计划,但因全部资料都在上海,而沪渝邮路阻断,只得求助于莫斯科的费定。1945年8月24日费定复函,告知他的藏书已毁于战火,美术家已去世,因此木刻画已无从得到,原版插图精本亦无从获得。

1946年夏,曹得以赴沪,与鲁迅的遗孀许广平一同终于在鲁迅的藏书中找到了亚历克舍夫的木刻和准备出版的画册稿。曹在 1947 年第 2 期《中苏文化》上发表的《费定五十五岁寿辰特辑"引言"》中写道："而且每幅画上,均附一纸条,鲁迅先生亲笔题着该幅画的说明。这真是难得啊!在苏联都找不到的东西,我们依然存着。而且还有去世十年的鲁迅先生题的说明。"(《文集》卷 10,第 317 页)

1936 年曹积极参加进步知识分子和大学生抗议日本法西斯侵略的游行集会。他和其他文艺工作者一起着手团结爱国作家,筹备建立新的出版机构。6 月 8 日高尔基逝世的消息传到北平,进步舆论界组织了一次纪念会,曹在大会上作《高尔基生平和创作》的报告。指出俄国作家的作品在中国广为流布并对中国的精神生活起到很大影响。1963 年曹回忆说,由于反动当局的阻挠和破坏,举行追悼会借不到会场。大会组织者好不容易才借到燕京大学的礼堂。追悼会定在上午 9 时举行。学校距市中心有 30 里路程,而学校仅有两辆破旧不堪的校车。尽管如此,许多人徒步前去悼念这位作家。一位曹的学生带着刚从济南来京的老父亲,对曹说:"他把高尔基的《母亲》一连读了三遍。"曹用《海燕之歌》的最后一句来结束他的报告:"让暴风雨来得更猛烈些吧!"这时,窗外果然风雨交加,闪电轰鸣,瀑布似的骤雨垂悬空中。(《文集》卷 10,第 457 页)

1936 年 11 月上海良友图书公司出版了由曹编译的《苏联作家七人集》,并先后于 1938、1940、1942、1945 年再版。1951 年 1 月该集又由上海三联书店出版。集中收入了拉夫列尼约夫的《第四十一》《平常东西的故事》,谢夫琳娜的《两个朋友》《犯人》《乡下佬关于列宁的故事》《黄金似的童年》,伊凡诺夫的《幼儿》,阿罗谢夫的《猪与彼得卡》《和平、面包与政权》,左祖利亚的《哑爱》,左琴科的《贵妇人》《澡堂》,涅维罗夫的《平常的故事》《带羽毛的帽子》《委员会》。

上述篇目表明译者有意无意地把注意力继续集中在不同程度上与契氏艺术风格有相似之处的作家们,左祖利亚在革命前一年写道:"一旦受到契氏影响,就会持续终身。"他是"契氏文集"(1930—1933)出版倡导者之一,他自己就学习契氏紧凑、严谨的短篇小说形式。(《契诃夫与苏联文学》第 161 页)左琴科直言不讳地承认细心的当代作家就会在他的作品中发现华丽的辞藻、有些粗俗但别具一格的对话、生活中常见的幽默这些本属于契氏的特点。巴尔明于 1928 年写道"左琴科的短篇源于契氏的传统。"作家自己于 1930 年也解释说:"我早期写的短篇受旧传统的影响,可能是受契氏,也可能是受果戈理的影响。"曹认为翻译作品的语言很重要,因为摆在中国文艺工作者面前的迫切问题是你如何把文章写得让读者看懂,并具有美感。因此,他在1950年的"译后记"中指出:"涅维罗夫的语言简练、锋利、形象化,是真正人民的语言。"(《文集》卷5,第269页)"阿罗谢夫的作品是用普通的、明快的、中等水平读者都能理解的语言写的。"(《文集》卷5,第266页)

鲁迅千方百计设法出版《苏联作家七人集》。1936年10月17日,鲁迅逝世的前两天,他在致曹的信中写道:"兄之小说集,已在排印,二十以前可校了/"(《文集》卷11,第618页)曹在译本"出版序"中写道:"《七人集》要出版了,但与它的出版息息相关的鲁迅先生已经离开我们一个月零十天了。倘若先生在世看到它的出版,一定愉快得同自己的书出版一样的。我们知道他诚恳为朋友帮忙,为青年介绍精神食粮,是他一生最快意的事。在《七人集》的出版上,他曾付出极大的关怀。但不幸得很,现在《七人集》却做了先生灵前的祭礼!"(《文集》卷5,第5页)鲁迅曾为《七人集》作序,序中高度评价曹的工作。鲁迅常常被追逐时尚、拟定庞大翻译计划的作家们所激怒。他在《七人集》序里写道:"然而也有并不一哄而起的人,当时好像落后,但因为也不一哄而散,后来都成为中坚。靖华就是一声不响地不断地翻译着的一个。他二十年来,精研俄文,默默地出了《三姊妹》,出了《白茶》和《第四十一》,出了《铁流》以及其他单行本小册子很不少,然而不尚广告,至今无煊赫之名,且受挤排,两处受封锁之害。但他依然不断在修改他之前的译作,而他的译作,也依然活在读者们的心中。这固然也因为一时自称'革命作家'的过于吊儿郎当,终使坚实者成为硕果……至于译者对于原语的学力的充足和译文之可靠是读书界中早有定论,不待我多说的了……靖华的译文,岂真有待于序,此后亦如先前,将默默的有益于中国读者!"(《文集》卷5,第3—4页)谈到《七人集》,序中说:"所取题材,虽多在20年前,因此其中不见水闸建筑,不见集体农场,但在苏联,都是保有生命的作品,以我们中国人看来,也全是亲切有味的文章。"(《文集》卷5,第4页)

早在1928年版《烟袋》译者序中曹就认为必须特别指出:"这些仁慈的、接近儿童心灵的《两个朋友》《黄金似的童年》,尤其是在她代表作品《犯人》中,如画一般地表现出来了。在《犯人》中充满着愉快,充满着生之欢乐,充满着绝倒的狂笑,充满着仁慈与爱情。她的主人公是一个街巷的小孩子——格里沙。我们看如果不是那傻蛋,要不是那不承认什么秩序,要不是那慈爱而且理会孩子心灵的马丁诺夫把那些小'犯人'弄到自己的虽然管理不大妥当而实际上却是劳动和获得教育的地方来,若不是他们的积极和热心,恐怕那教育厅的官僚主义早已把格里沙和他的同类给毁了。作家对苏联官僚主义的残余是多么冷酷无情地攻击啊!"(《文集》卷10,第134页)

曹使人们坚信,中国只要在良好的社会环境下,就能培养出高尚的人,并帮助他们表现出优秀的道德品质。马丁诺夫在远离市区的湖边建立的儿童院,生活在这里的人们相互间建立了信任、尊重、善良、坚强的意志和合理的高要求。在这种气氛下,小"犯人"们第一次感受到关怀,他们开始追求知识和光明的未来。中国读者也会像马丁诺夫谴责那个把这些少年看成"犯人"的莫斯科女人那样,从心底里谴责她们。"我们从城里把小偷带来。我们只锁金库。钥匙在谁手里呢?就在小偷们手里。丢东西了吗?大小门统统不锁,我们的警卫就只有一只小狗——米赫留特卡。这是'少年犯'格里戈里·佩什科夫。全西伯利亚都走遍了。什么骂人的话他都会。可现在你看看——他再也不会走邪路,不会出事了。"曹对洋溢着人道主义情怀的谢氏小说的见解与马卡连科的观点不谋而合:"读这篇小说,从头至尾通篇都使人感到洋溢着对人真挚、深切的信任,相信人不可能生下来就犯罪,相信人类优秀的品质——信念,现在已经成为我们颠扑不破的真理。"十月革命后,俄罗斯出现了把流浪儿和未成年的小偷教育成真正的人这样重大题材的作品,它们引起了中国人的注意。最早提出这一问题的小说之一,潘台莱夫的《表》,于1935年由鲁迅译出。他认为这部作品极具吸引力和教育意义。

谢氏和潘氏小说提出的关于人性特点,关于人类道德品质受外界环境影响的观点,都贯穿于中国传统哲学(首先是儒家的学说)关于自古以来形成人性的基本观点的思想体系之中。孔子的伟大门徒孟子(公元前372—289)说过,人性本善"民之归仁也,犹水之就下。"(《孟子读本》,第178页)与孟子学说相悖的是另一位中国伟大思想家荀子(公元前约313—238),他认为,人性本恶。"人之性恶,其善者伪也。"(《重印四部丛书初编》,第171页,上海,商务印书馆)两种学说的尖锐对立否定了人性不论善恶,只要目标明确地学习自我修养,任何人都能成为令人尊敬的、高尚的、仁爱的人这一论点。在这种情况下,人性本善的思想就成为统治中国百姓生活数千年的儒家学说的核心。

小说《犯人》指出尊重青少年的个性和自尊所起的作用,指出成年人有责任培养教育他们。中国有许多没有丝毫生活保障的孩子,他们遭遇贫困、残害，从事力不胜任的劳动。1934年8月鲁迅在《上海的儿童》一文中写道："中国中流的家庭教育孩子大抵只有两种法。其一，是任其跋扈，一点也不管，骂人固可，打人亦无不可，在门内和门前是暴主，是霸王，但到外面便如失了网的蜘蛛一般，立刻毫无能力。其二，是终日给以冷遇或呵斥，甚而至于打扑，使他畏葸退缩，仿佛一个奴才，一个傀儡。……顽劣，钝带，都足以使人没落，灭亡。童年的情形，便是将来的命运。"（《鲁迅全集》卷4，第434—435页）

曹1974年5月11日，在致姜德明的信中写道："记得他（鲁迅）极慨叹中国儿童的不幸，连玩具、书画都没有，更没有健康的，孩子不得已看'大人书'。当年他费了不少心血介绍外国少年读物，其意在此。他督促我在这方面努力，也是一样，这和他'救救孩子'的精神都是一致的。"（《文集》卷11，第98页）鲁迅得知曹喜欢盖达尔语言自然、鲜活、明了，儿童形象鲜明、栩栩如生，就向他建议翻译小说《远方》。1936年1月鲁迅致曹信写道："《译文》恐怕不能复刊。倘使少年读物（指《远方》），我看是可以设法出版的。译成之后，望寄下。"（《文集》卷11，第594页）1936年2月鲁迅写信告知："译稿也收到了。这一类读物，我看是有地方发表的，但有些地方还得改得隐晦一点。"（《文集》卷11，第596页）在政治浪潮吃紧的情况下，鲁迅担心译文以及为学习俄语准备印行的原文都难以出版。直至同年2月10日鲁迅告知曹，《译文》杂志有望复刊。"《远方》也大有发表的可能。所以插图希即寄来，或寄书来，由此处照出，再即奉还亦可。最好能在本月底或下月初能收到书或照片。"（《文集》卷11，第597页）3月24日鲁迅欣慰地通知曹："《译文》已复刊，《远方》全部登在第一本特大号里。"（《文集》卷11，第600页）《远方》是曹与妻子尚佩秋合译的，尚译出前5章，《远方》单行本于1938年由上海文化生活出版社印行。之后，该篇先后于1947年4月在上海再版，1948年11月由东北书店出版，1949年2月由华东新华书店出版，建国后，1954年3月由中国青年出版社、1955年由上海少年儿童出版社出版。1959年小说收入《盖达尔作品集》，在上海出版。1948、1954年曹两次校对了译文。

在1938年《远方》"编者附记"中曹谈到有必要将几种新的"有益"和"有味"的外国儿童读物交到中国青少年读者手中。《远方》就是这类读物之一。小说主人公"生活在新的时代，新的环境中，使他们更勤勉，更奋发……他们求知、进取。这在旧的少年读物中是找不到的。"（《文集》卷6，第115页）1944年8月，曹在"重版题记"中指出：盖达尔笔下的主人公,"儿童的生活都非常有趣,非常紧张、惊险,同成人的生活总紧密地联系着。……作者的作品对小朋友们的每一个迫切问题,都给予了回答:怎样处理生活,应当作什么。所谓怎样处理生活,并不是他们长大以后,将来如何去处理生活,而是在目前,在现在,在今天他们应该做什么和怎样做。"(《文集》卷 6,第 112 页)曹指出,盖达尔不但在自己的作品里教育小朋友们,而且以身作则。他自愿上前线,并在战斗中牺牲。"我看到这一不幸消息,借本书出版的机会,谨向他表示我们无尽的哀悼!作者的作品介绍到中国来的,除本书之外,尚有拙译《第四座避弹室》及桴鸣先生译的《铁木儿及其伙伴》。"(《文集》卷 6,第 114 页)小说《第四座避弹室》于 1936 年 9 月在《译文》杂志第 1 期上发表。鲁迅参与了该作品的问世。

鲁迅在 1936 年 9 月 7 日致曹的信中写道:"至于病状,则已几乎全无,但还不能完全停药。因此也离不开医生。"(《文集》卷 11,第 615 页)关于瞿秋白的《海上述林》,信中写道:"它兄译集的下本,正在排校,本月底必可完,去付印,年内总能出齐了。一下子就是一年,中国人做事什么都慢,即使活到一百岁,也做不成多少事。"(《文集》卷 11,第 615 页)

1936 年 10 月 16 日鲁迅完成了《苏联作家七人集》序,10 月 19 日晨 5 时,去世。

当晚接到噩耗,曹应记者之请写了《吊豫才》一文。文中写道:"他之伟大,不是几句话所能概括的,也不是在这心头欲裂的时候所能叙述。……他之死,使中国不愿做奴隶的千百万群众失掉了一位伟大的导师,使世界上被法西斯屠刀宰割的弱小民族与无产阶级丧失了一位最真挚的朋友。豫才先生死了,豫才先生的精神与思想永远在中国千百万为生存而斗争的大众的心坎里活跃着!"(《文集》卷 9,第 59 页)文章在次日《北平新报》上刊登。10 月 20 日晨 5 时,曹致函许广平。在一些大学举行的追悼会上,曹致辞悼念伟大的作家。10 月 21 日,他收到一只白色的信封,信封上的地址是鲁迅的笔迹。信末的日期是 17 日,这是鲁迅致战友的最后一封信。也就是在同一天,《北平新报》上发表了曹的《悲痛鲁迅遽尔云亡》一文,说鲁迅的最后一封信是留给社会的财富。在谈到鲁迅时,文中写道:"他虽然憎恶、诅咒目前的黑暗,然而,他很乐观。他肯定地认识了一个未来光明的前途,因之,五十年来,他无时不在向前迈进。他无时不在战斗中,我们可以说,鲁迅始终是年轻的、壮健的、乐观的、战斗的。他为了忠于他乐观的光明的未来,他在遭受社会各种逆势力的'围攻'中,他是始终倔强、绝不屈服的。这可于他一切的作品中、他的私生活中看得出来。"(《文集》卷 9，第 61—62 页)10 月 24 日《北平新报》上刊出了曹在中法大学鲁迅追悼会上致的悼词。曹说："今年是很不幸的年头，不久前苏联失掉了文坛巨子、为劳苦大众最钦敬的高尔基。现在中国的高尔基——鲁迅也突然离开我们去世了。……其著作在文学史上，不单是艺术高超的作品，而且是研究近代社会思想的最宝贵的文献。鲁迅不单是优秀作家与文学家，而且是一位坚决勇敢向光明路上走的先驱者，向黑暗社会斗争的战士。"(《文集》卷 9，第 63 页)曹指出，这些天中国人民都沉浸在悲痛之中，因为损失巨大，如船失去了光明的灯塔，受到很大的精神打击。"可是他给我们留下了宝贵的著作及宝贵的斗争经验。我们在他死后，为纪念他，为着将来得到光明的自由的生活，我们应该格外研究他给我们留下的著作遗产，研究他的斗争经验，继承他的斗争精神，向他指示给我们的路上走去。"(《文集》卷 9，第 64 页)这篇讲话题为《我们应该怎样来纪念鲁迅》，在《文化生活》杂志第 1 期上发表。11 月 1 日《北平新报》上刊登了曹题为《鲁迅先生逝世后的感想》一文，作者强调："鲁迅先生是一位清醒的现实主义者，他敢于正视现实，大胆地暴露现实的黑暗，挖剔中国的脓疮，抨击因循苟且、顽固守旧的国民性。"(《文集》卷 9，第 66 页)在同一天的《实报半月刊》上刊登了短文《纪念鲁迅先生》。之后，他写了一篇长文《生命中的一声巨雷》，刊登在《作家》1936 年第 11 期上。

鲁迅先生生前热切号召作家不论政治信仰、创作倾向，应团结一致为抗击日本法西斯而斗争。"'抗日统一战线'我是拥护的。我无条件地加入这战线。那理由就因为我不但是一个作家，而且是一个中国人。所以这政策在我是认为非常正确的。我加入这统一战线，自然，我所使用的仍是一支笔，所做的事仍是写文章，译书。"(《鲁迅全集》卷 6，第 431 页)

1937 年 7 月 7 日，日本帝国主义在距北平城西南 12 公里的卢沟桥挑起冲突，发动了一场持续至 1945 年 9 月的战争。曹历经千辛万苦，举家来到西安。撤至后方的三所高等院校——北平大学、北京师范大学、北洋工学院在西安联合成立西北临时大学。1937 年 11 月 20 日曹写了一篇题为《吸收饥寒线上的流亡同学到救亡工作里去》的文章，八天后在西安《救亡》周刊上发表。文中说，同学们想做救亡工作，但他们的请求遭到当局的冷遇，处处碰壁，使他们感到悲观失望。与此同时，民族的败类加紧向落后民众灌输必须与侵占中国城乡的日本侵略者媾和的思想。文中曹提到伟人孙中山于 1925 年 3 月 11 日作的遗嘱："余致力国民革命凡四十年,其目的在求中国之自由平等,积四十年之经验深知欲达到此目的,必须唤起民众及联合世界上以平等待我之民族,共同奋斗。"因此,曹在文中写道:"极严重的局势已经再不容当局犹豫了!孙总理的'唤起民众'的遗嘱,已经不是自动机般的空口'恭读',而是要即刻在行动上表现的时候了!"(《文集》卷9,第76页)

曹组织了一批同学在士兵和市民中展开爱国主义宣传工作和抗战的工作。1938年3月27日,汉口成立全国文艺界抗敌协会,周恩来被推选为名誉主席,理事会由45位文艺工作者组成,有茅盾、郭沫若、老舍、田汉、丁玲等。曹也是理事会理事之一。

战线逼近西安,西北临时大学向西南的四川、重庆撤退。1938年11月当局派来一位新校长,推行反动政策,曹与另十几位教授不久即因"在学校中宣传与三民主义不相容的马克思主义"而遭解聘。曹在3月22日的一封信中写道:"近且逮捕优秀学生三人。"(《文集》卷11,第319页)所幸曹被选为中苏文化协会理事并主编《中苏文化》杂志。之后,他被聘请到苏联驻华使馆教授使馆工作人员学习中文。

1939年春,曹偕眷赴重庆,寄居在江津县白沙镇友人家中,后举家迁至渝郊,一周四天在家工作,三天进城处理编辑事务。四口之家在干打垒的小屋里住了七年,小屋约十二三平米,隔成前后两间。小院里有一间小厨房。曹收入微薄,只得靠妻子洗衣、编织毛衣贴补家用。后来曹回忆说:"我不满八岁的儿子,一出大门就把鞋脱下来,藏到门边的草棵里,光着脚去上学。放学回家到大门口再把鞋穿上。他觉得妈妈做双鞋不容易,不穿又怕妈妈不答应,便想了个'两全'的办法。他在入小学吸取知识的同时,生活早给他上了一'课'……"(《文集》卷9,第400—401页)1942年曹在致胞弟的信中写道:"苦,现在每个正直的人,好人,谁不苦!只有汉奸、国难大奸商、贪官污吏,不苦。我们为要保持清高人格,为先人争光,所以苦是当然的。"(《文集》卷11,第321页)曹在谈到妻子时,满怀怜爱和同情:"佩秋入川以来,没有睡过天明觉。她每天所做的事,三个丫头也作不出来,四人的鞋子、衣服、缝洗、收拾房院、喂鸡、种菜、做饭、洗锅、赶集、教孩子,另外抽暇为我校阅译著,抄文章。这是牛,是马,不是人,怎能说是'太太'!她也是罗山名门世家,数辈翰林并大官员的闺秀,而今天在烽火乱世,挽起袖子干!干!干!我的数百万言的书,字字渗透了她的汗水;这条牛马,负起了一切,解放了我的精力时间,使我身心安定从事写作。"(《文集》卷11,第321—322页)在艰苦的年代全家对喜事的感受更加强烈。"苏玲在酷暑中黎明即赴校,她初中毕业、会考都通过。她在暑期四班女生中(共二百人)考取第一,因此免考直升南开高中……9月1日开学,已于8月31日晚移住学校,每礼拜日回来。她的宿舍隔窗可以望见咱家,其近便可知矣。"(《文集》卷11,第410页)

政局复杂。国民党政权口头上承认有团结一切爱国力量的必要,但国民党中的反动分子,暗中搞阴谋,破坏统一战线。1941年1月国民党曾在南方省份安徽采取行动,试图勾结日本侵略者,共同消灭新四军,并发动进攻中国共产党领导的解放区的内战。重庆进步文化人面临被捕和被杀害的危险。曹在周恩来的警示下曾几次躲避。由于群众情绪激愤,破坏了敌人的计划,当局不再对爱国民主人士采取公开行动,而是继续阻挠一切进步活动。1950年曹回忆说:皖南事变以后,国民党索性几乎连"国际观瞻"也不装了。当局大谈民主原则,保护文化出版事业,实际上却采取了更加严密的压制手段:

一、强化审查:有些东西大段被删削,弄得体无完肤。译稿送审时,还要送原本,凡失掉原本的战前译本,当时就无法重印;二、控制印刷机构;三、提高官方印刷厂工人的工资,借以压制民营印刷机构;四、严格纸张控制,限制对进步出版业的纸张供应;五、企图利用营业税压垮不受他们欢迎的出版机构;六、组织蛛网似的"文化站",利用他们大量运送反动书刊,扣留、销毁进步书刊;七、通过邮检暗扣书稿及业务信件;八、通令各图书馆及阅览室严禁购买、供应查禁书刊;九、派特务对进步文化书店及读者盯梢,对他们进行威胁。比如,重庆中央大学的学生就被迫到嘉陵江边的小松林里,在那里才能安心读中国进步作家及俄文翻译作品。(《文集》卷10,第167—170页)

曹从事的社会活动和翻译工作都历经过千难万险,但他仍矢志不移地去完成扩大中苏文化联系、传播俄国文化的任务。《中苏文化》杂志上经常刊登他的文章和译作。如,1939年第3卷第12期刊登了《战斗的作家——高尔基》,这篇文章写于1931年1月5日,但因种种原因,手稿一直搁置未能发表。1939年10月第2卷第3期发表的《鲁迅先生在苏联》引述了苏联大百科全书及俄罗斯汉学家研究著作中对这位伟大中国作家的高度评价。曹介绍了苏联舆论界在各报刊、会议上对这位伟大作家辞世反响的详尽资料。文中说,一些作家组织不止一次地通过曹邀请鲁迅赴苏治疗,并承诺提供一个安静的工作环境,但鲁迅表示无法离开战斗岗位。曹在结束这篇文章时说:"鲁迅先生的名字与他的作品,在苏联大众

的生活里。"(《文集》卷9,第95页)

战争年代,曹非常敏锐地意识到中苏友好与团结的必要,意识到扩大两国文化联系的重要性。1940年6月《中苏文化》杂志刊登曹题为《抗战三年来的苏联文学介绍》的文章,文中指出文化人被迫纷纷离开北平、上海和其他大城市,那里原本是他们创作和出版活动的中心,原本要求他们对一些事件和国人关注的问题迅速作出反应。"能锋利、神速、直接地表现瞬息万变的现实的报告文学与鼓动大众情绪参加抗战除奸的独幕剧代替了长篇小说。(《文集》卷10,第290页)翻译工作面临的困难是得不到外国的新书。他们不得不把自己的书籍、字典、资料弃在被遗弃的家里。这使文艺介绍工作受到不少的影响。"但文艺工作者在最困难的条件下,仍然看到伟大的目标并继续介绍苏联作品。"这不但是人类卓越的杰构,不但是我们抗战建国的借镜,而且是人类走向光明的指标。"(《文集》卷10,第291页)"在这抗日战争的血火里,苏联文学作品,相当地扫除了过去的障碍,重与广大读者见面。"(《文集》卷10,第291页)

1939年秋,1940年初,《中苏文化》杂志连载了曹译卡达耶夫的小说《我是劳动人民的儿子》。1940、1946年该小说先后在上海生活书店出版单行本。1946年又由辽宁中苏友好协会再版。建国后,小说先后由北京三联书店(1950)、人民文学出版社(1951、1959)出版。1940年6月译者在序中向读者介绍了卡达耶夫的创作道路及其主要作品。《我是劳动人民的儿子》之所以吸引译者,首先是它英雄主义和爱国主义的主题,这在当时的中国是具有特殊意义的。序中引用了村苏维埃主席在村民大会上的讲话:"乡亲们,同志们!你们听了这些就明白了。德国人打到我们这里来,他们不是开玩笑的。他们是想把工人抓去当奴隶,把农民的田地夺去,把人民的自由夺去了……乡亲们,同志们,我们现在应当拿事实给他们看,我们不是出卖祖国的坏蛋,我们要同入侵的敌人战斗到底,——这就像我们的祖先反抗瑞典人一样,谢天谢地,有一次瑞典人入侵乌克兰,可是他们不知道,后来他们是怎么从那里滚出去的。同样,还有法国反革命党拿破仑,也来试了试。这是什么意思呢?这就是——不给他们粮食,让那些鬼东西都饿死,把庄稼都烧掉,就是不交给德国人!大家万众一心,奋起为捍卫革命和自由而斗争!"(《文集》卷1,第279—280页)曹强调指出了这段话"具有深刻的历史内容。"(《文集》卷1,第280页)曹对中国读者解释说:书名"我是劳动人民的儿子"是加入红军部队誓词的第一句。译者坚信"爱国热情和真正的人民性是不可分离的。这是历史屡次证明了的真理。俄国古典作家普希金、果戈理是非常明白的(《文集》卷1,第279页)"曹认为在战争情况下,有必要再次提醒他的同胞,个人的命运是和全民的命运分不开的。"谁战胜谁?是乌克兰的劳动人民战胜了呢?抑或是德国强盗战胜了呢?这对有情人——谢明与苏菲亚的命运,他们的爱情,他们的幸福,这一切都取决于这一历史性的问题。他们个人的幸福与命运,同人民的幸福与命运相关联。乌克兰劳动人民不摆脱异族的羁绊,谢明与苏菲亚是没有幸福可言的。"(《文集》卷1,第274页)译者坚定不移地向他的同胞们指出:"在这里作者把历史赤裸裸地揭示出来,如果你要想做一个幸福的人,如果你要想爱人和被爱,如果你想在这个世界上过人的生活,你就为人民大众的幸福奋斗吧。"(《文集》卷1,第274页)卡达耶夫小说中的乐观主义,对爱情的歌颂,对纯朴、单纯的人民的风俗习尚的刻画,吸引了译者,曹指出在"晚会""谋人""订亲""会亲""回拜"等婚前礼仪的章节里作者用幽默和神情的笔触再现了传统的风尚和主人公们的举止。"德国强盗。恰好就是要毁灭这种充满诗意、具有优良传统的生活。"(《文集》卷1,第278页)

战争年代,中国作家都力争做到使自己的作品更加贴近广大读者,更加为他们所理解,因此,他们很注重形式,注重民间文学的表现方法及多少世纪以来民间文学中受欢迎的艺术经验。译者由此特别关注卡达耶夫善于利用传统的题材:贫农和富农女的爱情,这对青年的生活道路肯定障碍重重:战争、离别、父亲对未来女婿的痛恨、威逼女儿下嫁地主之子、年轻人拯救所爱姑娘的失败。译者写道:作者在小说中成功地借助于民间故事中熟悉的情节发展人物,装入涉及重大问题的崭新的历史内容。译者指出卡达耶夫的小说和此前的俄罗斯文学的联系。"卡达耶夫这部作品的主人公,不是凭空臆造的,他继承了俄罗斯民间文学的优秀传统,继承了古典作家如果戈理的《塔拉斯·布尔巴》等反抗外来侵略、捍卫国土的英勇精神。他把自己的作品与古典文学的优秀传统相呼应,因为这些传统也就是人民的传统。"(《文集》卷1,第276—277页)

1939年11月,重庆生活书店出版了《死敌》,收入曹译苏联六位作家三十一个短篇,1940年1月再版。1946年小说由上海文光书店出版(1947年5月,1950年1月,1951年4月再版)。曹在1945年版"译后记"中写道:"在想象不到的艰苦条件下,在敌人铁的重围中,用那样艰苦的方法来翻印这些作品,这说明了这些作品对我们的革命战争是有帮助的……倘这本小书能排除重重障碍越过万里云山,去伴着战士们,给他们一点鼓舞和慰藉,那便是我无限的欣喜了。"(《文集》卷 5,第 481—482页)小说集收入下列短篇:爱伦堡的《康穆纳尔的烟袋》、肖洛霍夫的《死敌》《牧童》《小无赖》《共和国革命军事委员会主席》、涅维罗夫的《不走正路的安得伦》《女布尔什维克——玛丽亚》《床》、拉夫列尼约夫的《星花》、潘菲罗夫的《让全世界都知道吧》、左祖利亚的《女贼》。

1940 年曹译完克雷莫夫的小说《油船"德宾特"号》,作者试图通过小说赋予劳动这一主题深刻的社会哲学思想和道德观念。克雷莫夫的这部小说于 1938 年问世,曹在了解这部小说的内容之后,注意到中国文学作品中刚好缺少描写劳动给人们带来快乐和满足这一题材。他在"译者序"中写道:"十年来,中国读者读了他的《油船'德宾特'号》的颇不少,而知道他的身世的恐不多。"(《文集》卷 3,第 9—10 页)译者介绍说,作者从事过许多职业,无线电员、机械设计师,驾过油船。"他不但有自己的丰富的生活经验,而且有非凡的文学天才。他具有真正艺术家所必需的特点:对生活的兴味和文学的兴味。他受了契氏和列夫·托尔斯泰的影响,对自己所写的每一行东西都非常严格。他在文学上已享有盛誉,但依然不放弃自己的科学发明活动。他不像一个旅行家似的去观察周围的现实,而是积极地、多方面地去参加现实。"(《文集》卷 3)克雷莫夫和他笔下的人物一道工作,一起生活,因此他非常了解他们的思想感受、理想和目标。曹详细分析了机械师巴索夫。他来到一艘糟糕的油船上,但他善于唤起船员们的自尊感、对集体力量的信心、对所从事的劳动的自豪。"巴索夫随时随地为了更好地生活与工作而进行坚韧的战斗。随时随地地寻找缺点,消灭缺点,随时随地挖掘一切潜力,煽起人们的创造的火焰。他从来不选择,也不追求容易的道路。"(《文集》卷 3,第 10 页)小说用新的方式展现出劳动是通向道德完善的道路,劳动能使人感受到思想意识和心理上的有益转变,展示自己的才能和优秀品质。曹在译序中写道:1944 年秋,一名英国海军在读过小说的英译本之后,给作者写信说,看过小说之后,他和他的同伴们对一起投入反法西斯战斗的苏联人民的思想观点更加理解了。但这名海军哪里知道小说作者已于 1941 年 9 月 20 日,在一支小股队伍被包围中不幸英勇地牺牲了。曹指出:"这位读者的看法是对的。巴索夫是社会主义社会培养出来的真正的苏维埃型的新人,从这些人物中才涌现出千千万万的卫国战争以来用自己的生命来消灭法西斯、捍卫祖国的可歌可泣的英雄。"(《文集》卷 3,第 9 页)克氏小说的中译本最初发表在 1940 年 3 月第 4 期《抗战文艺》上。之后,先后于 1941、

1947年由读书出版社，1948年在哈尔滨，1952年、1954年4月由人民文学出版社出版单行本。1951年4月《人民文学》杂志第6期刊载了译者题为《小说〈油轮"德宾特"号〉及其作者》的文章。

希特勒德国入侵苏联后，曹切实地感到他的翻译工作和社会活动对于巩固中苏共同为反法西斯而战的两国人民之间的友谊的意义加大了。各种报刊上不断刊登曹翻译的苏联短篇小说和他写的评论文章。1942年1月重庆文林书店出版了曹编译的苏联短篇小说和评论集《剥去的面具》。集中收入了曹译吉洪诺夫的《自由的摇篮》、伊凡诺夫的《穿过火网》《伤员的故事》、肖洛霍夫的《在顿河流域》。这个集子是由曹主编的《苏联抗战文艺连丛》的第一本。曹在《剥去的面具》"编后记"中道出他对这一历史性时刻的态度："希特勒——这凶残、野蛮、黑暗的化身，这正义、文化、自由、光明的扼杀者，他不但是苏联的敌人，而且是全世界、全人类的敌人。苏联的抗战，也是为全世界、全人类担负着擒贼擒王的巨任……在今天，世界截然分成了两个敌对的营垒——侵略与反侵略。这的确是有史以来未有的正义与暴力、光明与黑暗的大搏斗。在这生死存亡的搏斗中，中英美苏的命运是分割不开的，中英美苏唯一的共存共容的途径就是并肩作战，共同来毁灭人类和平的公敌——东西法西斯强盗。"（《文集》卷10，第186页）曹写道，苏联作家从战争的第一天起就表现出了高度的爱国主义精神，准备拿起枪上战场。他们中有许多人当上战地记者随军上火线，讲述严酷的战斗故事，有些则描写后方坚强不屈的劳动者。"苏联英勇伟大的保卫祖国反抗侵略的战争，在苏联文学史上，同时也揭开了崭新的辉煌的一页。苏联文艺家的生活与工作在战时的基础上改变。他们用自己的文艺来为保卫祖国服务。"（《文集》卷10，第187页）中国的爱国者已与法西斯作战数年，为祖国自由而战的主题和他们很贴近，而现在苏联作家的作品也出现了这种主题。"因此，介绍苏联的抗战文艺，作我们精神上的呼应与砥砺，总不算过于浪费精力的事吧。"（《文集》卷10，第186页）曹希望像《剥去的面具》这样的集子，最好重庆每两三个月能出版一本。这本集子印入了库克雷尼克塞在战争爆发次日完成的一幅杰出的宣传画《我们无情地毁灭敌人！》曹在"编后记"中兴奋地告诉读者，希特勒法西斯已经从莫斯科城下溃逃了，这更加坚定了战胜侵略势力的信念。

1942年元旦，《新华日报》刊登了曹题为《有必要介绍苏联伟大卫国战争文学》的文章。1月15日《文艺杂志》第1期刊登了苏联的两篇战地报告，6月出版了"苏联抗战文艺连丛"的第二集。曹推出瓦西列夫斯卡娅、维尔塔、科洛索夫、卡达耶夫、尼基京、帕乌斯托夫斯基等八位作家的短篇小说和文章。1942年中苏文化协会出版了曹译《梦》,收入下列作品:卡达耶夫的《梦》《七色花》《小笛和水罐》《两座城堡》《他们俩》,法捷耶夫的《小鸟》,斯塔夫斯基的《英雄的故事》,肖洛霍夫的《在顿河流域》,伊凡诺夫的《伤员的故事》《穿过火网》,吉洪诺夫的《自由的摇篮》,维尔塔的《北极圈外》,瓦西列夫斯卡娅的《党证》《一个德国士兵的日记》,加布里洛维奇的《游击队的女儿》,科索洛夫的《从波列西耶来的小姑娘》,维京斯卡娅的《玛莎》,杨波利斯基的《冰墓》,尼基京的《侦察员》,帕乌斯托夫斯基的《荒原上的小站》,维林斯基的《米哈依洛》,雷尼科夫的《小皮鞋》,格罗斯曼的《老人》。这么一来,初版共收入17位作家的23个短篇,再版又增补了科诺年科的特写《妻子》和费什的《罐头盒子》。《梦》是1947年9月由上海新丰出版公司再版,之后由上海文化工作社出版,并于1951年10月、1952年8月、12月再版,1950年由上海文艺联合会出版公司出版。其中瓦西列夫斯卡娅、维尔塔、科洛索夫、卡达耶夫、尼基京和帕乌斯托夫斯基的短篇又汇成《一千零一夜》,于1942年由重庆文林书店出版。有几篇小说汇成《党证》,于1943年由华北新华书店出版。

　　译者在"后记"中写道,"收入的许多短篇都是苏联报刊上发表的,大多仓促写成,艺术水平不一定很高,但都是战争的真实写照。"其中大部分都是写反法西斯侵略战争的真实事迹。苏联人民对法西斯强盗的憎恨、对祖国的热爱、对保卫和平的坚贞,都生动地表现出来。"(《文集》卷5,第645页)集中也收入了描写国内战争的短篇,因为译者看到了这些小说表现出的普通人的英雄主义和在战斗中的勇敢精神。这也正是1941年1月三户图书社出版小说集《哑爱》的原因。《哑爱》收入了曹早年翻译出版过的谢夫林娜、伊凡诺夫、阿罗谢夫、左祖利亚、左琴科和涅维罗夫等几位作家的13个短篇。

　　我感到好奇的是在那样严峻的年代,译者是怎么会注意到卡达耶夫用抒情诗般的形式创作的《七色花》和《小笛和水罐》这两个儿童短篇小说的。译者认为这两个短篇易读,充满着温馨的幽默和乐观精神。"卡达耶夫是如何微妙而细致地、不带任何教训的口吻,把自己的读者引导到这种思想上来。这里不带丝毫说教,充满诗意的、健康明快的思想更有说服力地表现出来。"(《文集》卷5,第648页)曹明白,在艰险的年代甚至成年人也会喜欢这些作品,因为它们使人回忆起童年,回忆起善良和快乐。他们也正是为保卫这些才投入战斗。童话《七色花》深受读者欢迎,单行本不止一次面世：1954年中国青年出版社，1955年5月、1960年及1981年5月上海少年儿童出版社都曾出版。《小笛和水罐》单行本于1941年秋由读书出版社出版。此前，小说曾在《文学月报》1940年第5期上刊登。

1942年8月25日—9月2日，《消息报》连载了瓦西列夫斯卡娅的中篇小说《虹》。该杂志一到重庆，曹就着手翻译，并于1943年4月译完。这时却从苏联得到小说的单行本，内容与发表在杂志上的有实质性的区别。曹于是对译稿进行了校改和补充。这甚至比最初翻译耗费更多的时间和精力。"而我自己却毫不感觉厌倦。"译者回忆说，"相反，在赤日铄金的酷暑里，在亢旱得令人难以呼吸的烦躁里，忘却了琐事的烦扰，熬着生活的煎迫，用无限的精力与兴味，来贯彻我的工作。"(《文集》卷2，第326页)1943年8月初，中译《虹》脱稿。曹在译序中写道："作者选取了一个暂时被德军占领的乌克兰的村庄做例子，来写敌后妇孺老弱的英勇苦斗，来显示苏联人民在空前艰苦的考验里所表现出的团结、自信、坚决与英勇无比的爱国主义。"(《文集》卷2，第316页)译者介绍了瓦西列夫斯卡娅的生平和创作后说，战争一开始她就合情合理、自然而然地参加了战斗队伍，在前线和战士们一起体验战争的残酷和悲壮。她将自己的所见所闻和体验的一切，写成报告文学和短篇小说，之后又用这些素材写了一部杰出的小说，它惊人的真实、惨烈和战胜生活的自信，令读者震撼。"作者拿'虹'作为这部杰作的象征，'虹是一种吉兆'，这是胜利的象征，是胜利的'吉兆'。"(《文集》卷2，第322页)译者指出，瓦西列夫斯卡娅在艺术手法上也达到了非常高的境界。"作者一开始就用戏剧性的描写，擒住了读者紧张的注意。"(《文集》卷2，第316页)曹特别称颂大无畏的、自我牺牲的俄罗斯母亲的形象。"娥琳娜把她最爱的、盼望了一生的独生子，献到祖国的祭坛上。这位游击队员娥琳娜是一位真实的女英雄，这是作者根据真人真事塑造出来的典型。"(《文集》卷2，第319页)曹在"译后记"中指出：瓦西列夫斯卡娅成功地揭示了苏联军队与人民大众之间的联系。一个有三百户人家的乌克兰村落，没有一个男子不投军上前线的。村民们都满怀希望期盼从前线传来她们的父兄、丈夫和儿子战斗的消息。敌人遭遇的是团结一致的民众。苏联军队与和平的村民们的顽强抵抗使敌人闻风丧胆。"村子空起来，可是德国法西斯在这里就像在被围困的要塞里似的。当地人民的沉默和充满憎恶与愤恨的眼光，使侵略者胆寒。甚至夜间放哨的士兵们，连自己的影子都怕起来。村子被占领了，可是并没有把他们征服。红军士兵们从这些妇孺老弱口里得到需要的情报，得到一

切帮助。"(《文集》卷 2,第 317—318 页)

曹怀着亢奋的心情翻译瓦西列夫斯卡娅的这部小说,他认为这部作品对中国读者非常重要。他相信小说不仅能让中国读者了解苏联人民的生活和斗争,而且对于抗击帝国主义战争中的中国爱国者也是精神上的支持。"日寇凶残,同德国侵略者可说是一丘之貉。《虹》里边所写的苏联人民遭受的灾难,我们的同胞在多年的抗战里,也是饱尝了的……最近从沦陷区来的人常常告诉我们,那儿的同胞在水深火热中同敌人进行着艰苦卓绝的斗争,他们切盼着我们的军队早日驱逐敌寇,解放故土,得到真正的解放。"(《文集》卷 2,第 324—325 页)曹坚信:"《虹》是一部小说,是用心血凝成的一部最现实的艺术上的杰作,同时也是强有力的战斗号召,它号召爱好和平、爱好自由的人民,万众一心,有我无彼地毁灭最野蛮、最凶残、最黑暗的人类公敌——法西斯侵略者。《虹》不但使我们看清了德国侵略者的凶残嘴脸,使我们惊服于苏联人民不分前方后方,所进行的坚决英勇的苦斗。而且使我们的同胞更感到野蛮凶残的可怕,更可以激发我们同胞抗战卫国的热情,坚定我们对于抗战胜利的信心。"(《文集》卷2,第 325 页)

小说《虹》于 1943 年 10 月由重庆新知书店初版、1944 年再版。曹在"再版序"中写道:"本书出版后,在极艰苦的社会生活条件下,在最短期间竟销售一空。这不但给译者以很大的感奋,而且也说明了'这是一部较为可读的书'。"(《文集》卷 10,第 198 页)小说于 1945 年由新华书店晋察冀分店出版,1946 年由北平新知书店出版;上海新知书店出版两次;1949、1951 年由三联书店出版;1952 年由人民文学出版社出版。

早在列宁格勒工作时,曹就对阿·托尔斯泰的作品感兴趣。1930 年他就曾将《两姊妹》《一九一八年》两部长篇寄往上海,请瞿秋白翻译成中文。瞿秋白牺牲后,曹将在中国传播阿·托尔斯泰作品的任务自己担下来。1940 年蔡永昌(音译)从英文译出的这部长篇在香港面世后,曹仍未放弃自己的计划。况且,1943 年 5 月 26 日阿·托尔斯泰给曹寄来了他创作的长篇小说《阴暗的早晨》(包括全套三部曲)。曹在中苏文化协会的同事力劝他翻译,但他没有条件完成翻译这样大部头的作品。当三部曲《苦难的历程》的中译稿由郑伯华完成并准备出版的消息传来,曹感到很高兴,帮助出版,并于 1948 年 9 月 1 日为该译本写序。序最初在 1948 年《中苏文化》杂志第 7—8 期刊载。

1939 年 10 月曹开始译中篇小说《粮食》(一名《保卫察里津》),小说的主题和部分人物与作者当时写的三部曲有关联。条件只允许曹译完小说的三分之一,1940年12月5日《文学月报》第5期刊登了小说中译片断。1940年6月于基、韩采(音译)合译的小说《粮食》在上海问世;1941年上海译文出版了蒋学模的译本。曹祝贺这两部译本的出版,并决定不再续译,但朋友们仍力劝他根据俄文本译出,并向他提供了有阿·托尔斯泰自传、生平和年表及带插图的版本。这个版本可能更有用,况且1940年、1941年出版的两个译本与这个版本有很大出入。曹于是才于1942年将小说译完,1943年收入"苏联抗战文艺丛书"。1944、1945、1946年小说由昆明北门书局出版。1950及1954年由人民文学出版社及三联书店多次出版。1981年曹重新修订了译文,并由人民文学出版社出版。小说的中译本书名为《保卫察里津》并非出于偶然。曹在1944年10月5日"译者序"中将注意力集中在1918年德国侵略者占领乌克兰产粮区,并妄图用饥饿扼杀新兴的俄罗斯国家这一行动上。俄罗斯工人、农民和士兵的英雄主义拯救了这个国家和它的革命。四分之一世纪之后,希特勒军队妄图实现它统治全球的疯狂计划,重新逼近伏尔加河两岸。这两大历史事件令人深思,也使读者十分清楚地感受到阿·托尔斯泰这部小说爱国主义的特点。文艺的任务在于重新打造小说独特的风格,中译者注意到这一点,作者自己也说:"在素材的使用上做到简洁、质朴、节约,几乎到了吝啬的地步,语言几乎不用修饰语,叙述历史事件时用的语言也几乎达到了干瘪的程度。"(《阿·托尔斯泰10卷集》,卷6,第719页,莫斯科,1958—1961)曹在小说中译本及1944年《青年文艺》杂志上刊出作者应苏联科学院干部的请求于1942年底写的自传,这在当时是一份最新、最完整的资料了。中国读者直接从作者那里了解《粮食》这部小说:"关于这个中篇,我听到了不少指责,指责这部作品枯燥无味,拘泥于琐事。我只想申辩一点:《粮食》是用艺术手段来处理精确的史料的一次尝试。因此,无疑使幻想受到限制。可是这样的尝试,也许有朝一日对人们会有点用处。有趣的是《粮食》和《彼得大帝》一样,也许还超过它,被译成世界上许多种文字。"(《文集》卷10,第312页)

1981年出版中译本时,曹在"译后记"中指出,当时正值中国进入重大的历史变革时期,在俄罗斯也对作品中的事件和历史人物重新做了估价。但译者依旧被这部描写"德国法西斯如何占领了大片俄罗斯的土地,俄罗斯军民奋起与敌人作斗争的作品所吸引。"(《文集》卷2,第298页)与此同时,凭着亲身经历,译者想说,世代如此,战争不仅给被侵略者的国家造成可怕的灾难,同时也给发动战争的国家带来同样的灾难。在"后记"中,曹回忆50年代来到斯大林格勒,登上马马驿高地,心头不由得浮现出9世纪诗人陈陶在北边界河上写的诗句:可怜无定河边骨,犹是春闺梦里人。"德国侵略者家中的寡妇们啊,有谁不在梦里想看到自己的一去不复返的亲人能有朝一日出其不意地出现在眼前呢!只是我脚下站的不是无空河边,而是伏尔加河边罢了。"(《文集》卷2,第301页)

1943年曹翻译介绍了苏联《旗》杂志1月号上刊登的列昂诺夫的剧作《侵略》。剧本"内容的丰富多彩,典型人物的入木三分,心理描写的细致入微,在当时的戏剧创作中是独一无二的。"(《俄苏文学史》,第386页,莫斯科,1979)译者看到了作品的价值,即刻决定将它介绍给自己的同胞。曹在1943年12月译完该剧,并于1944年4月为译本的出版写序。他在序中谈及剧本《侵略》《前线》和《俄罗斯人》:"重大社会问题的提出、爱国志士的典型、一切服从于反侵略的卫国战争,构成了这些作品的主要特征。"(《文集》卷8,第93页)曹指出,列昂诺夫独具匠心揭示出遭遇外敌入侵的苏联人民的心态。他"把《侵略》这部新作中人物的细微心理刻绘了出来。这里显示出苏联人民精神的伟大,显示出在空前未有的艰苦体验中苏联人民的刚毅。这里表现出侵略者给苏联人民带来的无限的悲苦与苏联军民抗敌卫国的热情,表现出苏联人民精诚团结和同仇敌忾的决心。"(《文集》卷8,第93页)当费奥多尔·塔拉诺夫看到人民受苦受难而忘掉个人的悲剧,毅然投入与侵略者殊死搏斗时,他的这一复杂的精神变化给中国读者留下了深刻的印象。列昂诺夫的这个剧本讲述战争初期对苏联不利的情况。介绍到中国是1944年夏,当时苏联军队势如破竹,粉碎了大批希特勒军队。曹告诫国人,"在这东西侵略者崩溃前夕,他们将用无比残暴的手段,作最后的挣扎。希望我们的同胞在列昂诺夫的《侵略》里,更深一层地认清侵略者的狰狞嘴脸,砥砺意志,加紧抗战……我们看过《侵略》之后,要更加憎恨法西斯侵略者,这就是我介绍《侵略》的主要用意。"(《文集》卷8,第111页)

《侵略》中译本于1944年由重庆东南出版社出版,1946年由生活书店出版。之后于1951、1952、1953、1954年由人民文学出版社出版。1944年9月16日译者致函列昂诺夫,告知读者对剧作的反应强烈,并计划搬上中国舞台。1944年,曹作题为《论列昂诺夫及其剧作〈侵略〉》一文在《中苏文化》杂志第1卷第3—4期上发表。

中国舆论对战争时期个人改造这一主题感到忧虑。那些年的中国作品都指出人的道德品质与行为规范取决于伦理道德法则和面临历史性考验的全社会的目标。列昂诺夫的剧作同样涵盖了如何解决这类难题。俄罗斯评论家指出:"在反法西斯战争年代,《侵略》中的知识分子和普通百姓在对生活意义的认识上不存在分歧。"(《列昂诺夫生平与创作》第55页,瓦希托娃著,莫斯科,1973)中国文艺工作者也认为他们的同胞同样需要这样的一致。

《侵略》的美学构思对中国也很重要。问题在于中国传统戏剧作品几乎没有悲剧。许多人认为造成这一事实的原因是道家和儒家思想对社会、对剧作家的影响。他们竭力消除尖锐的矛盾。在大自然和人类社会两种对抗力量之间搞平衡,搞调和。在列昂诺夫看来,各种事件和控制全民情绪的特点都具有悲剧的色彩,因此要求有与之相应的艺术形式。他说:"我认为,今天的伟大和经验的积累,产生了当代崭新的艺术形式——悲剧。"(《列昂诺夫的箴言》,第155页,芬克著,莫斯科,1973)列昂诺夫在剧作《侵略》中竭力应用悲剧效果的法则来表现社会的和道德的最深刻的矛盾,展现人们真实的本质和他们在具有历史性意义的现实的关键时刻与生活目标的矛盾和不可调和。

西蒙诺夫的剧作《望穿秋水》在中国也受到广泛欢迎。曹于1944年8月完成该剧的翻译。同年10月由重庆临江新地出版社出版。1945、1946、1947年再版。该作品1949年由上海新群出版社出版,1953年由北京人民文学出版社出版。初版时即收入作者及译者序。1944年11月6日《望穿秋水》剧本及译者序在《新华日报》上发表。曹在序中引用了西蒙诺夫的诗《等着我吧》,由戈宝权翻译并在报纸上发表,它早已脍炙人口。它的主题成为该剧的主旨。"法西斯的侵略,把安静的环境捣毁了,把幸福的生活破坏了,使恩爱的夫妻离散了……战火波及的国家,有多少人在切盼着征人归来啊!西蒙诺夫在这里给了一个答复:'等待着吧,我要回来的!'"(《文集》卷8,第205页)诗中歌颂战争年代妇女的顽强精神,她们把善于等待看得和军功一样。"这样的期待启示了新的力量的源泉。这给人们以精神上的支持和鼓舞,加强了人们对于胜利的信心。战时的苏联成为一个统一的战斗的大家庭。从法西斯带来的空前的灾难里,没有个人的特殊出路。出路只有一条,对所有的人都只有一条共同的出路,那就是胜利。把胜利同这些妻离子散的广大群众的命运联系在一起,把反侵略战争的胜利看作个人的事业,看作每个人自己的出路。从这一点看来,这个剧本是具有社会意义的。这里洋溢着爱国热情对胜利的信心。"(《文集》卷 8，第 206 页)中国在 1937—1949 严酷的年代里，为数众多的人与亲人长期天各一方，中国文学的传统题材——妻子思念出征的丈夫，女性对所爱的人忠贞不渝的爱情，这一主题又重新具有特殊的意味。这也正是西蒙诺夫抒情诗般洋溢着爱国主义情怀的剧本《望穿秋水》获得巨大成功的原因所在。译者在 1945 年 1 月 31 日致剧作者的信中写道：剧本在中国读者中引起了强烈反响，重庆、成都、昆明的报刊都给予了高度的评价。《望穿秋水》一剧激起人们对胜利的信念，爱情最终将战胜法西斯侵略者造成的灾难。

俄罗斯文学著名翻译家高莽 1987 年回忆说，曹说过，"抗战时我从事的文学翻译是为了反对法西斯主义，打倒蒋介石。"(《一束洁白的花——缅怀曹靖华》，第 155 页)曹表现出天才的组织能力，善于把中国著名作家吸引到"苏联抗战文艺连丛"的工作上来。由他负责编辑出版的书不下几十种，其中包括格罗斯曼的《人民是不朽的》、英贝尔的《列宁格勒日记》、西蒙诺夫的《俄罗斯人》、戈尔巴托夫的《不屈的人民》、卡达耶夫的《团的儿子》、索波列夫的《海魂》、别克的《康庄大道》。他的翻译和出版工作在中国和俄罗斯都得到认可。1945 年 9 月 23 日他在给父亲的信中说，他出席了苏联大使彼得罗夫主持的酒会。彼得罗夫在列宁格勒大学读书时曾是曹的学生。大使在祝酒时说："三十年公约奠定了中苏两大民族和平友爱的基础。两大民族友谊，首先建立在两大民族互相了解上。而文学艺术是人民的灵魂、希望、情感的反应与表现。故此后欲谋两大民族亲密团结，以及两国邦交永固，首先由沟通两国文化(特别是文学艺术)入手……在座曹靖华教授，二十年来的努力，在沟通两国文化上建树了光辉成就。靖华先生成了沟通两国文化的桥梁。现特举杯祝其前途成功。"(《文集》卷 11，第 43—414 页)二战一结束，彼得罗夫即刻高度评价曹在中俄关系史上所起的作用。中国舆论期待在国内为恢复建设及国泰民安创造有利条件。1945 年 10 月 10 日国共两党达成协议，其基本宗旨是"和平和国家建设"。但国民党政权内部的反动势力经常阻挠人民团结和在国内建立民主。在要求民主的压力下政治局协商会议召开了并做出决议，1946 年 2 月 10 日国民党军警特务却在重庆野蛮镇压出席庆祝大会的人士。郭沫若、李公朴和其他一些进步知识分子的代表遭残酷迫害。2 月 22 日当局组织了血腥的反苏大游行，砸毁了《新华日报》编辑部和其他民主出版机构。4 月，国民党蒋介石反动政权发动了内战。

早在 1946 年 1 月 18 日，茅盾、巴金、胡风、冯雪峰、曹靖华等 26 位进步文化人就曾致函政协,要求立即停止军事行动,恢复和平生活,并提出巩固国内民主,摆脱对文化教育领域实行政治控制的措施。在这种复杂的形势下,曹依旧没有中断翻译工作。他加紧翻译费定的长篇小说《城与年》。1948 年 6 月他致函要求作者为中译本撰写序言、作者传略,并提供有关的评论资料。1946 年他完成小说的翻译,同年开始在《苏联文艺》上连载,但仅连载两期就中断了。1947 年 9 月该作由上海骆驼书店出版单行本,1950 年由上海三联书店,1954 年由上海新文艺出版社及三联书店出版。1953 年译者重新校订了译文,但修订本在 1992 年出版《曹靖华译著文集》时,才作为该"文集"的第 4 卷问世。曹在 1947 年《中苏文化》第 2 期刊登了《〈费定五十五岁寿辰特辑〉引言》中写道:"大概是 1930 年吧,我在列宁格勒看了这部作品之后,就好比铁遇到磁石似的,怎么也摆脱不了它的强度的吸引力。一直到现在它都在吸引着我。艺术价值愈高的作品也愈难译,或竟至不能译。译,那就是在某些限度内损伤了它的艺术性。这是我十多年来酷爱而不敢介绍的一部作品。"(《文集》卷 10,第 316 页)1947 年版中译本加入了作者自传、苏联关于该小说的评论文字、译后记。译本还加入了亚历克舍夫的插图。作者在自传中写道:"1922—1924 年我写了一部长篇小说《城与年》,这部作品的整个结构反映了我的全部经历:实际上是我在德国做俘虏期间对世界大战的感受,以及革命所厚赐予我的生活经历的形象理解。这部长篇的形式(特别是它的结构),反映了当时文学上革新的尖锐斗争。我在被俘期间收集的剪报,以及表面看来毫无价值的德国军队生活的文件,都尽了自己的作用,帮助了我再现了德国市侩臭名昭著的所谓爱国主义和狭隘的民族主义、嗜血成性的疯狂,以及在崩溃和威廉逃亡之后的极端绝望。这部作品的德译本,同其他暴露战争的书籍一起随着希特勒的下台,在德国被付之一炬。"(《文集》卷 4,第 456 页)

《城与年》之所以吸引译者的是它尖锐地提出了重大的社会问题和道德问题,并作出了多种解释。费定由于他所积累的历史经验,使他有可能在 40 年代写小说时暴露德国早在 20 年代的社会生活中就存在的社会因素、思想意识因素和心理因素,而这些正是导致法西斯政权的萌芽和诞生。小说促使读者对历史进行严肃认真的思考,对中国当时的政治现实进行独立的探讨,从而产生冲动,因为人人都必须确定自己在发生事件中的作用,选择自己对生活的态度。主人公安德烈·斯塔尔佐夫的命运,在许多方面都很有教益。他聪明,有修养,热爱自由,满怀对善与美的信心,但在残酷的世界里,他缺乏精神力量去行动,去积极地反对邪恶,来保护自己的理想。斯塔尔佐夫之死证明了小说谴责优柔寡断,谴责消极态度的人道主义思想。"作者在这里提出了个人与社会之间相互关系的基本问题,谴责了知识分子安德烈脱离社会的个人主义。"(《文集》卷4,第444页)但费定并不想直接解决人道主义问题,用单一的布局来刻画他的人物。"《城与年》作者绝不是追求说明'正确的'、众所周知的道理,他的人物都有艰苦、丰富的生活,生活中允许有错误、有怀疑,看来还有不合逻辑的行为。"(《费定12卷集》,卷1,第381页,莫斯科,1982—1989)"译者序"里注意到小说破坏了通常叙述的习惯及运用复杂的结构,没有按时间先后顺序讲述,这使小说的众多线索具有奇特的色彩。小说《城与年》结构本身在一定程度上反映主人公精神的错乱、自然界的五光十色和瞬息万变、个人命运的突然转折。译者指出:"这种章目的倒置(亦即年的倒置),使小说平添了无限的神秘色彩与悬念,使小说情节紧张,事件急转直下地展开来,使读者的注意力一直集中到底,不终卷是不会释手的。"(《文集》卷4,第443页)1982年《外国文学》杂志第3期发表了《怀念费定》一文。曹在文中写道:"《城与年》也就成了我翻译的最后一本书,从此结束了我介绍翻译苏联文学几十年的繁华翻译生涯。"(《文集》卷10,第479页)

曹在译这部小说时,于1945年9月16日致父亲的信中写道:"儿自9月1日起至1月1日止,在家休夏。实际是乘此机会从事译作。继续半年前开始之大著(《城与年》,三十余万字)比《铁流》多三分之一。每日由一千五百字译至三千字。此外看报、休息。家中一切均好,儿等身体亦颇健。中国等到胜利了。因初胜利,一切仍觉黑暗混乱,故每人均感茫然。然人民真正翻身之日不远了。儿何时出川,现不能定。第一步先带家眷随协会先至南京,俟大局安定再看,或留会,或另就它事。重新出版的《三姊妹》现奉上。"(《文集》卷11,第412—413页)

1946年5月初,国民党政府由重庆迁往南京。1946年5月10日曹携妻儿离开渝郊寓所,"当晚入城。次晨七时苏联使馆便机起飞。天空晴朗无风,故甚安稳,如坐室中。正午十二时即安抵南京(到京即有大车往接),一切均好,仰祈勿念。现暂寓友人处(借房一间),一面找房。房子之难与贵,恐史无前例……食品、木柴、煤炭均较重庆贵两三倍。真正可怕。"(《文集》卷101,第415—416页)

曹不顾生活艰困和不断加紧的特务监视,继续从事中苏文化协会"苏联抗战文艺丛书"的主编工作。1946年8月上海图书出版公司出版了他编译的《致苏联青年作家及其他》一书。曹在"前记"中写道,大约15年前,苏联开展了对初学写作者的教育培养活动。"在当时有利的条件下,出版了不少专门教育青年作家的书刊。高尔基主编的《启蒙》杂志就是光辉的典范之一。当时列宁格勒作家出版社出版了《我们怎样写作》,收入18位作家的创作经验。"(《文集》卷10,第3页)"前记"中举出了要求这18位作家回答的16道调查题。曹当时就认为收入书中的文章对中国作家在写作方面的成长大有裨益,但这些文章都能在各杂志上零星发表。早在1941年他就已准备出版单行本,但直至五年后才得以出版。集子收入阿·托尔斯泰、拉夫列尼约夫、左琴科、列别进斯基、绥拉菲摩维奇、加林的文章。集子于1949年2月再版。

1948年7月曹收到赴清华大学任教的聘书,即赴清华任教。年底妻子偕一双儿女赴平。1949年4月,曹作为中国代表团成员之一赴布拉格出席保卫世界和平大会,并于9月21—30日出席全国人民政治协商会议。会议参与中华人民共和国成立筹备工作。10月3日,曹在致胞弟的信中写道:"人民政权建立,自由幸福地生活即将逐步实现……要虚心地向地方党政领导人请教,他们各方面都是久经锻炼出来的人,要处处拜他们为师,并发动、影响地方人民同他们合作。因为他们是全心全意为咱们地方父老兄弟谋幸福的……帮助他们,实际上完全是帮助咱们人民自己。望将此志向一切人宣传,说服他们。这是有远见的革命人士努力数十年才得到的政权……我们在外均好,时时为人民事业而努力。唯过忙,但精神是很好的。因为我们看到了胜利,看到了迫害我们数十年的法西斯国民党毁灭了!这是全人民欢笑的日子,精神哪有不好的呢!"(《文集》卷11,第233页)

为中华人民共和国服务

在曹一生向往的共和国里,从建国伊始,他的俄语和俄罗斯文学的知识,他的文学活动和出版活动的经验,他在国内翻译界的威望,都为国家所需要。1949年10月5日,社会各界近1500名代表成立了中苏友好协会。曹被推选为中苏友好协会总会理事会成员之一。那些日子,曹陪同来华出席庆典活动的由法捷耶夫率领的苏联文化代表团。法捷耶夫在庆典上发言时,对中国的朋友们说:"中国所取得的具有世界历史意义的胜利,不仅仅是政治上的胜利,也是中国文化的胜利。文化最伟大的意义在于对人,对劳动者的尊重,对全民教育的尊重,对不分肤色的人民的尊重。"(《中国人民万岁!》,法捷耶夫著,《文学报》,1949 年 10 月 8 日)

在有利的历史条件下,曹把响应全国内掀起全民教育及文化高潮、巩固中苏合作定为自己的努力目标。1949 年秋,曹由清华大学调至北京大学任教,1951 年创立了俄罗斯语言文学系,曹担任系主任直至 1983 年。大批学生考入俄语系,因为他们读过曹的译作,了解他的活动,想走他走过的路,以促进中苏两国的合作为职业。曹非常关心制定和改进系教学大纲,关注教学法的完善。1951 年 6 月,他出席了全国高校教改会议,在大会上谈到自己的设想。他过去的学生和系里的教师至今还亲切地回忆他,缅怀他的殷切关心、平易近人和作风民主。1953—1956 年在俄语系教授《俄国文学史》的基辅大学教授卡普斯京在 1990 年回忆曹时写道:"我们作为在他身边工作的苏联专家,从他身上看到了中国人民最崇高的品质。"(《曹靖华纪念文集》,第 491 页)曹素有的对劳动的热爱、责任感,对重要工作的全身心投入影响了系里的全体同仁,为他们树立了独特的榜样。在他的领导下培养出了大批优秀的专家。

1950 年冬,曹与杰出诗人艾青成为著名评论家和理论家周扬主管的文化部下属编审委员会的副主任。曹和经验丰富的翻译家、出版家蒋天佑共同负责主管翻译作品的编审处。曹在 1950 年 12 月 10 日致戈宝权的信中说,该处的宗旨"以出版苏联作品为主。"(《文集》卷 11,第 55 页)

曹被选为中国保卫和平委员会主席团成员、中苏友好协会总会理事、北京分会副会长,他还被推选为河南省人大代表、省政府委员。1954 年 8 月他被选为全国人民代表大会代表,出席第一、二、三届人大会议。1959 年 1 月,茅盾任主编的《译文》杂志改组为《世界文学》,由曹担任主编。自全国作家协会成立之日起,曹就一直参加领导层的工作,1960 年 8 月当选中国作家协会书记处书记。曹经常率中国文化工作者代表团出访苏联和世界其他国家,经常与来华的外国作家晤谈。

曹还经常在报刊上发表文章介绍俄罗斯著名作家和他们的作品,介绍俄罗斯文学的特点及对中国社会精神生活的意义。粗略地列举一些篇目,就足以说明他的敬业精神:《苏联文学在中国》(《文艺报》1949 年第 2 期、《新华月报》1949 年,第 2 期)、《苏联文学的奠基人高尔基》(《人民日报》,1950 年 6 月 18 日);《谈女作家潘诺娃及其小说〈旅伴〉》(《中苏友好》1950 年,第 5 期)、《谈苏联文学》(《人民文学》1951 年,第 1 期)、《中国人民的伟大战友——高尔基》(《人民日报,1951 年 6 月 18 日》《果戈理百年忌》(《人民日报》,1952 年 3 月 3 日)、《苏联文学帮助我们青年塑造新品质》(《中国青年》,1952 年,第 19 期)、《马雅可夫斯基同中国人民在一起——纪念马雅可夫斯基诞生 60 周年》(《人民日报》1953 年 7 月 20 日)、《关于研究和介绍苏联文学》(《文艺月报》1953 年,第 10 期、第 11 期)、《伟大的作家果戈理》(《大众电影》1954 年第 7 期)、《高尔基领导我们——纪念高尔基逝世 20 周年》(《人民日报》1956 年 6 月 18 日)、《苏联文学——我们的鼓舞者,感谢你!》(《译文》1957 年第 11 期,第 12 期)、《太阳从东方升起——纪念肖洛姆·阿莱赫姆诞生百周年》(《人民日报》1959 年 11 月 24 日)、《春风啊,"把亲切温存的细语"送到塔拉斯耳边!——纪念塔拉斯·谢甫琴科逝世百周年》(《人民日报》1961 年 3 月 11 日)、《红旗在召唤——纪念高尔基诞生 95 周年》(《人民日报》1963 年 3 月 28 日)。

曹翻译的契诃夫和苏联作家的作品,在 50 年代大量再版。报刊上不断有人发表文章讲述他们通过曹翻译的作品了解俄罗斯文学、并对他们的世界观和精神世界有很大影响的故事。这些故事的作者有国务活动家、军人、教师、工人、农民和大、中学生。如果把他们讲述的故事编成书出版,那将是厚厚的一大本。

1966 年 6 月,所谓的"文化大革命"开始,曹也成为它的牺牲品,横遭侮辱和批斗,被迫从事无效的侮辱人格的劳动。他遭到抄家,和苏联作家以及中国作家的通信全部丧失,手稿和照片也荡然无存。1968 年底红卫兵深夜又将曹从家中劫走,秘密关押,直至周恩来过问,他才得以重获自由。1976 年 11 月 19 日,曹在写给侄女曹秀玲的信中写道:"日前得确信,'四人帮'计划要打击三人,我是其中之一。实际上,我不怕,他们也打不倒。一个人的存在与否,要看他对社会做了多少有益的事,如干尽坏事,不打也会完。对社会做了好事,打也打不倒。我的书不是在全国流传吗?"(《文集》卷 11,第 385 页)显然,曹意识到自己完成了对祖国同胞的责任,满怀真理必胜的信心,这是他的精神支柱,帮助他承受了落在头上的灾祸。

1976 年 10 月,粉碎"四人帮"结束了恐怖的十年,国家恢复了正常秩序。曹写道:"这时我虽已进入耄耋之年,但犹觉精力充沛,仿佛焕发了二度青春,故吟小诗:

> 由来花甲称人瑞，
> 而今百龄正童年。
> 万里东风舞红旗，
> 无边春色满人间。

这是我的真实感受。'百龄童年'，我还没有到戴红领巾的年龄呢。"（画册《曹靖华》，第 84 页，河南美术出版社，郑州，1997）甚至从他的外貌也能看出他决意要摆脱多年来压在心头的抑郁之情。他剃掉蓄了近十年的胡须，甩掉了行动时不得不扶的拐杖，开始了他社会活动的新时期。他当选为第五届、第六届全国人民政治协商会议全国委员会委员。他成为中国作家协会顾问、理事会名誉理事、中国翻译工作者协会名誉理事、鲁迅博物馆顾问、苏联文学研究会顾问、外国文学研究会顾问等职。80 年代初，中国筹备出版《中国大百科全书》，曹成为编委会成员之一。他将注意力放在"外国文学卷"的出版上，精心编纂该卷有关俄苏文学的条目和注释。

曹不顾年迈，乘飞机、火车、汽车长途跋涉广东、广西、福建、四川、陕西等省的许多地区。每到一处，他都兴致勃勃地关注当地经济生活和文化生活的特点，与群众推心置腹地长谈。已经发生的变革使他欢欣鼓舞，他希望支持一切有益的新事物。他在回故乡访问之后，于 1981 年 11 月 10 日，写信给他的故乡的县领导，毅然决然地建议在有医用价值的温泉建疗养院。在他的建议下，温泉已于 1984 年投入使用。沿途的见闻和感受成为他创作在中国被称之为"散文"这种文艺形式的动力。散文的内容和形式十分自由，不受任何条规和结构的限制。文章从主观出发，也就具有抒情的特点。其次则侧重描写大自然、各种事件或人们的活动。第三，文章的目的在于抒发作者个人的感受或谈论某一话题。散文这种形式往往一篇文章三个特点紧紧地、有机地融合在一起，难分彼此。中国的散文涵盖了东方文学中常见的各种短小的文章形式，诸如：游记、哲理性抒情文章、回忆、札记。曹自 1951 年开始常写散文，但真正积极投入短小精悍的散文写作是 1980 年以后。当时他写散文的数量增加，题材也更加广泛。他写中国几十年的文艺活动家，写苏联作家，写苏联各个共和国和城市，写中国不同省份的自然风光和人。

曹在创作上继承并掌握了不同的传统文化的经验。在中世纪的中国有许多没有情节、评价很高的优秀散文，很受知识分子的重视。这种用犀利的古汉语(文言)写成的文章使作者遐迩闻名。唐宋八大家的文章被公认为范文,至今被人们广为传诵。谢大光的一篇文章就曾引述曹的话说:"中国古代散文,特别是唐宋八大家的文章,是很有学问的,值得好好学习借鉴。"(《曹靖华纪念文集》,第 196 页)曹的散文就显示出他善于运用感人至深的形式来表达细致的思想和情绪。他的散文具有语言富于韵律、旋律优美的特点,可说是字字珠玑,句句透辟,总体构成一件完美的艺术品。在没有一定情节的中国古代散文中普遍运用的对比、叠句、诘问等文章作法,曹在写作时经常运用。他善于在文章中引用古诗词,引用个别的词或短语,从而能更加突出词意的微妙之处,赋予词句特别强烈的感染力。

在当代政论文中占有杰出地位的鲁迅的经验对曹至关重要。杨贺松在 1978 年 5 月的一篇文章中指出:"也许因为曹对鲁迅的文章十分熟悉,所以他的散文风格有近似鲁迅的地方。"(《曹靖华散文集》,第 593 页,陕西人民出版社,1983)一年后,吴周文在《论曹靖华散文的抒情风格》一文中写道:"同时我们还可以看到,曹的散文风格还受到鲁迅《朝花夕拾》的潜移默化的某些影响,如往事漫记、融情于事的返璞归真,大开大阖、不离题旨的从容洒脱,叙写中间陡露锋芒,顺手一击的机智,抒情语言的简洁和洗练等方面,都较明显地流露出'鲁迅式'的作风。"(《曹靖华散文选》,第 614 页)但也有评论者注意到曹具有独特风格,与鲁迅的风格绝然不同。鲁迅常常冷嘲热讽,嬉笑怒骂,尖酸刻薄,甚至无情。在严峻的书检面前,他不得不采取讽喻的手法,运用寓言式语言。鲁迅大部分杂文的特点在于其鲜明的政治倾向,针砭时弊,在于其论战性和揭发与暴露的主题。1991 年 12 月 1 日,孙琴安在香港《大公报》上发表文章指出:"曹的散文以抒情见长,他无论写人记事,描绘景物,或发表议论,字里行间都带有一股浓烈深长的抒情意味。"(《曹靖华纪念文集》,第 276 页,河南教育出版社,1992)他还指出:"在中国现代作家中像曹靖华这样浓重的抒情色彩是极为少见的,他没有一篇散文不带情愫,抒情成了他散文的主旋律。"(《曹靖华纪念文集》,第 277 页)

由于从事多年的翻译工作,曹出色地掌握了用词和表达俄罗斯作家不同创作风格的精湛技巧。冷柯在《把握时代发展趋势——谈曹靖华的文学翻译和散文创作》一文中写道:"曹靖华的文学翻译很注意选择富有民族色彩和诗韵的作品,并且努力把它的风姿创造性地、完整地再现出来。"(《曹靖华纪念文集》,第 315 页)自然,译者甚至也会在无意中吸收俄罗斯作家的成就。吴周文指出:"契诃夫抒情的沉郁而热烈,形式的严谨和简练,对于他的许多作品的中国翻译家曹靖华来说,不是没有影响的。"(《曹靖华散文选》,第 614 页)

像契诃夫一样,曹的目的并不在于描写他那个时代的重大事件,而是着力于再现事件背景的细节、具体的特征和人们的活动,从而给读者开辟一条更深入了解个性和社会进程实质的途径。曹从契氏的风格中领悟到生活习俗的特点、细节,在某个方面引人注目的事件都是社会生活和人们心理活动的标识。曹善于塑造真实、鲜明、感人的形象,毫无疑问,这与熟悉契氏的文学遗产是不无关系的。

在掌握创作技巧方面,曹号召学习鲁迅的榜样。鲁迅博览群书,学贯中西,力图深究书中的奥秘。曹写道:"应当取其所长,弃其所短。这就像蜜蜂酿蜜一样,蜜蜂从百花中采蜜之后,经过精酿,很难分辨出那是从什么花采来的。散文也应从各方面吸取营养,酿成佳蜜,把成品供给读者。"(《曹靖华纪念文集》,第 176 页)曹自己就阅读过大量文学著作,谙熟中外不同作家的创作方法。"然而,曹靖华有自己的创造,有自己的风华,有自己的独特的艺术个性,是找不到任何模拟风格的痕迹的。"(《曹靖华散文选》,第 614 页)

曹指出尽管散文对形式没有严格的规律,但这也绝不意味着毫无约束,在文章中可以写一闪即逝的思想,写不值一提的事件,或遣词用字漫不经心。他认为短小精悍的散文特点,首先取决于作者对现实的认知和对生活的态度。1983 年,曹想到伟大诗人陆游(1125—1210)示幼子子遹的诗句:

> 汝果欲学诗,
> 工夫在诗外。(《文集》卷 9,第 542 页)

曹反复强调,仅凭思想和生活的真实,还不足以写出真正的文艺作品。这需要艺术形式,特别是它的艺术性。"一篇好的散文,要有完整的构思,深邃的意境,恰当的剪裁,优美的语言,从开头到结尾,包括中间的发展,看上去都像'天衣无缝',是一件精致完美的艺术品。"(《曹靖华纪念文集》,第 174 页)曹认为"写文章,特别要注意构成散文的'建筑材料',即砖瓦。散文的砖瓦,首先是语汇。语汇必须丰富,语汇贫乏是造成'死文章'的原因之一,'死文章'是没有人看的,语汇越丰富,文章就越生动,越能吸引读者。"(《曹靖华纪念文集》,第 175 页)

中国评论家一致高度评价曹文章的语言结构、韵律布局、词汇和语句的构成。"除了浓厚的抒情色彩外,语言的朴实自然,也是曹靖华散文的一大特色。"(《曹靖华纪念文集》,第277页)曹的散文具有温馨、自然和坦诚的特点,试举两点对曹语言艺术的看法:曹的散文"语言质朴、清新、文白相间,外散而内工;运笔平易自然,感情真诚深挚,淡泊如闲话家常,读来却余味无穷。"(《曹靖华纪念文集》,第195页)第二点看法是:"曹靖华的散文有他独特的艺术风格。他的文章不追求华丽的辞藻,不追求奇险的情节,一切如实写来,朴素平淡,但又十分耐人寻味。读他的散文,好像听一位饱经沧桑的老前辈,在雪夜围炉话旧。他似乎是漫不经心地在聊天,但其中含有深刻的道理,值得细细体味。"(《曹靖华散文选》,第593页)

1962年8月,作家出版社出版了曹的散文集《花》,收入了25篇散文。在谈到作者为何以"花"作为书名时,曹在"小跋"中写道:"倘要问,答曰:我爱花。"(《文集》卷9,第237页)《花》这篇优美的随笔创作于1961年3月,文章的开头是:"古今来,有多少诗人用自己的名句对花纵情咏叹呢!苏东坡甚至——

只恐深夜花睡去,
故烧银烛照红妆。

惜花如此,岂独东坡为然哉?"(《文集》卷9,第174页)曹写道,1949年以后,每逢春季,他就在自己的庭院里种花。"花,它那芬芳艳丽的色香与充满活力,令须发霜白的人,闻鸡起舞,不知老之将至;令青少年倍感朝气蓬勃,生力无穷。花,它给人带来喜悦,令人在劳作之后,得到更好的休息。这喜悦和休息是新的战斗前的必要休整。花,它使人在劳作之后,更好地消除疲困,养精蓄锐,准备用这磅礴的新鲜活力去迎接下一场的劳作和战斗……"(《文集》卷9,第174页)

曹将花比作开展社会主义变革的祖国春天的化身。1980年2月3日,他在写给姜德明的信中谓叹道:"'新生代'的象征,除了木石,谁不爱呢?"(《文集》卷11,第104页)

从散文集的书名也可以看出作者对"愿花长好!"这一至理名言做出回应。书名说明了作者学习传统的民族文学并创作出富于美感作品的愿望。他举出古时的一句俗语:笔生花,并希望在他笔下能写出绘声绘色的优美文章。他在与王黎晖交谈时说,散文集的书名是从他非常景仰的诗人、画家、书法家郑板桥(1693—1765)的遗墨里摘取的。郑板桥在诗画中满怀激情描绘竹菊和野李树,这些自12世纪起就象征完美男性心灵的纯洁和善良。"我平生喜欢郑板桥的'花'作书名。"(《曹靖华纪念文集》,第195页)

至于散文集《花》受欢迎的程度,由谢大光的文章(刊于《文艺报》1982年,第8期)足见一斑。"我的藏书里有一本曹靖华同志的散文集《花》,这是20年前,我从内蒙古草原一个边远小镇的书店里买到的。那时我正在部队。边疆的莽莽群山之中,紧张的军旅生活之余,这一束清丽的鲜花曾给了我宝贵的精神营养和美的享受。在连队,这本书曾不断被战友借去,有的人还把书中一些佳句工工整整地抄在本子上,即使在'文化大革命'期间,《花》虽然被打入'毒草'之列,但这种私下的传阅却并没有停止。"(《曹靖华纪念文集》,第190页)

1973年7月陕西人民出版社以极大的勇气,成功地出版了曹新的散文集。其中10篇出自散文集《花》,另加入10篇1962年的新作。书名《春城飞花》,撷拾自8世纪唐代诗人韩雄的名句:"春城无处不飞花"。(《文集》卷9,第404页)散文集印行7万册,很快就销售一空,因为在那晦暗的十年,这是唯一用激情和乐观主义精神写成的书。"人们从这本薄薄的小书中,似乎感到了春天的'临近'。"(《曹靖华纪念文集》,第195页)"四人帮"将散文集的出版视为挑衅,已经写好恶毒的批判文章,列数集中的"黑观点",污蔑它传播"有毒的资产阶级思想"。后来曹不止一次地说,若不是"四人帮"及时垮台,他早已入了坟墓。

文化革命结束后,曹经常在报刊上发表新创作的散文。1978年5月,上海文艺出版社出版了曹的第三本散文集《飞花集》,收入了39篇散文。1979年6月《春城飞花》由陕西人民出版社再版。1981年4月,上海再版《飞花集》,在1978年版的基础上,增收了15篇新作。1983年1月,陕西人民出版社出版《曹靖华散文选》,收入74篇散文及4篇有关曹散文的评论文章。曹在"后记"中写道:1981年版《飞花集》仅印了9千册,书店到处见不到。印这么多,"像沙漠渗水,一滴水落到戈壁滩上,立刻就不见了。据说,这是纸张缺乏的缘故。我想纸张无论如何,总不致缺到这样的程度。否则,既然纸张缺乏,为何侠义小说之类,到处满天飞呢?!"(《文集》卷9,第523页)

曹坚持认为不能把书仅仅视为商品,从中获取经济效益。"这不是小事,这关系到新的一代走什么道路,接谁的班的问题。"(《文集》卷9,第

523页)1987年曹彭龄(作者之子,外交官,作家)编了一本《曹靖华抒情散文选》,收入33篇散文。编者认为有必要将曹的散文定位为"抒情"散文。"因为实际上只有'发之于情'方能'行之于文'。不'抒情'的'散文,恐怕是没有人爱读的'。父亲历来反对把文章变成'木乃伊',主张不但注重文章内容的充实,而且要注意文章的技巧和艺术感染力,讲究散文的节奏、意境、文辞,以及音调流转和谐。"(《曹靖华抒情散文选》,第270页,作家出版社,1988)

评论家指出,曹擅长传神地刻画他所描写的各种人物的、外在形象和内心世界。"也许是因为他对鲁迅知之甚多,爱之甚深,所以每逢写到鲁迅时,总能出现精彩的段落。把这位伟大人物的一举一动、一言一笑都刻画得十分逼真。"(《曹靖华散文选》第594页)曹深知鲁迅逝世后,社会总会有一些人想借鲁迅的名义保护一些小团体的利益,以达到他们的政治目的。

文化革命的年代里,鲁迅30年代写的部分杂文被利用来镇压意识形态方面的对手和泄私愤。江青借口捍卫伟大作家鲁迅的社会观点和美学观点,发动了对杰出戏剧家夏衍、田汉、阳翰笙的批斗。她始终认定在30年代的上海,这三位戏剧家阻碍了她的演艺前程。现实主义作家鲁迅无论在任何政治环境中都讲真话,发表自己独到的见解,这被文化革命的鼓吹者们视为异端。曹写道:"近年来的'四人帮',均把鲁迅视为眼中钉。而我与鲁迅深交,'四人帮'长期来厌恶我。"(《文集》卷11,第385页)

鲁迅逝世后,曹不断写文章,演讲,以还鲁迅的本来面貌,揭示他在中国精神生活中和文化史上的真正地位。从下列不完整的篇目可以看出曹的努力:《新译俄文〈鲁迅全集〉》(《人民日报》,1949年11月27日),《罗汉岭前吊秋白并忆鲁迅先生》(《人民日报》,1951年10月21日),《怀鲁迅》(《中国青年》,1956年,第19期),《窃火者——鲁迅先生介绍外国文学前前后后》(《中国青年》,1956年第18期),《漫谈鲁迅》(《广西日报》,1962年11月14日),《谈鲁迅研究的几个问题》(《新侨南报》,1962年11月28日),《只研朱墨作春山——为鲁迅展赴日而作》(《人民中国》,1976年第7期),《往事漫忆——鲁迅书简》(《鲁迅研究年刊》,1975—1976年),《电工鲁迅》(《上海文艺》,1977年第1期),《往事漫忆——鲁迅谈写作》(《光明日报》,1977年11月13日、20日、27日),《继承鲁迅的传统》(《世界文学》,1977年第1期),《点滴忆鲁迅》(《鲁迅研究年刊》,1979年,第1期),《鲁迅与秋白》(《光明日报》,1983年3月26日),《回忆鲁迅先生点滴》(《新港》,1981年第1期),《回顾往事忆鲁迅》(《高山仰止》,上海文艺出版社,1986年8月,《鲁迅逝世50周年纪念集》),《愿鲁迅精神在出版界发扬》(《文汇读书导报》,1986年12月13日)。

　　曹作为鲁迅战友和对手中保存鲁迅遗产的杰出研究者之一,于1975年11月被任命为鲁迅博物馆顾问,协助组织鲁迅研究的工作。据不完全统计,鲁迅共寄出书信5600余封,其中约300封是致曹的。遗憾的是现在仅存85封半。曹在离开封出走前夕,将书信交由友人保存,但友人担心罗致牢狱之灾,将信件付之一炬。曹在离开列宁格勒前将鲁迅寄到列宁格勒的书信藏到精装书的书脊里,经旅居比利时的一位二中同学的帮助转寄国内。曹将这种为躲避国民党反动政权邮检而经欧洲转寄的办法称作"二仙传道"。抗战时期,他精心保存了鲁迅寄给他的信件。在日寇轰炸重庆时,他总将这些书信装在一只箱子里随身携带。曹回忆说,"有一次,警报解除后,一出防空洞,我的房子被炸成一堆瓦砾。可是装着鲁迅书信的手提箱却安然在我手中。天地间没有什么比这更令我心安理得了!"(《文集》卷9,第343页)

　　1965年曹用了近半年的时间整理了收藏的鲁迅书信。他根据"鲁迅日记"和他自己的回忆,将书信按年份顺序排列,信中化名、人名缩写和地名、生活中用的暗语都作了注释。他回忆了通信时的政治和生活背景,认为有必要出版一本鲁迅书简和注释,以便更全面、更准确地去理解这位伟大作家的生活情趣、文学爱好和道德人品。"有些书信,甚至比当年公开发表的文章更重要。因为当年在白色恐怖下,公开发表的文章要经过反动政权的'图书杂志审查委员会'检察官的审查,才能发表。因此,作者在下笔之前,先要考虑到何者能通过那一'关'……至于书信是写给收信人看的,不必经'检察官'过目。"(《文集》卷9,第480页)曹将这批书信连同他所作的注释全部捐献给了鲁迅博物馆。1973年他又认真将这些材料重新过目,1976年《鲁迅书简——致曹靖华》由上海人民出版社出版。1979年曹对注释重新作了校勘。

　　曹一生具有非凡的工作能力。他精力充沛地从事多种工作。早在1981年12月13日《人民日报》上就刊登了他的《我和忙人操》一文。曹兴致勃勃地写道:"我今年81岁了,身体还算可以,这主要归功于体育锻炼……这套忙人操还是我在开封省立第二中学读书时学的。五四运动时,真是忙得晕头转向。恰好,学校从江苏请来一位体育老师,他见学生都很忙,就教了一套忙人操。我很快学会了,做做操果然神清气爽。从那时起,六十多年了,我始终坚持不懈……现在有时工作两三个小时,脑子就麻木了,很简单的意思也表达不出来。这时候,放下笔,走一走,做一做忙人操,再坐到桌边来,就觉得词多意盛,顺笔成章……生命在于运动,这话是有道理的。"(《文集》卷9,第486—487页)

遗憾的是1983年之后,曹被迫住院多年。一次他在噩梦中被国民党特务追逐,摔下床来,造成股骨颈骨折。从此他活动受到限制。但他仍继续关注国内的政治文化生活,将感受写成文章。他在医院病房接待国内的文艺界同行和外国朋友的探访。舆论普遍对他十分敬重。1983年10月13日,北大举行了曹靖华从事文化教育工作60年的纪念活动。高层政要和著名学者、作家、翻译家恭逢盛会致贺。北京大学校方宣布正式成立"曹靖华译著集"出版筹备小组。

1987年5月7日,由北京大学、中国作家协会、中国翻译工作者协会、鲁迅博物馆、陕西人民出版社、《世界文学》编辑部、《关东文学》编辑部联合在北京举行曹靖华90华诞纪念会。1987年3月30日,列宁格勒大学学术委员会授予曹靖华名誉博士学位,以表彰他在发展科学和传播人文科学知识领域的杰出贡献。5月15日,由苏联驻华大使特罗扬诺夫斯基将名誉博士学位证书亲授给曹。8月4日,苏联政府授予曹靖华各族人民友谊勋章。曹看到国内和俄罗斯都高度评价他的事业、礼赞他的情操,这一切帮助他像他的性格所注定的那样,平静、安详、坦然地告别人世。1987年9月8日,凌晨3时53分,曹靖华的心脏停止了跳动。

参加葬礼的人很多。灵柩上覆盖着缀有"一代宗师"四个大字的红旗。在他辞世后的十年内,中国陆续出版了他的译著、散文集,以及有关他的书籍和文章。1988—1993年《曹靖华译著文集》(共11卷)在北京问世。

1977年10月20日,北京大学举行了曹靖华诞辰学术讨论会。与会者特别指出曹在巩固中俄两国友好交流所作出的贡献,指出他在翻译出版俄罗斯文学方面的成就正符合进步社会舆论的精神要求,有助于当时国内文学创作任务的解决。会上也特别强调曹对中国文艺评论发展的重要贡献,对曹在国内现代化生活中确立鲁迅传统的作用所作的努力也给予了高度评价。会上还指出曹对丰富充实文学翻译理论也做了大量的工作,无私地介绍了自己丰富的翻译经验。北京大学于1998年作出决定,在俄语系入口处搁置了曹靖华青铜胸像。俄罗斯驻华大使罗高寿在一次纪念会上发言说:"曹靖华是中国人民的伟大儿子、爱国者、国际主义者,是我国的伟大朋友,曹靖华教授始终站在为巩固和发展俄中两国和两国人民相互理解、睦邻友好、相互合作这一事业的行列里,为这一事业奉献了毕生的精力和全部的工作。"

此外,俄中友好协会第一副主席库利科娃在曹靖华百年诞辰纪念会上的发言中热情称赞曹的女儿曹苏玲的话是公允的。曹苏玲是从俄、英两国文字翻译外国文学作品的著名翻译家。她翻译的第一部小说是潘诺娃的《旅伴》(1950)。之后出版了《卡扎科夫中短篇小说集》。这之后又陆续出版了与人合译的《感伤的罗曼史》(潘诺娃)、《伊凡·杰尼索维奇的一天》(索尔仁尼琴)、《州委书记》(柯切托夫)、《白比姆黑耳朵》(特罗耶波利斯基)、《战争风云》(赫曼·沃克)等。库利科娃说:"曹靖华教授离开我们已经十年了,为使曹靖华的全部译著重新奉献在读者面前,曹苏玲付出了不懈的努力。我想强调一点,曹苏玲编辑出版曹靖华教授的 11 卷文集所付出的努力,可以说是女儿为纪念父亲做出的真诚奉献。"1997 年 11 月 7 日《北京日报》的一篇文章在介绍了她的成就之后,也集中讲述了她的故事:"她放下她的翻译工作,默默无闻地为她的老父亲编文集。她完整地、全方位地、光辉地把一位中国翻译界和文化界有广泛影响的大作家,推到我们面前。对苏玲自己来说,她是父女情深,对我们广大读者来说,这是一件功德无量的事,难道不值得我们为之露布么?"对父亲伟大的爱,对父亲毕生为之奋斗的俄中两国人民文化交流历史意义的深刻理解,促使曹苏玲克服重重困难与障碍,在传布曹的理想和文学成就方面取得了成就。

1997 年 8 月 11 日,曹百年诞辰时,《人民日报》刊载了周明的纪念文章,文章的开头和结束语都是这样一句话:"曹靖华——这个光辉的名字,人们永远不会忘记!"

鲁迅在 1933 年的一封信中写道:"弄文学的人,只要(一)坚忍,(二)认真,(三)韧长,就可以了。"曹正是具备了这些品质,方作出了许多有益的工作。

今天俄中两国对过去历史的评价时常出现令人瞩目的新动向。曹曾经关注过的作家和作品,往往不再是现在人们在俄罗斯文学史方面所关注的作家和作品。然而,即使叶夫图申科经过回忆筛选后留下的对于卡达耶夫的评价,也没有完全失去正面理性的看法。苏联的作家们"卷入了那个充满种种梦魇、谎言和流血的时代,为时代所迫,即使他们的优秀作品都只能说是具有大事记的水平,但如果缺了那些作品,那段历史将会一

片空白。"(《怀念卡达耶夫》,叶夫图申科,《文学报》,1997年2月12日)

在对曹作出评价时,应当特别考虑到20世纪中国人民完成了历史的任务,曹是那些历史事件的积极参与者。他深信祖国在前进,深信变革是有益的。托马斯·曼有一句名言,他相信"人道主义将完善人类。"

中国也有一句名言:"前事不忘后事之师。"在缅怀曹和他的人民同俄罗斯人民的友好的感情时,缅怀他毕生对俄罗斯文学的热爱时,我们完全有理由相信,21世纪将是各国和各国人民文化相互影响,彼此交流,不断壮大的时代。

苏玲2001年译自1999年圣彼得堡国立大学东方系为纪念曹靖华百年诞辰出版的《纪念集》。这次借谢氏纪念文集出版难得的机会,将译文中个别地方据父亲留下的录音资料及文字资料作了有关事实的修订,但已无法请谢教授过目,思之不胜怆然。

(曹苏玲　译)

参考文献

1. В. М. 阿列克谢耶夫:《东方学》,莫斯科,1982。
2. М. В. 班科夫斯卡娅:《七颗耀眼的火花》,圣彼得堡东方学研究所,1993。
3. Р. В. 别洛乌索夫:《汉语作品及其作者》,莫斯科,1963年。
4. Т. М. 瓦希托娃:《列昂诺夫生平与创作》,莫斯科,1973年。
5. Б. А. 格罗尼穆斯:《鲍里斯·安德烈耶夫维奇·拉夫列尼约夫》,莫斯科,1993。
6. 《郭沫若选集》,莫斯科,1953。
7. Е. 叶夫图申科:《怀念卡达耶夫》,《文学报》,1997年2月12日。
8. 《中国古代哲学》,两卷集,莫斯科,1972—1973。
9. А. С. 伊帕托娃:《伟大光辉的一生——怀念曹靖华》,《远东问题》,1989,第2期。
10. А. С. 伊帕托娃:《一代宗师——曹靖华百年诞辰纪念》(《20世纪末,21世纪初中俄与其他东北亚诸国合作》第二部分),莫斯科,1997。
11. 《苏俄文学史》(莫斯科,1979)
12. В. Б. 卡达耶夫:《契诃夫的文学交往》,莫斯科,1989。
13. 《鲁迅全集》,人民文学出版社,1981。

14. Л. А. 尼科利斯卡娅：《曹禺》，莫斯科，1984。
15. В. В. 彼得罗夫：《鲁迅》，莫斯科，1960。
16. В. В. 彼得罗夫：《论曹禺创作及剧作》，莫斯科，1960。
17. В. В. 彼得罗夫：《中国哲学在彼得堡列宁格勒大学》，圣彼得堡，1992。
18. 溥仪：《我的前半生》，中华书局，1977。
19. 《孟子读本》，上海世界书局，1936。
19a. 《四部丛刊初编》，上海商务印书馆。
20. М. 谢曼诺娃，《契诃夫与苏联文学》，莫斯科-列宁格勒，1966。
21. 《绥拉菲摩维奇》，莫斯科，1959—1960。
22. Е. А. 谢列布里亚科夫：《曹靖华——契诃夫戏剧的中译者》，圣彼得堡，1997。
23. Е. А. 谢列布里亚科夫：《曹靖华翻译俄罗斯戏剧对当代中国精神生活和文艺发展的意义》，在"中国，中国文明与世界"第8届国际学术会议上的发言提纲，莫斯科，1997。
24. С. А. 谢罗娃：《16—17世纪中国戏剧与中国传统社会》，莫斯科，1990。
25. Л. Е. 切尔卡斯基：译：《中国20—40年代40位抒情诗人》，莫斯科，1978。
26. 索罗金，В. Ф.《茅盾的创作道路》，莫斯科，1962。
27. 《中国文化的命运》(1949—1974)，莫斯科，1978。
28. 《阿·托尔斯泰10卷集》，莫斯科，1958—1961。
29. С. 特列季亚科夫：《邓世华》(莫斯科)，1935。
30. 法捷耶夫：《中国人民万岁》，《文学报》，1949年10月8日。
31. 《费定12卷集》，莫斯科，1982—1989。
32. Л. 芬克：《列昂诺夫的箴言》，莫斯科，1973。
33. 曹苏玲：《这就是我的父亲》，《远东问题》，1989，第1期。
34. 《瞿秋白文集》(文学卷)，人民文学出版社，1998。
35. 《瞿秋白论文集》，莫斯科，1979。
36. 《契诃夫著作书信全集》(30卷)，莫斯科，1974—1985。
37. 《契诃夫印象记》，莫斯科，1960。
38. 陈烟桥：《鲁迅与木刻》，莫斯科，1956。
39. 施奈德：《俄罗斯古典文学在中国》，莫斯科，1977。
40. 《爱伦堡8卷集》，莫斯科，1990。
41. Л. 艾德林：《论中国当代文学》，莫斯科，1955。
42. 王西彦：《书与生活》，广州，1981。
43. 葛一虹：《契诃夫戏剧在中国》，《戏剧报》，1956年，第6期。
44. 叶歌：《我们心底的彩虹》，《解放军文艺》，1957年，第11期。

45. 《一束洁白的花——缅怀曹靖华》,文化艺术出版社,1988。
46. 刘勰:《文心雕龙》,人民文学出版社,1962。
47. 《五四运动时期妇女问题论文集》,北京,1981。
48. 《胡适文集》(四卷),上海,1923—1924。
49. 《鲁迅论文学》,北京,1959。
50. 画册《曹靖华》,河南美术出版社,郑州,1997。
51. 《曹靖华译著文集》(11卷),北京大学出版社,河南教育出版社,1988—1993。
52. 《鲁迅书信选集》(上、下册),人民文学出版社,1967。
53. 《飞华之路——访曹靖华》,陕西人民出版社,1988。
54. 《中国妇女生活史》,上海,1937。
55. 《中国话剧运动五十年》,北京,1958。
56. 《曹靖华纪念文集》,河南教育出版社,1992。
57. 《曹靖华抒情散文选》,作家出版社,1988。
58. 《曹靖华散文集》,陕西人民出版社,1983。

果戈理在中国

果戈理艺术遗产在中国的传播,以及他的作品译成中文的历史都与鲁迅(1881—1936)的新时期中国文学创作紧密相关。在日本学习期间(1902—1909),鲁迅毅然决然地与统治中国三千年的清王朝的、半殖民地半封建的中国社会生活决裂。之后作家在西方文学作品中苦苦寻找困扰他的社会道德问题的答案。当时对中国精神发展产生很大影响的俄罗斯文学唤起他的信念。

1907年秋,鲁迅同几位朋友一起跟一位私人教师学习俄文①。但很快情况不允许鲁迅继续学习俄文,改从日文和德文转译俄罗斯作家的作品和评论性文章。1933年,鲁迅回忆到"那时我最喜爱的作家是果戈理和Сенкевич"②。

日本学者小田岳夫证实,那时旅居日本的学者们最喜爱的作家是莱蒙托夫、契诃夫、柯罗连科、安德列耶夫,"特别是果戈理"。"反响最大的是《狂人笔记》《两个伊凡吵架的故事》《钦差大臣》,小说《死魂灵》都排之后"③。1907年《恶毒诗歌的力量》一文中指出了19世纪上半叶俄罗斯文学的卑微性和伟大性,鲁

---

① 见《鲁迅研究资料》,天津,1980年,第5期,第23、431页。
② 《鲁迅文集》,四卷本,莫斯科,1955年,第二卷,第123页。
③ 小田岳夫:《鲁迅传》,上海,1946年,第27页。

迅写道:"19世纪前叶,自有果戈理者起,以不可见之泪痕悲色"①。

翻译俄罗斯文学作品对鲁迅的社会观、道德观和创作观都产生了极大的影响,这点在他的1918年完成的《狂人日记》中可以得到证实,小说的出版开启了中国文学史上的新时期。1935年,在反思中国散文诗翻译史时,鲁迅写道,他的小说《狂人日记》《孔乙己》《药》等,陆续出现了,……颇激动了一部分青年读者的心。然而这激动,却是向来怠慢了介绍欧洲大陆文学的缘故。1834年,俄国作家果戈理就已经写了"狂人日记";……虽然我的《狂人日记》略晚些,但在暴露家族制度和礼教的弊害方面,却比果戈理更忧愤深广"②。

在认真思考过自己的创作道路后,作者坦言果戈理作品对他17岁时创作的第一部小说的影响:之后他的创作风格更加严谨。当然,鲁迅关注果戈理首先源于他对俄国文学的关注。俄国文学是"我们的导师和朋友。俄国文学在我们面前呈现了被压迫者的美好心灵,他的苦难,他的愤争;不由得我们不对四十年的纯文学作品寄寓厚望"③。在俄国文学中,鲁迅看到了他多年追求和渴望创作的思想源泉。"当然,作者必须具备某种观点。即要写些什么,在接下来的岁月里,我要做些什么,怎么做,持哪种'教育观点',也就是我认为的为生活和为了更好地生活而写作"④,作者在1933年写道。

虽然鲁迅知道普希金,并于1907年写下了他从浪漫主义过渡到现实主义的作品《俄国现实主义奠基人和鼻祖》⑤,但对他来讲受果戈理的影响更大些。鲁迅以果戈理的风格揭露社会恶习,他在小说中力图"剖析旧社会的语言,并全力关注,寻找医治的良方"⑥。鲁迅现实批判主义的作品很好地吸引了当时的读者。后来,著名的文学史专家刘大杰在1928年指出:"从最初的创作活动起,鲁迅就力求揭露社会的丑陋现象、现实世界里的黑暗。他在第一篇小说《狂人日记》里面,就是写现实与理想的争斗,真与伪、黑暗与光明的冲突,对于旧礼教的怀疑"⑦。伟大的中国作家

---

① 《鲁迅全集》,12卷本,北京,1956年,第1卷,第196页。
② 《鲁迅论文学》,北京,1959年,第194—195页。
③ 《鲁迅选集》,第2卷,第99页。
④ 《鲁迅选集》,第2卷,第123页。
⑤ 《鲁迅全集》,20卷本,上海,1938年,第16卷,第696页。
⑥ 《鲁迅文集》,第2卷,第95页。
⑦ 刘大杰:《寒鸦集》,上海,1935年,第5页。

将果戈理的《狂人日记》看作强有力的社会警钟。从果戈理处,鲁迅"确立了自己的写作方式和对社会恶习的批判(用狂人的眼睛观察周围的世界)"。

鲁迅用狂人的口讲述了某些原则。首先,作者尖锐地揭露了社会带给自己①思想上的陋习。1911年的反满革命令他失望,现代的政治举动令鲁迅感到孤独无助。因此,在旧势力的环境下,他觉得那些先进的人们是消除罪恶的希望。"请激励我,让我觉得自己是斗士。他们的想法是正确的,但他们是孤独的,于是我用声音援助他们"②。在接触社会的同时,鲁迅开始关注在社会生活中占有重要地位的传统中国文学。在古老的中国弥漫着一种气氛,国家由愚昧的统治者左右着人们的灵魂。在古文献《诗经》中,有首诗歌痛斥责了无德的统治者:

> 硕鼠硕鼠,无食我苗!
> 三岁贯女,莫我肯劳。
> 逝将去女,适彼乐郊,
> 乐郊乐郊,谁之永号!③

他笔下的"狂人""白痴"指的是伟大诗人屈原(公元前340—前278年),他不屈颜附媚,以死捍卫真理。借"狂人"之口能讲出自己的心中所想,而不屈服于社会。在中国,人们认为疯子口中出真话。"白痴口中有智者寻觅真理的语言"④——司马迁(公元前145—前87年)在《史记》中指出。因此,中国传统中的"白痴"形象与果戈理《狂人日记》中的人物相仿。艾德林很公允地评判道,"白痴就是白痴,是自我保护的自由人,是现实生活中中国读者能够相信的人,是鲁迅将憧想人物写入故事的自由个体"⑤。

在遵循传统艺术的同时,鲁迅的故事中有诸多创新成分。在此之前,中国的散文很少注意到主人公的内心世界;人物的心理活动揭示了他的行为倾向。果戈理的现实主义帮助鲁迅完成了民族散文心灵感觉的艺术复苏。

---

① 彼得洛夫:《鲁迅的生平与创作》,莫斯科,1960年,第151页。
② 《鲁迅选集》,第2卷,第95页。
③ 《诗经》,莫斯科,1957年,第386页。
④ 引文《韵律辞典》,上海,1936年,第一卷,第531页。
⑤ 艾德林:《鲁迅》//《鲁迅作品选》,莫斯科,1981年,第7页。

鲁迅笔下的人物,就如同果戈理故事中的主人公一样,都是被统治阶层中的成员。他与极有教养的人所不同的是,他的学识蕴含着深厚的中国式传统。

鲁迅笔下的主人公身上具有受过教育的特征和20世纪初中国人的世界观,这是其他国家的狂人所不具备的,他的行为只属于他自己的国家。虽然他是斗士,但在谵语中表现的仍是那个时代有教养的中国人所具备最好的学识。他记起古代智者"管子"讲述的关于春秋战国时期(公元前770年—公元前476年)的秦国一个大臣的故事:"我煮了自己的儿子,并把肉献给皇宫的统治者,任何时候都不要把肉分给弱者"。他从古史《左传》(公元前4世纪)中引用了两个经典,第一个源自宋国国都发生的一件事:战火中的的国君和他臣民为免于饿死,"骗杀了孩子并吃了他们",而另一个典故讲的是:有位大臣对被俘的两位敌国大臣说:"……我要吃掉你们的肉并盖着你们的皮睡觉"。运用中国文学引经据典的传统,鲁迅借主人公之口说出:"四千年来吃人的地方今天才明白"。书中所有国家的历史,"这历史没有年代,歪歪斜斜的每页上都写着'仁慈''正义''道德'和'高尚品德'。我横竖睡不着,仔细看了半夜,才从字缝里看出字来,满本都写着两个字'吃人'"。

在鲁迅的故事中,主人公终生都处于恐惧之中,周围的一切都是可怕的危险,身边所有的人都在等着吃他的肉。如果说果戈理笔下的人物在幻觉中(希望得到部长女儿的垂青;终于,他确信自己就是西班牙国王)也是安静、快乐的,而鲁迅笔下的人物则笼罩在恐惧与残忍之中。中国作家在描述自己笔下主人公的恐惧时运用了果戈理式的精神(比如,中篇小说《呐喊》)去描写人内心深处的异常:有的"越发气愤不过,可是抿着嘴笑";"有的仍旧是青面獠牙,抿着嘴笑"。

终生处于恐惧中的不仅仅是鲁迅笔下的主人公,还有为未来而忧心的、总想着吃人的所有人:"吃人的人自己也害怕,害怕动起手来,用怀疑的目光互相对峙"。而且都想战胜对方:"你们可以改了,从真心改起!你们要不改,自己也会吃尽。即使生得多,也会给真的人除灭了,同猎人打完狼子一样!"。

在借助呓语、不连贯的跳跃思维、无逻辑的流露表现狂人的精神状态的同时,鲁迅的故事揭示出笔下人物内心深处活动的连续性和逻辑性:害怕被吃掉,仇恨吃人的人,对丧失人性的人怜悯,幻想着良心的回归、祈盼由弱肉强食建立起来的未来世界免遭毁灭,并且——这是人物人道主义精神的高潮——痛苦与希望并存:"没有吃过人的孩子,或者还有?救救孩子!"这一故事情节出自果戈理小说的结尾处,作者借波普里希的谵语:"妈呀,救救你可怜的孩子吧!把泪水滴在他发烫的额头!瞧,他们是怎样折磨他啊!把可怜的孤儿搂在你的怀里吧!这世上没他安身的地方!大家迫害他!——妈呀!可怜可怜患病的孩子吧!……"

鲁迅没有避讳果戈理《狂人日记》中已有的故事情节。他描写主人公心理活动和内心状态时的画面,令人想起中国单色的水墨画。故事的感情色彩是单调的,主人公眼中看到的只有恐惧和不安。波普希里——"不仅仅是冲突的焦点,在他身上有戏剧演员的潜质"[1],只是鲁迅笔下的人物是悲剧式的。他惊奇地发现,世上的一切都将不复存在。

果戈理在叙述中引用了两只狗的"来往书信",戏剧性地以此将故事推向高潮;中国作家没有追求这种细节的描写,况且在它的作品中赵家那温顺、小市民式的狗与果戈理式有贵族派头的狗美琪和菲杰尔也不同,他着意刻画了主人公那病态的、可怕的复仇念头并随时准备去牺牲的心理。而在"赵家狗又叫起来了"句子之后,又有"狮子的雄心,兔子的怯弱,狐狸的狡猾……"。这些话显然是描述野兽的,而此时却用在了生活在无人社会的人的身上。中国古老的传统散文有复述的方法,而鲁迅没有这样构思,而是将这一情节拉向纵深,用狗带出一连串其他野兽的嘴脸。"记得书上说,有一种东西,叫'海乙那'的,眼光和样子都很难看;时常吃死肉,连极大的骨头,都细细嚼烂,咽下肚子去,想起来叫人害怕。'海乙那'是狼的亲眷,狼是狗的本家。前天赵家的狗,看我几眼,可见他也同谋"。

中国文学研究中普遍认为,鲁迅的故事有别于果戈理的《狂人日记》"首先在基础问题的处理上就有所不同。如果说果戈理关注的是社会的不平等、'小人物'的受挤压,则鲁迅给自己一个更重要的使命:他所追求的是解决摆在自己祖国面前的命运,消除封建家长式的制度"[2]。

实际上,中国作家作品的成功之处在于其巨大的暴露力,揭露了旧社会反人道的实质。但这点鲁迅是以俄罗斯经典作品为精神寄托的。毫无疑问,鲁迅的功劳在于,他视果戈理的遗作为最高艺术和最有力的社会讽刺作品。

---

[1] 《赫拉普钦柯文集》,莫斯科,1980年,第一卷,第265页。
[2] 蒋春文:《果戈里在中国》//《俄罗斯文学》,1959年,第2期,第193页。

★★★

受伟大的十月革命的影响,1919 年反殖民地反封建的"五四运动"开辟了中国为新精神文化、新文学而斗争的先河。从此中国人对俄罗斯及其俄罗斯文学的兴趣越来越浓。1920 年 2 月,《东方杂志》上写道:"在我们国家研究俄罗斯文学和意识形态的人数近期有突飞猛进的增长。这些都是可喜可贺的……俄罗斯对世界文学的贡献是巨大的。现代世界上有许多国家的文化生活和精神生活也在不同程度上影响着俄罗斯文学。〈……〉在阿列克桑德尔·普希金、米哈伊尔·莱蒙托夫、尼古拉·果戈理的创作中有强烈的人文学精神"①。在 1920 年公开发表的论文《俄罗斯文学与中国》中,周作人给自己的任务是展示经典俄罗斯文学形成的历史原貌有多少与当时的中国社会相吻合。"因此,我们应该在中国努力研究俄罗斯文学的思想内涵及其发展的特殊性"②。接着论文中还论述了果戈理作品中对政府官吏的揭露。

1921 年 3 月,Ши Мин(史敏)(音译)在《俄罗斯传统特征在文学作品中的体现》一文中写道:"五位伟大作家:普希金、果戈理、屠格涅夫、陀思妥耶夫斯基和列·托尔斯泰在世界文学史上都享有盛誉"③。中国读者认为:"在俄国,果戈理是现实主义的奠基人。他深刻解读了普希金,自己走的却是另外一条路并成为俄罗斯首位散文大家。虽然他是唯一的一位幽默书的俄罗斯作者,但在日常生活中,他却是一个很落魄的人"④。文中还论述了果戈理语言的丰富和感染力。

著名俄罗斯与苏联文学鉴赏家和翻译家曹靖华在《有关 1919 年"五四运动"初期外国文学的译介》一文中回忆道:"中国青年以从未有过的热情接纳了外国文学,而后者对其仿若一缕清新的空气。人们在其中看见了灵魂净化者,它赋予其重新战斗的力量"⑤。甚至在偏僻的小城镇上,年轻人都常年在孔夫子教条的掌控中,在"五四运动"的影响下人们积极投入到政治浪潮之中,成为新型出版物的传播者。"他们从《新青年》《新潮》《新社会》《年轻的中国》《曙光》《晨报副刊》等杂志上知道了普希

---

① 《东方杂志》,1920 年,第 4 期,第 75—76 页。
② 《东方杂志》,1920 年,第 4 期,第 23 期,第 105 页。
③ 《东方杂志》,1920 年,第 4 期,1921 年,第 8 期,第 41 页。
④ 《东方杂志》,1920 年,第 4 期,第 42 页。
⑤ 《世界文学》,1959 年,第 4 期,第 3 页。

金、果戈理、列夫·托尔斯泰、'高尔基'"①。

1920年2月瞿秋白翻译完成了果戈理的短剧《仆人室》。译者在后记中指出,他在《曙光》杂志第四期上看到了光明。这本杂志开辟了著名政论家和共产活动家瞿秋白(1899—1935)的翻译生涯,后来瞿成为了中国共产党领导人之一。按照曹靖华的观点,这之后"中国译者的确是从尼·瓦·果戈理的作品开始,才陆续将俄文作品译成中文的"②。

瞿秋白在后记中指出,果戈理的作品"描写当时下流社会的情形很微细,又很平淡,可是能现出下流社会的真相。他有一篇名剧《巡按》(Reviseur)也是描写当时俄国官场里的怪现象的。他艺术上的本领就在于描写刻画'社会的恶'而又没有过强的刺激。于平淡中含有很深的意境,还常常能与读者以一种道德上的感动。他的艺术所以能有价值,也就在此"③。瞿秋白并不是偶尔才注意到果戈理的艺术风格的。别林斯基曾对他提到果戈理的美学准则,在翻译中国文学时是至关重要的。"那时现实主义诗歌的任务,是将生活诗歌从生活散文中提炼出来,并让其在忠实于原貌的同时震撼心灵,"——伟大的评论家在他一篇著名文章中谈到:"果戈理诗歌的强烈和深刻本身就摧毁了平庸与渺小"④。瞿秋白熟知别林斯基的这段话。那时,中国青年文学有相当一部分印刷出版的作品、评论是情绪激昂的。瞿秋白始终站在民众的立场上,从新的中国文学中期待的不仅仅是那个时代的情绪激昂的反响,而是国家真实生活正义的复苏。

《仆人室》中的管家——一个贵族家庭制度革命捍卫者的言论是:"在这里,行为的准则是,每个人都要清楚自己的责任。仆人就是仆人;贵族就是贵族;僧侣就是僧侣。否则,一切就乱套了……"——孔夫子的学说与此仿佛如出一辙:"父父、子子、君君、臣臣"⑤。1919年的"五四运动"开始动摇几个世纪以来的孔夫子准则,而"所有准则"都是为改变命运而诞生的。在这种局面下,瞿秋白认为,最重要的是要毁掉这种社会风气。"文学不可能不改变人们的生活准则,必须要摈弃及拒绝旧的社会风

---

① 《世界文学》,1959年,第4期。
② 《友谊》,1959年,第18期,第21页。
③ 《瞿秋白文集》,四卷本,北京,1954年,第三卷,第1304页。
④ 《别林斯基全集》,莫斯科,1953年,第一卷,第291页。
⑤ 《诸子集成》,北京,1956年,第一卷,第四辑,第271页。

气。中国现在特别需要这样的文学作品"①。

1920年7月,北京出版了第一部《著名俄罗斯作家作品集》,其中收录了普希金、果戈理、屠格涅夫、别斯科夫、比谢姆斯基等人的十部作品。耿济之将果戈理的小说《四轮马车》从俄文译成中文,他为俄罗斯文学在中国的传播做了大量工作。瞿秋白在一个集子的前言中写道,中国对俄罗斯文学产生浓厚兴趣的根本原因在于十月革命"全世界的思想都受它的影响。大家要追溯它的起因,考察它的文化,所以不知不觉地全世界的视线都集中于俄国,都集中于俄国文学;而在中国这样黑暗悲惨的社会里,人们都想在生活的现状里开辟一条新道路。听着俄国旧社会崩裂的声浪,真是空谷足音,不由得不动心。因此大家都要来讨论研究俄国。于是俄国文学就成了中国文学家的目标"②。瞿秋白在中篇小说《驿站长》的前言里列举了《著名俄罗斯作家的作品集》,他引用了果戈理《关于普希金的几句话》一文中的名言:"……他(普希金)于俄国的天性,俄国的精神,俄国的文学,俄国的特质,表现得如此其'清醇',如此其'美妙',真像山水光色,反映于明镜之中"——他发现:"应当注意他所说的'民族的文学'、国民性的表现,所以我更希望研究文学的人,对于中国的国民性,格外注意"③。

1921—1922年在莫斯科工作期间,瞿秋白用书信的形式撰写了《俄罗斯文学史》,并于1927年在中国出版,其中就包含有果戈理的传记。瞿秋白的《俄罗斯文学史》证实了中国读者对果戈理作品的肯定,此书中的内容被广泛地引用。

果戈理诙谐的特性在他中期的作品中表现得尤为突出,俄罗斯文学评论家别林斯基是这样评价的:"自然的杜撰,人民性,植根于现代生活之中,奇特古怪的性格和滑稽的兴奋,永远都在与忧郁和苦闷奋争"。〈……〉事实上,俄罗斯文学中的现实主义被果戈理表现得淋漓尽致,比普希金又前进了一大步。普希金是第一位将文学贴近生活的作家,而果戈理的作品在社会中得到了映证,是现实生活的映射。在普希金的作品中,人性的本质多多少少有些渲染,而果戈理看到的只是自己笔下人物善良的本质。果戈理笔下的人物的善良与邪恶交融,就如同现实生活的映像。

---

① 《瞿秋白文集》,第三卷,第1304—1305页。
② 引文,见施耐捷尔:《俄罗斯文学在中国》,莫斯科,1977年,第30—31页。
③ 《瞿秋白文集》,第二卷,第543页。

这正好说明果戈理深刻的现实主义风格。果戈理创作的艺术成就有明显幽默性与现实性。在源于现实生活中的主人公身上，作者到底看到了什么？不论当时的生活是多么的平庸和污秽，果戈理都深信，在人内心深处永远都存有真挚的感情，都有最后的闪光点。职位卑微的官吏几次换乘只为誊写公文，他幻想着"新制服大衣"，而他的生活已经变得毫无价值。在果戈理以无限同情看待周围世界的同时，他发现：随着时间的推移许多被自己视为敌人和被遗忘的人都向往高尚。他们每个人都发出痛苦的喊声："在渺小、卑微、懦弱下人会变得虚荣！难道这不是真理？一切仿佛都可以成为真理，人可以拥有一切"。

果戈理仔细研究了人的内心世界，并在俄罗斯文学中用"心理分析"的方法描绘出来。他善于揭示笔下人物的心灵深处，帮助读者看清，为什么这些人会有如此的性格特征。在果戈理艺术心灵分析的帮助下，他告诉我们，人的习惯、心理的形成都会留下时代的烙印。比如，在《死魂灵》中，他描述了农奴制的土崩瓦解和经济生活中自由贸易的兴起。〈……〉当时有人想以买卖死去的农奴获得利益〈……〉。作品中展示了他到处玩弄诡计。作者将他的鬼灵心计分析得淋漓尽致。地主的贪婪和残忍、他家人的服饰、他与家人的谈话，方方面面都描述得很清楚。显然，读者看到的不仅仅是这些人物的消失；作者是在讲述笔下人物病史时，让我们感觉到这些人从来就不是活的灵魂，没有人性的人终究会消亡。读者会情不自禁地对其产生怜悯，并不把他们当作丑陋的人去取笑。相反，在我们面前的是篇很平常的、供人消遣的故事，而并非仅是果戈理创作的作品。正是基于这点，这部作品艺术心理的分析产生了社会思维的共鸣。

果戈理作品的社会意义同样也表现在其他方面。从最初步入文坛，果戈理就认为，艺术是服务于社会的武器。他揭露了地主、官僚、妓女沉溺在旧社会的陷阱里；他指出了社会复生的道路。喜剧《钦差大臣》聚焦在到处受贿的俄国统治阶层，让他们看到了自己的嘴脸。因此，在剧目的结尾处市长从舞台上走向观众："笑什么？笑你们自己！"果戈理的作品富含深切的信仰，信仰的是平民的伟力。作者看到了上层阶级的精神匮乏，并且不能给予广大民众以希望："你亦能这么样，俄罗斯呵，……"。一个凡庸的哥萨克女人远高于交际圈里的太太，她的"母爱"超越一般上等人。在《死魂灵》中，不但有奸诈的绅士，还有诚朴的平民，那平民在果戈理心目中是"纯俄罗斯的"，是在他心目中复生的俄罗斯的天使。

果戈理的价值在于：1）现实意义的深入；2）心理分析方法的创始；

3) 人道思想的警觉;4) 对于社会的服务,既指出了时代的罪恶又倡导了道德的复生①。

按著名共产党人和政论家的分析,伟大的俄国作家的艺术遗产在中国的传播和正确领会,与果戈理的作品分不开。瞿秋白的评语就是依据俄国先进的民主政论家,特别是别林斯基对果戈理的评价而得出的。与此同时政论家注意到,俄国作家创作的每一个故事都能被新中国文学接纳。20年代的中国人开始创造新散文,更重要的是理解果戈理所写的现实主义作品中所包含的超凡艺术性,以及所特有的心理分析的特征和对主人公内心活动的揭示。在当时的中国,许多作者不会表现活的性格,对主人公的描写往往是单色的。瞿秋白指出,果戈理笔下的人物具有多重人格。

1921年1月,第一期《小说月报》上发表了耿济之翻译的果戈理的《狂人日记》。在1921年9月出版的专辑上,他继续为读者奉献了《四位伟大的俄罗斯作家传记》,介绍了果戈理、托尔斯泰、屠格涅夫和陀思妥耶夫斯基。同年,上海又出版了十本文集《俄国戏剧集》,其中收录了奥斯特洛夫斯基(《大雷雨》)、屠格涅夫(《村居一月》)、列·托尔斯泰(《黑暗势力》《教育的果实》)、契诃夫(《海鸥》《伊万诺夫》《万尼舅舅》《樱桃园》)。在第一本集中刊登了由何齐铭翻译的果戈理的《钦差大臣》。1921年的《小说月报》上刊登了译作《外套》。

十数年后,1957年,作家王新洋回忆道:"我们有了中译本《外套》,而我们的读者从这里知道了这部书的主人公……在果戈理的作品中阿卡基·阿卡基耶维奇是位极平凡的人,他的一生也没有什么特别之处,虽然我们在读完他的故事后都会有深深的心灵震撼,在我们的记忆中被扭曲的小官吏的形象总是挥之不去"②。与此同时,中国作家指出,读者不仅仅被果戈理式人物的贫穷和被欺压而折服:"……最可怕的是他心灵的空虚。他不怨天尤人,好像愿意这样生活下去,这是最可怕的"③。王新洋分析了巴什玛奇金的死:"丢失外套不论对阿卡基·阿卡基耶维奇的打击有多大,都不是他死的真正原因"④。贫穷的官吏向长官寻求保护,

---

① 《瞿秋白文集》,第二卷,第482—485页。
② 王新洋:《书籍与生活》坎顿,1981年,第352—353页。
③ 王新洋:《书籍与生活》坎顿,1981年,第354—355页。
④ 王新洋:《书籍与生活》坎顿,1981年,第356页。

却招来了新的羞辱和欺凌。"阿卡基·阿卡基耶维奇的悲剧即是小官吏个人的胆小、平庸、知足造成的,同样他也是官吏制度的受害者。官吏制度,即那些给他以致命打击的警长和将军,就这样结束了他悲惨的、小官吏不幸的一生"①。王新洋在文中指出,小说的精髓在于:"在被压迫者身上体现的人文精神是强烈的……具有尖锐的社会矛盾的渗透力。在果戈理之前已经有了这种好的传统,而他将其又进一步深化了"②。

关于小说的艺术价值,翻译果戈理作品的满涛在1954年就指出:"让我感到惊讶的是:在果戈理的杰作《外套》中遭受屈辱和排挤的小人物的命运产生了不可磨灭的印象,让人永远不会忘记九等文官巴什玛奇金的音容笑貌"。"作家深刻的人文观给予了小说不同凡响的艺术感染力"③。

王新洋注意到,小说的核心表现在阿卡基·阿卡基耶维奇的主观臆想和被大人物夺走的外套。"因此,果戈理表现了小人物想得到补偿,而又受到侮辱和所作出的抗争"④。满涛在1957年也指出,小说中的阿卡基·阿卡基耶维奇在幻想中复了仇。"在这里,果戈理的立场和当时俄国被压迫的广大群众的感情是十分接近的,充分地说明了他的作品里所含的人民性和民主主义的因素"⑤。

对中国读者来说,果戈理的《外套》在人物刻画上毫无疑问是有突破的,虽然他幻想中的计划并没有表现出与众不同的伸张正义。在14—18世纪的中国经典剧目中,主人公在心里杀死了假设敌人的情节并不少见。超自然现象在中国旧体文学作品中被广泛应用。由此引出了各种故事。超自然、神奇场景的描写在当时文学传统中普遍应用并在艺术作品中占有很重要的位置。在一个故事中,虚幻与真实相结合,现实与神话相交错(不仅有神话杜撰,还有真实的现实描写),在各种风格作品中普遍应用,即现实主义情节常常与虚幻细节同时出现在剧中和片段里"⑥。在这种幻想的辅助下,中国经典文学中巩固了扬善除恶的信念,扩大了冲突情节。中国读者在《外套》中看到了熟悉的场景。

---

① 王新洋:《书籍与生活》坎顿,1981年,第357页。
② 王新洋:《书籍与生活》坎顿,1981年,第360页。
③ 满涛:《果戈理的爱与恨》//《解放日报》,1954年4月1日。
④ 王新洋:《书籍与生活》,第358页。
⑤ 满涛:《译后记》//果戈理 H.B.《彼得堡故事》,北京,1957年,第236页。
⑥ 沃斯科列夫斯基:《17世纪的中国小说//道家箴言》,莫斯科,1982年,第19页。

★★★

  20年代的中国文学采用的是现实主义的创作方法。在1918—1925年间出版的鲁迅文集《呐喊》和《彷徨》中,现实主义风格异常突显。在他的作品中,这一手法在小说《阿Q正传》中运用得尤为成功。这部作品描写的是一个雇工不幸的命运,愚蠢、没文化和无知识是他的特征。作者凭借天才的洞察力在笔下人物身上观察到了逆来顺受、与世无争、乐善好施的性格,在任何对自己不利的情况下都表现为自我麻痹和把自己的道德底线寄托在欺负人的身上。在"道义胜利"的伦理小说中,揭露的是生存在当时中国不同社会层面的真实代表人物的道德,揭露的是危害祖国未来的、没落的、有害的精神。鲁迅驳斥了某些批评家们认为阿Q形象只代表个别人的说法。他认为,自己努力创作的目的不仅仅是要揭露个别人的陋习,而是整个社会制度的腐朽性。鲁迅承认,在《阿Q正传》中运用的写作手法源自于果戈理总结的艺术方法,具有深远的社会意义。"在自己的《钦差大臣》里,H. B. 果戈理借演员之口质问观众'你们笑什么?你们在笑你们自己!…'我以此种方式跑来求见,是因为读者不信谣言,我还为了谁,并不是推卸责任,而是以一个旁观者的身份在观察,在思考——我是专写一个人还是涵盖所有的人,但刚开始确实考虑的是个人的行为"①。

  在描写自己笔下的主人公为被动理解生活、满足于臆想的道德胜利而自我陶醉时,鲁迅对其充满了怜悯与同情。鲁迅拯救小人物,唤醒被丢弃的人类自尊的愿望同果戈理人文创作情绪同源。在指出两位伟大作家相似的同时,亚历山大·法捷耶夫谈到了鲁迅的独特性与创新性:"他的小说《阿Q正传》充分体现了鲁迅人道主义的特征,即写出了中国小人物的性格。公允地说,19世纪老俄罗斯文学的人道主义起源于普希金的《驿站长》和果戈理的《外套》,描写的也是俄罗斯的小人物。即,果戈理《外套》的主人公是小官吏,而《阿Q正传》描写的是弱势的农民兄弟,谈到鲁迅就要谈到鲁迅的人民性"。当然,苏联作家为此做了更准确的说明:"但不要忘记,这两部作品相隔了整整一个世纪。果戈理之后的所有

---

① 《鲁迅文集》,第四卷,第28—29页。

俄罗斯文学同样关注的是农民的命运"①。

鲁迅的创作与果戈理的风格相近,都体现在善于表现剥削社会里离群索居的人们,以及生活在无权而贫穷环境中可怕的孤独和小人物的无助。"鲁迅笔下的小人物的命运令人觉得更悲惨,因为除了作者和读者,没有任何人同情他们……而更让人感到毫无出路的是,围在鲁迅笔下主人公身边的全都是普通人,既没有暴虐者,也没有下流人。在大多部作品中他都在"呐喊"(比如《药》《孔乙己》《阿Q正传》),我们看到三类人:主流人士、施暴人和傻笑的人群。读者明白,如果明天傻笑的人群中有谁像孔乙己或者阿Q一样的倒霉,则其他人同样也会嘲笑他们……"②。

在故事《示众》中,鲁迅描绘了自己生活中记忆深刻的场景"首善之区的西城的一条马路上,"。爱凑热闹的人已经习惯了掌握生杀大权的警长的出现,被好奇心驱使的人群无精打采的、冷漠的、毫无表情地期待着太阳底下的杀戮。"'他,犯了什么事啦?……'一个工人在悄声问一位秃顶的老头子。大家都愕然。秃头不作声,只听见他的心跳声。他睁起了眼睛看定工人;几分钟后,他被看得顺下眼光去。而且别的人也似乎都睁了眼睛看定他"。这个人的好奇心很快被众人扼杀了,人群无聊至极,幸好发现了被绊倒在地的人力车夫。人的生命、近旁人的命运完全没有触动人群。鲁迅指出,第二场景激起了更大的兴奋点。"车上的坐客依然坐着,车夫已经完全爬起,但还在摩自己的膝踝。周围有五六个人笑嘻嘻地看他们"。

鲁迅认为,对待人的生命、对待死亡的态度是衡量社会、国家最重要的道德水准之一。由此可以看出,在类似问题上中国作家与果戈理有着同样的认知。按照Ю. В. 曼玉的观点,"果戈理常常将笔锋停留在描写另类人的死亡上。对待死亡的反应,是果戈理式作品发展脉络上不断重复的瞬间"③。在皮斯卡略夫葬礼的舞台上(《涅瓦大街》),果戈理叙述了阿卡基阿卡基维奇一生的命运:"各种各样的速写画、方式、细节都表明一点:完全没有任何的同情与怜悯"④。果戈理式风格也同样出现在无罪被处决的阿Q的故事里:城里"舆论却不佳,他们多半不满足,以为枪毙

---

① 法捷耶夫:《关于鲁迅》,载《文学报》,1949年10月29日。
② 谢曼诺夫:《鲁迅和他的前驱》,莫斯科,1967年,第105—106页。
③ 曼玉:《果戈理的诗学》,莫斯科,1978年,第31页。
④ 曼玉:《果戈理的诗学》,莫斯科,1978年,第33页。

并无杀头这般好看;而且那是怎样的一个可笑的死囚呵,游了那么久的街,竟没有唱一句戏:他们白跟一趟了。①"

鲁迅感兴趣的是人的价值,死首先不在哲学范畴,而是社会问题。伟大作家想要拯救的是同胞的奴性,和对旁人不幸的冷漠。在小说《故乡》《一件小事》中他表达了希望,即在民众中唤起对命运的抗争和建立良好的社会秩序。

据鲁迅的年青朋友——李霁野的回忆,作家是很愿意听取年轻人对自己作品提意见的。素园对《阿Q正传》推崇备至,"说它融化了果戈理的精神,而且具有特殊的风格"②。李霁野说道,"我们都喜欢文学,特别是俄国文学,因为素园、靖华都学的是俄文。鲁迅先生是很受俄国文学影响的,所以他非常高兴,对于他们怀着很大的希望。他常鼓励我们介绍俄国文学,到后来特别注重苏联文学"③。

1925 年鲁迅和他的年轻的追随者成立了"未名社",出版了数部译自俄文的作品和中国作者的书。1926 年出版了韦素园新翻译的中篇小说《外套》,这部译作到 1949 年被翻印了七次。1934 年鲁迅回忆道,"有一天,我忽然接到一本书,是布面装订的素园翻译的《外套》。果戈理……我一看明白,就打了一个寒噤:这明明是他送给我的一个纪念品,莫非他已经自觉了生命的期限了么?我不忍再翻阅这一本书,然而我没有法?"④。

"未名社"被封了,其中的一些成员被捕。鲁迅自己也被迫跑到南方省份。冒着被捕和政治迫害的危险,还在咳血的韦素园翻译完了果戈理的中篇小说。同"未名社"出版的其他书一样,鲁迅仔细地校勘了《外套》译本。还好由鲁迅校勘的手稿,李霁野转交给了北京鲁迅博物馆,至今仍收藏于此。

1932 年韦素园去世。"我所抱憾的是因为避祸,烧去了他的信札,我只能将一本《外套》当作唯一的纪念,永远放在自己的身边"⑤,鲁迅写道。

在《外套》的"前言"中韦素园写道:"果戈理天才地将那民间的无意义的生活,官场的黑暗的情形,一句话,俄罗斯从未显现过的真面目,几乎没遮掩地呈献在俄罗斯全民众之前,使他们,同时代的兄弟们,见到了这

---

① 在中国,赴死刑前高歌被视为英勇。
② 李霁野:《回忆鲁迅先生》,上海,1956 年,第 8 页。
③ 李霁野:《回忆鲁迅先生》,上海,1956 年,第 12 页。
④ 《鲁迅文集》第三卷,第 133 页。
⑤ 《鲁迅文集》第三卷,第 134 页。

些,起所谓精神上意识着的悔悟、纠正、更新"①。为了论证现实主义的方法和人文的思想,韦素园在中国做了大量的翻译工作,出版了许多果戈理的作品。

著名的散文家艾芜谈到,他从事文学活动很大程度上源于俄国作家说过的一句著名的话。"饱含对劳动人民的挚爱、饱含对弱者和受压迫者的人同情的俄国文学吸引了我"②。在这些作品中,就有他在30年代初读到的果戈理的《外套》。果戈理的作品让初涉文坛的作家觅到了鲁迅的创作秘传。艾芜的第一本小说集《南行记》作于1933年,他承认"那时就发下决心,打算把我亲身经历的,看见的,听过的,——一切弱小者被压迫而挣扎起来的悲剧,切切实实地绘了出来"③。

1931年,韩侍桁翻译的中篇小说《塔拉斯布尔巴》问世,1933年又出版了顾民元和杨汁翻译的版本。30年代初期的中国对历史小说《塔拉斯布尔巴》如此推崇,不仅是因为其作者是受(中国人)欢迎的作者之一。1931年日本法西斯侵占了满洲里,同法西斯侵略者做斗争成了中国人民生活中迫切要解决的问题。保卫祖国领土免遭外敌入侵成为最重要的事情,而果戈理的《塔拉斯布尔巴》表现的正是这一题材。"在世界文学中,只有为数不多的作品能有如此巨大的艺术力反映民众伟大的英雄气概"④,赫拉普钦科写道。"必须要坚定信念和民众的英雄气概,中国的翻译家们就是要用果戈理的作品唤醒同胞们同侵略者战斗。""中篇小说《塔拉斯布尔巴》英勇的爱国英雄主义鼓舞了中国的读者,坚定了他们取得抗击侵略战争胜利的信念"⑤,——著名作家茅盾肯定了这点。"《塔拉斯布尔巴》是部表现人民抗击外来侵略者的作品,是部长史诗。具有鲜明性格的塔拉斯布尔巴毫无疑问属于世界文学史上的英雄人物"⑥,——散文作家孙犁肯定道。

1930年底,在《文艺月刊》杂志上刊登了尹安娜翻译的《画像》第一部分;第二部分在1931年的一月号上刊出。1933年,作家王禄炎的《画像》译品集在上海出版。果戈理在小说中提出的艺术与现实、艺术家与社会

---

① 引自钱仲文:《果戈理在中国》,第191页。
② 艾芜:《我与苏联文学》,载《文艺报》,1956年,第22期,第17页。
③ 艾芜:《序》,载《南行记》,北京,1963年,第5页。
④ 赫拉普钦科:《尼古拉·果戈理选集》,莫斯科,1980年,第一卷,第210页。
⑤ 茅盾:《果戈理论中国》,载《文艺报》,1952年,第4期,第4页。
⑥ 《孙犁文集》,天津,1982年,第四卷,第442页。

的问题对30年代的中国具有现实意义。国民党书刊检查的机关,追捕出版者,宣传反动的审美观以劝导艺术家,怂恿其墨守成规,以迎合低级趣味的资产阶级的出版口味。关键是果戈理小说很贴近中国读者:今日强大的世界需要否定伪艺术,表现为反对粉饰现实或模仿奴性。"从不否认支持'为了生命、为了服务于社会'和不倦地贴近人民未来的幸福"①的王禄炎不止一次地关注果戈理小说。着手翻译前,王禄炎完成了三部故事集,集中真实地反映了农民、劳动者和穷人青年成长道路上十分艰难的生活。王禄炎翻译的《金子》备受欢迎,其讲述了在农民言行中金钱的权力。

1934年,上海出版了韩侍桁翻译的《两个伊凡吵架的故事》和一些戏剧作品。与其他果戈理作品的中国翻译家不同的是,韩侍桁追求的是更贴近伟大作家创作的原型,并力求在译作中寻找出俄罗斯作者作品的思想和艺术中不同的观点。为此,他为自己确立的目标是研究中国作家并了解国外对果戈理作品的评价。韩侍桁从日文翻译了 Окадзава Хидэтора 的文章《果戈理资料集》(《文学月刊》,1931年,第11/12集)、《果戈理生平及其世界观》(《文学月刊》,1932年,第3期),以及他的专著《果戈理研究》(上海,1937年)。显然韩侍桁并未成功亲自翻译果戈理的作品。在留心观察了祖国文学现状后,1935年3月9日鲁迅在给孟十还的信中写道:"译《密尔戈洛特》,我以为很好,其中《2伊凡吵架》和《泰拉司蒲理巴》,有韩侍桁译本(从英或日?),商务印书馆出版。此公的译笔并不高明,弄来参考参考也好,不参考它也好"②。

1934年,Ли Бинчжи 准备出版《果戈理作品集》,其中收录了译自俄文的《Бий》《鼻子》《两个伊凡吵架的故事》《结婚》和《赌徒》。第二年曹靖华翻译的《果戈理短篇小说集》问世。鲁迅在1935年7月4日的一封信中写道:"萧某的译本,我也有一本。他的根据是英文,但看《死魂灵》第二章,即很有许多地方和德文译本不同,而他所译的好像都比较不好,大约他于英文也并不十分通达的。"③

---

① 《中国现代文学史》,上海,1959年,第一卷,第212页。
② 《鲁迅书信集》,北京,1953年,第二卷,第860页。
③ 《鲁迅书信集》,北京,1953年,第二卷,第866—867页。

果戈理艺术遗产最大的意义就在是,在 30 年代唤醒了鲁迅为了国家的精神生活和中国现代文学而关注其作品。那时,鲁迅积极地参与了《译文》杂志的创办并决定筹备出版果戈理资料的第一期。1934 年 7 月 24 日,鲁迅在日记中写道:"夜译《鼻子》起"①。他工作得很努力,7 月 31 日完成了 3、4 章的翻译,并从日文翻译了 Татэно Нобуюки《果戈理的观点》一文。鲁迅担心,他的名字会引起当权者的注意,从而影响杂志的发行;于是在 1934 年 9 月出版的《译文》创刊号上、刊登的果戈理中篇小说标注的译者是他的笔名许遐,而文章的作者用的是邓达世。1956 年,曾在《译文》杂志任过编辑的黄源写道:只有在鲁迅日记中他才被人知晓,因为伟大作家"在《译文》第一期上的译作唤醒了病中的……现在我思考着这些事件能更深刻地体会到鲁迅为新文化事业奋斗的精神"②。

《译文》最后几期里刊登了孟十还的译作《五月的夜》(1934 年,第 5 期)、《马车》(1935 年,第 6 期),和耿济之翻译的《结婚》(1936 年,第 1 期)。1935 年 7 月 4 日他在给鲁迅的信中是这样说的:"《译文》登《马车》,极好"③。

孟十还的译作证实了果戈理的讽刺才华,还原了其作品所揭示的、深刻的生活真谛。1935 年 7 月,他在《论果戈理》一文中写道:"许多人认为,果戈理是幽默讽刺大家,因而他才成为伟大的作家。显然是当今时代造就了果戈理及其作品。如果果戈理仅仅是幽默作家和讽刺作家,那他的作品就不会流传至今。还需要解释果戈理为什么成为伟大作家了吗?我认为,没人会反对的:果戈理作品的基础是实实在在的现实主义,它确保了其作品的幽默与讽刺"④。按照孟十还的观点,俄罗斯作家的现实主义不仅体现在《钦差大臣》和《死魂灵》里,还体现在《密尔格拉得》以及《季卡尼卡附近一个的农场之夜》。在俄罗斯文学现实主义发展中肯定普希金和果戈理不同凡响的伟大贡献的同时,中国作家坚定地说:"我们,现

---

① 《鲁迅日记》,北京,1959 年,第二卷,第 999 页。应该注意的是,1922 年鲁迅翻译了日本作家芥川龙之介(1892—1927)译自俄文的俄国小说《鼻子》,"这部作品对芥川龙之介精神的行成起了特别的作用……"芥川龙之介与果戈理的《鼻子》中主人公心理描写的一样"(格里夫宁 B. C.《芥川龙之介与俄国文学》,莫斯科,1969 年,第 243 页。)
② 黄源:《忆早期的〈译文〉》,载《译文》,1956 年,第 11 期,第 4 页。
③ 《鲁迅书信集》,第二卷,第 866 页。
④ 孟十还:《论果戈理》,载《文学》,1935 年,第一期,第 222 页。

在应该在现实主义艺术中研究果戈理的创作成就。"①

1934 年 12 月 3 日,孟十还在给鲁迅的信中写道,《译文》杂志会逐期将果戈理的作品介绍给读者。但鲁迅建议,这样只关注一位作者会令读者腻烦。在 12 月 4 日的回信中,他详解了自己的意见:"果戈理虽然古了,他的文才可真不错……我想,中国其实也该有一部选集 1.《Dekanka 夜谈》;2.《Mirgorod》;3. 短篇小说及 Arabeske;4. 戏曲;5. 及 6.《死灵魂》。不过现在即使有了不等饭吃的译者,却未必有肯出版的书坊。现在虽是是一个平常的小梦,却也难实现"②。1935 年 2 月 3 日,鲁迅在给黄源的信中回复了果戈理作品出版事宜:"我想译果戈理的选集,当与孟十还君商量一下,大家动手。有许多是有人译过的,但只好不管"③。要用最好的译本让中国读者喜欢果戈理,这位伟大的作家。他不止一次地写道,出版必须要在 1936 年秋开始④。很遗憾,鲁迅本人没能见到这部计划的完成。

1935 年年初,为了出版《世界文库》,鲁迅应允郑振铎翻译《死魂灵》。2 月 15 日开始翻译,在 9 月 28 日的日记中有这样的记载:"夜译《死魂灵》第十一章毕,约二万两千字,于是第一部完。"⑤鲁迅是从德文翻译的,用两个日文版本和一个英文缩写本做了校对。作家为译作付出了巨大的努力。1935 年 3 月 16 日,在给黄源的信中,他承认:"不料译起来却很难,花了十多天功夫,才把第一二章译完,不过二万字,却弄得一身大汗,恐怕也还是出力不讨好。此后每月一章,非吃大半年苦不可。"⑥5 月 22 日,他开玩笑地说:"《死魂灵》第四章,今天总算译完了,也到了第一部全部的四分之一,但如果专译这样的东西,大约真是要'死'的。"在 1935 年 5 月 17 日给胡风的信中,我们读到:"我以前太小看了コーゴリ了,以为容易译的,不料很难,他的讽刺是千锤百炼的。其中虽无摩登名词(那时连电灯也没有),却有 18 世纪的菜单、18 世纪的打牌,真是十分棘手"⑦。6 月 28 日,鲁迅在给胡风的信中又写道:"译果戈理,颇以为苦,每译两

---

① 孟十还:《论果戈理》,载《文学》,1935 年,第一期,第 2237 页。
② 《鲁迅书信集》,第二卷,第 848 页。
③ 《鲁迅书信集》,第二卷,第 734 页。
④ 《鲁迅书信集》,第二卷,第 868、869、965 页。
⑤ 《鲁迅日记》,第二卷,第 1076 页。
⑥ 《鲁迅选集》,第四卷,第 208 页。
⑦ 《鲁迅书信集》,第二卷,第 942 页。

章,就好像生一场病。德译本很清楚,有趣,但变成中文,而且还省去一点形容词,却仍旧累赘,无聊,连自己也要摇头,不愿再看。"[1]1935年8月24日,鲁迅对作家萧军说:"《死魂灵》作者的本领,确不差,不过究竟是旧作者,他常常要发一大套议论,而这些议论很难译,把我窘得汗流浃背。这回所据的是德译本,而我的德文程度又差,错误一定不免,不过比起英译本的删节、日译本的错误更多来,也许好一点"[2]。"我还安排不好,不过比两种日本译本却较好,错误也较少。瞿若不死,译这种书是极相宜的,即此一端,即足判杀人者为罪大恶极"[3]。

翻译作品期间,病中的鲁迅常常抱怨自己的能力。"《死魂灵》第三次稿,前天才交的,近来没有力气多译。身体还是不行,日见衰弱,医生要我不看书写字,并停止抽烟;有几个朋友劝我到乡下去,但为了种种缘故,一时也做不到"[4]。(这是出自1935年6月27日写给萧军信中的话)。9月19日,作家宣布:"我还好,又在译《死魂灵》,但到月底,上卷完了"[5]。

翻译中,鲁迅掌握了果戈理作品的规律,"写法的确不过平铺直叙,但到处是刺,有的明白,有的却隐藏,要感得到"。"虽然重译,——鲁迅接着说,——也要竭力保存它的锋头"[6]。"凡是翻译,必须兼顾着两面,一当然力求其易解,一则保存着原作的风姿"[7]。

提到译品质量时,1935年9月8日鲁迅在给孟十还的信中写道,必须"……无暇仔细地推敲。倘无原文可对,只得罢了,现即有,自然必须对比,改正的"[8]。

1935年11月,鲁迅翻译的《死魂灵》第一部在上海出版。H. A. 珂德略来夫斯基为其写了序言,标题为"《死魂灵》第一部第二版序文","关于第一部的省察""第九章结末的改定稿""戈贝金大尉的故事"(第一次的草稿和被审查官所抹掉的原稿)。本部书的编辑是用严肃的态度出版了果戈理的作品。前六章里还插入了已经备好的塔布林的画。

---

[1] 《鲁迅书信集》,第二卷,第943页。
[2] 《鲁迅书信集》,第二卷,第823—824页。
[3] 《鲁迅书信集》,第二卷,第825—826页。
[4] 《鲁迅书信集》,第二卷,第943页。
[5] 《鲁迅书信集》,第二卷,第329页。
[6] 《鲁迅论文学》,第229页。
[7] 《鲁迅论文学》,第229页,第231页。
[8] 《鲁迅书信集》,第二卷,第868页。

鲁迅为插图倾注了极大的心血,不仅有俄罗斯作家很通俗的作品,而且还有反映中国造型艺术发展的作品。他在日记中写道,1935年9月8日黄源带来一本阿庚的《〈死魂灵〉百图画册》。众所周知,这些画是果戈理笔下人物的首次艺术插图。"它们,时至今日仍然保留着自己本身的活力,是俄罗斯经典插图的功臣",鲍里斯拉夫列涅夫指出。1936年4月画册由上海《文化与生活》出版社出版。鲁迅的妻子许广平写道:"这是那么精致的一本图,我们看了都觉得满意。照目前社会情形,尤其书业情形,是很难做的:购买力薄弱,智识程度低下。但他是不管的"①。他说,工作就是为了未来。

翻译《死魂灵》时,鲁迅思考的是俄罗斯经典创作的特征,用他的经验为翻译中国文学贡献了自己观点的理论根据。在他的艺术作品中,在许多文集里,他都鲜明地展现出了一个揭露者的才华,赋予了行为讽刺形象以巨大的意义。资产阶级思想家们企图遏制这种新型革命文学的强大武器——讽刺,并警告作家不应该从事低劣的事情——描写社会恶习。1935年3月,鲁迅在《论讽刺》一文中强调,其实,现在的所谓讽刺作品,大抵倒是写实。他引用了著名的讽刺长篇小说《金瓶梅》(公元16世纪)和《儒林外史》(公元18世纪)。"在外国,则如近来已被中国读者所注意了的果戈理的作品,他那《外套》(韦素园译,在《未名丛刊》中)里的大小官吏,《鼻子》(许遐译,在《译文》中)里的绅士、医生、闲人们之类的典型,是虽在中国的现在,也还可以遇见的。这分明是事实,而且是很广泛的事实,但我们皆谓之讽刺"②。同年5月,作家重又思考讽刺文学了。"'讽刺'的生命是真实;不必是曾有的实事,但必须是会有的实情。所以它不是'捏造',也不是'诬蔑';既不是'揭发阴私',又不是专记骇人听闻的所谓'奇闻'或'怪现状'……不过这事情在那时却已经是不合理,可笑,可鄙,甚而至于可恶。〈……〉然而这材料,假如到了斯惠夫德(J. Swift)或果戈理(N. Gogol)的手里,我看是准可以成为出色的讽刺作品的"③。

资产阶级文化的追随者林语堂拥护幽默文学,其主要目的是关注读者的消遣。鲁迅没有将幽默和讽刺视为消遣的趣闻,果戈理的创作经验不止一次地在现实讽刺艺术的大艺术和思想力上令他折服。鲁迅认为,

---

① 《鲁迅先生纪念集》,上海,1979年,第4分册,第63页。
② 《鲁迅论文学》,第214页。
③ 《鲁迅选集》,第二卷,第371—372页。

讽刺创作的基础是作者对生活和理想的高度认知,这才是讽刺的社会意义所在。"如果貌似讽刺的作品,而毫无善意,也毫无热情,只使读者觉得一切世事,一无足取,也一无可为,那就并非讽刺了,这便是所谓'冷嘲'"①。

《死魂灵》的第六章发表以后,鲁迅写道,中国读者已经接受了果戈理笔下地主的形象。许多果戈理的同时代人在俄罗斯地主的无知中指责他。"然而即使他并不知道大俄罗斯的地主的情形罢,那创作出来的角色,可真是生动极了,直到现在,纵使时代不同,国度不同,也还使我们像是遇见了熟识的人物。讽刺的本领,在这里不谈及,单说那独特之处,尤其是在用平常事、平常话,深刻显出当时地主的无聊生活"②。鲁迅,展现了舞台上乞乞科夫与罗士特来夫的见面,指出,这是极平常的事,或者简直近于没有事情的悲剧,而作家的艺术恰恰表现在展现了人们行为和性格的深刻实质。他认为现代中国需要果戈理的作品。"听说果戈理的那些所谓'含泪的微笑',在他的本土,现在是已经无用了,来替代它的有了健康的笑"③。在《〈死魂灵〉百图》《小引》中作家指出,"幸而,还是不幸呢,其中的许多人物,到现在还很有生气,使我们不同国度、不同时代的读者,也觉得仿佛写着自己的周围,不得不佩服他伟大的写实的本领"④。

1936年2月25日,鲁迅完成了《死魂灵》第二部的翻译,按照他的话说,"我在译《死魂灵》第二部,很难,但比第一部无趣"⑤。后译文在《译文》杂志上发表。

1936年3月,作家在《译文》上写道,在第二部中"描写出来的人物,积极者偏远逊于没落者,在讽刺作家果戈理,真是无可奈何的事"⑥。5月,鲁迅把这个想法发表出来(《译文》,1936年,第2期):"果戈理的命运所限,就在讽刺他本身所属的一流人物。所以他描写没落人物,依然栩栩如生,一到创造他之所谓好人,就没有生气。例如这第二章,将军贝德理锡且夫是丑角,所以和乞乞科夫相遇,还是活跃纸上,笔力不让第一部;而乌理尼加是作者理想上的好女子,他使尽力气,要写得她动人,却反而并

---

① 《鲁迅选集》,第二卷,第373页。
② 《鲁迅论文学》,第237页。
③ 《鲁迅论文学》,第238—239页。
④ 彼得罗夫:《鲁迅》,第340—341页。
⑤ 《鲁迅书信集》,第二卷,第827页。
⑥ 鲁迅《后记》,果戈理 H. B.《死魂灵》,北京,1952年,第523页。

不活动,也不像真实,甚至过于矫揉造作,比起先前所写的两位漂亮太太来,真是差得太远了"①。第二部手稿的被毁,鲁迅认为是作者不满意自己的创作结果。就这点,他在 1936 年 5 月 4 日给曹白信中写道:"作者想在这一部里描写地主们改心向善,然而他所写的理想人物,毫无生气,倒仍旧是几个丑角出色,他临死之前,将全稿烧掉,是有自知之明的。"②

当然,鲁迅的某些判断是对果戈理的创作和履历了解得不够。判断受到了当时科学条件的限制。比如,1935 年 10 月在给孟十还和萧军的信中,他表示赞同珂德略来夫斯基的观点,珂氏认为,果戈理的观点有偏颇,好像道德高低与官职高低等同:位置越高道德越高,由此可以解释得通,为什么果戈理对大官攻击得少。"我相信 K 氏说,"——鲁迅强调,——"例如前清时,一般人总以为进士翰林,大抵是好人,其中并无故意的拍马之意。"③鲁迅,显然,不知道果戈理曾写过一封信,谈到了沙皇的官阶等级:"越是身份显贵的,阶层越高的,就越愚蠢。这是真理! 证据就在我们这个时代"。为什么那个时代并没有强调这点,是因为"作家轻而易举地打破了通常要由可笑的社会力量衡量的价值观。不能,甚至不能打破,而且通常是要绕开的。如果把这些价值观图表化,是两点:可笑人……恶习与等级的社会意义。但在果戈理作品中,大部分恶习和恶习的携带者,与从前一样,却并不具有代表性。揭露的力度并没有达到应有的规模,还有很长的路要走"④。

显然,鲁迅并不总能理解果戈理艺术的自然总结,他力争使伟大作家免于跌入权力的预谋与愚昧的诽谤之中。"试看 G 氏临死时的模样,岂是谄媚的人所能做得出来的。我因此颇慨叹中国人之评论人,大抵特别严酷,应该多译点别国人做的评传,给大家看看"⑤。鲁迅还回忆了俄罗斯作家创作作品时艰难的环境。"G 决非革命家,那是的确的,不过一想到那时代,就知道并不足奇,而且那时的检查制度又多么严厉,不能说什么(他略略涉及君权,便被禁止,这一篇,我译附在《死魂灵》后面,现在看起来,是毫没有什么的)"⑥。

---

① 鲁迅《后记》,果戈理 H. B.《死魂灵》,北京,1952 年,第 524 页。
② 《鲁迅书信集》,第二卷,第 928 页。
③ 《鲁迅选集》,第四卷,第 220 页。
④ 曼玉 Ю.《果戈理的诗学》,第 368 页。
⑤ 《鲁迅选集》,第四卷,第 220—221 页。
⑥ 《鲁迅书信集》,第二卷,第 835 页。

鲁迅以为，1936年2—3月份他就能完成《死魂灵》①第二部的翻译工作，但他仅来得及完成了第三章。许广平在《最后的日子》里证明，1936年10月18日重病中的鲁迅还在问，报纸上有没有《译文》杂志的广告，原定他翻译的《死魂灵》第二卷第三章要刊登在这期上。之后，他让拿来报纸和眼镜，认真地读新杂志目录。"这是他最后一次和文字接触，也是他最后一次和大众接触。那是一颗可爱可敬的心啊"②！第二天早晨5点25分，伟大的作家离开了人世。

鲁迅去世几天后，桐华写道："鲁迅先生在现代中国的地位，是和果戈理在19世纪的地位同样的。果戈理是头一个具有社会良心的俄国作家；同样，鲁迅先生也是我们底头一个。有了果戈理底《外套》，才有了俄国19世纪的文学；有了《呐喊》，才奠定了现代中国文学基础"③。

同果戈理一样，鲁迅也因自己作品的现实主义和暴露的特征而受到了攻击。李何林在《叶公超教授对鲁迅的谩骂》一文里称：鲁迅被人控告，是因为他的作品令读者在生活上仿佛产生了心灵空虚和失落。叶公超教授肯定，"鲁迅在文章里是比较容易生气、动怒，因此也就容易从开头的冷静的讽刺而流入谩骂与戏谑的境界"④。在驳斥对鲁迅的诽谤时，李何林说："我过去读《阿Q正传》《孔乙己》和《离婚》时，不但不以为是'只给我们一些奴性、冷酷、鄙怯等等例子，一些卡通式'的描写……直觉得是面对着严肃的人生悲剧！对于阿Q、孔乙己、木叔和爱姑并不觉得'可笑而可卑'。相反的，这些'被污辱与损害的'底命运，使我同情，更使我愤怒！这是鲁迅的'含泪的笑'或'笑中的泪'的表现近于果戈理的地方，这也是叶君所不能了解或不愿了解的地方"⑤。正是俄罗斯的经典作品，其中就包括果戈理作品中的"黑暗"和"痛苦"对社会的变革有巨大的作用。

中国的翻译者们领悟到了果戈理诗歌的深刻含义。1935年4月，著名批评家、文学革命运动组织者周扬在《果戈理的〈死魂灵〉》一文中写道："但这依然不妨碍我们把《死魂灵》，特别是第一部，当作优秀的现实主义的艺术而予以极高的评价。由于《死魂灵》，果戈理对确立俄国的批判的

---

① 《鲁迅书信集》，第二卷，第836页。
② 《鲁迅先生纪念集》，上海，1979年，第4分册，第59页。
③ 《鲁迅先生纪念集》，上海，1979年，第3分册，第35页。
④ 《鲁迅先生纪念集》，上海，1979年，第3分册，第25页。
⑤ 《鲁迅先生纪念集》，上海，1979年，第3分册，第27页。

现实主义所贡献的功绩,是非常巨大的"①。按中国批评家的意思,"在《死魂灵》中,如实地描绘出了小地主官僚的丑脸。但是融合抒情的和讽刺的要素,把封建制度下的俄国的全景摄了出来的,也是《死魂灵》。果戈理的艺术,在这篇小说里,可以说是达到最高的境地了。"②文章还详细剖析了乞乞科夫的形象,他生活唯一目标就是钱。"黄金的渴望使他成了恶汉、骗子,但同时也使他成了积极的活动者……这个乞乞科夫在当时俄国文学中是一个完全新的典型。这是初期资本主义的企业家的典型"③。周扬将读者的注意力引向果氏作品暴露的特征。

谈到果戈理诗歌对中国读者的精神影响,要从聂绀弩的小说谈起。聂绀弩,出生于一个没落地主家庭,20 岁之前一直生活在小城市。"我读完《死魂灵》后,那时的中国社会呈现在我面前,围绕着我的人民,还有我自己"④。绀弩关注的是,伟大鲁迅翻译《死魂灵》的目的是要唤起独特的社会和谐。"谈到翻译,鲁迅是革命文化运动的统帅,《死魂灵》更像是投进民族解运动武器库教育了民众,作为作家,要帮助民众更好地认识腐朽、没落的地主和官吏的嘴脸,牢记对敌人的仇恨和对最终胜利的信心"⑤。

虽然鲁迅对自己的译作自谦,但中国的批评家们都一致认为其有很高的艺术价值。关于《死魂灵》,孙犁说:"已经面世的译文是两位大师语言才华的结晶。译文准确地译出了果戈理的原作语言艺术的兴奋点"⑥。1952 年,戈宝权在信中谈到了鲁迅的译文:"他到现在都认为,在中国用中文翻译的文学是最好的"⑦。

在纪念伟大的俄国艺术家果戈理诞辰 100 周年的日子里,著名文学家丁玲和曹禺写道:"中国文学经典作家鲁迅翻译的《死魂灵》有十五个版本,而对这部译作的争议不断,但有个事实是肯定的,这就是在我们的国家——中国,人们是爱果戈理的"⑧。

---

① 周扬:《果戈理的〈死魂灵〉》,载《文学》,1935 年,第 4 期,第 621 页。
② 周扬:《果戈理的〈死魂灵〉》,载《文学》,1935 年,第 4 期,第 616 页。
③ 周扬:《果戈理的〈死魂灵〉》,载《文学》,1935 年,第 4 期,第 618 页。
④ 聂绀弩:《〈死魂灵〉在中国》,载《人民日报》,1952 年 4 月 16 日。
⑤ 聂绀弩:《〈死魂灵〉在中国》,载《人民日报》,1952 年 4 月 16 日。
⑥ 《孙犁选集》,第四卷,第 443 页。
⑦ 戈宝权:《果戈理在中国》,第 17 页。
⑧ 丁玲、曹禺:《〈死魂灵〉的十五个版本》,载《共青团真理报》,1959 年 3 月 6 日。

★★★

在中国人精神生活中,占有重要地位的还有果戈理的另一部创作作品——喜剧《钦差大臣》。1931年贺启明的译本再版。1939年上海公演了黄卓汉导演的新译本《宫廷社交圈》。1940年耿济之翻译的《巡按使及其他》,译者在前言中介绍了喜剧的历史。1941年,贺启明的译本再次出版。1944年,多家出版社出版了蔡凡新的新译作。转过年来,重庆还出版过一个《钦差大臣》的译本,译者是唯明。

喜剧《钦差大臣》引起了创建新型话剧、译介中国文化的活动家们的关注。传统的中国剧目为世界贡献了大量的优秀作品:音乐的底蕴、特定的剧目、引人入胜的故事情节、闻名的舞台布景。中国的现代话剧运动始于20世纪初期,舞台模式接近欧洲。他们从果戈理戏剧中获得的最大的益处是,它将巨大的思想和艺术的影响力传递给观众,扩宽了中国剧目,丰盈了舞台经验。张季纯回忆道,1934年5月在太原演出了由他改编、张艾丁导演的《巡按》[①]。

显然,1935年11月果戈理戏剧的导演在上海引起了更大的轰动。"在过去三十年来最黑暗的年月中,中国人民喜爱果戈理,喜爱他的《钦差大臣》,因为当时中国人民所受的痛苦和俄罗斯人民所受的痛苦,是如此相同"[②],廖承志在1952年写道。1952年,茅盾在接受《真理报》记者采访中回忆道:"空前的成功。观众在果戈理作品中看到了中国式地主、官吏、受贿者、商人和其他欺压百姓之人。上海的反动当权者匆忙禁演喜剧。但还是晚了。喜剧已经在北京、广州、厦门等城市公演"[③]。

在保存下来的鲁迅1935年11月3日的日记中,记载了他携夫人出席上海的公演。演出并没有令作家懈怠,他请俄罗斯戏剧翻译家、戏剧活动家丽尼转达自己对演员的表演、舞台的布置提出的批评和建议[④]。

考虑到《钦差大臣》的舞台命运,大戏剧家陈白尘的观点是,上海公演的突出特点是观看中国话剧的观众数量众多,至少果戈理作品公演后唤醒了民众对这类剧目的兴趣。按照中国戏剧家的观点,在进步戏剧家和

---

① 《中国话剧运动五十年史料集》,北京,1958年,第一卷,第215页。
② 廖承志:《庆贺〈钦差大臣〉公演》,载《人民日报》,1952年5月16日。
③ 维索科夫:《果戈理作品在中国》,载《真理报》,1952年3月2日。
④ 见:《鲁迅日记》,第二卷,第1081页;丽尼:《要学习的精神》,载《鲁迅纪念文集》,第三分册,第66页。

戏剧同辈人受排挤的年代里"中国戏剧工作者们没有退缩,他们使用了一种新的战略,就是在演出旧俄和西欧的现实主义作品里,赋予一种战斗的意义:在剧目的选择里,特别找寻那些能够反映类似当时中国生活的,找寻那些对中国人民'有些熟识的人物'。而'巡按'便是被找寻的第一个对象"①。果戈理的喜剧在上海公演后,对俄罗斯戏剧的认知对中国活动家们来说,是在艰难的历史时期成就了好的传统文化。"从抗日战争期间,一直到全中国解放以前,每当蒋匪帮一暴露其反动原形而向人民进攻的时候,比如1941年皖南事变之后,我们的舞台上就又出现了'巡按',所以在这期间,蒋管区的上海、重庆、成都、桂林、南京等等大城市都又一再上演这一伟大剧作,而中国人民对于每一次演出又都以新的喜悦来欢迎它"②。

有些戏剧团体将《钦差大臣》做了改编,人物、官阶都换成了中国的。张道藩在南京导演的果戈理的作品中的角色就是当时中国北方一个省的人物。这部由陈智才导演、改编的剧作获得了很大成功,并"在中国戏剧生活中影响巨大"③。

著名剧作家田汉证实,1939年后《钦差大臣》曾在延安演出过④。1941年"新中国剧社"在桂林成立,当时的桂林聚集了许多从日寇占领区来的进步知识分子,就是在这种情况下《钦差大臣》公演。果戈理戏剧被编入田汉的话剧《秋声赋》,这是一部讲述革命作家英勇事迹的剧本;夏衍、田汉和洪深编的《再会吧,香港!》——讲述了在战争年代文化活动家们的艰苦斗争和爱国情怀;曹禺的《日出》——讲述的是剥削阶级的精神没落。与此同时,从奥斯特罗夫斯基的《大雷雨》在中国观众中引起注意起,果戈理的戏剧更是轰动一时。因此在那个战乱时期,话剧在中国的影响力显而易见。

"在严峻的抗日战争条件下,剧社在小城市,甚至农村演出《钦差大臣》。参加演出的成员都没有超过20岁。"⑤

30年代后期,话剧搬上了荧幕,几年后就显现出了成果。史东山说过,他曾把故事和人物改为中国的,但"尽可能地保留着原作的精神和意

---

① 陈白尘:《"巡按"在中国》,载《人民日报》,1952年4月3日。
② 陈白尘:《"巡按"在中国》,载《人民日报》,1952年4月3日。
③ 田禽:《中国戏剧运动》,重庆,1944年,第143页。
④ 《中国话剧运动五十年史料集》,第8页。
⑤ 张庚:《中国舞台上的〈钦差大臣〉》,载《人民日报》,1952年5月7日。

味。〈……〉这部影片在各地公映时,也同样收到了很好的效果。后来的三四年里,还在各地电影院中反复上映,随着国民党反动统治的日益趋于腐朽,这部影片在反复上映时所产生的效果也愈益强烈"①。

从 1940 年起,与中国文学中的军事抗敌题材相应的,是使国家贫穷落后、在法西斯侵略者面前无力抵抗的社会问题。1940 年,茅盾说"重要的不仅仅是唤醒人们反抗侵略者,——现代作家们应该去揭露叛徒、揭露贪得无厌的骗子、揭露自私自利的独占者和虚伪的政客……必须将他们从路上清除,否则就没有未来,因为他们自己是不会自行消亡的"②。1941 年,茅盾的小说《腐蚀》发表,苏联评论家 B. Ф. 索罗金认为"近年来,还没有一本中国文学书籍用如此明晰的艺术形式表现国民党审查体制、尔虞我诈和政治迫害的可恶嘴脸"③。小说以日记的形式记录了一位在保密局任职的年轻女人的不安和真情忏悔,随后她在自己身上找到了解脱的力量。日本文学评论家 Оно Синобу 指出:"《腐蚀》与西方心理分析小说不同,是因为茅盾并没有以分析人物内心实质为目的,而是通过人们内心世界揭露了外部环境,因此很容易令人联想到果戈理和鲁迅的《狂人日记》"④。

1946 年陈白尘的讽刺剧《升官图》在重庆首演。权力机关企图禁演,但此剧在中国许多城市顺利地演出。在给曹靖华的信中剧作家写道:"果戈理的作品,是我所酷爱的,他的《钦差大臣》1935 年在上海演出,给了我巨大影响。这影响表现在我许多喜剧,特别是在《升官图》那个剧本里"⑤。《人民日报》刊登了陈白尘的文章,文中写道:"《升官图》,它的题材虽然发生在四川的一个僻远的小县城里,但我觉得和旧俄罗斯边疆小镇上所发生的未免太相似了! 而更重要的是《升官图》在风格上也受了"巡按"的不可抗拒的影响,这一点是我所不能忘怀的。"⑥陈白尘的讽刺剧与果戈理作品的相近也恰好印证了不同中国文化活动家们受到的影响。"这部剧在很大程度上受果戈理《巡按》的影响"⑦(戈宝权)。"在果

---

① 《人民日报》,1952 年 3 月 4 日。
② 茅盾:《写什么》,载《世界文学》,1940 年,第 7/8 期,第 149 页。
③ 索罗金:《茅盾的创作道路》,莫斯科,1962 年,第 153 页。
④ 索罗金:《茅盾的创作道路》,莫斯科,1962 年,第 161—162 页。
⑤ 曹靖华:《果戈理百年忌》,载《人民日报》,1952 年,3 月 3 日。
⑥ 陈白尘:《"巡按"在中国》,载《人民日报》,1952 年 3 月 4 日。
⑦ 《星火》,1952 年,第 10 期,第 17 页。

戈理《巡按》的影响下，中国剧作家陈白尘在抗战期间写出了针对卖国的国民党官吏的讽刺喜剧"①（茅盾）。

剧目的楔子：两个强盗为逃避官厅的追捕，在一个凄风苦雨的深夜躲进一所古宅。第一幕，一群愤怒的人打死了知县和秘书长。有人在高喊："你还乱拉壮丁吧？""你还刮地皮吗？""还我的谷子来！""你再来拆我的房子吗！"县长躺在地上失去知觉，秘书长被打死。两个强盗乘机换上官员的衣服，把县长卖给了军队。强盗一长得很像县长，就假扮起了县长。县级官员——警察局长、财政局长、卫生局长、教育局长和工务局长——确信在他们面前的这位失去知觉、几乎不会说话的人就是知县。但，另一个强盗勇敢机智地哄骗住知县夫人并与之达成协议："您丈夫死了，您没有了男人，成了寡妇。以后做不成知县太太了。你什么都完蛋了，你想是不是？如果你不愿意守寡，不愿意失掉这知县太太的位置，这就好办了。你只要承认，我朋友——知县，是你的丈夫！女人答应了强盗的条件，并承认了眼前的这位秘书长。"

接下来官员决定让造反的人交出大笔罚金，因为每一个人都想从中捞到好处。争论中，警察局长带来的消息惊醒了失去知觉的知县。大家争相拜见这位大人物。显然，县财政几乎被偷尽；城里仅剩下六名警员在职，两名在局里值班，剩下的都在此处，警察局长不停地在抱怨；用人的地方太多。他让200人穿上新警服，又从监狱里弄了120名臭犯人安排他们住进医院，前24位穿上白大褂扮成医生。沿街摆了几辆装满各式建筑材料的卡车。反正来的官员关心的都是：自己生活的安逸与稳定。秘书长和知县心里想的都是更多地把别人的东西和大量黄金捞到自己手里，还有就是娶到年轻、漂亮的女人。因此，原知县调查结果是，这之前所有的官员都是冒牌货。让他满意的是，省长决定在现任官员之外提拔多名知县，而把他现在的位置给了声称要通过报纸揭露真相的财政艾局长。

在上司的授意下，艾先生发表了讲话："自从省长、知县莅任以来，我们的百姓好像生活在天堂里一般。我们每个人都住洋房，我们每个人都有汽车，我们每天都吃大菜，我们真是丰衣足食、安居乐业呀！我们感谢二位大人，我们从没受过苛捐杂税的剥削，我们从没受过土豪劣绅的压迫，我们从没受过贪官污吏的敲诈，我们从没受过特务和集中营的威胁。我们从没有——不！我们都有人身的自由、言论的自由、以及一切的自

---

① 《真理报》，1952年，3月2日。

由！这都是二位大人的德政！"

那时候的中国观众对这些假仁假义的谎话和毫无廉耻、沽名钓誉的官员都已经习惯了,讲话被突然打断:普通民众厌倦了忍受欺骗和成为官员们争取权力和升迁的工具。三幕话剧的结尾处,两个骗子从梦中醒过来。

在果戈理的喜剧里,在中国话剧中都有"梦境"的情节,但如果俄罗斯作家注重的是"梦境中的阴谋",那陈白尘呈现的则是中国人习惯的文学模式——所有的主要情节都在梦中完成。现代剧作家赋予了梦境另一重涵义:官位本身并不是一种职业,而是官者自己编就的一种严酷的生活,打造的一场噩梦。

众所周知,果戈理编造的梦境是:市长"整夜梦见两只特别的老鼠"。别林斯基写道,这个梦构成了"喜剧实际"梦幻的目的。第二天,从彼得堡的来信中提到隐姓埋名、带着密谕的官员。"做梦有好处!迷信也比胆怯和被吓住的良心强;良心助长了迷信"。《钦差大臣》中的梦,是一名城市的过客作为"经常徘徊在虚幻世界中"的"梦幻人物"出现的[①]。《钦差大臣》的梦激发了中国剧作家的灵感?遵循民族文学的传统,陈白尘将梦境作为剧情线索,让梦境的主人公成为主角,赋予了这一角色很大的虚幻性,内含有与生活原色完全相悖的意义。

与果戈理相仿,陈白尘注重的是更大范围的提炼:县城秩序是整个社会秩序的缩影。《钦差大臣》里也同样,剧中呈现了社会生活与社会管理的典型实例。陈白尘用一个小城市发生的故事揭露了省长巡访的目的。官员的出现首先引起的是恐慌,大家都想欺瞒他,伪造了幸福安康的表象。但,谎言终会被拆穿的。省长当然明白,但他一点儿也不觉得内疚,因此并没有准备改正,因为他是个无视社会操守、极端自私的人。与果戈理的赫列斯达科夫不同的是,"钦差的举止"并非是刻意模仿,而是知县的自愿行为,他完全是个骗子,是个坏官。在用话语蛊惑人心的同时,他维护的是自己的利益,而却极少干实事。在中国戏剧中,"钦差的举止"很少能妨碍主角,因为主角总是正确的,是官场里受欢迎的人物,总让人能感觉到安全。

人物性格描写上的某些简单与直白并没有妨碍陈白尘的戏剧成为中国戏剧的佼佼者。从 1945 年到中华人民共和国成立,"在国民党严禁下,

---

[①] 《别林斯基作品目录》,第三卷,第 456、454 页。

这部戏剧受到了广泛欢迎,并不断地公开演出。它帮助民众脱离沉重的心灵压抑,在纯净的笑声中获得了力量。它新颖的形式、大众化通俗的语言受到了观众的热烈欢迎。戏剧产生了巨大的政治影响。可以断定,这部剧是那个时期最具政治影响力的戏剧之一"①。

在人民解放战争困难时期,果戈理的其他作品也受到了重视。1939年和1946年都公演了由冯邹改编的喜剧《婚事》。1943年和1945年魏荒弩的译本出版。1937年春,在上海的光明剧院,《婚事》首次公演,之后,1939年4月,在上海的各个剧院演出。1940年,剧作家夏衍将《两个伊万的故事》改编成戏剧,1942年,吴秋远根据《五月的夜晚》素材创作了喜剧。1938年鲁迅翻译了《死魂灵》(第二部第三章的补充本)。1944年,芷江的《死魂灵》译本在成都出版。

中华人民共和国的成立为受读者喜爱的果戈理作品广泛传播创造了条件。1949年12月,什之翻译的《赌棍》单行本在上海出版。1950年出版了蔡凡迅翻译的《钦差大臣》。很快,周信芳担任喜剧新译本的角色,并被公认为这一角色演得最好的之一。1952年出版了《外套》(刘辽逸译)和《鼻子》(鲁迅译)的单行本。鲁迅翻译的《死魂灵》多次出版(1952年版、1953年版、1954年版、1959年版)。1954年,北京重新准备刊印出版蔡凡迅的译本《钦差大臣》。1955年有两本书面世《狄康卡近乡夜话》(满涛译)和《圣诞节前夜》(鲁迅译)。1957和1958年出版了满涛的译品集《彼得堡故事》。

在 H. B. 果戈理诞辰150周年之际,北京人民文学出版社出版了六卷本的伟大作家作品集,其中涵盖了艺术创作、文学评论和书信。1963年满涛翻译的《果戈理小说戏剧选》出版,其中收入了《塔拉斯布尔巴》《涅瓦大街》《肖像》《外套》和《钦差大臣》。

此外中国还举办大型活动纪念这位俄罗斯经典作家逝世100周年(1952年)和诞辰150周年(1959年)。各种连续出版物中都有大量文章强调果戈理的世界意义、他的作品巨大影响并肯定了其作品的现实艺术方法,肯定了其特征:"果戈理是俄国的伟大作家,但也是世界的伟大作

---

① E. 金伊:《中国现代文学史论集》,北京,1957年,第384页。

家。果戈理所遗下的一份宝贵的文学遗产,是苏联人民的,但也是全人类的。在世界大作家中,果戈理也是中国人民特别喜爱的作家之一。"①

在解析果戈理创作的同时,中国作家和文学家经常借用俄罗斯革命民主主义者的评价和苏联文学界的观点。中国的作品中常常会顾及果戈理创作对现代中国精神生活的影响,强调的是果氏遗产对中国民众自我意识深处和现实艺术发展现状的影响。中国式批评首先强调的是果戈理喜爱的人物对故乡的感觉。"果戈理的所以不朽,他的作品之所以至今还保持它的深刻意义,首先就由于他也和其他许多伟大的作家一样,在他的作品里表现了他的爱国主义,在于它对于社会的政治的重大问题的关心。一个伟大的现实主义的作家,不能不热爱自己的祖国,不能不反映他那时代的生活的一些本质的方面,不能不把自己的注意引向他那时爱的社会生活的主要矛盾与斗争"②。满涛写道:"果戈理是一位具有强烈的爱憎态度、充满着爱国主义精神的批判现实主义作家。正因为如此,他得以成为俄国文学中'果戈理时期'的奠基人"③。曹靖华在评论《狄康卡近乡夜话》时写道:"欢笑和哀愁,谐谑和恐惧,当代和既往,以及锐敏的现实的观察和大胆的幻想的创造,都交融在这些作品里。现实的,世态的摹写和浪漫的故事式的叙述,都紧紧地交织在一起,字里行间都洋溢着深厚的对祖国的爱、对人民的爱"④。

果戈理作品是对祖国大好河山、对暴露文学主题沉思后的产物。我们在孙犁的文章中读到了:"果戈理自然是一位杰出的讽刺作家。什么是讽刺?根据鲁迅先生的界说,讽刺的生命是热情,是对祖国和人民的爱,是对民族弱点的慈善智慧的鞭策,是对未来幸福生活的热烈的仰望。讽刺作家,必然是伟大的现实主义作家。没有现实主义的负责的认真的努力,就不会成功讽刺。"⑤黄药眠在《重读果戈理的〈巡按〉》一文中写道:"作品非常之深刻地剖示出了,当时沙皇的统治层是如何的腐烂着,而又相互矛盾……在腐朽的统治阶级里面,所谓的夫妇、朋友、母女原不也正是唯利是图的结合吗?只要有一点点最微小的利益的分歧,他们就可以争吵起来,互相排挤着,互相攻奸着。今天在资产阶级国家里面,在资产

---

① 巴人:《果戈理——封建制度的掘墓人》,载《世界文学》,1959 年,第 4 期,第 123 页。
② 陈涌:《像果戈理学习什么》,载《人民文学》,1952 年,第 3/4 期,第 64 页。
③ 满涛:《译本序》,载《果戈理小说戏剧选》,北京,1963 年,第 15 页。
④ 曹靖华:《伟大的作家果戈理》,载《大众电影》,1954 年,第 14 期,第 10 页。
⑤ 《孙犁文集》,第四卷,第 441 页。

阶级社会里面,这种生活现象还不是很普遍吗?作者写这部作品的时间,距离现在已有一百多年了,可是就是在今天读起来,它对于读者还是有很大的教育意义。"①

中国的诠释者们认为,果戈理的作品是乐观主义的暴露,陈涌写道:"果戈理的作品,对于中国的读者,是不难理解的。任何读者一和它接近便立刻会被它所吸引,并且会为它所深深的感动。这主要也就在于,果戈理所描写的黑暗的俄国的社会生活,和过去黑暗的中国的社会生活有许多相像,同时,果戈理在他的作品里所流露的对于俄国未来的愿望,也多少接近过去中国人民对于中国未来的愿望。"②栋榕森在《人民日报》上写道:"果戈理的作品,给我们显示出沙皇统治下官僚地主阶级和他们的全部的丑恶,他尽情地揭露它,讽刺它,他在他们身上看见的只是腐朽,但是他自己对未来却有无穷的期望,正像上面所举引的片断所见的。这也是这'喜剧'作家的伟大处"③。

中华人民共和国成立以后,对文学艺术工作者提出的要求是深入研究人民群众的语言、习俗及其兴趣。这一计划中,在果戈理创作经验中有所体现。"他熟悉民间的风俗、习惯、语言,他曾用心地收集了民间故事,从《复活节的前夜》《梭洛琴集市》《在达堪加乡村的傍晚》,我们看到美丽诱人的乌克兰景色和丰富的民间生活,他仇恨不合理的农奴制度,仇恨沙皇野蛮腐朽的统治,热爱自己的祖国和人民"④。在果戈理译文的后记中,提到乌克兰歌曲时满涛写道,伟大的俄国作家感兴趣的永远是民众题材。"果戈理对于民歌并不仅仅是欣赏它们的诗情画意,而且是欣赏其中包含的历史意义,他把它们看作人民生活的反映,例如他在《塔拉斯布尔巴》这个中篇小说中就广泛地运用民歌来描写乌克兰哥萨克的生活、习惯和性格。"⑤

中国的批评家们呼吁要在语言上、在艺术形式上研究果戈理的经验。满涛认为俄罗斯经典作家的艺术高度源于他的多重典型性格,这一特点对读者有着强烈的冲击力。分析马尼洛夫形象的实质时,满涛认为,在其身上不仅有统治阶层代表的痕迹,而且还有人类的通性,可称之为"马尼

---

① 《新建设》,1952年,第5期,第25页。
② 陈涌:《向果戈理学习什么》,第64页。
③ 栋榕森:《果戈理"含泪的笑"》,载《人民日报》,1959年,4月1日。
④ 孙维世:《果戈理的爱和憎》,载《人民日报》,1952年5月16日。
⑤ 《世界文学》,1959年,第4期,第136页。

洛夫习气"。照满涛的话讲,这一作品人物会误导现代中国作家错误地认为,脱离实际的口号会为他们的作品增添教育性①。

在谈到果戈理关于艺术总体能力时,沙汀在《人民日报》上发表文章写道:"纵使时代不同,国度不同,当我重读《死魂灵》的时候,往往情不自禁地联想起那些最近三两年间才被农民群众下掉架子的熟识人物……他不仅对当时俄国的官僚地主作了极为典型的概括,同时更深刻地暴露了私有制度下一切寄生阶级所必然具有的恶德"②。1983年9月1日的《光明日报》上谈到了幽默问题:"喜剧《钦差大臣》获得了空前成功。人物角色不同,所产生的喜剧效果就不同,作者很用心地赋予作品角色以笑点,而这一笑点具有揭露、荒诞的否决"③。文章作者承认,中国还很少有作品能起到类似的作用,因此必须要继承、发扬中国和世界讽刺文学的传统。

在中国,对"文革"反思后人们重新转向在果戈理遗产中寻找和谐和动力。果戈理的中篇小说《外套》具有特别的现实意义。备受关注的还有史诗性作品《死魂灵》。

1983年9月,北京出版了由果戈理作品的著名翻译家满涛与许庆道合作翻译的《死魂灵》。首先,对鲁迅翻译的《死魂灵》给予了高度评价,新版突出了国情现状。在近半个世纪中,中国文学语言发生了很大变化。1917年起,中国就开始了白话文运动,对统治中国两千年的文字传统进行改革,揭开了为新文学艺术的白话文而斗争局面,这是一种融汇了词汇学和人文模式的口头语言的变革。新的文学语言形成的过程中往往伴随着文言词,即单个词汇、词组、语法结构里还含有旧式的文学语言形式。因此,不论鲁迅翻译的《死魂灵》多么精彩,他的行文中还是露出那个时代的语言特征。鲁迅之后,文学语言在特定因素的作用下具有了新的特性,不但被广泛应用在公开发行的艺术作品里,同时也进入到社会各种文学之中,以及在各种风格的外国作品中也大量使用。新译本《死魂灵》在众多方面体现了中国语言结构的变化,最突出的是让现代中国读者感受到了果戈理语言形象和生动。不得不说,新译本《死魂灵》的质量和水平都优于鲁迅版,它的不同之处是直接译自俄文,更贴近于原稿风格。满涛和

---

① 满涛:《果戈理的爱与恨》,载《潍坊日报》,1954年4月1日。
② 沙汀:《我们永远珍爱果戈理的遗产》,载《人民日报》,1952年5月4日。
③ 秦牧:《一朵永不凋落的智慧之花——幽默》,载《光明日报》,1983年9月1日。

许庆道准确地把握住了果戈理每个句子的内涵,艺术地再现了作品的生动性。新版《死魂灵》是由五卷本构成的文集(莫斯科,1949)并配有画家 A. 拉普捷夫的插图。此处不再对出版物做描述,译者在注脚对国务活动家、剧作家、诗人和文学同仁,对英雄神话人物、地理名称、俄罗斯宗教、俄罗斯社会生活现状、官衔和职责、某些姓氏的含义、词汇游戏等做了注释。

钱中文在《译本序》中写道:"果戈理生前境况并不如意,他因自己的创作一生受尽诽谤;生活上的种种烦扰、朋友间的激烈争论和尖锐的对立,常常使他陷入精神忧郁的境地。不过从文学史的观点看,他毕竟是幸运的。可以说他的《死魂灵》为俄国现实主义文学的形成奠定了基石。"钱中文在对果戈理长篇小说中的主人公分析后得出的结论是"《死魂灵》开创了俄罗斯文学的新阶段,使俄国现实主义在俄国文学中获得了彻底的胜利。"

译本序中注意到了果戈理长篇小说中的讽刺和幽默具有的抒情风格。"这些抒情的插叙,是对美好理想的向往,赋予了小说以激动人心的力量。《死魂灵》第一卷问世,立刻引起了争论。当然,十九世纪俄罗斯文学中《死魂灵》是最具幽默与讽刺意义的作品"。① 新版《死魂灵》译本序作者的意见,代表了相当一部分中国文学家对果戈理创作特性的看法,但也并没有忽略其作品的抒情氛围。评论者与读者的完美感觉和多视角、果戈理遗产的特殊性在许多方面都取决于不同国家上映此剧的舞台效果和文学剧本的翻译,即对俄罗斯经典的熟悉程度。在中国,首先要注意的是对果戈理的评价正好与当时中国读者的社会需求相符。因此,艺术作品的揭露性受到中国读者的追捧也就不足为奇了。因为民族文学中的揭露倾向是古已有之的。《诗经》中收录的公元前 9—公元前 7 世纪的作品就已经在讨论社会的非正统性了。伟大诗人杜甫(712—770)就写有描绘宫廷的诗篇"朱门酒肉臭,路有冻死骨"。相似的诗还有著名诗人白居易(772—846)的《黑龙潭》,副标题直接为"疾贪吏也"。在长篇小说《西游记》(公元 16 世纪)里就对(当时的)社会风气用怪诞的手法做了隐晦的讽刺。长篇小说《儒林外史》中,吴敬梓(1701—1754)嘲笑了官场考试体系,说它是有才华之人为国效力的绊脚石。20 世纪初暴露文学异常盛行,揭露了官场的弊病、当权者精神的颓丧。中国读者很熟悉祖国的暴露文学作品,也就很容易理解俄罗斯艺术家的批判观。那个时期中国诗歌的悠

---

① 钱中文:《译本序》,《死魂灵》(H. B. 果戈理)一书的序,北京,1983 年,第 1、9、10、15 页.

久文化是抒情,这也正是果戈理的长项。

果戈理作品在中国成为了很高的精神和艺术的楷模。正像《中国大百科全书》里肯定的那样:"自1919年'五四运动'之后,果戈理作品对新中国文学产生了巨大的影响"[①]。

我们在这个时代还清楚地记得著名教授曹靖华在三十年前说过的话:"中国人民,以及全世界人民都会记住伟大的俄罗斯作家 H. B. 果戈理。在全体爱好和平的人们投身反侵略战争的日子里,果戈理的作品有助于和平和社会主义的建立。他们用自己犀利的语言推动根除资本主义社会的浓瘤,剥下了帝国主义猛兽身上披着的羊皮。为和平而战,就是保护文化。为了这一斗争,过去伟大的人们在维护自己的后代,同他们一起保卫仁爱与正义。因此,会有更多的人们纪念俄罗斯作家果戈理。"[②]

果戈理作品在中国的翻译和流行证明,他的艺术在各国精神文化中占有重要位置,民族艺术发展的创作属于人民[③]。

(陈蕊 译)

---

① 《中国大百科全书》,北京,上海,1982年,第一卷,第939页.
② 曹靖华:《果戈理百年忌》,载《真理报》,1952年3月4日.
③ 文中引自已故 M. E. 施耐捷尔语言学博士未发表文中的资料.

Е. А. 谢列布里亚科夫著述目录

1. 与利西查 Б. Я. 合著《毛泽东论文学(纪念毛泽东在延安文艺问题的讲话十周年)》,载《星火》杂志,1952年,第5期,第133—134页。
2. 与利西查 Б. Я. 合著《普希金作品在中国》,载《列宁格勒晚报》,1952年2月8日。
3. 与利西查 Б. Я. 合著《生命自由的幸福》,载《列宁格勒晚报》,1952年11月22日。评1952年在莫斯科出版的《中国作家的故事》一书。
4. 《爱国作家的声音》,载《列宁格勒真理报》,1953年6月4日。评1953年在莫斯科出版的《郭沫若选集》一书。
5. 《朋友的书》,载《列宁格勒真理报》,1953年4月17日。评1952年在莫斯科出版的《鲁迅选集》一书。
6. 《8世纪伟大的中国诗人杜甫的爱国主义与民族性》,见《副博士论文作者索引》,列宁格勒,1954年,第16页。
7. 《杜甫的创作》,见《杜甫诗集》,莫斯科,1955年,第5—14页。
8. 翻译茅盾的长篇小说《动摇》,见《茅盾全集》三卷本的第一卷,莫斯科,1956年,第31—185页。
9. 与利西查 Б. Я. 合著《民族的兄弟既是文学兄弟》,载《涅瓦》杂志,1957年,第5期,第185—189页。
10. 与利西查 Б. Я. 合著《朋友来了》,载《涅瓦》杂志,1957年,第11期,第146—151页。
11. 《杜甫评传》,163页,莫斯科,1958年。《杜甫》,见《图书报刊评介论集》,莫斯科,1958年,164页。后又载《东方学问题》,1960年,第3辑,第292—293页。
12. 《鲁迅如何研究中国经典文学》,见《列宁格勒大学教学札记》,1958年,第256期,第97—113页。

13. 《中国古典文学干宝的〈搜神记〉》,载《列宁格勒大学学报》杂志,1958 年,第 8 期,第 151—162 页。
14. 与利西查 Б. Я. 合译梁学政的《在海岸上的盼望》,载《列宁格勒真理报》,1958 年 9 月 21 日。
15. 与利西查 Б. Я. 合译张天翼的《宝葫芦的秘密》,列宁格勒,1958 年,151 页;第二版,列宁格勒,1962 年。
16. 《陆游(1125—1210)诗中反抗外侵者斗争的题材》,见《列宁格勒大学教育札记》,1959 年,第 281 辑,第 130—146 页。
17. 与利西查 Б. Я. 合著《统一战线》,载《涅瓦》杂志,1959 年,第 10 期,第 191—196 页。
18. 与利西查 Б. Я. 合著《现代中国文学中的爱国主义题材》,载《星火》杂志,1959 年,第 10 期,第 199—205 页。
19. 与利西查 Б. Я. 合译严文井的《唐小西在"下一次开船港"》,列宁格勒,1959 年,110 页。
20. 《陆游与他的诗歌》,见《陆游诗集》,莫斯科,1960 年,第 3—14 页。
21. 《论元朝剧作家马致远的〈汉宫秋〉》,载《东方国家语言学》,1963 年,列宁格勒,第 110—126 页。
22. 与奥西波夫 Ю. М. 合著《列宁格勒大学东方系的东南亚语言研究》,见《东南亚语言大会论文集》,莫斯科,1964 年,第 7—8 页。
23. 《陆游(1125—1210)游记〈入蜀记〉的历史民族意义》,见《亚非国家语言与历史:东方系科学大会提纲》,1964/65 学年版,列宁格勒,1965 年,第 82 页;《陆游去四川途中写的诗》,同上,第 37—38 页。
24. 《陆游诗中的风景》,见《亚非国家语言与历史:东方系科学大会提纲》,1965/66 学年版,列宁格勒,1966 年,第 47—49 页。
25. 《中世纪诗人陆游(1125—1210)创作中的民族性(创作的第一阶段:1170 年前)》,载《亚非国家研究》,1966 年,列宁格勒,第 161—169 页。
26. 《宋代诗人陆游诗中的修饰语》,见《远东文学的体裁与风格(科学大会提纲)》列宁格勒,1966 年,第 38—42 页。
27. 翻译马致远的《破幽梦孤雁汉宫秋》,见《元剧》,莫斯科;列宁格勒,1966 年,第 231—270 页。
28. 《中国经典诗歌的生动性:以中世纪诗人陆游的诗为例》,见《历史语言研究(Н. И. 康拉德院士诞辰 75 周年)》,莫斯科,1967 年,第 375—380 页。
29. 《古代中国的审美观》,见《亚非国家语言与历史:纪念东方系科学分会场十周年暨伟大的十月革命五十周年》,列宁格勒,1967 年,第 48—50 页。
30. 《前言》,见《杜甫抒情诗集》,列宁格勒,1967 年,第 5—16 页。
31. 《陆游(1125—1210)诗歌中的排比》,载《列宁格勒大学学报》,1967 年,第 2 期,第

71—75 页。

32. 与奥西波夫 Ю. М. 合著《列宁格勒大学东方系的东南亚语言研究》,见《东南亚语言》,莫斯科,1967 年,第 30—37 页。
33. 《"江西诗派"及其文学观》,见《远东文学研究的理论问题(第三届科学大会论文提纲)》,列宁格勒,1968 年,第 42—44 页。
34. 《陆游的〈入蜀记〉翻译、注释、研究》,列宁格勒,1968 年,160 页。
35. 翻译王鲁彦的《黄金》,见《一天的晚上(中国作家故事集)》,莫斯科,1968 年,第 3—29 页。
36. 与利西查 Б. Я. 合译施耐庵的长篇小说《水浒》,儿童文学节选本,列宁格勒,1968 年,318 页。
37. 《屈原与楚辞》,见《古代中国文学》,莫斯科,1969 年,第 172—204 页。
38. 《经验、问题、前景》,列宁格勒大学,1969 年 1 月 22 日。
39. 《宋代诗人陆游(1125—1210)诗中的修饰语》,见《中国和朝鲜文学的体裁与风格》,莫斯科,1969 年,第 87—95 页。
40. 《列宁论中国经典文学的艺术创作与意义》,见《列宁与亚洲国家史问题:中国、印度》,列宁格勒,1970 年,第 83—101 页。
41. 《列宁主义的理论在中国中世纪诗歌中的反映与生动性问题》,见《文献传承与东方民族文化史问题:科学院东方所列宁格勒分所第六届科学年会暨纪念 В. И. 列宁诞辰 100 周年简讯与评述》,莫斯科,1970 年,第 27—29 页。
42. 《范成大诗歌中的农村生活》,见《远东文学问题理论研究:列宁格勒第四届科学大会论文提纲》,莫斯科,1970 年,第 56—57 页。
43. 《隐喻语的神奇:纪念杜甫诞辰 1250 周年》,载《苏联妇女》杂志,1970 年,第 3 期,第 38 页(用中文发表)。
44. 《陆游(1125—1210)论大唐诗人杜甫(712—770)》,载《亚非国家的语言问题》,1971 年,列宁格勒,第 1 辑,第 144—151 页。
45. 《论中世纪中国抒情诗的艺术形象的客观性与主观性:以范成大任清朝外交使团期间写的四行诗为例》,见《远东文学问题理论研究:列宁格勒第四届科学大会论文提纲》,莫斯科,1972 年,第 46—47 页。
46. 《"江西诗派"及其文学观》,见《东方经典文学》,莫斯科,1972 年,第 168—189 页。
47. 《永恒的纪念(关于卓雅科斯莫杰米扬斯卡娅和 М. 阿里格尔的诗〈卓雅〉)》,载《苏联妇女》(中文版),1973 年,第 9 期,第 38—39 页。
48. 《宋代诗人陆游在 1162—1163 年间上报朝廷的呈文》,见《苏联的中国文学研究》,莫斯科,1973 年,第 28—41 页。
49. 《陆游的生平与创作》,列宁格勒,1973 年,216 页。
50. 《陆游(1125—1210)生平与创作:会议报告作者索引》,列宁格勒,1973 年,37 页。

51. 《宋代著名文学家欧阳修(1007—1072)的游记》,载《亚非国家的语言问题》,1973年,列宁格勒,第 2 辑,第 166—180 页。
52. 《9—13 世纪词话》,见《远东文学研究问题的理论:第 7 届科学大会报告提纲》,列宁格勒,莫斯科,1974 年,第 71—73 页。
53. 《中国中世纪妇女抒情诗史之页》,见《亚非国家的语言与历史:科学大会暨纪念列宁格勒大学东方系(1854—1974)成立 120 周年》,列宁格勒,1974 年,第 40—41 页。
54. 《新出版物里的陶渊明研究》,载《远东问题》,1974 年,第 2 期,第 244—247 页;评 Л. 艾德林翻译的《陶渊明诗集》,1972 年,莫斯科。
55. 《翻译的艺术》,载《苏联妇女》(中文版),1976 年,第 10 期,第 19 页。
56. 《中国唐代女诗人鱼玄机》,载《东方学》,第 2 辑,1976 年,列宁格勒,第 137—147 页。
57. 《自唐诗(公元 7—10 世纪)起中国女诗人的社会地位与文学活动》,见《远东文学研究的理论问题:第 7 届科学大会论文提纲》,列宁格勒,莫斯科,1976 年,第 75—77 页。
58. 翻译马致远的《汉宫秋》,见《东方:印度、中国、日本的经典戏剧》,莫斯科,1976 年,第 308—347 页。
59. 《苏联文学对中国年轻一代(1949—1957)的影响》,见《东方文学与苏联文学》,莫斯科,1977 年,第 251—263 页。
60. 《范成大(1126—1193)诗歌中的合理而充满激情的开场白:以范成大任清朝外交使团期间写的四行诗为例》,载《东方学研究》,1977 年,第 5 辑,列宁格勒,第 163—175 页。
61. 《9—13 世纪词话》,见《远东文学研究的理论问题》,莫斯科,1977 年,第 57—65 页。
62. 《古代中国文字中的 W》,见《东方学》(第 3 辑),1977 年,第 57—66 页。
63. 翻译《元明朝时期中国的诗歌》,见《印度、中国、朝鲜、越南、日本的经典诗词》,莫斯科,1977 年,第 357—364.368—372.377—384 页。
64. 《"花间"词集及其在中国诗歌史上的地位》,见《远东文学研究的理论问题:第 8 届科学大会论文提纲》,列宁格勒,莫斯科,1978 年,第 2 辑,第 166—168 页。
65. 《中国 10—11 世纪的诗歌:诗和词》,列宁格勒,1979 年,247 页。
66. 《佩雷什吉娜 E. B.》(文摘),载《苏联社会科学·文摘》第 7 辑,文学研究,1980 年,第 4 期,第 59—63 页。
67. 《唐代女诗人薛涛(768—832)的私人字苑》,载《东方学研究》第 6 辑,1979 年,列宁格勒,第 145—163 页。
68. 《文化遗产问题的专著》,载《远东问题》杂志,1979 年,第 3 期,第 202—204 页;书评:评费德林的《中国文学遗产》,莫斯科,1978 年;后又载《远东文学》,1980 年,

第 9 卷,第 1 期,第 311—317 页(日文版)。

69. 《词体中王安石(1021—1086)的诗作》,载《东方学研究》第 7 辑,1980 年,列宁格勒,第 127—138 页。

70. 《13—14 世纪的中国戏剧》,载《文学问题》,1980 年,第 8 期,第 272—279 页;书评:评索罗金的《〈13—14 世纪的中国戏剧〉:起源、结构、样式、体裁》,莫斯科,1979 年

71. 《通往列宁主义的道路》,载《国外文学》,1980 年,第 4 期,第 255—256 页;书评:评瞿秋白的《不同时代的政论文》(М. Е. 施奈德,В. Т. 苏霍鲁科夫,В. С. 阿直马穆多娃译自中文,莫斯科,1979 年)。

72. 《书评》,载《亚非人民》杂志,1980 年,第 2 期,第 221—226 页。《评李福清的〈从神话到章回小说——中国文学中人物形貌的演变〉》,莫斯科,1979 年。

73. 《论(王维)中国经典诗词的新碰撞》,载《苏联妇女》第 2 期,1981 年,第 39—40 页;《百花盛开时代的诗人(王维)》,同上,第 40—41 页(中文版)。

74. 《论唐代女诗人薛涛(768—832)创作艺术的独特性:以私人字苑为例》,载《东方学研究》第 8 辑,1981 年,第 112—125 页。

75. 《词体中首部诗选出版物》,载《远东文学》第 3 期,1981 年,第 208—221 页。书评:《梅花:词体中的中国经典诗歌》,莫斯科,1979 年。

76. 《中国文学遗产问题》,载《远东问题》第 3 期,1982 年,第 90—93 页。书评:"费德林的《中国文学遗产与现代性》",莫斯科,1981 年。

77. 《儒家传统中的女人:以宋代之前对〈诗经〉的注释为例》,见《远东文学研究的理论问题:第 11 届科学大会论文提纲》,莫斯科,1984 年,第 2 辑,第 246—253 页。

78. 《光辉历程的典型实例:1957 年前译成中文的有关伟大卫国战争的苏联文学》,载《远东问题》第 3 期,1985 年,第 153—165 页。

79. 《儒家注释者们对抒情诗〈诗经〉的诠释》,载《东方学研究》第 11 辑,1985 年,列宁格勒,第 127—137 页。

80. 《杜甫及他的家族谱》,见《远东文学研究的理论问题:第 12 届科学大会论文提纲》,莫斯科,1986 年,第 2 分册,第 357—360 页。

81. 《东方诗学:远东地区(中国、朝鲜、日本、越南)的诗学》,见《文学百科词典》,莫斯科,1987 年,第 293—299 页。

82. 《个人在中国古典诗词中的作用》,载《东方学研究》第 13 辑,1987 年,列宁格勒,第 110—121 页。

83. 《В. В. 彼得罗夫(悼念文章)》,载《列宁格勒大学学报(第 2 辑)》第 4 期,1987 年,第 107—108 页。

84. 《列宁格勒大学荣誉博士曹靖华》,列宁格勒大学,1987 年 6 月 19 日。

85. 《中国 12 世纪的诗歌翻译》,载《远东问题》,1987 年第 6 期,第 178—180 页。书评:《辛弃疾的诗歌创作》,莫斯科,1985 年。

86.《果戈理在中国》,见《世界文学中的果戈理》,莫斯科,1988 年,第 225—274 页。
87.《哲学的诗人还是诗人的哲学?(野史溯源)》,见《中国研究领域的创新》,第一部分,1988 年,第 65—76 页。
88.《列宁格勒大学荣誉博士曹靖华》,载《新文学史料》第 2 期,1988 年,第 10—12 页,北京(中文版)。
89.《列宁格勒大学荣誉博士曹靖华》,见《一束洁白的花》,1988 年,北京,第 248—250 页(中文版)。
90.《书评》,载《苏联妇女》(中文版),1988 年第 4 期。书评:《爱情与忧伤的诗行:在 M. 巴斯曼诺夫译文中的中国女诗人的诗》,莫斯科,1986 年。
91.《12 世纪诗人作品的绝妙翻译》,载《苏联妇女》(中文版),1988 年,第 4 期,第 44 页。
92.《元结编辑的诗集〈箧中集〉》,载《东方学·语言学研究》,1988 年,列宁格勒,第 14 辑,第 166—175 页。
93. 翻译茅盾的长篇小说《动摇》,见《茅盾文选》,列宁格勒,1990 年,第 24—160 页。
94. 翻译:《10—12 世纪宋代诗歌》,莫斯科,1990 年;
95.《祝贺 Ю. М. 奥西波夫六十周年寿辰》,载《东方学·语言学研究》,1991 年,列宁格勒,第 17 辑,第 3—7 页;《祝贺 Н. А. 斯别什涅夫六十周年寿辰》,同上,第 17—21 页;《民间传说中的中国中世纪诗人李白》,同上,第 109—117 页。
96.《十月社会主义革命与中国有关妇女和家族兄弟关系的角色转换》,载《20 世纪亚洲国家民族文化进程》,1991 年,莫斯科,第 133—163 页。
97.《中国语文学讲坛上的 В. В. 彼得罗夫》,见《准确——诗歌的科学》,圣彼得堡,1992 年,第 108—136 页。
98.《苏联十月革命时期文学在中国》,见《曹靖华纪念文集》,河南,1992 年,第 473—480 页。
99.《曹靖华——列宁格勒大学荣誉博士》,见《曹靖华纪念文集》,河南,1992 年,第 512—515 页。
100.《东方系与中国学》,见《圣彼得堡大学》,武汉,1993 年,第 170—177 页。
101.《陆游与〈老学庵笔记〉》,载《彼得堡的中国学》,1994 年,第 6 辑,第 9—22 页。《陆游与〈老学庵笔记〉》(第一卷和第五卷的翻译与注释),同上,第 22—102 页。
102.《中国经典诗歌及其社会影响》,见《远东及东南亚寓言文学》,圣彼得堡,1994 年,第 162—168 页。
103.《远东与东南亚文学间的联系,某些题材问题与文学体裁的体系》,见《亚非国家的语言与历史(圣彼得堡大学恢复东方系五十周年)》,圣彼得堡,1994 年,第 23—24 页。
104.《中国古典诗歌中地理名称的作用》,见《中国与东南亚的语言学、语言》,圣彼得堡,1995 年,第 30—35 页。

105. 《东西方文学联系的某些问题》,见《东西方文学间的联系》(国际科学讨论会资料),圣彼得堡,1995年,第3—9页。《中国与俄罗斯民族的精神与文学艺术成就》,同上,第81—87页。
106. 《民俗是中国古典诗歌主题的源泉》,见《1993—1994年间读物(简介)》,圣彼得堡,1995年,第9—12页。《中世纪的中国唐朝(7—10世纪)诗人世界观的特征》,同上,第64—66页。
107. 《俄罗斯的精神复活与接收远东和东南亚的经典文学》,见《东西方文学的接触》,圣彼得堡,1997年,第4—19页。《中国诗人陆游在俄罗斯和越南的译介》,同上,第104—120页。《曹靖华是契诃夫喜剧的中文译者》,同上,第126—139页。
108. 《曹靖华翻译俄罗斯喜剧对现代中国精神生活和文学发展的意义》,见《20世纪末到21世纪初中俄与其他东北亚国家的协作前景》,莫斯科,1997年,第2辑,第53—57页。
109. 《唐宋时期中国园林精神审美的意义》,见《1995—1997年间读物(简介)》,圣彼得堡,1998年,第19—23页。《19世纪中国诗人的诗词周期,陆龟蒙与皮日休论捕鱼技巧和捕鱼工具》,同上,第24—28页。
110. 《颇具教育意义的经验:中国的君谏与唐宋时期(7—13世纪)文人的关系》,见《21世纪之交的中国与亚太地区——第九届国际科学讨论会论文提纲》,莫斯科,1998年,第2辑,第124—128页。
111. 《中国大诗人陆游(1125—1210)优美的诗文(《南堂杂兴》和《老怀》)》,载《东方学:语言学研究》,圣彼得堡,1998年,第20辑,第133—142页。
112. 《细读 B. M. 阿列克谢耶夫的〈中国文学〉(两卷本)》,载《东方》,2004年,第4期,第186—192页。
113. 与 И. A. 阿里莫夫合著《甲骨文觅踪》,见《宋史资料》,第2辑,《研究与翻译》,俄罗斯科学院,人类学与民族学博物馆,圣彼得堡大学,2004年,Orientalia 辑。
114. 《寻找善良与道德(中国现代作家巴金诞辰100周年)》,见《远东文学问题》(第1卷)圣彼得堡,2004年,第6—16页。
115. 与 A. A. 罗季奥诺夫、O. П. 罗季奥诺娃合著《中国文学史手册(公元前12世纪至21世纪初)》,莫斯科,2005年。
116. 《契诃夫在中国》,见《文学遗产》(第10卷),莫斯科,2005年,第5—51页。
117. 与 O. Б. 弗罗洛娃、C. O. 茨维特科夫合著《东方文学思想的古文献》,载《东方亚非社会历史与现代》,2005年,第6期,第187—193页。
118. 《李福清古典小说与传说》,载《东方》,2005年,第1期,第197页。
119. 《俄罗斯汉学家1909—1918年间对伟大作家鲁迅的评价和对他那些年精神世界特征的论述》,见《远东文学问题》(第1卷)圣彼得堡,2006年,第163—181页。

120.《俄罗斯通讯院士 Б. Л. 李福清(纪念75周年诞辰)》,载《俄罗斯科学院学报》(语言文学分辑),2007年,第66卷,第6期,第61—65页。
121.《宋词流派问题与理学家们的诗词》,见《远东文学问题》(第2卷)圣彼得堡,2008年,第124—138页。
122.《古典诗歌》(第43—75页)、《白居易》(第221—222页)、《王维》(第234—235页)、《杜甫》(第298—299页)、《李白》(第324—325页)、《陆游》(第340—341页)、《辛弃疾》(第395页)、《苏轼》(第414—415页)、《陶渊明》(第444—445页)、《黄遵宪》(第470—471页)、《屈原》(第535—536页),见五卷本的《中国精神文化大典》(第3卷:文学,语言与书写),莫斯科,2008年。
123.《诗歌的权限与精神的自由:17—18世纪王士禛、黄其仁、袁枚的诗》,载《圣彼得堡大学学报》(第13辑:东方学,非洲学)2010年,第2期,第150—167页。
124.《中国文学鉴赏家与诗歌绝妙翻译者、В. М. 阿列克谢耶夫院士中国学传统的继承人(纪念语文学博士、教授 Л. З. 艾德林诞辰100周年)》,载《圣彼得堡大学学报》(第13辑:东方学,非洲学)2010年,第2期,第228—234页。
125.《陆游(1125—1210):中国出版的文献与评价》,见《远东文学问题》(第1卷),圣彼得堡,2010年,第63—88页。
126.与 А. А. 罗季奥诺夫合著《鲁迅文学与精神世界在俄罗斯的传播与影响》,见《鲁迅社会影响调查报告》,北京,2011年,第287—306页。
127.与 А. А. 罗季奥诺夫合著《俄罗斯对鲁迅精神与艺术观的理解》,见《远东文学问题》(第2卷),圣彼得堡,2012年,第9—44页。

(陈蕊 译)

后　　记

　　记叙谢列布里亚科夫的汉学成就，这个想法我早就有过。那是在1982年9月我在随北京大学代表团出访莫斯科大学过程中，顺访列宁格勒大学时，首次与谢氏见面后产生的。当时列大派出的导访兼翻译，是一位青年教师沙叶娃（Шабельникова Е. М.）。无论在双方代表会见座谈，还是对个别教师、学者的访谈中，她的翻译兼讲解都能应对自如。她那娴熟的汉语能力和相关专业知识水平，都引得率团的丁石孙校长对之赞赏有加，不禁直问对方是在哪里学成的。沙叶娃虽说1984—1985年曾来北大进修过，但基础无疑是1974年在列大东方系五年的大学生涯中打下的。这当然使人联想到她的老师谢氏以及作为汉学重镇的列大东方系培养人才的功劳。谢氏任教逾半个世纪，且一直兼任中文教研室主任，劳绩实在是令人起敬。我便开始注意和搜集他的教学与研究资料。

　　于是我在1990年的拙著《中国文学在俄苏》一书中辟有专节（第157—166页）记叙谢氏。同年，我在《唐宋词百科大辞典》（学苑出版社）的海外研究专家栏目中，单独写入一个词条"谢列布里亚科夫"（第726—727页）。随后，1993年我应四川成都杜甫草堂《杜甫研究月刊》之约稿，完成了《杜诗在俄罗斯》（该刊1993年第1期，第71—77页），着重评介了谢氏的《杜甫评传》。不过，当年这些文字仅能对他做初步的介绍。

　　及至2006年12月1日在广州中山大学参加一次国际学术会议，即历史系蔡鸿生教授主持的"19世纪中俄经济文化交流——以华南地区为中心"时，我遇到远道而来的年轻汉学家罗季奥诺夫，五天的会议期间，我同他有机会多次交流编纂谢氏文集的设想。我们同坐火车回北京时，他讲了谢氏的许多新情况，并且允诺协助供应必需的资料。罗季奥诺夫（中文名"罗流沙"）于1997年从布拉戈维申斯克（伯力）大学毕业，2003年调入圣彼得堡大学任教，成了谢氏的主要助手。恰好谢氏从2004年创办"远东文学问题"国际学术会议，邀请中国学者参会，隔年开一次，每次定一个专题。谢氏生前至2012年共开过五次，依次以下列中国作家为专题：巴金、鲁迅、郑振铎、陆游、郭沫若。罗始终协助谢氏为联络中国学者和作家与会而努力，多次来华。他也帮助我找齐了多篇谢氏文集所列目录的原文资料,包括作者肖像。总之,文集得以成书,多亏有了罗季奥诺夫教授的鼎力协助。

翻译国外汉学家的论文是一件看似容易实则困难的事。难在于还原翻译,要做到人名、书名、字词句均能返回原本,尤其古典诗词的古文。俄译者为使其国人读得明白,往往连带译出中国历代文人所加的注释、出典、考证和阐释文字,要译回中文原文,须得费尽心力仔细校阅,查找原文核对。这件工作有赖于兼通中俄文学的张冰编审大力协助完成。

张冰1986年从北大俄罗斯语言文学系本科毕业后,研究生专攻俄苏文学,但是她很早就入门俄国汉学研究,在研究生时代就开始翻译汉学家李福清院士的神话著述,并且硕士毕业留在系里任教后,曾协助我筹办汉学院士阿列克谢耶夫110周年诞辰纪念学术会议(1991年),成为会议筹备组中的得力助手。那是我国首次为俄国汉学家个人举办纪念学术会议。而阿氏又是研究中国古今的汉学泰斗,郭沫若先生曾呼他为"阿翰林",这个雅号从此传开,两国文化学者欣然接受,从此,大家知有"阿翰林",不知有"阿理克"(因为后者是阿氏自取的中文名,少有人知,文字上仅见于1927年他应聘为国立北平图书馆(今国家图书馆)"特约通讯员"的文件等少数几处,甚至有关重要的名人辞典也未注明)。后来,已故学者高莽作文《汉学三林》(《妈妈的手》第177—199页,中国华侨出版社,1994年),就是写的阿翰林、费德林、艾德林。那次会议张冰为我整理打印了综合概括阿氏成就的庆祝长文《阿列克谢耶夫院士的学术成就》,并翻译了阿翰林之女班科夫斯卡娅的回忆父亲学术生涯的长文(均载当年北京大学学报和《国外文学》杂志)。从此,张冰便一步步深入,获得北大国际文学关系研究方向的文学博士学衔,相继译出李福清的中国神话论述、俄罗斯的中国文化、中国哲学宗教研究以及俄罗斯文化历史等多种著述,出版专著《俄罗斯汉学家李福清研究》(2015年),并编有《神话与民间文学——李福清汉学论集》(2017年)以及写作发表一系列研究俄国汉学的论文。

此外,关于这部谢氏文集,长文《曹靖华教授(1897—1987)的生平与创作道路》经由曹靖华先生之女曹苏玲亲手翻译,文中许多细节都做了注解或据实订定,那是谢氏在当时的苏联无法获得的资料,因此译文益发显得周全,好似一篇曹靖华评传。

文集中各位译者藉此机会一并介绍,以表编者谢忱:

陈蕊,1983年毕业于北大俄语系,学生时代就协助我译过俄国汉学家论述冯友兰教授的文章,后长期任职于国家图书馆,为资深馆员,编有《国图藏俄罗斯汉学著作目录》(北京大学出版社,2013年),为本文集翻译并整理出谢氏的主要著作年表,并且协助尽力邀请相关文章的译者。

岳小文,2001年北大俄语系毕业,文学硕士,现任职中国石油规划总院,为副编审。

罗蕾,中国传媒大学硕士,从事高校外文教学工作。

王文迪,2010年北大俄语系毕业,文学硕士,从事中俄新闻传媒工作。

李哲,2010年北大俄语系毕业,文学硕士,本文集责编。为本文集的译文校阅做了大量工作。

本书具体分工如下:
诗歌的权利与精神的自由(陈蕊 译)
陆游诗中的比喻(罗蕾 译)
范成大生平(王文迪 译)
宋词流派问题与理学家们的诗词(张冰 译)
儒家对《诗经》的诠释(陈蕊 译)
屈原与楚辞(岳小文 译)
曹靖华教授(1897—1987)的生平与创作道路(曹苏玲 译)
果戈理在中国(陈蕊 译)
Е. А. 谢列布里亚科夫著述目录(陈蕊 译)

李明滨
2018年4月10日